ESPÍAS
EN FUGA

ESPÍAS EN FUGA

TRADUCCIÓN DE
DAVID LEÓN

ROBERT DUGONI

AMAZON **CROSSING**

Título original: *The Last Agent*
Publicado originalmente por Thomas & Mercer, USA, 2020

Edición en español publicada por:
Amazon Crossing, Amazon Media EU Sàrl
38, avenue John F. Kennedy, L-1855 Luxembourg
Junio, 2022

Adaptación de cubierta por PEPE *nymi*, Milano
Imagen de cubierta © Grafissimo / Getty Images; © Konstantin Kalishko / Alamy Stock Photo

Impreso por: Ver última página

Primera edición digital 2022

ISBN Edición tapa blanda: 9782496708622

www.apub.com

SOBRE EL AUTOR

Robert Dugoni ha recibido la ovación de la crítica y ha encabezado las listas de éxitos editoriales de *The New York Times*, *The Wall Street Journal* y Amazon con la serie de Tracy Crosswhite, que incluye *La tumba de Sarah*, *Su último suspiro*, *El claro más oscuro*, *La chica que atraparon*, *Uno de los nuestros*, *Todo tiene su precio* y *Pista helada*, de la que se han vendido más de cuatro millones de ejemplares en todo el mundo. Dugoni es autor también de la célebre serie de David Sloane, que incluye *The Jury Master*, *Wrongful Death*, *Bodily Harm*, *Murder One* y *The Conviction*; de las novelas *La extraordinaria vida de Sam*, *The Seventh Canon* y *Damage Control*; del ensayo de investigación periodística *The Cyanide Canary*, elegido por *The Washington Post* entre los mejores libros del año, y de varios cuentos. Ha recibido el Premio Nancy Pearl de novela y el Friends of Mystery Spotted Owl por la mejor novela del Pacífico noroeste. También ha sido dos veces finalista del International Thriller Award y el Harper Lee de narrativa procesal, así como candidato al Edgar de la Asociación de Escritores de Misterio de Estados Unidos. Sus libros se venden en más de veinticinco países y se han traducido a más de una docena de idiomas, entre los que se incluyen el francés, el alemán, el italiano y el español.

Tras *La octava hermana*, *Espías en fuga* es su segunda novela publicada en español protagonizada por Charles Jenkins. Para más información sobre Robert Dugoni y sus novelas, véase www.robertdugoni.com.

A mi amigo Martin Bantle

Martin falleció de forma inesperada antes de que estuviese acabada esta novela. Tenía solo cincuenta y seis primaveras. Su muerte me servirá siempre para recordar que cada día es un regalo que hay que apreciar. Echaré de menos su sonrisa y su risa traviesa, así como el centelleo de su mirada, que siempre hacía sospechar que guardaba un valioso secreto. Siempre estaré agradecido a su mujer y sus hijos por la velada tan maravillosa que compartimos en Nochevieja de 2019 rodeados de amigos. Aquella noche, cuando nos despedimos de ellos, mis dos hijos adultos me dijeron sonrientes: «Ha sido divertidísimo. Deberíamos repetirlo». Ojalá pudiésemos hacerlo con Martin. Verlo convertido en un personaje de esta novela no hace gran cosa por compensar la pérdida de un marido, un padre y un amigo como él, lo sé.

Pero no quería dejar que se fuera.

Ya sé que él tampoco quería irse, que no tuvo más opción, pero también sé que está bien y que está cuidando de su familia desde un lugar mejor.

PRÓLOGO

Entraron en tromba en su habitación y la sacaron de la cama sin articular palabra. Le pusieron una capucha negra en la cabeza y le esposaron las muñecas a la espalda. Su hospitalización había llegado a su fin, pero ella, sabedora de que ocurriría antes o después, no temía lo que pudiera esperarle.

Ya le daba igual seguir con vida.

Los grilletes, unidos por una cadena, se le clavaban en la carne de los tobillos. La punta de un bastón en las costillas la empujó a caminar hacia delante, cosa que hizo arrastrando los pies descalzos y arañando el linóleo del suelo con la cadena.

No tenía ni idea de cuánto tiempo había pasado en el hospital, porque en su habitación no había calendario que la informase del mes, del día ni del año en el que estaban, ni ventana siquiera que le revelara si era de día o de noche, ni reloj que le dijese qué hora era. No había periódicos, revistas ni libros con los que saber del mundo. El tiempo había dejado de tener sentido alguno.

Los pitidos y los parpadeos de las máquinas y los monitores del hospital habían sido los únicos sonidos que la habían acompañado durante su aislamiento. Nadie, ni médicos ni enfermeros, le había dicho nada. Ninguno le había preguntado si tenía molestias o necesitaba más analgésicos. Les daba igual... o habían recibido órdenes de no interesarse por ella. Tampoco fue nadie a interrogarla ni a amenazarla.

Pero aquello estaba a punto de cambiar: si la habían dejado vivir en aquel aturdimiento, siempre al borde del dolor, había sido por un motivo concreto: para interrogarla. Luego, la ejecutarían. No pensaba decirles nada. El bastón, atravesado ante su pecho, la hizo detenerse. Sonó una campanilla, la del ascensor. Entró y lo notó descender. Otra campanilla. El bastón la empujó a salir. El cemento frío le arañaba las plantas de los pies. Un golpe en el envés de los muslos le indicó que debía apretar el paso... como se indica a un elefante amaestrado de circo que debe hacer, sumiso, lo que le digan. Se trataba de otra técnica destinada a empujarla a sentir que había dejado de ser humana.

Obedeció con dificultad, porque la cadena era demasiado corta. Dos pasos. Entró en lo que sospechó que era una furgoneta de transporte con el interior metálico. El bastón le golpeó las dos piernas, esta vez con tanta fuerza que la hizo sentarse. Un banco. Le ataron las manos, esposadas, a la pared que tenía a la espalda, con lo que aumentó la tensión de sus hombros doloridos. La sensación se hacía mayor con cada bote y cada giro que daba el vehículo.

La furgoneta se detuvo tras un trayecto breve. Sabía dónde estaban. Moscú había sido su hogar durante muchos años. Lo conocía muy bien.

Oyó abrirse una cerradura y notó una brisa fresca cuando el portón giró sobre sus goznes. Era la primera que sentía desde que se despertara en la cama del hospital. Uno de los guardias le liberó las muñecas de la pared, pero se las dejó esposadas a la espalda. Un golpe suave con el bastón le hizo saber que debía levantarse. Caminó arrastrando los pies y la brisa le acarició el cuello, el dorso de la mano y los empeines.

El bastón se posó en su corva derecha para indicarle que bajara. Esta vez, su pie descalzo no encontró tierra firme. Fue a dar en el suelo con el rostro y los hombros. Pese al dolor atroz que le produjo, reprimió todo gemido de aflicción, todo gruñido de desagrado, toda expresión de odio. No les pensaba dar aquel gusto.

Unas manos la agarraron de los codos y la pusieron en pie sin contemplaciones. Dolorida, siguió adelante mientras notaba en la boca el sabor metálico de su propia sangre. Oyó puertas que se abrían y se cerraban, pero nadie pronunció una sola palabra. El aislamiento era total.

Sonrió bajo la capucha. ¿Qué podía importarle a una mujer condenada que le hablasen o no?

El bastón volvió a apoyarse en su pecho. Se detuvo. Se abrió otra puerta. Avanzó. Notó el bastón en los hombros. Se sentó. Una banqueta de metal. Tres patas. Fácil de volcar. Un guardia le liberó la mano derecha, le colocó las dos bajo el asiento de un tirón y volvió a esposarle la muñeca. Le inmovilizaron los pies de igual manera, sujetándolos a las patas de la banqueta. Se inclinó hacia delante, encorvada como los monstruos que decoran las gárgolas de la fachada de una iglesia.

Entonces se cerró la puerta, que la dejó a solas con el rumor de un silencio tan hondo como espeluznante.

Esperó, aunque sin saber qué ni a quién. Tampoco le importaba.

Los hombros, la espalda y las rodillas le ardían de la caída y no tardaron en dolerle por la incómoda postura en la que la habían atado al taburete. Volvió a perder la noción del tiempo. ¿Minutos, horas...?

—Dicen que todavía no has dicho nada.

Una voz de hombre. Calmada. Honda y áspera: voz de fumador. Tras meses de silencio, hasta el ruso sonaba a extranjero. No respondió ni reaccionó de otra manera. No había oído abrirse ni cerrarse ninguna puerta, ni el roce de zapatos sobre el cemento. El hombre había estado todo el tiempo en la sala, observándola. Sería su interrogador: tranquilo, racional y quizá hasta cortés al principio. Ya cambiaría.

—Piensan que quizá sea por haber sufrido daño cerebral durante el accidente. —Soltó una exhalación sonora, incrédula.

Percibió olor a nicotina, no el acre de los cigarrillos rusos baratos, de los que con gusto se habría fumado uno sin embargo, sino uno más dulce, más suave, de una marca cara que ella jamás habría podido permitirse.

—No tienen ni idea —dijo él.

Las patas de una silla arañaron el cemento y unos pasos se acercaron.

Él le descubrió la cabeza. La intensidad de la luz, repentina e inesperada, la cegó. Cerró los ojos y pestañeó por contener el dolor.

Entonces, logró enfocar al hombre, que, frente a ella, se apoyó en el borde de un escritorio de metal. No era especialmente alto, aunque sí grueso, de constitución recia. El tejido de su camisa blanca de vestir se tensaba a la altura del pecho y los brazos. Pelo gris muy rapado. Patas de gallo en las comisuras de los ojos. Bajo el cinturón se le acumulaban los años. La miraba desde debajo de una frente que se extendía ampliamente sobre aquellos ojos oscuros y sin vida. Tenía en la mandíbula una cicatriz en la que se marcaban unos puntos mal cosidos, otra sobre el ojo derecho y una tercera que le atravesaba el puente de la nariz, que parecía partida, quizá varias veces, y mal recompuesta. Muy ruso todo.

Del extremo encendido del pitillo que sostenía entre los dedos se elevaban volutas sarmentosas de humo que iban a sumarse al estrato brumoso que pendía sobre su cabeza. Nunca había visto a aquel hombre, al menos en las oficinas de la FSB, el Servicio Federal de Seguridad ruso, pero por aquella actitud bien ensayada y su aspecto curtido sospechaba que había pertenecido al KGB. Nada menos.

Se había abierto los dos botones superiores de la camisa y se había doblado con cuidado las mangas para revelar unos dedos gruesos, unas manos carnosas y unos antebrazos como maromas de buque. Sobre el escritorio descansaba una corbata. A su lado, un ladrillo rojo y rectangular. Cosa rara.

—Eso es lo que voy a comprobar.

La primera amenaza.

Dio otra calada y lanzó un tirabuzón de humo al aire viciado. Aunque todavía quedaba más de medio cigarro, lo tiró. Sus ojos la escrutaron en busca de una reacción. Antes del accidente había sido una gran fumadora, tres paquetes diarios. Entonces, él aplastó la colilla con la suela de sus zapatos de vestir.

Tendió la mano y recogió el ladrillo para sostenerlo como quien sopesa un lingote de oro.

—¿Sabes lo que es esto?

Ella no respondió.

—Es evidente, ¿no? Pues un ladrillo, claro. Pero no es solo un ladrillo, no. Es un recordatorio, un recordatorio para no olvidar que siempre hay que prestar atención. Prestar atención o sufrir las consecuencias. Yo, de niño, aprendí a prestar atención.

Aquello explicaba las cicatrices, de esas que se curan sin intervención profesional, y la desviación hacia la izquierda que presentaba el dedo anular de la mano derecha tras la primera falange.

—Me llevó mi tiempo —añadió.

Volvió a dejar el ladrillo en la mesa.

—La cuestión es si tú estás prestando atención.

Mucha atención.

Pero no pensaba decir nada, ni a aquel interrogador ni a ningún otro.

No pensaba prolongar lo inevitable. Ansiaba reunirse con su hermano y el resto de su familia, con las personas a las que tanto había querido y que se habían ido antes que ella. «No tienes ningún poder sobre mí». Pensó de nuevo en los versículos que le habían servido de mantra en el hospital: «Aunque camine por valles sombríos, no temeré mal alguno... En verdes praderas me hace descansar... y habitaré en la casa del Señor durante días sin fin».

El hombre la miró como si pudiera leerle el pensamiento.

—Ya veremos.

CAPÍTULO 1

La libertad no llegó el día que un jurado absolvió a Charles Jenkins de los cargos de espionaje y el juez federal Joseph B. Harden lo declaró inocente. Tampoco cuando expiró el plazo de apelaciones. Aunque Jenkins no pasó el resto de su vida encarcelado físicamente, y por agradecido que estuviese por el fallo del jurado, su verdadera libertad no llegó hasta pasados seis meses de su veredicto y de la sentencia de Harden, cuando, tras volver a casa de correr como casi todas las mañanas, entró a su despacho y extendió el cheque que saldaba su deuda con el último contratista que había trabajado para su antigua empresa, la CJ Security.

Dicha sociedad había brindado seguridad a la ya desacreditada firma internacional de inversiones LSR&C. Que esta última hubiese sido en realidad una sociedad concesionaria de la CIA y se hubiera servido de la CJ Security mediante dicho engaño era ya lo de menos. Le habían mentido, lo habían difamado, le habían disparado y casi lo condenan a cadena perpetua por las mentiras de la LSR&C, pero sus contratistas y proveedores tampoco habían tenido culpa alguna: habían prestado sus servicios con arreglo a un contrato escrito y, por tanto, tenían derecho a su retribución.

Su abogado le había recomendado declararse en quiebra para liberarse de sus obligaciones contractuales, pero él había declinado aquel consejo: no pensaba enmendar un agravio con otro.

—Negocia un calendario de pagos, que ya me encargaré yo de cumplirlo —le había dicho.

Y así lo había hecho. Para lograrlo, no se había avenido a aceptar la cifra millonaria que le había ofrecido una editorial a cambio del relato de su huida de Rusia, su juicio y su posterior absolución de los cargos de espionaje. También se había negado a vender un solo palmo de los terrenos en que se asentaba su casa en la isla de Caamaño. Había pagado todo a la manera clásica: trabajando como un loco.

Había llevado a cabo servicios de investigación, enviado citaciones y verificado los antecedentes de quienes aspiraban a un puesto de trabajo en cualquiera de las empresas que habían recurrido a él. Había hecho miel ecológica, bálsamo labial y crema de manos de sus colmenas para venderlos en un comercio de Stanwood y por internet. Había dividido sus pastos para rotarlos y alquilárselos a dueños de caballos, y había cortado y vendido montañas de leña. Había hecho cuanto había sido necesario para pagar su deuda y sustentar a su mujer y a sus dos hijos.

Lamió la solapa de un sobre y selló el pago que saldaba sus obligaciones con el último contratista. Contempló la etiqueta del destinatario con cierta sensación de logro… y también de traición, una píldora muy amarga que dejaba un sabor de boca más desagradable que la goma arábiga del sobre.

«Olvídalo», se dijo. Miró a Max, su pitbull moteada, que dormitaba a sus pies.

—¿Te vienes a dar una vuelta, bonita?

La perra se levantó de un salto y se puso a abanicar el aire con la cola. Jenkins había salido a correr temprano sin su fiel compañera, no por falta de ganas de Max, sino porque al animal los años ya le pesaban y sus huesos le agradecían que la dejase atrás tres de los cinco días que se ejercitaba a la semana. Mientras tanto, engullía glucosaminas para aliviar su dolor de articulaciones.

Quince minutos más tarde, Jenkins se había puesto el mono de trabajo y se había tomado el batido matinal de proteínas. Había aumentado su régimen de ejercicio y empezado una dieta casi vegetariana con la que había conseguido reducir dos kilos más y volver al peso que figuraba en su expediente cuando había hecho el servicio militar: cien kilos en un cuerpo de un metro noventa y cinco de altura.

Cuando abrió la puerta trasera, Max salió de un salto y corrió por las escaleras del porche y por el prado para ladrarles a los caballos a los que daba alojamiento su dueño. Los dos apalusas y el árabe alzaron la cabeza de la cebadera con la boca rebosante de hebras de heno, aunque, por lo demás, hicieron caso omiso de aquella interrupción de su desayuno. Los potreros se habían mantenido bastante bien desde que había instalado un cable de corriente en la parte superior de la valla para evitar que los animales se rascasen los ijares con los postes.

Se subió la cremallera del chaquetón Carhartt, manchado y bien ajado, para protegerse del frío del invierno, sacó de los bolsillos los guantes de trabajo forrados de piel y el gorro negro y los azotó contra el mono para matar las arañas o espantarlas. Entonces se sentó en el banco que había hecho con la madera de un pino caído y se colocó las botas embarradas. Max volvió a su lado.

—¿Les has dejado claro a esos caballos que sigues siendo tú la que manda aquí? —Jenkins le frotó el rostro y le rascó la cabeza antes de bajar del porche. La hierba helada crujía bajo sus botas y su aliento marcaba el aire gélido mientras cruzaba el prado para atender el huerto. Las horas que había pasado Alex, su mujer, quitando maleza aquel mes facilitarían su labor.

Sacó los aperos que necesitaba del cobertizo de metal y, tras desenrollar la malla negra antihierbas, clavó al suelo las esquinas y la cubrió con cartón, que, además, de asfixiar las malas hierbas, al descomponerse, liberaba azúcares que atraerían lombrices.

Cuando abrió el grifo del agua para empapar el cartón, Max soltó un ladrido que no iba dirigido a los caballos. Jenkins no tenía vecinos cerca y sus amigos raras veces iban a verlo sin avisar. Alex había llevado a Lizzie a la guardería y pasaría la mañana dando clases de mates en el colegio del hijo de ambos, CJ.

Alzó una mano para protegerse del haz de luz que se colaba entre los árboles y vio a un joven doblar la esquina de la casa y cruzar el patio en su dirección. Por el traje negro, el abrigo largo a juego y el pelo rubio y corto parecía un misionero mormón. Su forma de andar delataba a un hombre entusiasta y resuelto a cambiar el mundo.

—Tranquila, muchacha. *Sit* —le susurró a Max al verla gruñir—. Hay que ser amables con todo el mundo… mientras no te den motivos para lo contrario.

Los mormones solían aparecer en pareja y visitar barrios en los que fuera posible dar más difusión a su mensaje. Además, aunque los mormones eran resueltos, aquel joven parecía demasiado arrogante, demasiado sereno para haber ido allí a cumplir con un cometido religioso. También parecía demasiado mayor para ser misionero. Ojalá no le llevase una citación… ni nada más temible. En ese momento, lo único que tenía a mano para defenderse era una manguera.

Max se sentó obediente a su lado. El joven se detuvo al pisar el suelo encharcado y bajó la mirada a sus lustrosos zapatos de vestir. Su expresión resuelta se volvió vacilante. Volvió a levantar la vista.

—¿Es usted Charles Jenkins?

—¿Para qué lo buscas? —Miró al suelo en busca de un arma.

—Quería hablar con Charles Jenkins. —El joven alzó la voz al preguntar—: ¿Está en casa?

—Te he preguntado que para qué lo buscas.

Max emitió un gruñido grave que atrajo la atención del desconocido.

—Rusia —respondió volviendo a mirar a Jenkins—. Es por lo de Rusia.

CAPÍTULO 2

Jenkins ladeó la cabeza. Le costaba oír por encima del ruido de un reactor que volaba bajo en dirección al sur, hacia el aeropuerto de Seattle-Tacoma o al del condado de King.

—¿Me lo repites?

El joven dio un paso adelante y elevó más la voz:

—Le he dicho que es por lo de Rusia, por el tiempo que estuvo allí.

—Tampoco tienes por qué gritar, joven. No soy tan viejo. —Jenkins lo miró y dijo—: Vas muy bien vestido para ser periodista, así que supongo que no has venido a hacer un reportaje. Además, los periódicos suelen llamar antes de mandar a nadie.

—Trabajo para la Agencia. Me llamo Matt Lemore.

—¿Trabajas para la CIA? —preguntó Jenkins. Quizá sí que le empezaba a fallar el oído.

Lemore le mostró su identificación.

—Puede verificar que trabajo a las órdenes de la subdirección de Operaciones Clandestinas.

Jenkins no había oído hablar nunca de aquel departamento, aunque tenía entendido que la Agencia había hecho algunas reformas últimamente.

—¿De qué división?

—De la de Acciones Encubiertas. Rusia, sobre todo.

—¿En serio?

—Entiendo que…

—No, qué vas a entender. —Jenkins soltó una risita ante el descaro de la Agencia antes de preguntar—: ¿Ves con regularidad al subdirector?

—La subdirectora, en realidad. La subdirección de Operaciones Clandestinas está al cargo de una mujer: Regina Baity.

—¿Ves con regularidad a la señora Baity?

—Con regularidad, no, pero…

—Pero ¿le puedes transmitir un mensaje?

—Claro.

—Pues dile que se vaya a t… —Jenkins se mordió la lengua por respeto a la memoria de su difunta madre, que siempre le decía: «Decir palabrotas es señal de falta de inteligencia»—. Dile que no tenemos nada de que hablar. —Y, dándose la vuelta, echó a andar hacia su casa.

Lemore guardó su identificación en la chaqueta y lo siguió.

—Comprendo que sea usted reacio a hablar conmigo.

—¡Qué vas a comprender!

—He leído su expediente y, además, estuve pendiente del juicio.

—Yo lo sufrí en mis carnes.

—Tiene que entender…

Jenkins se paró en seco. Medía sus buenos doce centímetros más que Lemore y debía de pesar quince kilos más que él. Invadiendo el espacio personal del joven agente, pero sin alzar la voz, replicó:

—¿Que tengo qué? Joven, cuando vaya a la oficina de correos y envíe el último cheque de una deuda en la que incurrí por culpa de tus jefes, no tendré más obligaciones que morirme y pagar mis impuestos, conque date la vuelta y vete con viento fresco de la propiedad que todavía no han conseguido quitarme.

Jenkins volvió a ponerse en marcha en dirección al porche trasero, pero tuvo la sensación de que Lemore no había querido hacer caso a su advertencia.

—Me parece que hemos empezado nuestra relación con el pie izquierdo, señor Jenkins.

Jenkins negó con la cabeza, riendo entre dientes ante el comentario del agente, y siguió andando.

—¿De verdad te lo parece? Deja que te diga algo: no hay suficientes pies en la Agencia para compensar el daño que se me ha hecho.

Lemore no guardó silencio.

—Me han autorizado a pagar todos sus gastos…

—Para eso ya es un poco tarde. —Jenkins llegó a los escalones del porche.

—En ese caso, puedo reembolsárselos.

—No me hace falta. —Cruzó el porche y llegó a la puerta trasera.

La voz del joven se tiñó de frustración.

—Entonces, quizá pueda invitarlo a un café y pedirle perdón en nombre de la Agencia. No le robaré mucho tiempo.

—No me vas a robar ni un segundo más, porque el único café que pienso beber es el que hago yo para tomármelo en una taza que no trae cuerdas que me aten a ninguna parte. Ahora, permíteme recomendarte que vuelvas a tu coche, pongas rumbo al aeropuerto y despegues cuanto antes hacia Langley.

Normalmente, se habría sentado en el banco para quitarse las botas y el chaquetón para no llenar la casa de barro, pero tenía miedo de lo que podía hacerle a Lemore si permanecía en el exterior y seguía dando oídos a la soberbia del agente.

—Señor Jenkins, tiene usted el deber, como mínimo, de escuchar lo que…

Hasta ahí podían haber llegado. Jenkins se lanzó escalones abajo y Lemore dio un paso atrás con las manos levantadas y sin dejar de mirar a su interlocutor y a la perra.

—Si pudiese escuchar lo que tengo que contarle...

—Se acabó la charla. —Jenkins lo agarró por las solapas dispuesto a meterlo a patadas en el coche.

El joven metió las manos en el hueco que había quedado entre los brazos de Jenkins, dio un paso al frente y usó su antebrazo derecho para empujarlo hacia atrás mientras hacía un barrido con la pierna derecha, de tal modo que lo hizo dar con la espalda en tierra de un modo aparatoso. La hierba mojada sonó a chapoteo con el golpe. Lemore, que le tenía sujeta la mano con una llave, le dobló la muñeca en un ángulo destinado a hacerle solo el daño necesario para inmovilizarlo.

Max ladraba mientras se movía en círculos, pero no atacó en ningún momento.

—Lo siento, pero no quería llegar a esto. Si me hiciera el favor...

Jenkins envolvió con una pierna los pies del agente y dobló la mano y el brazo que le sujetaban la muñeca. Entonces, lanzó la pierna que tenía libre contra el pecho de Lemore, que perdió el equilibrio y cayó también de espaldas. Acto seguido, se puso en pie de un salto sin soltar la muñeca del joven.

—Yo tampoco quería llegar a esto.

El visitante, tendido en el suelo y con la cara roja como un tomate, logró decir:

—Vale, vale. Me voy y no lo molesto más.

Jenkins le soltó la muñeca y dio un paso atrás señalando el aire de vaho con su respiración agitada. Notaba el agua que le había empapado los calzoncillos largos por debajo del mono y el pulso agitado que le había provocado en las venas la adrenalina.

Lemore se puso en pie con lentitud y se pasó las manos por el traje para limpiarse antes de apartarse con las manos levantadas.

ROBERT DUGONI

—Le pido perdón —dijo—. Solo estaba haciendo mi trabajo.

Jenkins se dirigió de nuevo al porche y agarró el pomo de la puerta.

—Por si sirve de algo, sepa que todos somos conscientes de que le han jodido bien —añadió el agente de la CIA elevando la voz—. Y que todos estábamos con usted. Todos nosotros, los agentes.

Jenkins entró y dio un portazo. Estaba fuera de sí. No podía creer que la Agencia, que había permitido que lo juzgasen por espionaje, tuviese la cara de ir a pedirle favores. Y por si aquella afrenta no hubiera bastado, habían mandado a avergonzarlo, a derribarlo físicamente, a un niñato que no llegaba a los ochenta kilos ni con el traje chorreando.

Mientras caminaba de un lado a otro, le resonaban en los oídos las palabras finales de Lemore: «Todos somos conscientes de que le han jodido bien».

«Todos nosotros, los agentes».

Meneó la cabeza preguntándose qué clase de pajita más corta podía haberle tocado a aquel joven para que le asignaran la poco envidiable misión de intentar hablar con él.

«Solo estaba haciendo mi trabajo».

Dejó de pasear de un lado a otro.

—Mierda.

Corrió hacia la entrada principal, dejando barro seco y huellas por todo el suelo de madera. Fuera, oyó acelerarse el motor del coche. Abrió la puerta y salió al porche delantero en el momento que el vehículo de Lemore escupía gravilla por el camino de entrada y desaparecía por entre los árboles.

CAPÍTULO 3

Tras ducharse y afeitarse, Jenkins se dirigió a la ciudad vecina de Stanwood. Se había puesto gafas de sol a fin de combatir la cegadora luz del sol invernal. Fue a la oficina de correos y envió el último pago antes de llamar a la escuela, aprovechando que no le quedaba lejos, para ver si Alex había acabado con sus clases de apoyo.

—Tenía la esperanza de poder convencer a una joven hermosa para que viniera a almorzar conmigo a Island Café.

—¿Y tienes en mente a alguna joven hermosa en particular? —preguntó Alex.

—No sé… Había pensado que quizá tú pudieras presentarme a alguna.

—Esta vez no va a poder ser, galán. —Daba la impresión de estar caminando—. Me encantaría, pero tengo que recoger a Lizzie de la guardería y llevarla a ver al doctor Joe.

La pequeña, que había cumplido ya un año, llevaba unos días inquieta y despertándose por la noche.

—¿Cómo está?

—Yo diría que vuelve a tener otitis. —Se oyó el pitido del sistema de cierre del coche de Alex y la puerta abrirse y cerrarse—. ¿Cómo llevas tu día de descanso?

—Trabajando. —Miró la luz del sol que se reflejaba en las aguas lodosas del Stillaguamish, el río que separaba Stanwood de la isla de

Caamaño—. Al final he cubierto el huerto. —Sopesó la conveniencia de hablarle de Matt Lemore y decidió esperar un poco para sacar el tema. Alex parecía tener prisa.

—Bueno, pues, por lo menos, sal un rato y disfruta del sol este tan bueno.

—Voy a intentarlo. Me encargo yo de recoger a CJ.

—Pero ¿cuánto tiempo piensas estar en la cafetería? —preguntó ella con la voz teñida de sarcasmo.

—Lo que haga falta para ahorrarte el viaje.

Jenkins salvó en coche la escasa distancia que lo separaba del local, situado en un edificio de estuco de una sola planta. En Nueva Jersey, donde se había criado, a un establecimiento así lo habrían llamado *diner*. El suelo, de baldosas rojas, estaba desgastadísimo, como las mesas de formica, las sillas apilables y los asientos corridos de vinilo verde. Allí no cambiaba nada: ni la decoración, ni la carta, ni el propietario, que también era el cocinero, ni tampoco la camarera ni los parroquianos, salvo por el fallecimiento de unos cuantos incondicionales. Aun después de su sonado juicio, Jenkins podía entrar allí sin llamar mucho la atención.

El bullicio matutino se había despejado ya. El recién llegado saludó a los escasos rezagados que bebían café en tazas de porcelana sentados en los taburetes de la barra y, tras hacerse con un ejemplar de *The Seattle Times* que había en una mesa vacía, caminó hasta una con el banco corrido situada bajo una ventana adornada con una guirnalda de banderines a cuadros blancos y rojos. Se sentó y la camarera, Maureen Harlan, le llenó la taza de café.

—¿Qué vas a tomar? —preguntó mientras miraba por la ventana.

—Dos huevos con la yema poco hecha, pero cámbiame la guarnición de patatas por fruta y no me pongas el beicon ni la tostada.

—Un desayuno campero con extra de beicon, patatas fritas extracrujientes y… la tostada, ¿de trigo?

Jenkins sonrió.

—Me parece bien.

—¿Bolsita para las sobras?

—Max te lo agradecerá.

—El otro día probé tu protector labial y, oye, funciona.

—Nunca se me ocurriría engañar a la persona que me sirve la comida.

—Un tío listo —concluyó ella antes de marcharse.

Jenkins abrió el periódico y le llamó la atención uno de los titulares. Un ciudadano estadounidense que decía haber viajado a Moscú para asistir a una boda había sido detenido por las autoridades del Kremlin y acusado de espionaje. Después de varias semanas de bravuconadas oficiales, lo habían liberado de Lefórtovo, centro penitenciario moscovita de infausta memoria.

Estaba a punto de pasar la página cuando notó que alguien se acercaba a la mesa. Maureen era rápida cuando el restaurante estaba animado, pero no tanto. Bajó el periódico y vio a Matt Lemore con una sonrisa azorada y las manos en alto.

—Le había prometido invitarlo a un café —dijo.

Jenkins dobló el diario y señaló con un movimiento de cabeza el asiento corrido que tenía delante del suyo. El agente se sentó y tomó una de las cartas plastificadas que había en un servilletero.

—¿Qué me recomienda?

—Café —respondió Jenkins bebiendo de su taza.

Maureen regresó entonces con una jarra y se la rellenó hasta arriba.

—Yo tomaré… —empezó a decir Lemore volviendo la carta plastificada, pero la camarera dio media vuelta y se alejó como si ni siquiera lo hubiese oído.

—No te conoce —explicó Jenkins.

—¿Y solo atiende a la gente que conoce? —El joven sonrió tratando de disimular su nerviosismo.

—O a la gente que le gusta. —Jenkins dio un sorbo a su café.

Lemore volvió a poner la carta en el servilletero y su interlocutor dejó la taza en la mesa.

—Eso que me ha hecho en la granja…, ¿qué era?

—¿La llave de muñeca? Lo siento mucho.

—Pero ¿qué era?

—*Judo* sobre todo, una técnica llamada *osoto-gari*, mezclada con algo de *krav magá*. —Se refería a la disciplina de entrenamiento táctico de las fuerzas armadas de Israel.

Jenkins también había usado sus conocimientos de *krav magá* para derribar a Lemore, aunque en sus tiempos lo llamaban *tangsudo*. Lemore no era de los que calentaban asiento en la CIA.

—¿Instrucción paramilitar? ¿Dónde, en Harvey Point? —Hablaba de las instalaciones que tenía el Departamento de Defensa en Carolina del Norte.

—En Camp Peary —respondió el agente refiriéndose al centro encubierto de la CIA que llamaban La Granja.

—¿Dónde has estado destinado?

—Sobre todo en Rusia y en Europa del Este. Últimamente me han tenido detrás de un escritorio en Langley. Me he casado hace poco y mi mujer está esperando a nuestro primer hijo. Prefiero estar más cerca de ellos.

—Enhorabuena.

—Gracias.

—Así que se te acabó lo de hacer de espía.

Lemore asintió.

—De momento, sí. A mí y a ella.

Muchos agentes contraían matrimonio con personal de la CIA; entre ellos, Jenkins. Eran los únicos que comprendían que sus cónyuges no pudiesen volver a casa y compartir los detalles de la jornada y por qué tenían que ausentarse de un momento a otro y volver sin decir una sola palabra de dónde habían estado.

—¿Y cómo es que te han encargado esta misión tan envidiable?

Lemore dio unos golpecitos en el periódico.

—Porque yo era su responsable.

Jenkins volvió a mirar el artículo que había estado leyendo en las páginas interiores.

—¿Era usted su agente de operaciones?

—Sí, aunque ahora usamos una terminología diferente.

—Pero ¿cuántos años tienes?

—Cuarenta y dos. —Parecía un chaval de instituto.

—¿Y cuántos años llevas dentro?

—Dieciséis. Entré después de pasar por la universidad y servir cuatro años en la infantería de marina.

—¿También has estado en las fuerzas armadas?

—Quería luchar por mi país.

—¿Y tuviste ocasión?

—Dos misiones en Irak.

—¿Cómo entraste en la Agencia? No, deja que lo adivine. Querías servir otra vez a tu país.

—Más bien necesitaba trabajo.

Jenkins soltó una risita.

—¿Por qué Rusia y el Bloque del Este?

—Porque fue en lo que centré mis estudios universitarios: la Revolución bolchevique, el ascenso del comunismo y de la Unión Soviética, el derrumbe económico y la disolución final.

—Disolución si no se sale con la suya el señor Putin.

—La Rusia de hoy en día se parece mucho a la Unión Soviética —dijo Lemore con gesto poco impresionado.

—A mí me lo vas a contar.

—Lo siento. Lo que quiero decir es que sueltan muchas bravatas que no siempre son capaces de cumplir.

—¿Eres ruso?

—La familia de mi madre, sí. Lemore es francés.

—*A ti govorish po russki?*

—*Da.*

—Y te interesaba el país.

El joven sonrió.

—Además, soy un negado para las mates, así que ni se me pasó por la cabeza hacer contabilidad.

Maureen volvió con la comida de Jenkins y Lemore bajó la vista con las manos juntas y los dedos entrelazados, como un penitente en catequesis.

—Buenas —dijo la camarera y Lemore alzó la mirada—. ¿Vas a comer?

—Eh…, sí. Tomaré…

—¿Lo mismo que él?

Los ojos del agente se posaron en el plato que acababan de traer.

—Me parece bien. ¿Qué está tomando?

Maureen giró hacia él y le llenó la taza de café antes de dejarlos solos.

—Le has tenido que caer bien —dijo Jenkins—, porque no suele tratar a nadie con tanta amabilidad. —Tomó del plato una de las lonchas y le dio un mordisco—. ¿Y cómo es que apresaron a tu agente? —preguntó dando unos golpecitos con el dedo en el diario.

—Porque así estaba planeado.

Interesante.

—¿Y eso?

—¿Se acuerda de Olga Ivashútina?

—La abogada rusa acusada de participar en la reunión del equipo de la campaña electoral de Donald Trump en 2016.

—No podíamos retenerla y ya le habíamos sacado todo lo que nos iba a decir. Queríamos que los rusos pensasen que nos habían puesto entre la espada y la pared y que la soltábamos solo porque tenían a uno de los nuestros.

—Queríais que creyeran que os llevaban la delantera y actuabais coaccionados por ellos. Pues sí que conoces bien la cultura rusa.

Lemore sonrió antes de decir.

—También queríamos que se dejara atrapar por otro motivo. Por eso estoy aquí.

Jenkins dejó la taza.

—Soy todo oídos.

—Llevamos un tiempo intentando confirmar cierto rumor que corre desde hace meses sobre la cárcel de Lefórtovo y supuse que la forma más sencilla de hacerlo era meter a alguien a quien sabíamos que podríamos sacar luego.

—¿Y cuál es el rumor?

—¿Puedo hacerle unas preguntas?

Su interlocutor atacó los huevos y pinchó una porción mezclada con patatas.

—Inténtalo.

—Cuando estuvo en Rusia, ¿cómo consiguió salir?

—Crucé el mar Negro a bordo de un pesquero turco y al final conseguí llegar a Çeşme, desde donde pagué para que me llevasen a Quíos por el Egeo.

—Quiero decir cómo consiguió salir de Moscú y llegar al mar Negro.

—Me ayudó una agente rusa. Es largo de contar.

—¿Pavlina Ponomaiova?

Jenkins dejó el tenedor en el plato con la sensación de que le esperaba una sorpresa. Había ido a Rusia después de que su antiguo responsable de operaciones, Carl Emerson, le dijera que la policía secreta rusa había puesto la mira en una serie de agentes llamadas las Siete Hermanas, que estaban al tanto de información altamente secreta y llevaban varias décadas ejerciendo de topos para los estadounidenses. A tres de ellas las habían descubierto y las habían ejecutado. Emerson le dijo que a su verdugo la llamaban la Octava

Hermana y le pidió que averiguase su identidad. Sin embargo, todo lo que le había contado era mentira: había sido él mismo quien había delatado a las tres hermanas a cambio de millones de dólares y Pavlina Ponomaiova no había estado sirviendo para la policía secreta rusa, sino para la CIA con la intención de dar con quien estaba filtrando información. Jenkins supo de la traición de Emerson y escapó de Rusia por los pelos, aunque solo gracias al notable sacrificio de Ponomaiova. Una vez en casa, las cosas se pusieron aún peor, pues, cuando denunció a Emerson ante las autoridades estadounidenses, solo consiguió que lo acusaran a él y lo juzgaran por espionaje. De no haber sido por la astucia de su abogado y por un juez que los tenía bien puestos, habría pasado entre rejas el resto de su vida.

—¿Sabe lo que fue de ella? —preguntó Lemore.

—Murió. —Jenkins bebió café y dejó la taza. Aquella herida seguía abierta y el tema le resultaba muy doloroso.

—¿La vio morir?

Recordó el último momento que había compartido con la agente en la casa destartalada de la playa de Vishniovka, el instante en que Pavlina había salido por la puerta trasera para subirse al coche que habían ocultado con la intención de distraer a sus perseguidores y ganar tiempo para que él pudiera huir. El plan había funcionado.

—No.

Lemore se reclinó en su asiento, a todas luces decepcionado.

—¿Por qué lo preguntas? ¿Cuál era el rumor que corría sobre Lefórtovo?

—Que habían llevado a una adquisición muy preciada para interrogarla allí, una agente de la que se creía que tenía información sobre una misión clandestina a largo plazo de los Estados Unidos.

Jenkins apartó su plato. Se le habían quitado las ganas de comer.

—¿Cuándo? ¿Cuándo os habéis enterado?

—Meses después de que volviera usted a los Estados Unidos.

Su optimismo se desvaneció.

—Entonces tiene que ser otra persona.

No había acabado la frase cuando el joven señaló:

—La habían tenido ingresada durante meses en un hospital militar de Moscú con fuertes medidas de seguridad. Al parecer, había sufrido un accidente y pasó varios meses en cuidados intensivos antes de que la trasladaran a Lefórtovo.

Jenkins reflexionó al respecto.

—Los rusos, entonces, hicieron lo imposible por mantenerla con vida.

—Lo que significa que de verdad era una agente con información muy valiosa y que a la FSB le preocupaba tanto lo que ya había podido divulgar como lo que aún no hubiera contado.

Jenkins señaló el periódico que descansaba sobre la mesa.

—¿Qué os ha contado vuestro agente? ¿Qué averiguó en la prisión?

—Dice que los rusos estaban actuando con mucha cautela y estaban paranoicos, más de lo normal. Los guardias de la cárcel, que suelen irse de la lengua a cambio de dinero, esta vez no han dicho ni pío.

—O sea, que no sabéis quién es.

—No. Pensaba que en eso podía sernos útil usted.

Jenkins negó con la cabeza. No podía.

Pero conocía a alguien que sí.

25

CAPÍTULO 4

Como Alex estaba con Lizzie, Jenkins fue a recoger a CJ a la escuela después del entrenamiento de fútbol. Quizá lo único positivo que habían sacado del juicio había sido el profesor particular que habían contratado para que su hijo no se quedara rezagado en clase. Resultó que había sido jugador profesional, de modo que mejoraron de forma espectacular tanto las notas de CJ como su juego.

—¿Ha ido bien el entrenamiento? —preguntó.

El pequeño se metió en el asiento del copiloto con el uniforme y las botas de tacos. Dejó la mochila en el asiento de atrás y se abrochó el cinturón.

—Un poco aburrido, porque no hay nadie que me detenga.

Jenkins contuvo una sonrisa al reconocer la ocasión de ejercer de padre.

—Espero que a tus compañeros no les digas esas cosas.

—Claro que no. —CJ encendió la radio.

Como buen preadolescente, había empezado a entender las normas sociales… y a interesarse por la música. También estaba desarrollando su olor corporal y llevaban un tiempo intentando convencerlo de que usara desodorante. A juzgar por la que había liado en el coche, todavía no habían hecho muchos progresos al respecto.

—¿Podemos pararnos en el Burger King?

—Mamá está preparando la cena.

Salió a la carretera y cruzó el puente en dirección a la casa. Seguía teniendo muy presente la conversación que había mantenido con Matt Lemore. Jenkins había dado por supuesto que Pavlina Ponomaiova se habría alejado cuanto le había sido posible con el coche y, cuando la habían atrapado, habría mordido una cápsula de cianuro. Aquello lo había llevado a recordar los sermones que había tenido que soportar de joven en la iglesia baptista: «El amor supremo consiste en dar la vida por los amigos» (Juan 15:13).

Dejar que Pavlina saliera de la casa de Vishniovka sabiendo el sacrificio que pensaba hacer había sido lo más difícil que había hecho nunca en la vida.

—*No voy a rendirme, Charlie. Tienes que entender que, si sales de esta con vida, si regresas, habré cumplido mi misión. Tienes que volver y detener a quienquiera que sea el que está filtrando información sobre las siete hermanas antes de que sigan matándolas.*

—*Te van a matar, Anna.*

—*Pavlina, me llamo Pavlina Ponomaiova.*

Y, de pronto, Lemore había ido a decirle que tal vez estuviese viva aún.

—¿Papá?

Jenkins sacudió la cabeza para espantar sus pensamientos.

—¿Qué?

—William me ha invitado a su casa después del entrenamiento del sábado. ¿Puedo ir?

—Le preguntaremos a mamá si no tienes otro compromiso.

CJ lo miró como había hecho durante el juicio, inseguro y preocupado.

—¿Estás bien, papá?

—Sí, claro. Estoy bien.

—¿Seguro?

Jenkins sonrió.

—Es solo que le estoy dando vueltas a un par de cosas.

Después de que lo absolvieran, había hecho lo posible por estar en casa y ayudarlo a superar el miedo a que se volviesen a llevar a su padre. Con todo, había necesitado varios meses para recuperar la confianza del crío.

Cuando llegaron a casa, Jenkins ayudó a CJ con los deberes y participó en la conversación que tuvieron a la mesa, afanándose en mantenerse atento a lo que se decía para que su mente no volviese a vagar hasta la casa de la playa y Pavlina, aunque no siempre lo consiguió.

—*No sientas pena por mí, Charlie. Hace tiempo que había previsto este día. Llevo mucho preparándome. Estoy en paz con mi Dios y ansío ver a mi hermano bailando en el escenario de danza más grande de toda la eternidad. Hazme ese regalo. Dame la oportunidad de saber que les he hecho daño una última vez.*

Jamás había conocido, en el KGB ni en la CIA, a ningún agente tan duro ni resuelto. En sus labios, la muerte sonaba a un acto honorable y heroico. En ese momento, Jenkins trataba de hacerse a la idea de que quizá no hubiese muerto y de imaginar cuáles podían ser las consecuencias de las consecuencias. Lefórtovo tenía fama de ser un infierno. Sabía que los rusos no iban a dudar en hacerla sufrir lentamente hasta extraerle la última gota de información.

Acto seguido, la ejecutarían.

—Yo me encargo de los platos si tú te quedas con Lizzie —dijo Alex.

Él sonrió mientras los recogía.

—¿Estás bien?

—Sí, tranquila.

Las noches en casa habían vuelto a su ritmo habitual. Los dos se turnaban para acostar a CJ y a Lizzie. El mayor seguía pidiendo que le leyeran antes de dormir, por más que ya hiciera años que podía hacerlo solo. «Hay momentos —decía Alex— en los que nos quiere lo más lejos posible y otros en los que lo único que quiere es ser un niño. Aprovecha estos».

Jenkins dejó a Lizzie en la cuna después de cambiarle el pañal y le acercó con cuidado el biberón de agua, pues se había vuelto propensa a lanzarlo al suelo a modo de protesta. Alex había leído que la leche maternizada podía ser mala para sus encías y picarle los dientes que acababa de estrenar. Esa noche, sin embargo, la pequeña se metió en la boca la tetina y se limitó a chupar satisfecha.

—Elizabeth Paulina Jenkins —susurró mientras le acariciaba el pelo negro y rizado. Le habían puesto el nombre de su abuela paterna… y el de la mujer sin cuyo sacrificio Jenkins no habría podido estar ante su cuna esa noche—. Buenas noches, chiquitina. Papá te quiere mucho.

Bajó al salón. A Alex le quedaba todavía media hora de lectura con CJ. Encendió el fuego y disfrutó del aroma a resina de los troncos de pino y de cornejo. Cuando prendió, la leña crujió y crepitó. Se sentó en el sofá de cuero marrón, pero no hizo además alguno de encender la televisión para ponerse a zapear. Volvió a pensar en aquella última conversación con Pavlina y en su deseo de reunirse con su hermano, que se había suicidado después de que le robasen su sueño de bailar en el Bolshói.

—*Quiero que sepan que mi hermano les hizo durante años más daño que el que puedan haber soñado con hacerle ellos a él… o a mí. Tendrán que vivir con la conciencia de que la venganza ha vuelto a serles esquiva.*

Quizá no.

Solo de pensarlo le entraron náuseas.

Alex bajó por la escalera.

—Gracias por esperar.

—¿Cómo? —le preguntó a su mujer.

—¿No me estás esperando para ver un episodio de *La maravillosa señora Maisel*?

—Claro.

Ella le dedicó una sonrisa poco convincente.

—¿Y no te has puesto *SportsCenter* mientras esperabas? No es propio de ti...

—Hoy he tenido visita.

Alex se detuvo y dejó de sonreír.

—¿Va todo bien?

Se sentó a su lado y Jenkins la puso al corriente de su conversación con Lemore.

—Espero que lo mandases con viento fresco.

—Sí, pero no es de los que se rinden fácilmente.

—¿Qué quieres decir?

—Poco después se plantó en el Island Café. ¿Te acuerdas de la noticia del hombre que fue de boda a Rusia y acabó detenido por espionaje?

—Vagamente.

—Pues el tal Matt Lemore me ha dicho que era agente suyo y que la idea era precisamente que lo arrestasen.

—¿Por qué?

Jenkins le contó lo que le había revelado Lemore.

—Según él, querían que los rusos creyesen que les llevaban la delantera y habían sido ellos quienes habían forzado el intercambio.

—¿Para que no se parasen a investigar por qué lo habían detenido tan fácilmente?

—Dice que el objetivo era que lo enviaran a la cárcel de Lefórtovo por si podía confirmar el rumor de que tenían allí encerrada a una adquisición de alto nivel de la CIA.

Alex estudió su expresión y le leyó la mirada. Ella también había trabajado para la CIA, aunque en operaciones analíticas.

—¿Una adquisición de alto nivel a la que conociste tú cuando estuviste en Rusia?

—Pavlina.

Lo miró estupefacta.

—Me dijiste que había muerto.

—Eso creía yo. Me dijo que tenía una cápsula de cianuro y que, cuando no pudiera seguir alejándolos de la playa, se la tomaría.

Alex dejó escapar un suspiro antes de volver a llenarse los pulmones. Se puso en pie y se pasó los brazos por delante del pecho como si de pronto hubiera sentido frío. Se dirigió al hogar y, vuelta hacia la repisa de la chimenea y las fotografías enmarcadas que sostenía, preguntó:

—¿Qué pruebas hay de que siga con vida?

—Nada concreto. Está todo muy en el aire, pero los dos sabemos que, en el mundillo del espionaje, las cosas suelen ser así.

—Podría ser cualquiera.

—No creo. Los rumores empezaron poco después de que yo volviera de Rusia, conque la cronología encaja, y dicen que había sufrido un accidente de tráfico y tenía información sobre una misión clandestina de los Estados Unidos que llevaba tiempo en marcha.

Alex se dio media vuelta.

—Las Siete Hermanas.

Jenkins asintió.

—Pero no tienes ningún modo de confirmarlo.

—No. —El tono lo delató.

—Aunque Víktor Fiódorov sí. Eso es lo que estás pensando, ¿verdad?

—Fiódorov tiene que saber si salió con vida del accidente.

Se referían al agente de la FSB que había perseguido a Jenkins desde Moscú hasta el mar Negro y había cruzado también este para darle caza en Turquía. Ante su fracaso, el Servicio Federal de Seguridad lo había destituido y Fiódorov, en lugar de albergar ningún resentimiento hacia Jenkins, le había hecho saber que sentía una gran afinidad con él.

—¿Puedes localizarlo? —preguntó Alex.

Jenkins negó con la cabeza.

—Mientras esperaba a que acabase el entrenamiento de CJ, he estado buscando en el historial del teléfono, pero ya hace mucho tiempo de sus últimas llamadas y sospecho que su número debía de estar encriptado o ser de un teléfono de prepago del que tiene que haberse deshecho hace mucho. Se ve que desde entonces no ha tenido motivos para ponerse en contacto conmigo.

—Entonces, no tienes cómo dar con él. —Saltaba a la vista que su mujer estaba deseando poner fin a aquella conversación.

Jenkins la miró con una sonrisa incómoda.

—Puede que haya un modo…

—¿De localizarlo? ¿Cómo?

—A través de la cuenta de Suiza.

La última vez que lo había llamado Fiódorov había sido para informarlo de que había encontrado a Carl Emerson y había seguido la pista del dinero que le había pagado Rusia por revelar los nombres de tres de las Siete Hermanas. Tras matar a Emerson, se había quedado con el sesenta por ciento del dinero y le había facilitado a Jenkins el número de cuenta en que había ingresado para él el cuarenta restante. Jenkins, sin embargo, no había tocado aquel dinero ni probablemente lo haría nunca, pues, semanas después de la apertura de la cuenta, había sabido que el Gobierno ruso la había congelado.

—Usó la sucursal moscovita de la Unión de Bancos Suizos. Aunque esté congelada, tengo el número de cuenta. Si fuese allí a hacer un depósito y les dijese que quiero actualizar los datos de mi tarjeta de firma, quizá me dijeran el nombre del banquero ruso que la abrió.

—¿Y de qué iba a servir eso?

—Lo más probable es que sea el mismo que abrió la de Fiódorov y que lo hiciese el mismo día, a la misma hora. Fiódorov tuvo que usar un nombre falso, pero, si doy con el banquero, también puedo averiguarlo.

—¿Y quién te dice que te va a revelar el nombre?

Su marido la miró con una sonrisa cansada.

—De perseguir al KGB sé muy bien que los banqueros moscovitas son venales, actúan de confidentes para algún agente del Gobierno o han hecho ya transacciones execrables para oligarcas y figuras del crimen organizado. Darme el nombre asociado a una cuenta a cambio de cierta cantidad no va a suponerle ningún problema. Luego puedo hacer que Lemore busque el extracto de la tarjeta de crédito y de débito y encontrar con eso a Fiódorov.

—Eso es una locura, Charlie. Podrían mandar a un agente a buscar a Fiódorov. No tienes por qué ir tú. No les debes nada.

—Tienes toda la razón: no le debo nada a la Agencia…

Alex se sentó en la mesita dispuesta delante del sofá para mirarlo.

—Pavlina actuó por decisión propia, Charlie. Si está viva, lo cual es ya mucho suponer, no es por nada que hayas hecho o hayas dejado de hacer tú.

—Estaba dispuesta a dar la vida por mí, Alex. De no haber sido por ella, no habría vuelto a veros a CJ ni a ti, ni habría conocido a Lizzie.

—Eso no lo sabes.

—Yo soy el único que puede acceder a la cuenta y averiguar el nombre del titular de la que abrieron al mismo tiempo.

—¡Y un cuerno! —exclamó poniéndose en pie—. La Agencia puede enviar a un agente de Moscú para que haga lo mismo que has dicho tú, a alguien que se haga pasar por ti. Lo más seguro es que Fiódorov abriese las dos cuentas por internet.

—En eso tienes razón, pero ¿y cuando el agente consiga la información? Fiódorov no va a estar dispuesto a hablar de esto con cualquiera. Será muy precavido. Si corre la voz de que fue él quien mató a Emerson y robó el dinero, es hombre muerto. Te guste o no, soy el único en quien querrá confiar… y el único que puede chantajearlo.

—Cualquier agente puede amenazar con delatarlo.

—Y él no dudará en delatar al agente ante la FSB y revelar que tenía la intención de averiguar si Pavlina sigue con vida. Si es así, la FSB la trasladará adonde no podamos encontrarla y perderemos la ocasión de sacarla de allí.

—¿Sacarla de dónde?

—De Lefórtovo —respondió Jenkins—. De Rusia.

—¿Te has vuelto loco? ¿Tú sabes lo que puede suponer eso? Contando con que sea ella, claro. Además, si ha estado varios meses en el hospital y ahora está en Lefórtovo, no tienes la menor idea de en qué condiciones físicas o mentales vas a encontrártela.

—Tendré que ir por partes. Primero habrá que averiguar si está viva y si la tienen en Lefórtovo. Si está allí, buscaré con Lemore un plan para sacarla.

Alex meneó la cabeza.

—Pero ¿te estás oyendo? ¿En serio quieres confiar en una agencia que estuvo a punto de dejar que te encerraran de por vida?

—No los tengo solo a ellos.

—¿A quién tienes entonces? ¿En quién vas a confiar para que te ayude con esto, Charlie?

—En Fiódorov.

Alex lo miró como se mira a un perturbado.

—¿En un coronel de la FSB?

—Un coronel descontento de la FSB.

—Que te persiguió por tres países distintos.

—Pero su agencia y su país lo jodieron vivo.

—No es de fiar, Charlie. ¿Y si abrió la cuenta para atraparte? ¿Y si la puso a tu nombre y no usó un nombre falso por eso?

—No usó un nombre falso porque suponía que yo la vaciaría en cuanto la abriese; pero yo preferí no tocar ese dinero manchado de sangre.

—Es igual: podría ser todo una trampa. La FSB podría haber difundido el falso rumor de que Pavlina está viva para incitarte a volver a Moscú. Putin es arrogante, tenaz y vengativo. Mira hasta dónde ha llegado para matar a quienes espían a Rusia.

—Dudo que Fiódorov hiciera esto para atraparme. De entrada, nunca se le habría ocurrido darme los cuatro millones de dólares.

—Putin estuvo en el KGB. Fiódorov era agente de la FSB y puede que lo sea todavía —dijo Alex—. Mató a Carl Emerson y sacó tajada. ¿Me vas a decir que ahora se ha convertido en una hermanita de la caridad?

—Mamá... —Su hijo estaba de pie en mitad de las escaleras con el pijama puesto—. ¿Por qué estás enfadada con papá?

—No pasa nada, CJ —dijo Jenkins—. Era solo una conversación de mayores. Vuelve a la cama.

La expresión del pequeño delataba preocupación y miedo, como en la primavera y el verano anteriores.

—¿Otra vez te han metido en un lío, papá?

—No, CJ, no me han metido en ningún lío. No pasa nada. Vuelve a la cama, que de aquí a un minuto subiré a darte un beso de buenas noches.

El crío, sin embargo, no subió las escaleras. Con gesto resuelto, se quedó donde estaba mientras le corrían lágrimas por las mejillas.

—Si no pasa nada, ¿por qué está llorando mamá?

CAPÍTULO 5

A la mañana siguiente, Jenkins llevó a su hijo al cole, un cambio menor en las costumbres familiares que el niño tampoco pasó por alto.

—¿Por qué no me lleva mamá? —preguntó.

—Porque así podemos hablar tú y yo si tienes más preguntas.

CJ negó con la cabeza.

—Ya sé que estás asustado, CJ. Después de lo mal que lo pasamos, tienes derecho a estar asustado; pero te prometo que no hay nadie amenazándome con mandarme a la cárcel.

—Entonces, ¿por qué os estabais peleando mamá y tú?

—No nos estábamos peleando. Es que una amiga mía, una muy buena amiga, tiene problemas y necesita que le eche una mano.

—¿Qué clase de problemas?

—No lo sé muy bien, CJ, pero, si necesita ayuda, lo normal es que se la dé, ¿no?

El pequeño reflexionó un instante. El pecho le subía y le bajaba.

—Si es una amiga buena de verdad, supongo que sí.

—Sí, es una amiga buena de verdad.

Llegaron a la puerta del colegio y, en vez de apearse de un salto como solía hacer, CJ abrazó a Charlie antes de abrir la puerta y echó a correr por el corredor techado. Jenkins contuvo las lágrimas hasta que el vehículo de detrás tocó el claxon y tuvo que arrancar.

Regresó al Island Café para esperar a Matt Lemore. Había acordado con Alex que pediría más información y lo hablarían antes de tomar una decisión. Había llamado al joven agente a las cinco de la mañana con la intención de despertarlo, pero Lemore estaba en la Costa Este y lo había pillado haciendo ejercicio en un Anytime Fitness.

Aunque el local estaba mucho más concurrido y tenía mucho más bullicio a esas horas de la mañana, consiguió hacerse con una mesa de asientos corridos en el momento en que cuatro albañiles recogían sus cascos y sus guantes y se levantaban. El ayudante de camarero limpió la mesa y Maureen le llenó la taza de café sin molestarse siquiera en saludarlo. No estaba para perder tiempo. Jenkins dio un sorbo y fingió estudiar el menú. Los deliciosos aromas que llegaban de la cocina, de beicon y de tostadas con salsa de salchicha, no lograron abrirle el apetito. Miró por la mitad inferior de la ventana. De la bahía de Skagit llegaba una bruma ligera que debilitaba la luz de las farolas. Al otro lado de la calle aparcó en paralelo un Ford azul del que se bajó Matt Lemore.

De su boca y su nariz escapaban volutas de vaho mientras esperaba a que pasase un coche antes de cruzar al trote y entrar en el café. Llevaba pantalones vaqueros, zapatillas blancas de deporte y un chaquetón negro que lo hacían parecer más joven aún que la víspera. Al ver a Jenkins, se acercó a su mesa y ocupó el asiento corrido que tenía delante. Se calentó las manos con el aliento y las mejillas se le encendieron del frío.

—¿Lleva mucho rato aquí? —preguntó por encima del estrépito de cubiertos, platos y voces.

—Acabo de llegar.

Maureen dejó los platos que le habían pedido en la mesa de al lado, recogió una jarra de café y se acercó para llenar la taza de Lemore, quien la tapó con una mano diciendo:

—¿Descafeinado…?

Maureen frunció el ceño y luego alzó las cejas con gesto desafiante. Lemore apartó la mano y ella le llenó la taza antes de pasar a la siguiente mesa.

—Gracias —dijo él elevando la voz para que lo oyese.

—Ya veo que, poco a poco, vas aprendiendo —dijo Jenkins.

El joven abrió dos sobres de azúcar y removió el contenido en el café. Alguien de la barra pidió algo y en la caja registradora sonó una campanilla.

—Creo que he dado con la forma de encontrar a Víktor Fiódorov —afirmó Jenkins.

Lemore bebió de su taza y la volvió a dejar en la mesa, envolviéndola con las manos para entrar en calor.

—¿Ah, sí?

Su interlocutor asintió.

—Quizá. Fiódorov no querrá hablar con nadie, pero creo que conmigo sí.

—Está bien. Si consigue usted encontrarlo, podemos darle un número seguro para que llame y…

—No podéis mandar a nadie a buscarlo, porque no se va a fiar de nadie. Tampoco confiará en ningún número que le dé la CIA. Fiódorov está al tanto de mi juicio por espionaje y está convencido de que somos almas gemelas, porque a los dos nos han jodido vivos nuestras agencias.

Lemore se reclinó sobre el vinilo verde.

—¿Qué propone entonces?

—Lo único que podría funcionar: ir allí y encontrarlo yo mismo.

—¿Quiere volver a Rusia? —preguntó el joven con una sonrisa insegura.

Jenkins asintió.

El agente soltó una risita, convencido a todas luces de que era un chiste. Sin embargo, enseguida dejó de reír y hasta borró la sonrisa al darse cuenta de que no. Arrugó los sobres de azúcar vacíos y los volvió a dejar sobre la mesa.

—¿En serio?

—En serio. —Jenkins dio un sorbo a su café.

—Aunque consiguiésemos meterlo… Saltarían todas las alarmas. Las cámaras de todo Moscú estarían pendientes de usted. No es precisamente una persona que pase inadvertida, y menos aún allí. La población negra de Rusia no llega al uno por ciento. Que tenga la piel más clara que la media ayuda, pero solo hasta cierto punto.

—Ya, ya, pero tampoco tengo planes de quedarme a vivir allí. Además, creo que sé cómo entrar. Creo. Lo que necesito es un modo de salir. Seremos dos.

Lemore frunció el ceño con gesto confuso.

—¿Dos?

—No pienso salir sin ella… si es que es ella.

El otro abrió la boca, pero no dijo nada. Bebió café y dejó pasar unos segundos antes de señalar:

—Mi trabajo consiste solo en confirmar la identidad de la agente.

—Esta no será tu primera misión, ¿verdad?

—Claro que no. —Se inclinó hacia delante—. Pero para eso haría falta que lo aprobasen de muy arriba y, aunque nos dieran luz verde, no reconocerían la misión. Las relaciones con Rusia están pasando por un momento muy sensible. La Agencia no hará públicamente nada que pueda dar pie a un incidente internacional.

—Lo entiendo. ¿Es fiable la información que tienes sobre una agente encerrada en Lefórtovo? ¿Estáis seguros de que no es una trampa de los rusos para dejarnos en mal lugar?

—Tenemos indicios razonables…

—No me des una charla de agente de la CIA. —Jenkins lo miró de hito en hito—. Quiero saber si es fiable.

Lemore miró por encima de su hombro antes de bajar la voz:

—Como le dije ayer, sabemos por fuentes humanas que ingresaron a una agente en la unidad de cuidados intensivos del Hospital de Veteranos de Guerra de Moscú. —Con *fuentes humanas* se refería a medios clásicos de espionaje sin intervención de medios tecnológicos.

—¿Y cuándo llegó al hospital esa paciente?

—No se sabe.

—Aproximadamente…

—Los primeros informes nos llegaron a finales de enero.

Jenkins hizo sus cálculos mentales mientras Lemore proseguía. Había hecho su segundo viaje a Rusia la segunda semana de enero y había pasado unos cinco días intentando salir del país, además de los cuatro o cinco que necesitó para llegar a la isla griega de Quíos antes de volver a casa.

—¿Y tenéis su historial médico?

El agente negó con un gesto.

—A la paciente no le hicieron registro de entrada ni le asignaron ningún nombre, ni siquiera consta como «paciente sin identificar».

—¿Seguro que es mujer?

—Casi seguro, aunque en el hospital tampoco hay constancia del sexo del paciente. Nuestro contacto dice que había mucha seguridad. Aislaron al paciente en un pabellón aparte y de vez en cuando aparecían agentes de la FSB con uniforme de médicos o enfermeros o de paisano.

—¿Cuánto tiempo estuvo en el hospital?

—Unos cuatro meses.

—¿Y luego la llevaron a Lefórtovo?

—Pero ni formalizaron el alta del hospital ni el ingreso en Lefórtovo. La tienen en un bloque aislado con medidas de seguridad y acceso limitado.

«Y una atención médica inadecuada —Jenkins lo sabía muy bien— con arreglo a lo que ha descubierto recientemente el Tribunal Europeo de Derechos Humanos».

—Lo que nos han dicho es que se niega a hablar —dijo Lemore.

Eso sí era muy propio de Pavlina, dura como una roca.

—¿Y cómo pretende convencer a Fiódorov? —quiso saber el joven.

—Tendremos que ofrecerle un incentivo económico. No va a hacerlo por razones ideológicas ni va a estar encantado conmigo precisamente cuando le cuente lo que ha pasado con un dinero que ya era suyo.

—No tengo nada claro que vayan a querer darme dinero...

—Fiódorov no necesita dinero; por lo menos, de momento. —Jenkins le habló del dinero que había robado el ruso a Carl Emerson y había compartido con él. Al comprobar aquella misma mañana el balance de su cuenta en el banco suizo, había confirmado que Fiódorov había ingresado cuatro millones de dólares el 12 de octubre del año anterior, lo que significaba que debía de haber robado unos diez—. Necesito robar ese dinero para poderle ofrecer el modo de recuperarlo. —Tenía un plan para hacerlo: solo necesitaba averiguar el seudónimo que usaba Fiódorov para que los expertos informáticos de Lemore pudieran vaciar su cuenta—. Para acceder a la mía, tendré que hacer un ingreso, un capital inicial de manera que el banco tenga que descongelar la cuenta. Acto seguido, necesitaré apoyo tecnológico para robarlo.

—¿Y si no descongelan la cuenta?

—Tú has estudiado a los rusos. ¿Conoces a algún banco de Rusia que le diga que no al dinero? —Era una pregunta retórica—. Cuando descongelen la cuenta, tendréis que jaquear al banco y sacar enseguida todo el dinero. En el momento en que consiga el nombre falso con el que abrió la suya Fiódorov, necesitaré que la vaciéis también y que transfiráis el contenido a un lugar al que no puedan acceder ni él ni las autoridades rusas.

—Pondré a los informáticos a estudiar cómo abordar la parte tecnológica… si es que es posible.

—Después de retirar el dinero de las dos cuentas, retendrás los números de las nuevas hasta que consiga hacerme con Pavlina… si es que es Pavlina. Cuando te lo indique, transferirás los cuatro millones a Fiódorov. Luego, cuando Pavlina y yo estemos en suelo estadounidense, transferirás los seis millones. Así, Fiódorov estará menos tentado de traicionarme.

—¿Menos tentado?

—Si viera la ocasión de conseguir más dinero…

Lemore sonrió.

—Entonces, me está diciendo que sí. ¿Cuándo vamos a hacerlo?

—Comprueba lo que tengas que comprobar y luego me cuentas. Sobre todo, averigua si es posible resolver el aspecto tecnológico. Yo todavía tengo que convencer a alguien más difícil de contentar. Otra cosa —añadió—: ¿has oído aquello de «Si me engañas una vez…»?

—… la culpa es tuya —respondió Lemore.

—Si me engañas dos…

—… la culpa es mía.

—Tengo mujer y dos hijos. Un engaño más y haré que os arrepintáis tú y todo aquel que tenga algo que ver con esto.

CAPÍTULO 6

Después de acostar a CJ y a Lizzie, Jenkins y Alex se pusieron ropa abrigada y salieron con una manta al patio de la casa a hablar a solas. En el suelo de cemento tenían un hogar y, alrededor, sillones de estilo Adirondack. Alex se sentó y dejó el vigilabebés en su regazo para oír a la pequeña si lloraba.

Jenkins encendió el fuego y se sentó a su lado. Tenían sendos vasos térmicos Yeti de café descafeinado con un chorrito de Baileys y bebieron mientras contemplaban el prado en penumbra. Jenkins alcanzaba a ver las sombras de los tres caballos y de cuando en cuando los oía bufar y relinchar. Las llamas titilaban crepitantes y lanzaban pavesas al cielo tachonado de estrellas. No tardaron en sacar el tema en el que estaban pensando los dos.

—¿Has decidido qué vas a hacer? —preguntó Alex.

—Te prometí que no tomaría ninguna decisión sin ti.

—Pero ¿por cumplir o porque de verdad piensas hacerlo?

Él volvió la cabeza y estudió a su mujer.

—Claro que pienso hacerlo —respondió—. Si me dices que no, no iré.

Ella clavó la mirada en la hoguera como si esperase encontrar una respuesta en las llamas.

—Tengo el corazón dividido… y supongo que tú también.

Él asintió.

—Mucho.

—Tenemos dos hijos en los que pensar, Charlie.

—Lo sé.

—Y, por encima de todo, te debes a ellos.

—Y a ti. Por encima de todo me debo a ti y a los niños. Soy muy consciente de ello, y ahora más que nunca.

—Pero, al mismo tiempo, de no ser por Pavlina, no estarías aquí en este momento.

Jenkins tendió el brazo para tomar la mano enguantada de ella.

—Yo he pensado lo mismo. Sé que Pavlina me diría que no fuese a buscarla. En Rusia me dijo que estaba dispuesta a morir por su hermano y dudo mucho que haya cambiado de opinión. También he pensado en lo que me dijiste sobre las condiciones en que podría encontrármela, si es que es ella: no sé si estará en condiciones psíquicas de entender quién soy ni si será físicamente capaz de salir del país.

—No la habrían mantenido con vida si no estuviera en buenas condiciones psíquicas.

No le faltaba razón.

—¿Qué te ha dicho Lemore? ¿Saben si Pavlina conoce la identidad de las cuatro hermanas restantes? Doy por hecho que es lo que más les preocupa a los de la Agencia.

—Él no me ha dicho nada, pero Carl Emerson sí dijo que los siete nombres solo se sabían en los puestos más altos de la CIA.

—Sí, pero tampoco podemos olvidarnos de que Emerson era un mentiroso. La Agencia debía de tener a alguien en Rusia que pudiera comunicarse con las hermanas, ¿no?

—Parece lógico.

Alex suspiró y le soltó la mano. Un viento suave cruzó la granja y agitó las llamas, que lanzaron pavesas al cielo.

—No sé, Charlie. Puede que sea solo que estoy cansada después de todo lo que ha pasado, pero la verdad es que no me fío de que la Agencia te vaya a respaldar. Me da miedo que pueda ser una trampa.

—Después de hablar con Lemore en el Island Café, llamé a un viejo amigo, un tipo con quien trabajé en Ciudad de México y en quien confío. Él llamó a un amigo que todavía trabaja en Langley y que le confirmó que Lemore trabaja en Operaciones Clandestinas y está especializado en Rusia y otros países del Este, donde ha ejercido de agente. Todo encaja con lo que me ha contado él.

—Un punto a favor, pero también podría ser que todo formara parte de la misma artimaña y Lemore sea un peón igual que tú.

—Pero ¿qué iban a querer de mí?

Alex meneó la cabeza.

—Parezco paranoica, ¿verdad? Pero tengo todo el derecho a serlo.

—¿Qué pueden querer de mí? Vamos a hablarlo.

Alex soltó un suspiro y Jenkins pudo ver que estaba preocupada por algo más.

—Supongamos que esa agente tan bien situada es real, que los rusos la tienen, o lo tienen, en Lefórtovo y la Agencia quiere sacarla del país.

—De acuerdo.

—¿Y si Rusia ya ha convenido en hacer un intercambio? ¿Y si lo que Rusia quiere en realidad es… —volvió la vista a su marido— a ti?

Jenkins no había pensado en esa posibilidad.

—Dime que me equivoco, Charlie.

—Los rusos podrían haber enviado a alguien aquí a envenenarme, como hicieron en Londres. Putin está convencido de que esas cosas no dañan la reputación de la FSB, sino que la engrandecen. Podrían haber fingido un accidente de coche, un ataque al corazón, un atraco fatal o cualquier otra de las cosas por las que se han granjeado la fama que tienen; pero no lo han hecho.

—Todavía. Piensa, sin embargo, que al delatar a Emerson dejaste a Putin sin la mejor baza que tenía para encontrar a las cuatro hermanas restantes, y recuerda que en Rusia no saben que Fiódorov ha matado a Emerson, sino que piensan que es cosa de los Estados Unidos.

—Si Pavlina podría ser la última oportunidad que tiene Putin de conocer la identidad de las hermanas que quedan, ¿por qué iba a querer intercambiarla por mí?

Alex se encogió de hombros.

—Quizá ya haya llegado a la conclusión de que ella no puede identificar a ninguna de las otras hermanas y piensa que puede sacarle partido. No sé. No digo que sea así, Charlie, sino que podría ser así.

Se oyó ladrar a los coyotes, que, a continuación, se adentraron en el bosque y aullaron desde allí. A medida que se construían calles con casas en lo que antes habían sido terrenos forestales, aquel sonido se había vuelto cada vez más infrecuente en la isla de Caamaño. Los caballos bufaron, relincharon y patearon el suelo. Les tenían miedo, aunque con su altura podían aplastarlos fácilmente. Con todo, Jenkins no pensó de entrada nada de eso: lo primero que le pasó por la cabeza fue que la jauría sonaba como una mujer gimiendo de dolor.

—No puedo dejarla en esa cárcel… si es que es ella.

—Lo sé, pero prométeme que, si es ella, y si lo intentas y no lo consigues, no dejarás que eso te nuble el entendimiento, que no harás ninguna estupidez.

—Yo el entendimiento lo tengo ya más que despejado, Alex, gracias a los niños y a ti. Si encuentro a Fiódorov y me dice que Pavlina ha muerto, saldré de allí enseguida, y, si es ella y no puedo sacarla, no haré ninguna tontería. —Volvió a cogerla de la mano—. Te lo prometo.

—¿Cuándo has vuelto a quedar con el tal Matt Lemore?

—Mañana por la mañana en la cafetería.

—Mañana es sábado. Dile que venga a cenar a casa.

—¿Con los niños aquí? —preguntó él.

—Exacto.

CAPÍTULO 7

La tarde del sábado, a las seis en punto, se oyó llamar con decisión a la puerta con los nudillos, lo que hizo que Max ladrase, lo que hizo que Lizzie se echase a llorar, lo que hizo que se enfadara CJ por no poder ver la tele, lo que hizo que Alex regañase a su hijo, lo que hizo que Jenkins comparase el ser padres con un efecto dominó. Mientras Alex atendía a la pequeña, él acalló a Max y abrió la puerta. Matt Lemore llevaba una caja de helados en una mano y un ramo de flores en la otra. Vestía de manera informal, pero, por lo demás, parecía un chaval de instituto que fuese a recoger a la chica que lo acompañaría al baile de graduación.

—Para los críos —anunció al tender los helados a su anfitrión.

—Estarán encantados —repuso Jenkins—. Y mi mujer también: los tulipanes son de las flores que más le gustan.

Lemore asintió con un gesto.

—Chivatazo de la florista...

Jenkins sonrió.

—Buen trabajo de información. En estos años he tenido que comprar más de un ramo para salir de algún que otro embrollo en el que me había metido. Anda, pasa.

Alex llegó en el momento en que el anfitrión cerraba la puerta y Lemore entraba al salón. Su metro setenta y ocho la hacía casi tan alta como el joven. Llevaba puestos unos vaqueros cómodos y una camiseta vieja con cuello de pico.

—Señor Lemore —dijo tendiéndole la mano.

—Matt, por favor. —Le ofreció las flores—. Son para usted.

—No tenías que haber traído nada, hombre.

Él soltó una risita.

—Mi madre no opina lo mismo.

—Tulipanes. —Miró a Jenkins alzando una ceja—. Con lo que me gustan. Voy a ponerlos en agua. —Echó a andar hacia la cocina—. Espero que te guste la lasaña.

—Sí que me gusta, y mucho —contestó siguiéndola hasta la cocina.

La pequeña tenía todavía lágrimas en las mejillas mientras sus deditos rechonchos se afanaban en acorralar aros de Cheerios y llevárselos a la boca. Con la otra mano aporreaba la bandeja con el biberón del agua.

—Ella es Lizzie —dijo Alex—. ¿Tienes hijos?

—No, todavía no. Mi mujer y yo estamos esperando un bebé.

—Enhorabuena. Nosotros somos los clásicos padres que se deciden a tenerlos después de los cuarenta.

—Debería considerarse seña de identidad nacional —dijo Jenkins—. ¿Puedo ofrecerte una cerveza?

—Por supuesto.

Alex lo llevó a la sala de estar, donde el mayor veía la tele sentado en el sofá.

—CJ —dijo su madre—, ¿te importa apagar el televisor y presentarte al señor Lemore?

El niño obedeció. Le estrechó la mano como le había enseñado Charlie, mirándolo a los ojos.

—Un placer conocerlo, señor Lemore.

—El gusto es mío, CJ.

—¿Trabaja usted con mi padre?

Lemore miró a Alex sin saber bien qué responder.

—Puede ser —dijo ella—. Todavía está por ver.

Charlie entró en la sala con tres botellines de Corona con media rodaja de lima en cada uno y les tendió los suyos a Lemore y a Alex.

—Salud. —Los tres entrechocaron el cuello de sus cervezas.

—Ponte cómodo —le ofreció la anfitriona—, que a la cena le faltan unos minutos.

Le pasó los platos y los vasos, y entre CJ y él pusieron la mesa de la cocina bajo la atenta mirada de Lizzie. Jenkins sabía que, más que impresionarlo, quería que se hiciera cargo de todas las responsabilidades familiares de su marido.

Jenkins se sentó a la cabecera de la mesa y Lemore a su derecha, al lado de CJ. Alex ocupó el otro extremo, al alcance del asiento de Lizzie. Jenkins cogió el tenedor, pero Alex dijo:

—¿Podemos bendecir primero la mesa?

Aunque se había educado en el credo baptista, Jenkins había perdido la fe cuando había servido en Vietnam y no la había vuelto a recuperar. Alex, católica, quería criar a sus hijos en el seno de la religión y Jenkins había claudicado. Todos unieron las manos, formando un círculo, y Jenkins no pasó por alto que Lemore bajaba la cabeza.

—Señor, bendice a esta familia y a nuestro invitado, Matt Lemore —dijo Alex—, porque tú eres el camino, la verdad y la vida. Que tu luz nos ilumine a todos los presentes para que vivamos en tu fe. —Jenkins intentó no encogerse ni reaccionar de ningún otro modo—. ¿Alguien quiere decir algo?

—Y gracias —añadió CJ— por ayudarnos hoy en el partido… y por los tres goles que he metido.

Jenkins sorprendió a su hijo mirando de reojo al agente y concluyó:

—Y enséñanos a compartir tu humildad.

En ese momento, Lizzie lanzó a la mesa el biberón, que cayó con gran estruendo.

—Esa es su forma de decir que tiene hambre —anunció su madre mientras lo recogía.

—Y no me extraña, porque huele de maravilla —dijo Lemore.

Comieron lasaña, ensalada y pan de ajo con una botella de chianti. La conversación fluyó de forma distendida y al invitado no pareció importarle el caos. Si el joven agente estaba actuando sin más, ocultando información o mintiendo, Jenkins no logró detectarlo. Lemore les dijo que su mujer y él vivían en Virginia, bastante cerca de Langley. Se habían casado tarde, porque los viajes y otros compromisos laborales no les habían permitido verse con asiduidad. Él también había jugado al fútbol mientras estudiaba en la Universidad de Virginia. Todo encajaba con la información que le había transmitido a Jenkins su contacto.

—¿De qué jugabas? —quiso saber CJ.

—De defensa central.

—De zaguero —dijo el niño.

Lemore pinchó su ensalada.

—Teníamos un entrenador que creía que teníamos más probabilidades de ganar si el otro equipo no marcaba. El caso es que le funcionaba, porque el último año llegamos a cuartos de final del campeonato de la NCAA.

—¿Llegaste a ser profesional?

—No. Tampoco era tan bueno y, además, lo que quería era servir a mi país, así que me alisté en los marines.

—Pues yo sí voy a ser profesional.

—CJ… —dijo Jenkins en un tono que dejaba claro que quería transmitir un mensaje a su hijo.

—Quiero decir, que me gustaría… si me esfuerzo y soy lo bastante bueno. —Miró a su padre en busca de su aprobación y Jenkins asintió sin palabras.

—Me gusta tu confianza —dijo Lemore.

Tras la cena, después de quitar la mesa, Alex dejó a Lemore que les diese un helado a los niños y CJ se llevó el suyo a la sala de estar para ver la televisión.

—No ensucies el sofá ni el mando a distancia —le advirtió su madre. Lo de Lizzie era harina de otro costal. Seguro que se llenaba las manos y la cara de helado después de habérselas embadurnado de lasaña. Se volvió a Lemore—. ¿Te apetece un café, Matt?

—¿Descafeinado?

—Sin problema.

Lemore sonrió.

—Así da gusto. Ayer le pedí un descafeinado a la camarera de la cafetería y pensé que me lo iba a echar en el pantalón.

—Maureen tarda un poco en mostrarle su cara amable a la gente… —comentó Jenkins.

—Una década más o menos —dijo Alex—. ¿Soluble?

—Perfecto.

Alex le ofreció la crema de leche y el azúcar y volvió a sentarse mientras esperaba a que saltara el hervidor. Lizzie estaba disfrutando a lo grande destrozando el helado.

—Salta a la vista que no tienes un pelo de tonto, así que imagino que has entendido de qué iba esta velada.

—Perfectamente —respondió él—. Soy muy consciente de que Charlie es padre y esposo y tiene mucho que perder.

Jenkins asintió sin pronunciar palabra. Aquella conversación era cosa de Alex.

—Todos tenemos mucho que perder. Estuvimos a punto de perderlo una vez. Charlie es un hombre muy entregado y puede llegar a ser fiel hasta decir basta. El segundo nombre de Lizzie es Paulina.

Lemore se incorporó en su asiento.

—Eso no lo sabía.

Ella asintió.

—Charlie no quería que su sacrificio cayera en el olvido. Entiendes por qué me preocupa que vengas aquí a contarle que podría estar viva, ¿verdad?

—Sí. Ojalá pudiese decir algo que aliviara su ansiedad y su preocupación, pero sé que usted también ha sido agente y que tampoco tiene un pelo de tonta. Ya veo que entre los dos han creado una familia maravillosa, así que no voy a ofender su inteligencia diciendo que lo entiendo.

—Dime solo que, esta vez, podrá contar con vosotros si necesita ayuda, que no lo pensáis abandonar.

—Yo no lo voy a abandonar. —Lemore miró a Jenkins—. No pienso abandonarlo. Tienen mi palabra y no es por haberlos conocido a usted, a CJ y a Lizzie, aunque eso también me preocupa: no pienso abandonarlo porque yo también soy agente y también me he visto solo en una misión. —Miró a Alex—. Le dije a Charlie que todos estábamos al tanto del juicio y que todos lo apoyábamos.

—Me lo ha dicho, aunque no tengo claro que eso signifique gran cosa.

—Para mí sí. —El joven parecía sincero. Volvió a posar la vista en Jenkins—. Es usted uno de nosotros. Lo que le pasó le podía haber pasado a cualquiera de nosotros y no se me olvida. No lo pienso abandonar, se lo prometo.

El hervidor que habían puesto al fuego silbó en ese momento con un murmullo sordo que fue ganando en volumen y en tono. Charlie se volvió hacia la hornilla, pero el sonido le recordó a la noche en que Pavlina le había preparado té en su apartamento… y al sonido que había oído la noche anterior con Alex, el aullido de los coyotes.

Los gemidos de una mujer sufriendo tortura.

CAPÍTULO 8

Una semana después de la cena con Matt Lemore, se apeaba de un avión de la Turkish Airlines en el nuevo aeropuerto de Estambul un Charles Jenkins sin afeitar y con los ojos soñolientos. No había logrado dormir gran cosa en las dieciocho horas de vuelo, que había dedicado casi por completo a repasar su ruso.

El conflicto reciente con los Estados Unidos lo había llevado a viajar con un pasaporte británico que le había proporcionado Lemore. Cuando consiguió pasar la concurrida aduana y localizar la bolsa que había facturado, salió del edificio a encontrarse con la noche. La temperatura había descendido casi hasta los cero grados, pero el frío le resultó tonificante después de tantas horas respirando el aire reciclado del avión. Llamó a uno de los taxis que había aparcados junto al bordillo y subió a un asiento negro desgastado que se había impregnado del olor de los cigarrillos turcos, un aroma que siempre le recordaba al del ron.

—Rumeli Kavağı —pidió al conductor, a lo que añadió el nombre de una calle de dicho barrio.

El taxista se volvió y lo miró como si le hubiera dicho algo inapropiado.

—*Rumeli Kavağı?*

—*Ne kadar tutar?* —preguntó Jenkins. «¿Por cuánto va a salir?».

Llegaron a un acuerdo en cuanto al precio y el conductor paró el taxímetro y arrancó. Jenkins apoyó la cabeza contra la ventana con la esperanza de dormir durante aquel largo trayecto.

Se despertó mientras el taxi recorría los tortuosos caminos de las colinas que se elevaban sobre el estrecho del Bósforo. Las luces de las casas y los hoteles refulgían en la ladera escarpada y se congregaban en los rebosantes puertos deportivos que bordeaban las aguas en penumbra. En el estrecho, lejos de la playa, los buques cisterna habían echado el ancla y encendido sus luces para transformarse en algo semejante a una constelación de islas.

El taxista redujo la marcha y Jenkins buscó en vano alguna indicación de la calle en las casas.

—*İşte* —anunció el hombre tras detener el vehículo. «Aquí».

—*İşte?*

—*Evet. Bir yerde.* —«Sí, por aquí».

Ojalá tuviese razón. Le dio las gracias y salió del taxi con la bolsa. Se acercó a una casa con una luz encendida en la fachada de estuco rosa. En algún punto de la manzana ladró un perro e hizo que se le unieran algunos más. Jenkins bajó los escalones de cemento y empujó una verja de hierro forjado que, con un gemido, le dio paso a un patio. Lo cruzó para llegar a la entrada. A su derecha, por una puerta corredera de cristal, vio luz en el interior de la vivienda, aunque no distinguió a nadie. Llamó con los nudillos sin saber si debía esperar que lo recibiesen bien o si había dado siquiera con la casa correcta. Al ver que no contestaban, volvió a llamar.

Una mujer de mediana edad y constitución recia abrió entonces la puerta. Tenía el pelo canoso recogido en un moño.

—*Evet?* —«¿Sí?».

—Esma —dijo, recordando el nombre de la embarcación de Demir Kaplan, el patrón turco que lo había ayudado a cruzar el mar Negro. Según le había dicho, le había puesto al barco el nombre de su esposa: «Estoy contigo, Esma, hasta cuando estoy en el mar».

55

La mujer frunció el entrecejo y estudió a Jenkins con una mirada inquisitiva y recelosa.

—¿Demir? ¿Demir Kaplan? —preguntó el recién llegado.

—*Kimsiniz?*

Jenkins sabía, por lo que había aprendido en su última visita a Turquía, que le estaba preguntando quién era. Estaba a punto de responder cuando se oyó la voz de barítono de Demir, profunda y ronca por el tabaco. Hablaba demasiado rápido para que pudiera entenderlo.

Esma se volvió y estaba a punto de decir algo cuando se abrió la puerta de par en par para revelar a aquel hombre achaparrado de barba descuidada salpicada de canas. Al reconocerlo, abrió los ojos como platos, sorprendido y quizá también algo asustado.

—Señor Jenkins. —Daba la impresión de no creer lo que veía.

Jenkins se sentó con Demir y sus dos hijos, Yusuf y Emir, que faenaban en la embarcación de su padre, en torno a una mesa redonda situada junto a una cocina de tamaño modesto. Los hijos, que frisaban ya en los cincuenta, habían acudido a la casa en cuanto habían recibido la llamada del cabeza de familia. El estadounidense recordaba que Yusuf le había dicho que su padre había comprado tres casas en la misma calle, casi al lado. Los hermanos lo habían abrazado al verlo como quien recibe a un pariente perdido y lo habían acribillado a preguntas. Esma, sin embargo, los había interrumpido para pedirles que se sentaran y ellos habían obedecido sumisos.

La mujer no dejó de conducirse con frialdad, aunque eso no le había impedido seguir la tradición turca de colmar al invitado de comida y bebida. Colocó una bandeja con una tetera y cuatro vasos en forma de tulipán y otra con pan integral, quesos, higos y verduras. Antes de salir de la cocina, posó la mirada en Jenkins.

Demir sirvió el té, de un intenso color rojo y aroma afrutado. Sus dos hijos le echaron una gran cantidad de azúcar cande. Emir, el mayor, dijo algo sobre la barba del invitado, que, como la de Demir, ya lucía algunas canas. Jenkins tenía la esperanza de que le sirviese para pasar algo más inadvertido. No podía ocultar su tamaño, pero, gracias al tono de su piel, más café con leche que chocolate, y la barba, que ayudaba a transformar sus facciones, esperaba tener un aspecto más cercano a la población de Oriente Próximo.

Demir alzó su vaso.

—*Sağlığınıza!* —«¡Salud!».

El té tenía un sabor dulce.

—No teníamos claro que hubiese llegado sano a casa —dijo Yusuf— hasta que leímos las noticias de su juicio. —Yusuf había llevado a Jenkins del *Esma* al estrecho del Bósforo en una lancha neumática tras burlar la embarcación de la guardia costera rusa y luego lo había llevado en coche a la terminal de autobuses de la plaza Taksim.

—Los rusos me siguieron hasta Grecia, pero conseguí esquivarlos. Espero que no os dieran muchos quebraderos de cabeza.

—Como le dije en el barco —repuso Demir—, querían apresarlo a toda costa. Vinieron a casa. Uno de ellos fue… muy convincente.

Sabía que se refería a Fiódorov y volvió a preguntarse si podía fiarse de veras del antiguo agente de la FSB.

—Tuvimos que decirle que había cogido un autobús en la plaza Taksim para Çeşme —dijo Yusuf—. Nos alegró saber que había llegado bien a los Estados Unidos, aunque nos preocupó mucho el asunto del juicio.

—¿A qué ha vuelto? —Demir fue por fin al grano.

Jenkins había pensado mucho en cuánto debía contarle al patrón, que de joven había servido en la Armada turca, incluidas sus fuerzas especiales, antes de hacerse cargo del pesquero de su padre.

Al ver disminuir sus ingresos por el descenso de la pesca, Demir había decidido complementarlos con el contrabando de bienes y personas en los distintos países que rodeaban el mar Negro, incluida Rusia, nación por la que no sentía gran aprecio.

—Tengo que volver a Rusia.

Su anfitrión volvió a abrir los ojos de par en par y se reclinó en su asiento meneando la cabeza.

—¿Es posible? —preguntó Jenkins.

—Nuestro presidente está más amable con los rusos en este momento —dijo Demir—, pero sigue habiendo muchas tensiones entre Rusia y Ucrania. Los guardacostas y la Armada de Rusia se han vuelto mucho más diligentes.

—Puedo pagar lo que haga falta.

El patrón negó con la cabeza.

—¿Quién pude valorar tanto el dinero que se arriesgue por él a perder a su familia? Mi Esma me rogó que lo dejase después de la visita de los rusos. No hay dinero que valga cuando uno puede perder la vida, señor Jenkins.

—Lo sé y no quiero crearles más problemas, pero no habría acudido a usted si tuviera otro modo de cruzar. —Al ver que nadie respondía, añadió—: Me ha preguntado a qué he vuelto y se lo voy a contar.

Los vasos tintinearon cuando Emir y Yusuf los dejaron en la bandeja de plata.

—Para salvar a alguien que me salvó. La han metido en un buen lío.

El pecho de Demir se hinchó para después vaciarse de nuevo con un hondo suspiro. Miró a sus dos hijos, que habían permanecido en silencio durante toda la conversación con los ojos puestos en su padre. Fue Yusuf quien rompió el silencio.

—¿Y eso molestaría al señor Putin?

—Si consigo salvar a esa persona, se retorcerá de rabia.

El menor de los hijos miró a su padre con expectación, pero el patriarca levantó las dos manos y sentenció:

—La venganza no es nunca un buen motivo para actuar. Hablaré con mis hijos y mañana le diré algo. ¿Tiene donde pasar la noche?

—Pensaba ir a un hotel.

—Lo mejor es que no vaya dejando pistas por ahí. Los rusos ya me conocen y saben a qué me dedico. Aunque me he estado quieto todos estos meses, es posible que me estén vigilando todavía. Esta noche dormirá aquí.

Le prepararon una cama en el sótano: un colchón dispuesto sobre el suelo de cemento con sábanas y mantas. Esma siguió tratándolo con frialdad, pero él lo entendió perfectamente: Fiódorov debía de haberla aterrado y, de pronto, se presentaba de nuevo el americano para pedirle a su marido que volviese a llevarlo a las fauces del oso. El dolor y la preocupación de Esma le hicieron más patente aún la angustia de Alex… y se dijo que resultaba más fácil empatizar con los seres queridos que reconocer los propios miedos.

Era muy consciente del riesgo que entrañaba contratar de nuevo al patrón turco, pero quería entrar a Rusia a su manera, sin ayuda de la CIA, por si, como temía Alex, se trataba de una trampa. Le había dicho a Lemore que pretendía reducir al mínimo la comunicación y revelarle solo los detalles imprescindibles hasta llegar a Rusia.

En el sótano, sacó el teléfono encriptado. Lemore y él, conscientes de que ni siquiera ese era un medio seguro, habían acordado un código secreto, en virtud del cual se referirían a Pavlina como a un cuadro; Rusia sería el propietario; Lefórtovo, la galería, y Fiódorov, el marchante. En consecuencia, le envió el siguiente mensaje de texto:

Buscando transporte para encontrarme con el propietario de la obra.

Pensó en llamar a Alex, pero acto seguido decidió que era mejor no informarla de todos sus movimientos para no predisponerla a saber de él a cada paso, lo que no haría más que exacerbar su preocupación en caso de que no llamara o no pudiera hacerlo.

Dejó el teléfono sobre la ropa de cama y miró por una ventana angosta de forma rectangular que se abría a una altura considerable de la pared de estuco. A través de ella entraba la luz de la luna, cuyo fulgor gris azulado era la única iluminación con que contaba.

CAPÍTULO 9

A la mañana siguiente, lo despertaron los ardientes rayos del sol, cuya luz reveló la mugre que cubría la ventana. Miró el reloj y calculó que había dormido casi doce horas, lo que le recordaba, una vez más, que ya no era ningún jovenzuelo. Se vistió y subió a la casa, sumida en el silencio. Demir estaba sentado a la mesa y hablaba con sus dos hijos. Casi se habría dicho que no se habían movido de allí desde la víspera.

—Pensábamos que se iba a pasar el día durmiendo —dijo Yusuf.

—Pues estoy como si lo hubiera hecho, porque sigo adormilado.

—Siéntese y desayune —lo invitó Demir—. El té lo despejará seguro.

Con el té, Esma volvió a servir una montaña de comida: platos de pan de centeno, quesos de distintas clases, miel y mermelada. En otro plato puso tomates, pepinos y huevos duros. Demir le llenó el vaso con la infusión rojiza y Yusuf le tendió el azúcar. Esta vez, Jenkins añadió dos terrones y los movió para desleírlos.

—Hemos hablado de su propuesta —dijo el padre.

El americano dejó la cuchara y escrutó a los tres hombres sin dar con indicación alguna de cuál podría ser su respuesta.

—Me alegra saber que ha vuelto con buenas intenciones. Que Dios lo bendiga por eso. —Demir miró a sus hijos y luego al convidado—. Hemos decidido llevarlo a Rusia, pero le va a salir caro.

—Como dice usted, en estas circunstancias el dinero es lo de menos —dijo Jenkins aliviado.

—El dinero extra no es para mí, sino para otro barco. Necesitaré ayuda para mantener entretenidos a los guardacostas rusos. No podemos permitir que nos aborden.

—Una distracción —señaló el agente.

El turco asintió.

—Hoy haré unas llamadas para ver si encuentro a alguien que esté dispuesto.

—Suponiendo que haya suerte, ¿cuándo zarparemos?

—Esta noche. Se anuncia una tormenta. Las aguas estarán agitadas y espero que eso quiera decir que habrá también menos rusos patrullando.

—¿Es fuerte la tormenta? —preguntó Jenkins.

—Lo bastante para desanimarlos, pero en peores condiciones hemos pescado nosotros. Si consigo encontrar a un... una distracción, saldremos con el ocaso. Póngase ropa de abrigo, que vamos a pasar mucho frío.

Al caer la tarde, tras dar con otra embarcación dispuesta a desviar la atención de la guardia costera, Demir no quiso que nadie viera a Jenkins salir de la casa. El americano viajó agachado en el asiento trasero de la furgoneta sin ventanas de la familia y, al llegar al muelle, Yusuf acercó una banasta grande con un carrito. Jenkins se metió en ella y el pequeño lo tapó con mantas y aparejos de pesca. Mientras la empujaba con su hermano por el puerto en dirección al *Esma*, los dos conversaron con el resto de pescadores.

A la señal convenida, el estadounidense salió de la banasta para encaramarse al puente de la embarcación. Con la diestra precisión necesaria para navegar entre los demás barcos, amarrados de forma totalmente aleatoria, Demir y sus hijos recorrieron con el arrastrero el laberinto del puerto deportivo hasta salir al estrecho del Bósforo.

Jenkins estaba de pie en el puente, al calor del calefactor, tratando de acostumbrarse al vaivén de las olas mientras veía pasar las luces de los buques cisterna fondeados. No sabía cuál podía ser el plan de Demir para llevarlo de nuevo a Rusia, pues había dejado todos los detalles en manos de aquel viejo pescador y contrabandista.

—Los pescadores dicen que es probable que empeore el tiempo —dijo el patriarca volviendo a colocar el micrófono en la radio que tenía sobre la cabeza—. Habrá que andarse con mucho ojo. Si la tormenta arrecia demasiado, no tendremos más remedio que dar media vuelta.

Pasaron por debajo del colosal puente colgante tendido entre las dos masas de tierra. La última vez que había hecho aquello Jenkins, aquella construcción había representado la entrada al estrecho del Bósforo y, al menos de forma simbólica, su huida de Rusia. Esa noche, no.

Tendió una mano y se alegró de verla firme. En su viaje anterior a Rusia había desarrollado cierto temblor que temía que fuese un principio de párkinson y que el médico, sin embargo, había achacado al estrés y la ansiedad.

Cuando alzó la vista, se dio cuenta de que Demir lo estaba observando desde el timón.

—De momento, el tiempo se está comportando —dijo el marinero—. Puede echarse un rato si quiere.

—Prefiero hacerle compañía… si no le importa.

—No me importa.

Yusuf y Emir se fueron turnando con su padre al timón. Mientras, bebían té y, con las cartas, jugaban al *cribbage*. Las olas no tardaron en azotar la proa y la embarcación empezó a agitarse con violencia por el impacto.

—Se va a poner peor —anunció Demir desde el gobierno—. Viene del nordeste.

—Seguro que es la madre Rusia intentando mandarlo de vuelta a América de un envión —dijo Emir levantando la vista del tablero para mirar a Jenkins con una sonrisa traviesa.

—¿Lo conseguiremos?

—Nosotros hemos pescado con tormentas peores —dijo Emir haciendo lo posible por hacer creíble su bravata de pescador.

—De todos modos, puede que no sea fácil conseguir que llegue a tierra firme. —El patrón espetó entonces a sus hijos—: Estamos entrando en aguas rusas: se acabaron los juegos.

Los dos guardaron el tablero de *cribbage* en un armarito y cerraron bien la puerta antes de recorrer el barco para asegurarse de que todo estaba atado y firme.

—Tenemos que ser diligentes —dijo el padre—, porque, a diferencia de la otra vez, hoy no tenemos niebla con la que escondernos.

Poco después, la pantalla del radar comenzó a emitir un pitido persistente. Demir lo estudió.

—¿Son los guardacostas rusos? —preguntó Jenkins acercándose al aparato.

—No lo sé todavía. De momento, no parece que nos hayan echado el ojo. —Cogió el micrófono del equipo de radio y ajustó el dial, era de suponer que a una frecuencia que no estuviera controlada por Rusia. Dijo algo en turco y bajó la mano a continuación. El micrófono emitió un chasquido seguido de una voz de hombre. Demir volvió a hablar y dejó de nuevo en su sitio el aparato—. Creo que tenemos compañía.

Jenkins observó el punto verde que pitaba en la pantalla. Tras un instante, percibió un segundo pitido que seguía una derrota paralela a la del *Esma* para hacerle sombra.

—Es Ahmet —dijo Demir. Se refería al marinero encargado de la distracción.

La segunda embarcación mantuvo su curso paralelo y, a continuación, cambió de rumbo para trazar una *Y* y acercarse a la señal más grande, la que sospechaban que podía ser la guardia costera.

—No tardaremos en saber si son rusos —dijo el patrón.

—¿Pueden alcanzarlo? —quiso saber Jenkins.

—Lo dudo. Ahmet es muy competente y su barco es rápido y está diseñado para navegar con este tiempo. La pregunta no es si lo alcanzarán, sino si lo seguirán. Nos costará un buen rato dejarlo en la costa.

El americano observó el radar. La *Y* se hizo más pronunciada, hasta convertirse en una *V* a medida que la embarcación de Ahmet aumentaba la distancia con respecto al *Esma* y reducía la que lo separaba de la señal más pronunciada. La radio emitió un chasquido y Demir respondió.

—*Evet?*

Esta vez, la voz de hombre sonó más animada. El patrón la escuchó y botó a babor para alejarse.

—Es un guardacostas ruso —anunció—, un patrullero de clase Rubín. Como haya vuelto su amigo el capitán Popov... Esperemos que no.

—¿Podrá evitarlo Ahmet?

—Eternamente no, pero supongo que sí lo necesario para volver a aguas de Turquía. Con el entendimiento que tienen ahora nuestros presidentes, los rusos preferirán evitar un incidente internacional y se contentarán con espantarlo. *Şişme hazırlayin.* —«Preparad la lancha neumática».

—Esto no va a ser nada fácil, señor Jenkins: las olas son mucho más grandes de lo que me gustaría. Póngase el traje de inmersión. Tú también —añadió dirigiéndose a Yusuf.

Minutos después, los dos se habían colocado el grueso equipo negro y rojo, si bien por el momento llevaban la cabeza descubierta. Las olas seguían aumentando de tamaño, alimentadas por un viento recio que levantaba espuma en la superficie del mar. Yusuf enganchó a un cabrestante la pirámide de cables que sostenían los costados de la Zodiac y el plan de Demir quedó así más que claro.

Jenkins siguió a Yusuf al interior del puente.

—Ya está lista la Zodiac —anunció el segundo a su padre.

Por las ventanillas del puente, el estadounidense alcanzó a ver luces y la sombra oscura de unas montañas que parecían elevarse del agua. Las olas se intensificaron y, azotando la proa de la embarcación, la hicieron cabecear.

—Lo dejaré tan cerca de la costa como me sea posible, pero tengo que andarme con mucho ojo, porque aquí hay muchos bajíos rocosos. Venga —dijo a su hijo—, que casi estamos en posición.

Yusuf le tendió a Jenkins una bolsa estanca con un cabo y una correa de velcro que podía atarse al tobillo o la muñeca.

—Meta aquí lo que le quepa. Lo demás tendrá que dejarlo atrás.

El americano abrió la bolsa de viaje y metió en la estanca toda la ropa que le fue posible. Sacó varios pasaportes y algún que otro documento identificativo más, el teléfono encriptado de Lemore y rublos y dólares, aunque estos los metió dentro de una bolsa de plástico que selló y echó al interior del traje de inmersión, de modo que le quedó a la altura del pecho.

—Vamos —dijo Yusuf.

Jenkins siguió a los dos hermanos hasta cubierta, imitando sus movimientos. Se puso la capucha del traje de inmersión. Los rociones de las olas le golpeaban la cara y el agua estaba tal como la recordaba: tan helada que atería. Los hijos de Demir se afanaron en evitar que la lancha perdiera el equilibrio mientras la hacían descender entre gemidos del cabrestante. Demir redujo la salida del barco, lo que aumentó el impacto de las olas y el cabeceo que provocaban. Jenkins estuvo a punto de perder pie varias veces, pero logró no caer.

—¡Venga! —gritó entonces por encima del fragor del viento Emir, que había vuelto a la puerta del puente y parecía estar repitiendo las instrucciones de su padre mientras indicaba con las manos que tenían que subir a bordo de la lancha.

—Con este tiempo no podemos reducir más la marcha, porque nos quedaríamos como un corcho en medio de una borrasca. Adentro —indicó Yusuf a voz en cuello.

Tal cosa, sin embargo, resultó más difícil de lo que hubiese podido parecer. La lancha neumática golpeaba el costado del *Esma* y al instante se apartaba del barco un metro o metro y medio. Jenkins sostenía el cable y esperó el momento más adecuado. Entonces, cuando el bote se aproximó, saltó al interior y cayó seguido de la bolsa estanca.

—Intente centrar el peso —le pidió Yusuf.

El estadounidense recordó entonces la posición que había adoptado en su viaje anterior y se puso a cuatro patas en el centro. Se aferró a los agarraderos de los costados hinchables con tanta firmeza como le permitieron las manos enguantadas y, después de que Yusuf saltara tras él, Emir accionó el cabrestante.

—Agárrese, señor Jenkins —advirtió Yusuf—, que vamos a tener que hacerlo como en los viejos tiempos.

Sin más aviso, la lancha se soltó del garfio y fue a dar en el agua con un golpe seco y una sacudida que a punto estuvo de hacer que soltase el asidero. Yusuf, que había arrancado ya el motor, puso la proa a estribor para apartarse cuanto antes del *Esma* y evitar dar con su costado.

La lancha fue saltando sobre las crestas de las olas y salpicando de agua a sus dos ocupantes. Cada vez que se elevaba, Jenkins tenía la impresión de que saldría volando por la acción del viento como una cometa hasta que volvía a caer sobre la espuma blanca. Con cada roción tragaba agua salada. De hecho, se alegró de haberse dejado barba porque, en cierta medida, le protegía el rostro.

—Voy a intentar colocarme detrás de aquellas rocas —gritó Yusuf—, a ver si nos protegen de las olas.

Se refería a un escollo azotado por el agua. El americano se agarró bien fuerte. Tenía los brazos tensos por la torsión y la presión mientras trataba de mantener el centro de gravedad tan bajo como le era posible. La cara y las manos no tardaron en entumecérsele. El viento y las olas les dificultaban el avance.

—Agárrese —exclamó Yusuf. Echó la proa hacia estribor de forma violenta y aceleró el motor.

Durante un instante quedaron con las olas de través y Jenkins creyó que volcarían, pero el turco corrigió de inmediato el rumbo. Dieron contra una ola y la lancha saltó en el aire para caer de nuevo en el agua con una violenta sacudida que hizo que Jenkins se soltara y cayera de lado sobre el costado hinchable. La lancha volvió a escorar, esta vez a estribor, y el americano, sin tiempo de aferrarse de nuevo, cayó por la borda al mar.

CAPÍTULO 10

Aunque sintió el agua, de un frío punzante, como una bofetada en la cara, reprimió el reflejo de dar una boqueada por el sobresalto, lo que habría hecho que se le encharcaran los pulmones. Inmerso en la oscuridad, contuvo el aliento hasta salir a la superficie, momento en que tragó aire mientras se mecía, como había dicho Yusuf, como un corcho. Buscó la lancha neumática, pero no la vio. Sobre él se elevó entonces otra ola. Contuvo la respiración y trató de descender, pero el traje hacía que flotase, de modo que la ola cayó sobre él y lo hundió. La siguiente lo elevó y lo empujó hacia delante, lanzándolo contra el escollo. Él se hizo un ovillo al verse escorar bajo la cresta y fue a estrellarse contra la piedra, lo que le produjo un dolor agudo en las costillas. Salió a la superficie y volvió a buscar sin éxito la lancha. Quizá fuese mejor así, porque las rocas la habrían destrozado.

Solo, se volvió y buscó la costa. Pataleó y agitó los brazos, pero el traje le dificultaba los movimientos tanto como el dolor del tórax. La bolsa estanca le tiraba del brazo derecho. Cuando volvió a hundirlo una nueva ola, se abrió la correa de velcro de la muñeca y la dejó atrás. Al salir a la superficie, se puso a bracear a favor de las olas y el viento.

Minutos después, las montañas parecían estar más cerca. Avanzaba.

Bajó la cabeza y concentró todas sus fuerzas en dar patadas. Entonces lo golpeó otra ola y se hundió. Esta vez dio en las rocas con las rodillas. Trató de sacar la cabeza del agua, consciente de que las olas lo estrellarían contra el fondo. El costado derecho le ardía ya de dolor por el impacto anterior: no podía permitirse una lesión seria.

Volvió a hacerse un ovillo cuando una ola lo levantó y lo empujó hacia delante. Asomó la cabeza, tomó aire y volvió a meterse. Esta vez desplegó las piernas y tomó impulso con los pies en el fondo de piedras. Cayó y se hundió, pero consiguió de nuevo recobrar el equilibrio hasta que, gateando, salió del agua entre arcadas y boqueadas.

Cuando recobró el aliento, miró hacia el mar y vio una luz blanca que parpadeaba furiosa: Demir, tratando de determinar si Jenkins y Yusuf seguían con vida. Se puso en pie con dificultad, porque le temblaban las piernas y le dolían las costillas. Vio entonces una segunda luz, procedente de la lancha de Yusuf. Jenkins se palpó el traje en busca del interruptor que tenía en el hombro y tiró de él. La luz se activó con un parpadeo. Tras unos segundos, se apagaron las dos que había en el mar. Tenía la esperanza de que las hubieran apagado voluntariamente.

Con cada inspiración le hacía daño el costado. Ojalá no se le hubieran roto las costillas ni tuvieran nada grave. Tosió y notó que el dolor le radiaba. Sintió una nueva arcada que lo hizo doblarse, esta vez para vomitar agua salada. Volvió a tener varios accesos similares y sintió el frío en su interior. El viento lo azotaba y aumentaba esa sensación.

Estudió su ubicación. No había nada que le sonase. La costa estaba cubierta de espuma blanca, que se extendía por las rocas. Caminó por la playa afanándose en ver algo sin oír otra cosa que el ulular del viento. No tenía muy claro por dónde había accedido a aquellas mismas aguas hacía ya casi un año. Ni siquiera sabía si estaba cerca. Si no conseguía encontrar el piso franco, le esperaba una noche muy larga. Por más que buscase, no daba con nada que le resultara remotamente conocido.

Minutos después, se había quedado sin playa. Había llegado a un punto en que la ladera de la montaña se extendía hasta el agua. Se metió en el mar hasta las pantorrillas, agitó los pies en el fondo rocoso para anclarlos mejor y recorrió la masa de tierra con la vista. Vio el resplandor de las farolas, una senda que daba a un claro y que quizá fuese la que había tomado hacía un año. Entre él y la siguiente cala había diez metros de aguas turbulentas cuya profundidad desconocía.

Intentó calcular si le sería posible subir por la ladera que se elevaba por encima de él, pero la oscuridad le impedía ver una posible vereda.

Volvió a mirar al mar, su única opción.

Dio una honda inspiración y después otra, procurando resistir el dolor del costado y armándose de valor. Entonces se metió en el agua hasta que le cubrió las rodillas. Se hallaba tras unas rocas de gran tamaño que lo protegían del azote de las olas. Caminaba con cuidado, asegurándose de tener un pie bien asentado antes de mover el siguiente. El agua lo barría al entrar y salir.

El suelo ganó en profundidad y Jenkins notó que le fallaba el equilibrio y se afanó en mantenerse estable.

Había salvado la mitad de la distancia.

Trastabilló y estuvo a punto de caer, pero se mantuvo derecho y, al fin, logró rodear la falda de la colina y acceder a la playa del otro lado. Tras el instante que tardó en recobrar el aliento, avanzó hacia las farolas y llegó a una abertura. Sintió una oleada de alivio al reconocerlo. Subió la senda hasta la calle desierta. El viento seguía soplando con fuerza y su cuerpo sentía con más intensidad el frío. Tenía que entrar en calor cuanto antes.

Las ventanas de las casas —que, según Pavlina, eran en su mayoría residencias vacacionales— estaban a oscuras. Recorrió el lateral de la segunda por su izquierda y cruzó el patio para llegar a un solar vacío. Siguió la cerca de piedra, que se elevaba solo hasta la cintura, hasta la cuarta casa, y saltó al patio trasero. El tendedero oxidado seguía allí, gimiendo al girar movido por el viento. La puerta trasera seguía teniendo un cristal roto por el codazo del agente de la FSB y Jenkins acercó el oído para tratar de percibir algún sonido: voces, un televisor, una radio…

Metió la mano por el hueco del cristal, abrió la puerta y entró. La casa seguía oliendo a humedad y a cerrado. Rebasó la encimera verde lima y accedió al salón. Nadie. Confirmó que el resto también estaba desierto. Hambriento y muerto de sed, fue a la cocina y miró en el frigorífico. Vacío. Buscó también en los armarios. Limpios también. Del grifo no salía agua. Entró en el cuarto que había al lado, donde habían encontrado la caja con los equipos de submarinismo. Ya no había nada: los rusos habían vaciado la casa. De hecho, le sorprendía que no le hubiesen metido fuego.

En el salón, se desabrochó el traje de inmersión y se deshizo de él. El aire frío le puso de gallina la carne de los brazos. Ojalá pudiese encender una fogata. Sin embargo, sabía que, aunque tuviese los materiales necesarios, algo así sería un error. Buscó mantas, toallas…, cualquier cosa. No encontró nada. Aquella noche se le iba a hacer muy larga.

Sacó la bolsa de plástico y encendió el teléfono encriptado. Seguía funcionando. Se levantó la camisa y se examinó el costado con la luz del móvil, pero no vio cortes ni, de momento, cardenales. Se palpó la zona con la punta de los dedos. Estaba dolorida, aunque dudaba que se hubiera fracturado nada.

Envió otro mensaje cifrado a Matt Lemore:

Reunión con el propietario del cuadro.

Dejó el teléfono en el suelo, se tumbó en el sofá y se cubrió con el traje de inmersión. Agotado, cerró los ojos con la esperanza de poder dormir unas horas al menos.

CAPÍTULO 11

Tres días después de su poco auspiciosa llegada a Vishniovka, Charles Jenkins entraba con un Range Rover de alquiler a un aparcamiento situado bajo un edificio de oficinas del centro de Moscú. El tiempo había ayudado durante el largo viaje en coche a la capital de la víspera, cuando había ensayado lo que pretendía hacer aquel día si todo salía según lo planeado.

El viento ártico había despejado el cielo y en lo alto brillaba el sol, pero también había hecho bajar las temperaturas hasta los quince grados bajo cero. Vio que la furgoneta de la empresa de climatización seguía estacionada en la primera planta, cerca de una de las salidas. Según el empleado con el que había hablado, estaría allí toda la semana. Dejó el vehículo en la segunda planta, cerca de una puerta de salida, y salió del todoterreno sintiendo una punzada de dolor en el costado. Aunque se había envuelto el torso con venda elástica, le seguían doliendo las costillas.

Se echó un abrigo de lana sobre el traje gris marengo que había comprado en unos almacenes de lujo, en los que había pagado una cantidad exorbitante a fin de que le hiciesen los arreglos casi en el acto, junto con una camisa entallada, una corbata, unos zapatos negros y unos calcetines. Sabía que, en Rusia, los hombres vestían tan bien como se lo permitía su salario y necesitaba dar en la Unión de Bancos Suizos la impresión de que le iba la mar de bien.

Entró en el edificio de mediana altura y color salmón de Pavelétskaia Ploshchad, separada del Kremlin por el río Moscova a las 11:40, como había previsto, y cruzó el vestíbulo, un hervidero de actividad, en dirección a la puerta de cristal que daba acceso al banco. Por el momento, había conseguido mantener el anonimato, aunque aquello estaba a punto de cambiar.

Envió un mensaje de texto para alertar a Lemore:

Entro al congelador.

Redactó uno más, pero no lo envió aún.

Dentro, se acercó al cajero joven —y, con un poco de suerte, inexperto— que había elegido el día anterior y que lo recibió con una sonrisa amable. Parecía no tener más de quince años, impresión que reforzaba el bozo que le asomaba.

—*Dóbroie utro* —dijo Jenkins. «Buenos días». Había ensayado la conversación en el espejo del cuarto de baño de la casa de la playa de Vishniovka hasta sentirse cómodo—. Quisiera hacer un ingreso —añadió en ruso.

—*S udovólstviem* —respondió el joven. «Con mucho gusto»—. Necesitaré una identificación con fotografía.

Jenkins puso su pasaporte ante la ventanilla. El empleado estudió la fotografía y lo miró a continuación.

—*Mne nrávitsia borodá* —comentó. «Le sienta bien la barba».

—*S nei litsú zimói tepleie* —repuso Jenkins devolviéndole la sonrisa. «Así tengo la cara más calentita en invierno».

El joven se frotó la sombra de bigote.

—*Ne vsem tak povezló.* —«Hay quien no tiene tanta suerte». Sonrió y se puso a teclear mientras sus ojos iban del pasaporte a la pantalla de su ordenador. Estudió la cuenta y, aunque no lo dijo abiertamente, delató con un sutil parpadeo que el balance lo había dejado impresionado. Entonces hizo una mueca compungida, sin duda al percibir que la cuenta estaba bloqueada—. Me ha dicho un ingreso, ¿no es así?

—*Da.*

—Un momento, por favor.

El cajero se alejó y habló con una mujer de mediana edad, que miró a Jenkins antes de acercarse a la pantalla para estudiarla. Sonrió al cliente y anunció:

—Su cuenta está bloqueada.

—Sí, lo sé. Mi aportación inicial fue sustancial y tengo la intención de resolverlo hoy mismo con mi gestor personal. —No dio más datos ni intentó ofrecer más explicaciones.

—¿Y desea hacer otro ingreso?

—Sí.

Ella volvió a sonreír.

—¿Y cuánto desea ingresar, señor Jenkins?

—Un millón seiscientos cincuenta mil rublos —dijo Jenkins antes de colocar sobre el mostrador un cheque por valor de dicha cantidad, equivalente a unos veinticinco mil dólares estadounidenses, extendido por una sociedad concesionaria de la CIA.

La mujer examinó el cheque y a continuación tecleó algo. Miró al cajero con gesto de asentimiento para que completase la transacción y, tras dedicar a Jenkins una expresión amable, volvió a su puesto. Cuando el muchacho se centró de nuevo en la pantalla, Jenkins pulsó el botón de *enviar* del teléfono encriptado.

El asunto se había descongelado, aunque probablemente no durase mucho.

Por el momento, todo iba sobre ruedas.

Pasó otro minuto antes de que el cajero le diera el recibo del ingreso.

—*Spásibo.*

—¡Ah! —dijo Jenkins mientras pulsaba sutilmente el botón del cronómetro de su reloj—. *Ya pereiéjal. Mne nuzhno obnovit informatsiu na kártochke s obraztsom pódpisi, poká ya zdes.* —«Me he mudado, así que, ya que estoy aquí, aprovecharé para actualizar la información de mi cuenta».

—Por supuesto. Deje que vaya a por su tarjeta. —Un minuto después, el joven salió de detrás del mostrador con las llaves en la mano—. ¿Me acompaña?

Jenkins hizo lo que le pedía. Comprobó el teléfono.

Confirmación de deshielo. Congelador vacío.

El cajero lo condujo a una salita apartada semejante a la que se usaba en los bancos estadounidenses para las cajas de seguridad.

—Tómese su tiempo —le dijo el joven.

Jenkins sonrió.

—*Spásibo.*

No pensaba hacerlo.

Gueorgui Tókarev estaba sentado resacoso ante su terminal informático situado en el sótano del edificio principal de la Lubianka. Aquel sótano se había hecho con una fama nefasta en otros tiempos por haber servido de cárcel del KGB, que había encerrado allí a espías, disidentes políticos y otros enemigos del Estado soviético para interrogarlos. Tras la caída del comunismo, lo habían remozado para transformarlo en cafetería para el personal y habían destinado una parte limitada del espacio a oficinas. Tókarev y sus compañeros de cubículo aseguraban en son de chanza que la comida no había mejorado mucho.

El analista se sentía afortunado por tener al menos un cubículo, porque la Lubianka estaba abarrotada desde que se había diluido la perestroika y el Gobierno había vuelto a sus días de paranoia y desconfianza. El Kremlin no dejaba de contratar a agentes de la

FSB, que necesitaban un lugar en el que trabajar. A Tókarev y media docena de sus compañeros los habían trasladado de la segunda planta al sótano, al que llamaban «el gulag siberiano», aunque nunca en voz alta. Con ello le daban nueva vida a aquel viejo chiste soviético que decía:

—¿Cuál es el edificio más alto de Moscú?

—La Lubianka, porque desde el sótano se ve Siberia.

A Tókarev, desde luego, aquel exilio no le importaba gran cosa. A los veinticuatro años y recién salido de la Universidad Estatal de Moscú con un grado de matemática computacional y cibernética, podía considerarse, en esencia, su propio jefe. Su supervisor trabajaba en la segunda planta y raras veces bajaba al sótano, lo que, según sus compañeros, demostraba que no estaba muy dispuesto a rebajarse a su nivel. ¡Ja! *S glaz dolói, iz serdtsa von!*, decían. «¡Ojos que no ven, corazón que no siente!».

Los otros analistas y él iban y venían a su antojo. Aquella mañana, de hecho, Tókarev había llegado resacoso después de una noche de jarana. Uno de sus compañeros de cubículo había fichado por él y había iniciado sesión en su ordenador para asegurarse de que no perdía parte de su sueldo, y él, por supuesto, le devolvería el favor cuando fuera necesario.

Tókarev bebió café y se masajeó las sienes. Se había tomado dos ibuprofenos, pero todavía no habían hecho efecto en su dolor de cabeza.

—¿Cómo no te va a doler? ¡Seguro que se ha pasado toda la noche dándote en la cabeza con esas tetas de goma! —Arjip Bocharov se había acercado a su cubículo para aumentar su cefalea con sus burlas. Mientras hablaba, agitaba la cabeza de un lado a otro como si le estuvieran golpeando—. Teníais que haberla visto —añadió dirigiéndose a los demás—: tenía los melones como pelotas de baloncesto. ¡Igual de duras!

La mujer mediaba los cincuenta y llevaba suficiente maquillaje para dejar en ridículo a un payaso. Tókarev había estado coqueteando con ella hasta que se había ido Bocharov y, a continuación, se había excusado para ir al servicio y había salido por la puerta de atrás con la intención de ir a otro local y beber en soledad.

En ese momento, Tókarev estaba enviando un mensaje a una mujer que había conocido hacía dos noches en un bar de Moscú. Quería invitarla a tomar una copa con la esperanza de que aquello los llevara a algo más, quizá a cenar y tal vez, con un poco de suerte, a volver con ella al que había sido el apartamento de su abuelo, que habían heredado sus padres y ocupaba felizmente Tókarev. Aquel piso, situado en una cuarta planta del distrito moscovita de Arbat, ofrecía vistas maravillosas del puente de Bolshói Kámenni, tendido sobre el Moscova, y, tras él, la Armería del Kremlin y la catedral de la Anunciación.

—*Yesli u vas ne polúchitsia zdes perepikhnutsia* —había dicho una vez Bocharov mientras contemplaba aquel paisaje—, *vam nichegó ne ostánetsia, krome kak zaveshchat svoi chlen naúke* —«Si con esto no te las llevas a la cama, más te vale donar la picha a la ciencia».

Envió el mensaje en el mismo instante en que Bocharov le arrebataba el teléfono para leer en voz alta al resto de exiliados lo que había escrito con anterioridad y las respuestas de la mujer.

—«¿Cena y unas copas?». Con una carita sonriente —añadió Bocharov saliendo del cubículo a la vez que Tókarev se levantaba para perseguirlo—. ¡Qué conmovedor! ¡Oooh! No os perdáis lo que le contesta ella: «¿Quién eres?».

Todos se echaron a reír.

—Pues sí que la has impresionado, Gueorgui…

—Dámelo —dijo Tókarev.

Su compañero soltó una carcajada.

—La tienes enamoradita, Gueorgui.

Bocharov y los demás se pusieron a abuchearlo. El primero sostenía el móvil en alto para que Tókarev, que no llegaba al metro setenta, fuese incapaz de recuperarlo.

—Tú sigue quedando con mujeres en los bares, que vas a acabar con la agenda llena… de citas con el médico —dijo Bocharov antes de lanzar al aire el aparato, que fue a dar en la moqueta con un ruido sordo cuando Tókarev fue incapaz de cogerlo al vuelo—. Se te da igual de bien que atrapar mujeres.

Estaba a punto de dar una respuesta a la altura de las circunstancias cuando sonó un mensaje en su ordenador. Y volvió a sonar.

—Será tu amiga la de los melones, que se habrá olvidado la dentadura en tu apartamento.

Tókarev fue a su cubículo y, accionando el teclado, leyó el mensaje. Sintió una descarga de adrenalina.

—Mierda. —Se dejó caer en el asiento y se puso a teclear con prisa—. Hay movimiento en una de las cuentas marcadas.

—¿Qué? —Bocharov entró en el cubículo y estudió la pantalla.

—Que acaban de acceder a una de las cuentas bancarias marcadas. En una de la Unión de Bancos Suizos.

—Una cuenta suiza —dijo Bocharov mirando con más detenimiento.

—Pues claro que es una cuenta suiza, imbécil. ¡Si es un banco suizo!

—¿Qué han hecho, retirar fondos o cancelar la cuenta?

—Qué va. —Tókarev se reclinó en su asiento—. Un ingreso.

—¿Un ingreso? ¿En una cuenta congelada?

—Un millón seiscientos cincuenta mil rublos.

Bocharov se inclinó por encima de su hombro.

—¿Quién es el agente encargado del caso?

Los dedos de Tókarev volvieron a volar sobre el teclado. Leyó el nombre del agente de la FSB al cargo de la cuenta cuyos movimientos tenían vigilados.

—Simon Alekséiov.

—Entonces, deberías avisarlo.

—¿En serio? —Tókarev se puso en pie y lo apartó de un empujón—. Quita de en medio, capullo.

CAPÍTULO 12

Charles Jenkins miró el cronómetro mientras salía de la sala apartada y se dirigía al cajero que lo había atendido. Habían pasado poco menos de seis minutos desde que había hecho el ingreso. Lemore y él estaban convencidos de que aquello haría saltar la alarma en la FSB. De la Lubianka al banco había unos ocho minutos en coche, aunque el tráfico de Moscú era famoso por impredecible, y más a la hora del almuerzo, otro de los motivos por los que Jenkins había elegido aquella hora para hacer la transacción. Suponía que tendría unos quince minutos a lo sumo para acabar y salir del edificio.

En la cola de la ventanilla había una mujer hablando con el muchacho, aunque no parecían estar tratando ningún asunto serio. Aunque ella, joven y atractiva, estaba muy fuera del alcance del cajero, su sonrisa y los ojos abiertos de par en par hacían ver a las claras que disfrutaba provocándolo. Jenkins miró el reloj. Siete minutos. No podía entretenerse.

Se aclaró la garganta con un gesto brusco que hizo que ella se diese la vuelta. Al darse cuenta de que el ruido había sido intencionado, la mujer puso cara de «¡Qué maleducado!». Jenkins, por su parte, la miró de hito en hito y arqueó las cejas como quien dice: «A divertirse a otra parte, que yo tengo que hacer una gestión».

Ella recogió sus cosas y se fue. Cuando estaba a una distancia prudente, se volvió y le sacó el dedo. El americano sonrió.

—*Joróshego dnia.* —«Buenos días tenga usted».

El joven cajero lo miró con gesto azorado y Jenkins dio un paso al frente.

—Siento que haya tenido que esperar, señor Jenkins. —Miró la tarjeta de firma—. ¿Ha acabado?

El cliente le devolvió la tarjeta.

—Todavía no. Quisiera hablar con Dmitri Koskóvich, por favor. —Era el gestor bancario que figuraba en la tarjeta de firma de Jenkins.

El muchacho lo miró perplejo.

—¿Tiene algún problema? Quizá pueda ayudarlo yo…

—Gracias, muy amable, pero… ¿está aquí el señor Koskóvich?

El joven miró el gran reloj de la pared que tenía Jenkins a la espalda.

—Deje que lo compruebe. —Descolgó el teléfono y marcó un número. Un instante después bajó la voz y volvió la cabeza mientras hablaba.

—*Spásibo.* —Colgó y miró de nuevo a Jenkins—. Lo siento muchísimo, pero el señor Koskóvich acaba de salir a almorzar. —Los ojos del joven se fueron hacia un hombre alto y de pelo gris que se dirigía hacia la salida.

—*Spásibo.* —Jenkins fue a alcanzar al banquero, que sacó unos guantes del bolsillo del abrigo largo de lana justo antes de cruzar las puertas de cristal del banco en dirección al vestíbulo del edificio. Corrió hacia allí, pero tuvo que detenerse para dejar pasar a una mujer que trataba de entrar con un cochecito. Le abrió la puerta y, cuando ella hubo entrado, atravesó el vestíbulo abriéndose paso entre quienes salían a almorzar. Koskóvich cruzó la puerta giratoria que daba a la calle y Jenkins abrió de un empujón la puerta de cristal contigua. El aire frío le dio una bofetada.

El banquero acababa de bajar las escaleras y estaba a punto de meterse en un taxi.

—¿Señor Koskóvich? —lo llamó Jenkins mientras corría hacia la calzada.

El hombre se volvió al oír su nombre con un «¿Nos conocemos?» impreso en el rostro.

—Lo siento —dijo él en ruso al llegar al taxi—. Ya sé que va a almorzar, pero necesito que me conceda un minuto.

—¿Para qué?

—Necesito saber cuál es el nombre que figura en cierta tarjeta de firma.

—Pídaselo a un cajero —contestó Koskóvich con gesto desdeñoso. Volvió a agacharse para entrar en el taxi y Jenkins sujetó la puerta por el extremo.

—Me temo que se trata de un asunto delicado relativo a una cuenta abierta por usted. Dos cuentas, de hecho.

—Yo soy el director de la sucursal —dijo Koskóvich tirando de la puerta, que Jenkins se negaba a soltar—. Que lo atienda un cajero. Si no le importa, tengo un compromiso.

—Sí me importa. De hecho, si quiere seguir siendo director, más le vale ir avisando de que llegará un poco tarde a su compromiso.

El banquero no protestó de inmediato ni se mostró indignado, lo que hacía pensar en una conducta aprendida: se había dejado comprar antes o había llevado a término transacciones censurables.

Lo tenía bien agarrado.

Koskóvich se afanaba a todas luces por determinar si aquel desconocido debía de estar refiriéndose a una de dichas transacciones o, lo más importante, si trabajaba para las autoridades federales. Le dedicó una sonrisa petulante que no engañaba a nadie.

—¿Y quién es usted si puede saberse?

—Podría ser el tipo para el que abrió una de las cuentas —repuso Jenkins en inglés.

Aquello captó la atención del banquero.

El taxista se volvió irritado y, gesticulando con una mano, exclamó:

—*Ei! Mi ujódim ili kak? Primí reshenie.* —«¡Oiga! ¿Nos vamos o qué? ¡Decídase!».

Jenkins no le hizo caso y siguió sujetando la puerta.

—No quiero darle problemas, señor Koskóvich. De hecho, creo que la información podría ser muy provechosa para los dos.

El taxista exigió una respuesta y el banquero le dijo que se calmara.

—¿Cómo de provechosa? —preguntó también en inglés, quizá para que no lo entendiera el conductor.

—Cinco mil dólares estadounidenses por cinco minutos de trabajo.

Koskóvich salió del taxi y cerró la puerta.

—Creo que puedo ayudarlo, señor…

—Jenkins —dijo y, aunque se daba cuenta de lo ridículo que resultaba aquel momento de película de James Bond, añadió—: Charles Jenkins.

Tókarev salió del ascensor y apretó el paso por el parqué. La secretaria del departamento le dijo que Alekséiov estaba asistiendo a una reunión importante en la sala de juntas y no podía molestarlo. La alerta de la cuenta bancaria, sin embargo, indicaba lo contrario.

El analista rebasó una sucesión de cubículos vacíos hasta la puerta alta de madera que daba a la sala de reuniones. Se detuvo antes de entrar para recobrar el aliento y componerse y empujó la puerta. Dentro había media docena de hombres y una mujer sentados en torno a una mesa rectangular y leyendo datos de montones de folios. En la pared del fondo, al lado de una proyección de gráficas y números, se hallaba de pie Dmtri Sokolov, subdirector de contraespionaje. Tókarev se quedó petrificado. De haber sabido que era él quien presidía la reunión, jamás se le habría ocurrido interrumpirla. Todos se volvieron a mirarlo con el mismo gesto que habrían puesto si Tókarev hubiese tenido dos cabezas.

—Siento molestar —dijo con miedo a que no le saliera la voz—. Soy Gueorgui Tókarev y tengo una alerta urgente para Simon Alekséiov.

Al oír el nombre, todas las miradas se dirigieron a un agente joven y rubio sentado en el centro que seguía con la cabeza vuelta hacia el analista.

—¿No puede esperar? —preguntó Sokolov desde su posición. La barriga le abultaba por encima del cinturón y le tensaba los botones de la camisa.

Tókarev se aclaró la garganta.

—No —añadió a la carrera—. Siento interrumpir.

Sokolov indicó con un gesto a Alekséiov que podía salir y el agente recogió su montón de folios y se apresuró a levantarse. Llegó al extremo de la mesa en el momento en que Sokolov reanudaba su discurso. Tomó a Tókarev del brazo y lo sacó por la puerta.

—¿Me puedes decir qué es eso tan importante para que vengas a interrumpir una reunión con el subdirector?

—Hemos recibido una alerta de una cuenta bancaria marcada. Debo avisar de inmediato de cualquier actividad que se produzca… sin importar la hora. Y como usted es el agente asignado…

—¿Una cuenta bancaria? —repitió Alekséiov.

—Una cuenta suiza. El agente encargado era… Víktor Fiódorov.

—¿Fiódorov? ¿A qué nombre está la cuenta?

—A nombre de Charles Jenkins.

El agente quedó atónito un instante, tras lo cual preguntó:

—¿Cuál es el motivo de la alerta? ¿Ha retirado fondos y ha cancelado la cuenta?

—No —dijo Tókarev—. Eso no podía hacerlo, porque está congelada.

—¿Entonces?

—Ha ingresado un millón seiscientos cincuenta mil rublos.

—¿Ingresado?

—Sí.

—¿De dónde?

—¿Perdón?

—¿De dónde procede la transferencia? ¿No has localizado su ubicación?

—No ha sido una gestión electrónica. —Le tendió la copia impresa de la alerta.

—¿La ha hecho en persona? —Alekséiov levantó la vista del documento.

—Eso parece.

El agente ojeó el informe.

—¿Cuándo ha sido?

—Hace unos minutos.

Alekséiov le devolvió los papeles y siguió hablando mientras apretaba el paso.

—Notifícaselo a la policía de Moscú. Diles que bloqueen todas las entradas y las salidas del banco… y cualquier aparcamiento que pueda tener.

—Pero yo soy solo…

—Date prisa.

Alekséiov se dio la vuelta y echó a correr, haciendo sonar el parqué con las suelas de sus zapatos de piel. Al llegar a su cubículo, descolgó el teléfono de su escritorio y recogió el abrigo del perchero que había en un rincón.

—Soy Simon Alekséiov. Necesito un coche de inmediato. Que lo lleven ya a la puerta principal. —Colgó el teléfono y abrió el cajón de su escritorio para hacerse con su MP-443 Grach y meterla en la pistolera que llevaba a la cintura. Iba a salir del cubículo cuando lo detuvo otro pensamiento. Volvió a descolgar y llamó a un número que llevaba meses sin marcar.

La voz honda y hosca respondió al primer tono.

—Vólkov.

—Charles Jenkins ha vuelto a Moscú —anunció Alekséiov.

Jenkins siguió a Koskóvich al interior del banco y comprobó en el cronómetro que habían pasado ya nueve minutos. El banquero lo guio hasta una puerta situada en la parte trasera de la sucursal, sacó del bolsillo un llavero que llevaba prendido al cinturón y abrió la cerradura. Entró en un despacho modesto provisto de muebles utilitarios, lanzó el abrigo al brazo de uno de los dos asientos y le dio la vuelta al escritorio para colocarse frente a su terminal informático. Las ventanas, que iban del suelo al techo, daban a un aparcamiento. Una puerta interior comunicaba el despacho con un aseo dotado de una ventana pequeña.

—Dígame qué es lo que quiere. —Koskóvich dejó a un lado cualquier pretensión y se dirigió a él en inglés.

—El 12 de octubre del año pasado se abrió una cuenta a mi nombre. Fue usted quien lo hizo, porque su nombre está en mi tarjeta de firma. Con la misma fecha y a la misma hora se abrió una segunda cuenta y deseo saber el nombre de su titular.

—¿Con qué intención?

—Con esta intención. —Jenkins sacó cinco mil dólares y los puso sobre el escritorio.

Koskóvich hizo ademán de ir a recogerlos, pero Jenkins apoyó los nudillos sobre el fajo. El banquero levantó la mirada para clavarla en la suya, a todas luces con el propósito de determinar si podía sacar más.

—Si pide más dinero —dijo Jenkins—, avisaré a la FSB…

—Dudo mucho que…

—Sospecho que no tiene ningún deseo de que se hagan públicos los nombres de los clientes para los que ha ejercido de banquero personal. Los inviernos de Moscú son demasiado fríos para un desempleado.

Koskóvich retiró la mano y miró a la pantalla de su ordenador.

—¿A qué nombre está su cuenta?

—Al mío. —Jenkins, sin levantar en ningún momento la otra mano, puso su pasaporte ruso sobre el escritorio para que pudiese leerlo.

Koskóvich tecleó el nombre de Jenkins y estudió la pantalla.

—Lo recuerdo —dijo. Muy lógico, dada la cantidad que había depositado Fiódorov en cada cuenta—. Cuando abrí su cuenta, el dinero se transfirió por vía electrónica. Todo se hizo electrónicamente.

—Necesito el nombre que figuraba en la segunda cuenta que abrió ese día.

—Su cuenta está marcada.

—Lo sé, así que, si no le importa acelerar el proceso… Creo que a los dos nos interesa actuar con rapidez.

Koskóvich volvió a teclear. Posó la mano sobre el ratón y fue pinchando y moviendo el cursor. Jenkins miró el reloj a hurtadillas. Diez minutos y cuarenta y dos segundos. Dio la vuelta al escritorio a fin de mirar el contenido de la pantalla, pero vio solo un montón de números y caracteres cirílicos. Koskóvich siguió tecleando. Del interior del banco llegó entonces cierto alboroto. Miró de nuevo la hora mientras se dirigía a la puerta para entreabrirla. Habían entrado dos policías y uno de ellos fue hacia las cajas mientras el otro esperaba en la puerta.

Jenkins volvió a cerrar. Se le había acabado el tiempo.

—¡Aquí! —dijo Koskóvich.

El americano echó el pestillo y corrió hacia el escritorio.

—¿Ha encontrado el nombre?

—Vasíliev, Serguéi Vladímirovich Vasíliev —dijo el banquero antes de mirar hacia la puerta con una sonrisa engreída—, aunque no tengo claro que le vaya a servir de mucho.

—Meta el dinero en un cajón para que esté a buen recaudo.

Koskóvich recogió el fajo del escritorio y lo metió en el cajón del fondo tras abrirlo con una llave.

—Tendrá que decirles qué le he pedido —dijo Jenkins.

—Sí.

—Y también que lo he obligado a darme la información.

—Por supuesto.

—Y convencerlos de que lo he agredido físicamente.

—Claro. Un momento… ¿Qué?

El americano le asestó en la cara un puñetazo rápido y directo que lo derribó del sillón. La cabeza fue a darle contra la pared y lo dejó tendido inconsciente. Jenkins sacó del bolsillo de Koskóvich el llavero y, desenganchándolo del cinturón, se lo prendió al suyo antes de llegar a la puerta. Respiró hondo antes de salir del despacho y cerró con llave. Entonces, sin caer en la tentación de volver la cabeza para ver si lo estaba observando el joven cajero, caminó con confianza hacia el agente que se había apostado a la izquierda de las puertas de cristal.

El policía lo miró con gesto severo y levantó la mano como un guardia de tráfico.

Jenkins le indicó con un gesto que bajase el brazo.

—*Ya Dmitri Koskóvich, vitse-prezident banka. Obiasnite mne, chto proisjódit.* —«Soy Dmitri Koskóvich, el director del banco. Dígame qué está pasando.

—*Nikogó nie vipuskat.* —«No puede salir nadie».

—*Kto vam dal pravo?* —«¿Y quién ha dicho eso?».

—*Federálnaia Sluzhba Bezopásnosti.* —«El Servicio Federal de Seguridad».

El estadounidense asintió y, sin dejar de hablar en ruso, sacó el llavero y preguntó:

—¿Quiere que cierre las puertas hasta que llegue la FSB? Así no podrá salir ni tampoco entrar nadie.

El agente se volvió hacia la salida.

—Haga lo que quiera.

Jenkins se dirigió a las puertas sin tener la menor idea de cuál de las tres llaves que había en el llavero abriría y cerraría las de entrada. Oyó una voz llamarlo:

—*Izvinite.* —«Perdone».

Era el cajero. De reojo, vio al agente de policía apartarse de la entrada. Metió la primera llave, pero la cerradura no giró.

—*Chto vi joteli?* —«¿Qué le pasa?», preguntó el agente al joven.

Jenkins metió la segunda y esta vez sí giró.

—Ese hombre de la puerta…

—¿Qué le pasa?

—¿Qué está haciendo?

—¿Usted qué cree? Cerrar la puerta.

—¿Por qué?

—¿Y por qué no?

—¿Por qué tiene llaves? —preguntó el cajero.

Una pausa.

—Porque es el director.

—No, ese no es el director.

Jenkins salió por la puerta de cristal y la cerró a su espalda. Hizo lo posible por no mirar, pero vio a los dos agentes volver la cabeza hacia él. Dio por hecho que, al ser un banco, los cristales serían de seguridad; pero no tenía intención de quedarse por allí a averiguarlo. Metió la llave y la giró para cerrar a cal y canto. Los agentes corrieron hacia él, pero Jenkins se dio la vuelta y se mezcló con el gentío del vestíbulo mientras ellos zarandeaban las puertas a sus espaldas.

CAPÍTULO 13

Simon Alekséiov salió del asiento del pasajero en cuanto Arkadi Vólkov detuvo el Škoda Octavia negro detrás de los vehículos policiales que había aparcados en la plaza del edificio de color salmón. Vólkov había pasado años colaborando con Víktor Fiódorov, hasta que Charles Jenkins lo mandó al hospital y Alekséiov se hizo con su puesto. Alekséiov y Fiódorov habían cruzado el mar Negro en busca del americano y lo habían perseguido por Turquía y por Grecia. Alekséiov había dado por hecho que Vólkov conocía a Jenkins mejor que él y por eso había querido que lo acompañase.

Alekséiov corrió a darle la vuelta al coche por la parte delantera y les enseñó su placa de la FSB a varios agentes que se arrebujaban allí para combatir el frío. Dentro del vestíbulo había algunos más, mirando a través de las puertas de cristal del banco. Perfecto: habían cerrado el banco a cal y canto, como se les había ordenado.

—Hemos tenido un pequeño contratiempo —le comunicó el agente al mando de la operación después de que Alekséiov revelara su identidad—. Alguien ha cerrado la puerta y se ha llevado la llave.

—He sido yo quien ha dado órdenes de cerrar con llave el banco.

El policía movió la cabeza de un lado a otro.

—Sí, pero el que ha cerrado no ha sido ningún empleado del banco. Han echado la llave desde fuera.

—¿Qué? —Alekséiov dio un paso al frente y zarandeó las puertas—. Abrid ahora mismo —ordenó.

—Eso estamos intentando hacer. Hay otro juego de llaves dentro, pero les está costando encontrarlo y el máximo responsable del banco está indispuesto en este momento.

El de la FSB soltó un reniego y dio un paso atrás.

—¿Y la persona que ha cerrado la puerta?

—Ha huido —respondió el agente.

—Los han encerrado dentro —dijo Alekséiov a Vólkov cuando lo vio llegar.

Este último tenía todavía roja una cicatriz que le recorría una arruga de la frente y se extendía hasta su cara, recuerdo de un encuentro anterior con Charles Jenkins. Alekséiov se volvió al agente.

—¿Cuánto tiempo llevan encerrados? —quiso saber.

—Unos cinco minutos, diría yo.

—Ve al aparcamiento —dijo entonces a Vólkov—. Asegúrate de que han cerrado la puerta y no sale ningún coche.

Vólkov cruzó el vestíbulo y empujó la puerta para salir.

Dentro del banco, una mujer corrió hacia ellos llave en mano. La introdujo en la cerradura, la giró y abrió hacia fuera. Alekséiov entró y dijo:

—¿Quién es el encargado?

Un hombre fue hacia él con una toalla en la mejilla. Tenía sangre en la barbilla y en la camisa blanca. Parecía sorprendido y confuso.

—Yo —dijo.

—¿Y usted quién es?

—Dmitri Koskóvich, director de la sucursal.

Alekséiov le enseñó una fotografía de Jenkins de la investigación anterior.

—¿Es este el hombre que ha estado hoy aquí?

El banquero la miró como si su contemplación le hiciera daño a la vista.

—Sí, pero tenía barba. Me ha atacado en mi despacho y se ha llevado las llaves.

Los detalles de la agresión le traían sin cuidado a Alekséiov.

—Describa la barba.

—Negra y con canas. Una barba como otra cualquiera.

—Pero ¿corta, larga…, cuidada, despeinada…?

—Corta, cuidada.

—¿Dónde está el cajero que ha aceptado el ingreso?

—Aquí —dijo levantando la mano un joven vestido con un traje barato.

Alekséiov le enseñó la fotografía.

—¿Ha ayudado a este hombre a hacer un ingreso?

—Sí, un millón seiscientos cincuenta mil rublos.

Con razón habían desbloqueado la cuenta.

—¿Eso es todo lo que ha venido a hacer?

—No, también ha querido revisar la información de su tarjeta de firma.

—¿Y ha cambiado algo de lo que ponía?

—No, pero ha pedido hablar con la persona que abrió la cuenta.

—¿Y de quién se trata?

El joven señaló a su superior.

—Dmitri Koskóvich.

Alekséiov regresó junto al director, que en ese momento se estaba frotando la sangre de la camisa con la toalla.

—¿Fue usted quien abrió la cuenta del señor Jenkins?

Koskóvich alzó la mirada.

—Entonces trabajaba de cajero. Todo se hizo electrónicamente.

—¿Cuándo?

—El 12 de octubre del año pasado.

—¿Y qué quería de usted el señor Jenkins hoy?

—¿De mí? Nada.

Lo dijo muy poco convencido. Alekséiov no se lo tragó.

—¿Por qué ha pedido verlo? ¿Por qué lo ha agredido?

—Quería saber el nombre que figuraba en una segunda cuenta que abrí a la vez. Revelar una información así contraviene por completo las normas del banco, pero me golpeó y me obligó a dársela.

—¿Lo obligó? ¿Cómo?

Koskóvich vaciló.

—Creo que llevaba una pistola.

—¿La vio?

—Pues… no…, pero me dijo que tenía una.

Poco probable: cuando lo habían perseguido por Turquía y Grecia, Jenkins no había usado un arma en ningún momento.

—¿Le ha dado el nombre de la segunda cuenta?

—Como le he dicho, contraviene las normas del banco, pero me…

—Limítese a responder lo que le he preguntado. —Alekséiov empezaba a impacientarse—. ¿Le ha dado el nombre?

—No tenía otra opción. Podía perder la…

—¿Cuál era el nombre?

—No se me permite divulgar…

Alekséiov dio un paso al frente hasta quedar a pocos centímetros del rostro de Koskóvich y, sin alzar la voz, pero en tono inflexible, le dejó bien claro:

—Si quiere conservar su puesto de trabajo, más le vale responder a mis preguntas. Sé muy bien que este banco lo usan muchos oligarcas y gente de la *bratvá* —hablaba de la mafia rusa—, y no me cabe duda alguna de que se habrán asegurado de que le salga muy a cuenta hacer indetectables sus nombres y su dinero. También dudo mucho que el señor Jenkins fuese armado y me inclino a sospechar que ha sido con rublos, más que con amenazas, con lo que ha conseguido soltarle la lengua. Así que dígame cuál era el nombre que figuraba en la segunda cuenta si no quiere verse mezclado en una investigación criminal. ¿Me he explicado?

Ya no cabían excusas: la FSB sabía que Jenkins había vuelto a Moscú.

Rodeó el Range Rover y se puso al volante. No sabía cuánto tiempo tenía, pero sí que no podía contar con el vehículo: el aparcamiento tenía cámaras que habrían identificado el modelo y la matrícula, con lo que podrían reconocerlo con facilidad si transitaba por la calle. Salió y pisó el acelerador, haciendo chirriar las ruedas al dar la curva que coronaba la rampa al llegar a la primera planta. Se detuvo al lado de la furgoneta de la empresa de climatización que había al fondo. Los empleados habían dejado su puesto al mediodía para almorzar, igual que la víspera. Lo que le importaba a él era la furgoneta, que bloqueaba las cámaras del local. No es que ofreciera un gran respiro, pero era lo mejor que tenía. Cogió la bolsa de lona que llevaba en el asiento trasero y en la que había metido una muda y sacó los papeles del alquiler del coche de la guantera. Lanzó las llaves al suelo del vehículo, echó el pestillo manual y cerró la puerta del conductor. El tiempo apremiaba. Se subió el cuello del abrigo y se colocó una gorra de lana negra, que se encajó cuanto pudo antes de apretar el paso hacia la salida.

Fuera del banco seguía habiendo bastante confusión. No dejaban de llegar agentes de policía y coches patrulla, así como vehículos sin más distintivos que los indicadores luminosos del techo y la ventanilla trasera. Pese al frío, probablemente por creer los transeúntes que se había producido un atraco a la sucursal, se había congregado toda una multitud en la acera. Jenkins echó los papeles del alquiler del coche a una papelera y miró el reloj mientras se alejaba del aparcamiento. Al llegar a la esquina de la calle, dobló a la derecha y vio llegar un autobús a la parada en el momento más oportuno. Llamó a la puerta, que el conductor tenía cerrada por el frío, y, cuando este abrió subió a bordo con la cabeza baja y enseñando el bono que había comprado también el día anterior.

El autobús salió casi en el instante en que subió Jenkins. El americano encontró un asiento en la parte trasera, sacó el teléfono encriptado y envió otro mensaje a Matt Lemore:

El tratante de arte se llama Serguéi Vladímirovich Vasíliev, pero no tengo su dirección.

Metió el móvil en el bolsillo de la chaqueta, se reclinó en el asiento y respiró hondo. El autobús hizo varias paradas a lo largo del concurrido Tercer Anillo. En la cuarta, Jenkins salió por la puerta trasera. La circunvalación seguía congestionada por ser la hora del almuerzo, pero aquella parada estaba más cerca que ninguna de una salida. Llamó a un taxi y subió al asiento trasero.

—*Aeroport Shereméntevo* —dijo.

Alekséiov estaba de pie al lado del Range Rover. Habían llegado los especialistas en huellas, aunque por mero formalismo, ya que una de las cámaras de seguridad había captado el todoterreno con Charles Jenkins al volante. Otras lo habían grabado subiendo la rampa. Sin embargo, el vehículo no había llegado a salir del aparcamiento ni, de hecho, a acercarse a la garita situada en la parte alta de la rampa. Alekséiov y Vólkov la habían recorrido a pie y, al final, lo habían encontrado estacionado tras la furgoneta de una empresa de climatización que lo ocultaba de la cámara de aquella planta. Los empleados, alzando la voz para hacerse oír por encima del sistema de calefacción, no habían visto el coche ni al conductor. Al volver del descanso del mediodía habían encontrado el coche y habían comprobado que tenía las puertas cerradas.

Charles Jenkins quería ganar tiempo… y lo estaba consiguiendo; pero ¿para qué? Según el cajero, en la cuenta congelada había más de cuatro millones de dólares, pero Vólkov se había mostrado escéptico cuando Alekséiov interpretó que el americano había vuelto a Moscú por dinero.

Alekséiov llamó al número de la empresa de alquiler de vehículos que figuraba en la pegatina de la luna trasera y supo así que el arrendatario había sido un varón llamado Ruslán Shcherbakov que encajaba con la descripción física de Charles Jenkins. Según la empresa, su ascendencia era de Oriente Próximo. A continuación, telefoneó a la Lubianka para informar del nombre, aunque dudaba mucho que el estadounidense volviera a usar el apellido Shcherbakov.

Miró a Vólkov, que apenas había pronunciado palabra desde que los dos se habían metido en el coche para llegar cuanto antes al banco, y se preguntó cómo habría pasado tantos años Víktor Fiódorov trabajando con él. A Alekséiov, tanto silencio lo exasperaba.

—¿Y para qué otra cosa iba a querer volver a Moscú el señor Jenkins sino por dinero, Arkadi? —El interpelado no respondió. Era como hablar solo—. Conduce tú, que yo tengo que hacer unas cuantas llamadas.

De regreso a la Lubianka, al salir del ascensor, los abordó una secretaria y los llevó a una sala de reuniones del tercer piso. Sin saber bien qué podían esperar, Alekséiov miró a Vólkov, quien se limitó a encogerse de hombros.

Cuando abrió la puerta, Alekséiov se sorprendió al ver a media docena de analistas hablando por teléfono y estudiando las pantallas de sus ordenadores. Entre ellos estaba Gueorgui Tókarev, el mismo que había interrumpido la exposición del subdirector. A su lado, de pie, había un hombre fornido observándolo mientras él tecleaba como un descosido. Alekséiov no conocía a aquel hombre tan corpulento, pero, mientras se acercaba a él, Vólkov le dijo en voz baja:

—Adam Yefímov.

Antes de que tuviera tiempo de pedirle más información, oyó decir a Tókarev:

—Las dos cuentas se han vaciado electrónicamente. Más de cuatro millones de dólares de la cuenta del señor Jenkins y casi seis de la de Serguéi Vasíliev.

—¿Puedes rastrear el destino del dinero? —preguntó el hombre.

—Lo estoy intentando, pero quienquiera que lo haya hecho sabía muy bien lo que hacía. Esto está lleno de cortafuegos y pistas falsas.

—Averigua adónde ha ido el dinero y si es posible desviarlo o congelarlo. Busca también, si puedes, desde qué país se ha hecho el desvío.

Yefímov se volvió al ver llegar a Alekséiov y Vólkov. Ni siquiera se molestó en saludarlos: los rebasó y les pidió con un gesto que lo siguiesen afuera. Cuando llegaron a un despacho contiguo que estaba desocupado, cerró la puerta.

—¿Quién es usted? —preguntó Alekséiov.

El hombre levantó una mano.

—Me ha pedido el subdirector que me ocupe de esta investigación.

—¿Que se ocupe?

—Doy por hecho que usted es Simon Alekséiov y usted, Arkadi Vólkov, ¿no?

—Pero a mí no me han dicho nada —replicó Alekséiov.

—Se lo estoy diciendo yo —contestó Yefímov—. Hable con el subdirector si lo desea, pero hágalo en su tiempo libre. Tengo entendido que el señor Jenkins ya había estado envuelto en una operación muy delicada de la CIA. —Al ver que su interlocutor no respondía de inmediato, añadió en tono severo—: ¿Es correcto?

—Sí, en lo de las Siete Hermanas.

—Escúchenme los dos atentamente. El director no quiere que nadie se entere de que el señor Jenkins reveló la identidad del agente que teníamos infiltrado en un puesto destacado de la CIA. Teme que eso pueda poner en riesgo otras operaciones actuales... o dejarnos en ridículo ante el mundo.

—¿En ridículo?

—¿Qué otra cosa espera si se sabe que hemos dejado que un grupo de ciudadanas rusas nos espíe durante décadas al servicio de los americanos delante de nuestras narices? —Yefímov no esperó respuesta, pues su pregunta parecía retórica—. Hay que tratar este asunto con la mayor sensibilidad y discreción. Ya no es una investigación oficial de la FSB. ¿Entendido?

—¿Ya no es...?

—¿Entendido?

—Sí —respondió Alekséiov.

—Perfecto. Usaremos en la medida de lo posible a la policía de Moscú y le diremos solo que el señor Jenkins es un delincuente común que ha actuado en la ciudad. Todo lo que se comunique al público saldrá del despacho del subdirector. Usted no debe revelar nada. ¿Ha entendido también esto?

Alekséiov no esperaba una cosa así y, aunque estaba confundido, sintió que lo invadía cierta sensación de alivio. No albergaba ningún deseo de verse al frente de todo aquello. En aquel momento, no. Cuando hacía un año habían tratado de apresar a Charles Jenkins, se habían dado instrucciones similares y Víktor Fiódorov había pagado caro su fracaso. No quería convertirse en el siguiente chivo expiatorio de la agencia.

—Si ya no es una investigación de la FSB, ¿qué hago yo aquí? —quiso saber.

—Tenemos trabajo. —Yefímov hizo caso omiso de la pregunta y abrió la puerta.

Alekséiov miró a Vólkov, pero este seguía sin manifestar emoción alguna.

Yefímov los llevó de nuevo a la sala de reuniones y se dirigió al analista Tókarev, que seguía sentado frente a su terminal.

—Enséñales las imágenes del señor Jenkins saliendo del garaje —dijo.

Alekséiov sabía que, en 2016, las autoridades de Moscú habían instalado miles de cámaras italianas Videotec por toda la ciudad, en teoría para velar por el tráfico y evitar accidentes, aunque lo cierto era que también permitían a la policía, la FSB y otras agencias gubernamentales interesadas tener bien vigilada la ciudad.

Yefímov señaló la pantalla con un dedo grueso.

—Estas son las imágenes captadas en Pavelétskaia Ploshchad justo después de que el señor Jenkins saliera del banco y fuese, al parecer, a por su coche —anunció.

Alekséiov vio a Jenkins salir por las escaleras de subida.

—Para el vídeo. Confirma su identidad —dijo Yefímov. No era una pregunta dirigida a Alekséiov ni a Vólkov, ya que las autoridades moscovitas habían instalado también ciento setenta y cuatro mil cámaras de reconocimiento facial en toda la ciudad como parte de uno de los sistemas más amplios y costosos de todo el mundo.

El ordenador de Tókarev anunció una coincidencia con una fotografía anterior de Charles Jenkins.

—Se ha dejado barba desde la última vez que vino a Moscú… —comentó Alekséiov.

—Y es negro —añadió Yefímov—, un detalle mucho más descriptivo.

—Sí —se apresuró a añadir Alekséiov—. Di instrucciones de cerrar el aparcamiento, pero el señor Jenkins abandonó su coche de alquiler detrás de…

—Pon el vídeo —pidió Yefímov a Tókarev.

Vieron a Jenkins salir del edificio del banco y doblar la esquina al final de la calle. El informático tecleó algo y en la pantalla apareció la grabación de otra cámara.

—En las siguientes imágenes que tenemos de él, llegó caminando hacia el sudoeste por la calle Valóvaia hasta esa parada de autobús —anunció el grandullón.

El americano subió al vehículo justo antes de que partiera.

—Lo tenía cronometrado —dijo Yefímov a Alekséiov—. No tenía intenciones de coger el coche: lo aparcó detrás de la furgoneta porque bloqueaba la cámara del aparcamiento. Así que cerrarlo no sirvió de nada. El señor Jenkins está ganando unos minutos valiosísimos y ya nos lleva delantera. Saca la ruta del autobús —pidió a Tókarev.

Por la frente del informático había empezado a correr el sudor. En la pantalla apareció un mapa de Moscú con un trazado rojo que representaba el recorrido que debía seguir el autobús.

—Cruza el Moscova por el puente Krimski Most y luego circunvala la ciudad por el Tercer Anillo —anunció Yefímov—, lo que significa que no pensaba permanecer mucho rato en su interior. Pretendía despistarnos. Quiero a todas las cámaras de la zona buscando ese autobús.

—Podemos analizar los vídeos… —empezó a decir Alekséiov.

Yefímov no lo dejó terminar.

—Claro y, mientras a nosotros nos crece la barba, el señor Jenkins gana más ventaja todavía. La policía tiene órdenes de encontrar el autobús y llevarse al conductor para interrogarlo. Lo que me interesa ahora es otra cosa. ¿Sabe alguno de ustedes por qué ha vuelto a Moscú el señor Jenkins?

—Parece que quería hacerse con más de diez millones de dólares depositados en dos cuentas de la Unión de Bancos Suizos —respondió Alekséiov.

—¿Y por qué iba a querer volver a Moscú para hacer eso?

—Porque congelamos la cuenta que se había abierto a su nombre en cuanto supimos de su existencia. Parece ser que ha vuelto para hacer un ingreso y, una vez que han descongelado la cuenta para efectuarlo, alguien la ha vaciado por vía electrónica.

—Parece ser que se trata de dos cuentas. ¿Quién es Serguéi Vasíliev?

—No lo sabemos.

—Averígüenlo.

Desde el otro extremo de la sala llamó entonces a Yefímov un agente que sostenía un teléfono.

—La policía de Moscú —dijo.

El fortachón cogió el móvil, escuchó unos instantes y preguntó a continuación:

—¿Recuerda cuánto tiempo estuvo el señor Jenkins en su autobús? Presiónenlo, a ver si conseguimos sacudirle un poco la memoria. —Entonces devolvió el aparato y puso al corriente a Alekséiov y Vólkov—: El conductor del autobús no se acuerda de dónde se bajó el señor Jenkins. —Subió el volumen—. ¿Tenemos ya imágenes de las cámaras? —Nadie respondió.

—Esa ruta es una de las más concurridas de Moscú a esa hora —dijo Alekséiov.

—Por eso mismo la escogió el señor Jenkins.

Volvieron a llamar a Yefímov. Esta vez, la voz era de una mujer que volvió el monitor de su ordenador hacia los tres para mostrarles un pasaporte británico en el que aparecía Charles Jenkins con barba entrecana y el nombre de Scott A. Powell.

Yefímov alzó la voz para hacerse oír en toda la sala.

—Buscad en todas las aerolíneas y las estaciones de tren una reserva a nombre de Scott A. Powell o Ruslán Shcherbakov. —Se volvió hacia Alekséiov—. Avisen al servicio de aduanas y asegúrense de que les envíen fotografías actualizadas del señor Jenkins con la barba y sin ella. —Dirigiéndose a otro analista, añadió—: Quiero saber si se ha usado en las últimas tres horas alguna tarjeta de crédito o de débito asociada a uno de esos nombres.

—¿Y de Serguéi Vasíliev? —preguntó Alekséiov.

En ese momento los llamó otra voz femenina desde uno de los terminales informáticos.

—En los últimos treinta minutos se ha usado una tarjeta de crédito a nombre de Scott A. Powell para hacer una reserva en el vuelo número 235 de la British Airways, que despega del Shereméntevo a la una y treinta y cinco de esta tarde.

Yefímov miró su reloj.

—Alerta a la policía del aeropuerto. Diles que, si tienen que detener el avión, cuentan con la aprobación del subdirector.

—Ha sido demasiado fácil —dijo Vólkov en voz baja justo antes de que gritara otro analista:

—He localizado una reserva a nombre de Scott A. Powell para el vuelo TK3234 de las Turkish Airlines, que sale del aeropuerto de Vnúkobo a las dos y nueve de la tarde.

—Aquí hay otra para Ruslán Shcherbakov en el vuelo EK7875 de la Emirates, que sale a las trece cincuenta y tres del aeropuerto de Domodédovo —anunció un tercer analista.

Todavía hubo unos cuantos informáticos más que gritaron nombres y detalles de otras reservas. Vólkov miró de reojo a Alekséiov.

—Quiero ver un mapa de Moscú —dijo Yefímov a Tókarev. Cuando apareció en la pantalla del analista, el grandullón fue señalándolo con un bolígrafo mientras se explicaba—: La ciudad tiene diez aeropuertos. Tres de ellos tienen aerolíneas internacionales: Shereméntevo, Vnúkovo y Domodédovo. El señor Jenkins ha usado el autobús para despistarnos, porque no va a ninguno de ellos. El aeropuerto de Demodédovo es el más apartado, porque está a cuarenta y cinco kilómetros. Shereméntevo y Vnúkovo están a unos treinta kilómetros. Se puede llegar a ellos en tren de alta velocidad o en taxi. De los dos, el de Vnúkovo es sobre todo para vuelos nacionales, de modo que no le conviene demasiado al señor Jenkins. De la estación Belorusski salen trenes las veinticuatro horas hacia

Shereméntevo. Además, está cerca de la línea de autobús, con lo que es probable que haya bajado allí.

Tókarev gritó entonces con voz animada:

—Tengo imágenes del señor Jenkins saliendo del autobús.

Yefímov corrió al ordenador.

—Está en un taxi. Sigue al taxi hasta donde te sea posible. —Asimismo, dio órdenes de conseguir lo que hubieran grabado durante la última hora las cámaras de la estación Belorusski y de enviar agentes de policía a los dos aeropuertos más cercanos. Entonces se volvió a Alekséiov y a Vólkov para decirles—: Nos vamos a Shereméntevo.

—¿Nosotros? —preguntó Alekséiov.

—¿Este caso no es suyo? —dijo Yefímov antes de dirigirse a la salida sin esperar contestación.

Alekséiov se sentó en el asiento del copiloto obedeciendo las órdenes de Yefímov. Conducía Vólkov. Al principio tuvieron problemas para sortear el infernal tráfico de Moscú, pero una vez en las afueras no les costó recuperar el tiempo perdido.

La policía del aeropuerto confirmó por teléfono que Scott A. Powell había embarcado en el vuelo 235 con destino a Heathrow. En nombre de Yefímov, dio instrucciones de que detuviesen el avión y simularan que estaban esperando a un grupo de pasajeros que venía de hacer transbordo. Los agentes le preguntaron si quería que desembarcasen a Scott Powell y lo retuviesen en la oficina de seguridad del aeropuerto y Alekséiov transmitió la propuesta a Yefímov.

—Dígales que no hagan nada hasta que lleguemos nosotros. Con Jenkins dentro del avión, lo tenemos en… ¿Cómo lo llaman los americanos?

—Un atolladero. —La respuesta de Vólkov sorprendió a Alekséiov, que no esperaba oírlo hablar.

—Eso, en un atolladero. No tiene adonde ir —dijo Yefímov.

Alekséiov comunicó las órdenes y colgó.

—Parece que al señor Jenkins le ha llegado la hora de la verdad —dijo Yefímov.

Sus dos subordinados no respondieron.

—Estás muy callado, Arkadi —apuntó entonces desde el asiento trasero—. Eres callado, lo sé. De todos modos, pensaba que te parecería una buena noticia teniendo en cuenta lo que pasó... ¿No?

—El señor Jenkins hizo lo que tenía que hacer —dijo Vólkov sin ninguna emoción.

Yefímov soltó una risita.

—Dudo mucho que Fiódorov tenga una opinión tan... generosa del asunto. Perder al señor Jenkins le costó el empleo.

—Uno no puede perder lo que no ha tenido nunca —sentenció Vólkov, tan impasible como antes—. La FSB necesitaba una cabeza de turco para salvar las apariencias y Víktor era la víctima más fácil.

—Puede ser —repuso Yefímov—, al menos así fue mientras tú estabas en el hospital.

Alekséiov miró a Vólkov, quien, pese a todo, no dio muestra alguna de haberse ofendido ante semejante insinuación. El conductor aparcó ante la terminal F del aeropuerto de Shereméntevo. Yefímov pidió a Alekséiov que le enseñara la placa a un agente de policía con demasiadas ganas de velar por el régimen de estacionamiento de la zona mientras Vólkov y él corrían al interior de la terminal internacional. Alekséiov se afanó en alcanzarlos sin poder dejar de preguntarse qué había querido decir Yefímov con aquello de «¿Este caso no es suyo?».

Dentro los esperaba un puñado de policías del aeropuerto. La única mujer del grupo tendió la mano a Alekséiov, que se presentó sin pasar por alto que Yefímov no hizo nada por seguir su ejemplo ni enseñó documento identificativo alguno.

—Soy la capitana Reguina Izmáilova. Hemos hablado por teléfono. El señor Powell sigue en el avión, como nos ha pedido. A los pasajeros se les ha dicho que el vuelo se ha retrasado en espera de un trasbordo de Fránkfurt.

—¿Y no han dejado que baje nadie? —preguntó Alekséiov.

—Las puertas llevan cerradas desde que hablamos.

Alekséiov vio a tres hombres de aspecto atlético con vaqueros, zapatillas de deporte y cortavientos que llevaban mochilas idénticas a la espalda.

—¿Agentes de paisano? —preguntó.

—Tal como nos ha pedido —dijo Izmáilova.

Aunque no pasaban precisamente inadvertidos, Alekséiov tuvo que admitir que aquello resultaba mejor que apostar a policías de uniforme. Con teléfonos móviles en todas partes grabando cuanto pudiera entenderse por injusticia, sacar a un estadounidense negro de un vuelo podría convertirse en símbolo de trato discriminatorio en Rusia. Por otra parte, una vez colgado en la Red, el vídeo alertaría a los servicios de espionaje de los Estados Unidos de la detención de Jenkins, lo que haría que empezaran a sonar todos los teléfonos del Kremlin.

—Llévenos a la puerta de embarque —pidió Yefímov a la mujer.

Subieron a dos vehículos eléctricos y recorrieron con ellos la terminal a gran velocidad, apartando a golpe de claxon a los viajeros confiados. Al llegar a la puerta, Yefímov ordenó a los agentes de paisano:

—Saquen al señor Powell de su asiento con la mayor discreción posible.

Izmáilova dio un paso al frente.

—Si me permite, tenemos un plan para que no tenga que preocuparse por eso. —Se volvió hacia una mujer ataviada con un uniforme de azafata—. Ella es la agente Pokróvskaia. La idea es que comunique al señor Powell que lo van a pasar a primera, tal como ha pedido. Una vez que salven el pasillo, echará las cortinas tras él y

107

entrarán los tres agentes. Creo que el señor Powell tendrá que reconocer que no servirá de nada resistirse.

—De todos modos, en caso contrario —dijo Yefímov mirando a los tres agentes—, tienen permiso para usar los medios que sean necesarios para bajarlo del avión. Tápenle la cabeza antes de traerlo a la terminal. ¿Alguna pregunta?

Nadie dijo nada.

—Pues manos a la obra.

Cuando se abrió la puerta de embarque, los cuatro se dirigieron a la pasarela. Alekséiov miró a Vólkov, pero su expresión serena no revelaba pensamiento alguno. Yefímov también se dio cuenta.

—Relájate, Arkadi, que esta vez la sorpresa se la va a llevar el señor Jenkins.

Aún no habían pasado cinco minutos cuando se abrió la puerta de embarque para dar paso a los agentes de paisano acompañados de Charles Jenkins, que llevaba una capucha en la cabeza y las manos esposadas a la espalda. Vestía el mismo traje con el que había salido a mediodía del aparcamiento del banco, por lo que se veía en las fotografías que había conseguido Alekséiov. Los agentes lo trasladaron enseguida al vehículo eléctrico, donde lo colocaron en el asiento central, entre dos de ellos, y lo inclinaron hacia delante para que no lo vieran los viajeros.

En la oficina de seguridad lo sacaron del vehículo y lo metieron en una sala. Yefímov entró detrás de él, seguido por Alekséiov y Vólkov. Los agentes sentaron a Jenkins en una silla dispuesta frente a una mesa.

—Quítenle la capucha —dijo Yefímov a los de paisano.

—Pero ¿qué demonio pasa aquí? —exclamó el pasajero negro con un marcado acento británico—. Exijo hablar con la Embajada británica.

Yefímov dio varios golpecitos en la mesa con expresión de quien se muerde las uñas y le saben mal. Acto seguido, se puso en pie, se dio la vuelta y salió de la sala sin pronunciar palabra.

Alekséiov se volvió hacia Vólkov. Aquel agente curtido de la FSB daba la impresión de estar reprimiendo una sonrisa, aunque no podía estar seguro, porque nunca había visto sonreír a Vólkov.

CAPÍTULO 14

El palacete de Rozhdéstveno y el M'Istra'L Hotel & Spa, situado en el lago Istra, estaba rodeado de bosques, tal como había podido comprobar Jenkins en el mapa que había buscado en su teléfono. Una única carretera de dos carriles daba entrada y salida al hotel. Si la FSB había comprobado los movimientos de la tarjeta de crédito, como había hecho Matt Lemore, y si había enviado agentes allí, tal vez fuese ya demasiado tarde para él. Los agentes rusos todavía no sabían que Víktor Fiódorov y Serguéi Vasíliev eran la misma persona, y Jenkins necesitaba que no se descubriera si quería que el plan tuviese éxito.

Suponía que tenía dos elementos jugando a su favor. En primer lugar, cuando saliese a relucir su nombre en el banco, la FSB, que ya se había visto avergonzada una vez por sus actos, querría dar con él por todos los medios y no escatimaría recursos en los aeropuertos. No se darían cuenta de su error hasta que tuvieran delante al agente británico negro del MI-6 al que había buscado Lemore. Tenía la esperanza de conseguir así el tiempo necesario para llegar al hotel, dar con Serguéi Vasíliev y salir de allí con él antes de que la FSB pusiese la mira en ellos.

En segundo lugar, según los movimientos de su tarjeta de crédito, Vasíliev —es decir, Fiódorov— tenía intenciones de disfrutar de varios días de estancia en el hotel balneario y él abrigaba la esperanza de que la FSB llegase, como él, a la conclusión de que no tenía prisa por ir a ninguna parte, en tanto que Jenkins pretendía huir del país. Aun así, no había nada garantizado. Tratando de ir dos pasos por delante, pensó en cómo podían salir de allí Fiódorov y él —contando, claro, con que el ruso quisiera colaborar con él, lo cual ya era mucho suponer— en caso de que la FSB bloqueara la carretera de acceso. Sabía, por las conversaciones que había mantenido con el antiguo agente en sus viajes anteriores, que estaba divorciado y no mantenía una relación muy buena con su exmujer. Por tanto, no era probable que fuese ella quien iba a compartir con Fiódorov el masaje para parejas que había reservado. También dudaba que, tras la amarga experiencia de su primer matrimonio, hubiera vuelto a casarse en los meses transcurridos. Eso significaba que la persona con la que se había registrado en el hotel tenía, cuando menos, un apellido diferente, lo cual podía ser útil.

Tras detener el vehículo que había alquilado en el aeropuerto, cambió el traje por la ropa de abrigo y las botas que guardaba en la bolsa y, a continuación, siguió conduciendo hasta la cancela de hierro forjado que daba entrada al hotel. Por el momento, no había controles de carretera.

Un joven guardia de seguridad salió de su garita con gesto poco convencido. No parecía muy contento de tener que enfrentarse al frío del exterior. Se acercó al coche del recién llegado precedido por su propio vaho. Jenkins bajó a medias la ventanilla y anunció que había quedado con un amigo suyo, un huésped por nombre Serguéi Vasíliev. El guardia, que no parecía precisamente interesado en los pormenores, comprobó la lista que tenía en una tablilla.

—*A kak tebiá zovut?* —«¿Cómo se llama usted?».

—Vólkov, Arkadi Chistóvich Vólkov —dijo Jenkins. Empezó a repetirlo lentamente y pronunciando con esmero, pero el guardia, que no veía la hora de volver al calor de su puesto de trabajo, no lo dejó proseguir. Pulsó un botón que llevaba prendido al cinto a fin de activar la apertura de la puerta y le hizo un gesto para que pasase.

El coche recorrió los adoquines rojos, salpicados de polvo de nieve, del camino que serpenteaba por entre un jardín bien cuidado hasta una glorieta central. El edificio de entrada tenía tres pisos de altura y una marquesina sostenida por columnas. Sobre ella, un gran pabellón ruso con sus tres franjas horizontales, blanca, azul y roja, ondeaba movida por una brisa ligera. Tras la entrada se erguía un hotel de ocho plantas y color amarillo pálido coronado por una cúpula blanca.

Jenkins confió al aparcacoches las llaves del vehículo de alquiler y caminó hacia el interior del vestíbulo circular de mármol bruñido y madera de caoba. Por encima de un rebuscado arreglo floral pendía una enorme araña de cristal y de un piano surgía música en directo interpretada por un hombre de esmoquin. Fiódorov no parecía estar pasándolo mal en su jubilación.

Se acercó al mostrador y sonrió a la joven recepcionista.

—Buenas tardes —saludó en ruso—. Me he citado con Serguéi Vasíliev, que se aloja con ustedes. ¿Sería tan amable de decirme el número de su habitación?

La joven escribió en su teclado y dijo:

—Sí, ¿señor...?

—Vólkov, Arkadi Vólkov. —Más que aterrarlo, Jenkins esperaba que el nombre de su antiguo compañero de la FSB despertara la curiosidad de Fiódorov y, aunque no esperaba que la joven le diera el número de su habitación, tampoco perdía nada por preguntar.

—Me temo que las normas del hotel no me permiten darle esa información y en este momento tampoco contesta al teléfono de su *suite*.

—Lo entiendo. De todos modos, su compañera y él ya han llegado, ¿verdad?

La mujer asintió.

—Sí, ya ha llegado, señor Vólkov.

—Mmm… La verdad es que llevo media hora intentando localizarlo en su móvil y tampoco me ha respondido, y eso no es propio de él. —Jenkins miró el reloj—. Me preocupa que llegue tarde a la reunión.

—Espere un momento, por favor. —Volvió a teclear algo y estudió la pantalla—. Ya veo cuál es el problema. El señor Vasíliev ha reservado un masaje en pareja para esta tarde y en la zona de balneario no está permitido acceder con móvil.

—Vaya. Pues qué alivio. En fin, daré una vuelta por aquí mientras espero para no interrumpir su masaje. Este frío puede llegar a ser mortal para las articulaciones y últimamente ha estado trabajando demasiadas horas seguidas. —Jenkins alargó la mano por encima del mostrador de mármol para tenderle a la mujer un billete doblado de mil rublos, unos quince dólares—. *Spásibo.*

La mujer miró hacia una puerta que tenía a la derecha antes de meterse el dinero en el bolsillo del chaleco.

Jenkins siguió las señales que le indicaban el camino al balneario, un edificio independiente situado a poca distancia a pie de la trasera del hotel. Una vez dentro, pasó al lado de una piscina impoluta con palmeras en macetas y flanqueada de tumbonas bajo un techo de cristal a dos aguas. Oyó resonar una voz infantil cuando un niño se lanzó al agua desde un lateral. Su madre, absorta en la lectura de una revista, no le prestó la menor atención.

Pasó por una puerta de cristal y fue a preguntar a una joven que había tras otro mostrador. La informó de que acababa de llegar tras un largo viaje en coche y le dijo que esperaba que le quedase algún hueco para un masaje. Ella comprobó su terminal informático y le comunicó que había una sesión libre a la vuelta de un cuarto de hora aproximadamente.

—En realidad, a mi mujer le gustaría sumarse también. Está haciendo unas llamadas desde la habitación. ¿Tengo entendido que hay una sala destinada a los masajes de pareja?

—Sí, señor. Las puertas están numeradas. Es la número tres.

La empleada le dio toallas de gran calidad y lo invitó a cambiarse en los vestuarios contiguos.

—Avisaré a mi mujer —dijo él—. Si fuese tan amable de indicarle cuál es la sala cuando llegue…

La joven le aseguró que sería un placer.

Jenkins se dirigió con las toallas a los vestuarios, las dejó sobre un banco y salió por la puerta situada al otro lado a un pasillo corto con moqueta. Los altavoces instalados en el techo emitían música instrumental suave concebida para calmar y relajar a los huéspedes. Ojalá funcionara, porque a Víktor Fiódorov le esperaba una buena sorpresa.

Estaba llegando a la puerta marcada con un 3 cuando salieron de la sala un hombre y una mujer que cerraron tras ellos. Vestían uniformes similares al de la mujer del mostrador: pantalón caqui y camisa amarilla con el logotipo del balneario en el pectoral derecho. Eran los masajistas. Jenkins esperó a que dejaran el pasillo y, a continuación, abrió lentamente la puerta hacia dentro. Ante sí tenía una sala con ventanas del suelo al techo cubiertas por cortinas traslúcidas de color amarillo. Fuera, un prado salpicado de nieve descendía hasta un pantalán que se internaba en un lago de aguas calmas como un espejo. Las camillas de masaje estaban ocupadas por un hombre y una mujer; ella, a la izquierda; y él, a la derecha. Los dos parecían dormidos.

Se acercó al hombre, que tenía la mitad inferior del cuerpo cubierta por una sábana de color rojo pálido y la superior reluciente por lo que debía de ser aceite. Jenkins se hizo con una toalla y caminó hasta el lateral de la camilla a fin de mirar el rostro del varón. Era Fiódorov, dormido como un tronco.

Lo asió por los hombros y le susurró al oído:

—Ya que no has podido venir a los Estados Unidos, he decidido yo venir a verte.

El antiguo agente de la FSB abrió un ojo y lo dirigió hacia el intruso. Haciendo honor a su buen adiestramiento, en lugar de sobresaltarse, incorporarse a la carrera o intentar defenderse tirándolo todo, se limitó a alzar los hombros cuando Jenkins levantó las manos.

—A menos que desees que tu acompañante se entere de tu verdadero nombre, te recomendaría que fueses discreto —añadió en voz queda el americano— y también que actúes con prontitud, porque me persigue la FSB y no debe de andar muy lejos.

Yefímov no tenía la menor idea de si el hombre que habían sacado del avión era agente de la CIA o del MI-6. Dados su parecido físico con Charles Jenkins y la ropa que llevaba puesta, no parecía probable que se tratara de una coincidencia. Tampoco tenía tiempo para averiguarlo. Su único objetivo era dar con Charles Jenkins. En gran medida, debía el puesto que ocupaba al hecho de haberse criado en San Petersburgo con Vladímir Putin y Dmitri Sokolov. Después de que la FSB liberase formalmente al detenido, el presidente había dejado claro que, con independencia de amistades infantiles, esperaba resultados, no excusas, si quería seguir donde estaba. El fracaso de Yefímov a la hora de extraer información de Pavlina Ponomaiova había puesto a Putin de un humor de perros y a nadie que estuviese en sus casillas se le habría ocurrido defraudar al presidente dos veces seguidas.

Yefímov estaba convencido de que Ponomaiova no tenía información alguna. De lo contrario, ya se la habría sacado. Sin duda debía de haber sufrido daños cerebrales en el accidente que la había tenido varios meses hospitalizada o poseía mucha menos información de lo que habían dado por supuesto en un principio la FSB y el presidente. Yefímov siempre había sido particularmente eficaz en sus interrogatorios y se negaba a creer que Ponomaiova pudiera ser su primer fracaso.

Por no perder más tiempo ni crear otro posible incidente que presentara a Rusia como maltratadora de gente de color —lo que ofrecería una imagen pésima de su Administración— y previendo que el británico no tendría información valiosa alguna, hizo que lo pusieran en libertad pidiéndole disculpas y puso su atención en otra parte.

—¿Qué más pistas tenemos sobre el paradero del señor Jenkins? —preguntó a Alekséiov desde el asiento de atrás del coche mientras salían del aeropuerto conducidos por Vólkov.

—Hemos alertado a la patrulla fronteriza y les hemos hecho llegar fotografías recientes de Jenkins y los nombres falsos que conocemos.

—Puede cambiar de aspecto y, además, ya nos ha dejado claro que usa varios nombres. No se le ocurrirá repetir ninguno. He preguntado qué más pistas tenemos.

Alekséiov hojeó una libreta de espiral y dijo:

—En el banco, el señor Jenkins le preguntó al director por una segunda cuenta, que pertenece a un tal Serguéi Vasíliev.

—¿Tienen su dirección?

—La de la *pochtomat* de una estación ferroviaria del distrito de Cheriómushki —respondió Alekséiov refiriéndose a una máquina con taquillas en las que dejar paquetes y sobres.

Vólkov volvió su cabeza hacia Alekséiov.

—¿Hay algo que quieras decir, Arkadi? —preguntó Yefímov.

—No.

—¿Cuáles han sido los cargos más recientes de la tarjeta de crédito?

—Ayer, a las siete y cuarenta y dos, se hizo uno en el M'Istra'l Hotel & Spa de Rozhdéstveno.

—¿Nos han mandado alguna fotografía, un número de matrícula…?

—No han encontrado nada.

«Qué extraño», pensó Yefímov. Miró el reloj.

—Llame al hotel y averigüe si sigue allí alojado. Si es así, alerte a la policía local. Envíeles las últimas fotografías de Charles Jenkins y ordene que pongan un control a la salida del hotel y detengan y registren a todo vehículo que entre o salga.

Jenkins dejó que Fiódorov se incorporase sacando las piernas de la camilla para sentarse. El ruso parecía estupefacto. Mientras se colocaba una toalla alrededor de la cintura, miró por sobre el hombro a la mujer, que se agitó, pero solo para volver la cabeza hacia el otro lado. Fiódorov se puso enseguida el albornoz y las zapatillas y con un gesto indicó al americano que lo acompañara al exterior.

Apenas había dado unos pasos cuando la mujer preguntó:

—*Kudá vi?* —«¿Adónde vas?». Se había erguido para mirarlos. Se incorporó y dejó que la sábana le cayera hasta la cintura sin hacer nada por cubrirse.

Fiódorov se acercó a su camilla y, con la misma voz suave que se emplea para calmar a un chiquillo, respondió:

—Me temo que ha surgido algo, una cuestión de negocios ineludible que tengo que atender de inmediato. —Dicho esto miró a Jenkins, que señaló la salida con un movimiento de cabeza—. Lo siento, pero tenemos que irnos enseguida.

—*No mi tolko chto prishlí* —repuso ella. «Pero si acabamos de llegar…».

—Te lo compensaré. Vamos, hay que irse.

La mujer se puso en pie y, con el gesto de una adolescente contrariada, se puso un albornoz de postín y lo ató con fuerza antes de deslizarse las zapatillas.

Fiódorov la tomó del brazo y la llevó al pasillo con Jenkins detrás. Puede que sintiera curiosidad por el americano, pero, desde luego, no la demostró. Salieron del balneario caminando por el lateral de la piscina. La joven madre y su hijo ocupaban dos tumbonas contiguas. Los tres corrieron a salvar la escasa distancia que los separaba del hotel y Fiódorov llamó al ascensor. Cuando llegó a la planta baja y se abrieron las puertas, salieron de él un hombre y una mujer con batines a juego del establecimiento. Una vez dentro, cuando se cerraron las puertas, el ruso se volvió hacia Jenkins.

—¿Qué está haciendo aquí? —preguntó en inglés.

El estadounidense miró a la mujer.

—No sabe inglés —dijo Fiódorov.

—Buscarte —respondió Jenkins.

—¿Para qué? —Además de perplejo, parecía de veras preocupado.

—Para hacerte unas preguntas.

El ascensor se detuvo y entró en él un empleado del hotel, que les dio las buenas tardes con una sonrisa. Siguieron en silencio hasta la planta superior. El hombre salió y Jenkins siguió a Fiódorov y a la mujer hasta una puerta doble del fondo del pasillo. El ruso abrió con una tarjeta que sacó del bolsillo de su albornoz y entró en una *suite* propia de un marajá, con suelos de mármol, muebles de color crema y televisores de pantalla plana.

—*Jvatái svoi veshchi, bistro* —dijo Fiódorov a la mujer. «Recoge tus cosas, rápido».

Ella entró sin prisa, sacó una maleta del armario y se puso a lanzar dentro su equipaje, conformado sobre todo por lencería. Fiódorov y ella no tenían intenciones de salir mucho de la habitación.

—¿Cómo me ha encontrado? —preguntó él mientras sacaba ropa de su armario.

—Te vas a enfadar conmigo, me temo —dijo Jenkins.

—¿Cómo? —insistió Fiódorov dejando de embalar.

—Te lo voy a contar, pero más te vale ir vistiéndose mientras, porque no sé si tenemos mucho tiempo.

—Pero ¿por qué? ¿Qué pasa?

—Porque, como te he dicho, la FSB tiene que estar pisándome los talones.

—¿Qué ha hecho? —Fiódorov parecía más preocupado aún.

—He ingresado dinero en mi cuenta de la Unión de Bancos Suizos, he pedido mi tarjeta de firma y he sobornado al gestor que abrió la cuenta para que me dé el nombre del titular de la que se abrió a la vez. ¿Serguéi Vasíliev?

—¿Qué? —El ruso había pasado a montar en cólera—. ¿Y por qué ha hecho eso?

—Ya te lo he dicho: necesitaba dar contigo.

—Su cuenta estaba marcada. Habrán alertado a la FSB.

—Ya lo creo que lo han hecho. Se presentaron en el banco y, si tienen mi nombre, también tendrán el tuyo... o, por lo menos, el de Serguéi Vasíliev. A mí no me ha sido difícil rastrear tu tarjeta de crédito. Por eso sospecho que no tenemos mucho tiempo. Si yo he llegado a ti, doy por hecho que la FSB también puede.

—¡Mierda! —Fiódorov se volvió hacia la mujer—. *Bistreie, bistreie! Mi dolzhní idtí.* —«¡Date prisa! ¡Corre, que tenemos que irnos!».

Se quitó la toalla a la carrera y se puso los calzoncillos, una camiseta y un pantalón largo.

—¿Así me agradece que le haya dado cuatro millones de dólares?

—Ah, por cierto..., cuando me descongelaron la cuenta para que pudiese hacer el ingreso, aproveché para sacarlo todo electrónicamente.

—De su cuenta. —Fiódorov había dejado de abotonarse el pantalón.

—De las dos.

—¿Que ha vaciado también *mi cuenta*?

Jenkins señaló la hebilla del cinturón del ruso.

—No tenemos mucho tiempo. Sigue vistiéndote mientras hablas.

—Pero ¿por qué ha vaciado mi cuenta?

—Si no lo hubiera hecho, la FSB habría bloqueado la tuya. Tenía que sacar el dinero mientras todavía era posible. —Había que reconocer que la respuesta era tan buena como cualquier otra para evitar irritarlo más aún.

—¿Dónde está mi dinero, señor Jenkins?

—A buen recaudo. No pensarás salir sin zapatos…

Fiódorov se sentó en la cama y se puso los calcetines.

—¿Dónde está? —repitió alzando la voz.

—Tendrás que fiarte de mí, Víktor.

—¿Que me fíe de usted? Pero ¡si me ha robado el dinero!

—Sí, pero, para ser justos, hay que decir que tú me lo robaste antes. Además, no lo he robado exactamente. Sigue estando intacto, aunque en un sitio distinto. Ya tendremos tiempo de discutir los detalles logísticos cuando salgamos de aquí. ¿Ya te has calzado?

Fiódorov se puso en pie renegando. Se calzó las botas y se subió las cremalleras laterales.

—Me parece que he arruinado un fin de semana que parecía muy prometedor y lo siento mucho —dijo Jenkins.

El ruso abrió uno de los armarios de caoba y se puso una sudadera antes de coger una chaqueta negra de cuero larga.

—¿Ha traído coche?

—Sí, pero solo hay una carretera en varios kilómetros a la redonda y, si los de la FSB tienen dos dedos de frente, pondrán un control en la puerta para detener a todo el que salga.

—¿Y se puede saber cómo pretende que salgamos de aquí?

Jenkins miró a la mujer.

—¿Puedo suponer que no has vuelto a casarte?

—¿Qué? No, claro que no. Ella es prostituta.

—¿Puedes fiarte de ella?

—Es una prostituta, señor Jenkins. Puedo darle dinero, pero hasta ahí llega su lealtad.

—En fin, ya que te he vaciado la cuenta y te he estropeado el fin de semana, me parece justo que sea yo quien le pague.

Fiódorov soltó un gran suspiro antes de frotarse la frente con una mano.

—Si pierdo mi dinero o me delata, lo mato.

—El tiempo corre, Víktor. Yo dejaría las amenazas para luego.

CAPÍTULO 15

Yefímov bajó la ventanilla del asiento trasero del Mercedes al ver salir a un agente de uno de los dos coches de policía apostados en la carretera que desembocaba en la cancela del M'Istra'l Hotel & Spa y acercarse al lado del conductor.

—¿Hace cuánto han puesto el control? —preguntó.

—Hace una media hora —respondió el agente.

—¿Ha salido alguien del balneario desde entonces?

—Desde que hemos llegado, no.

—¿Y ha entrado alguien?

—Sí, pero nadie encajaba con la foto que nos han mandado.

Yefímov indicó a Vólkov que llevara el coche hasta la garita de seguridad de la entrada. El guardia, sin salir de su puesto, se limitó a abrir la cancela cuando el conductor le mostró sus credenciales.

—Un segundo —dijo Yefímov en el momento en que Vólkov pisó el acelerador y el otro obedeció—. Retrocede.

Vólkov dio marcha atrás. El guardia, con gesto confuso, abrió la puerta de la garita, pero sin hacer ningún empeño en salir. Yefímov abrió la puerta del Mercedes y salió hecho una furia. Agarró por el cuello de la ropa al sorprendido empleado y de un tirón lo levantó del taburete, que cayó al suelo, y lo sacó del calor de su garita para lanzarlo al suelo. El gorro del guardia salió rodando por la nieve. Entonces, su agresor lo asió de las solapas de la chaqueta y lo puso en pie.

—¿Su trabajo no consiste en comprobar la identidad de cualquier persona que pase por aquí para entrar al hotel? —preguntó alzándolo hasta ponerlo de puntillas.

—Sí —respondió el guardia con la voz quebrada.

Yefímov lo arrastró hasta el coche y chasqueó los dedos ante la ventanilla del conductor. Vólkov le tendió una instantánea de Charles Jenkins y él la sostuvo delante de los ojos del guardia.

—¿Ha visto a este hombre hoy? Y espero, por su bien, que la respuesta sea positiva.

—*Da.* Llegó hace una media hora —balbuceó el empleado— o puede que menos.

—¿Y le ha dicho si iba a reunirse con alguien?

—*Da.*

—¿Con quién?

—No lo sé... Ten... Tendría que comprobarlo.

Yefímov lo empujó en dirección a la garita. El guardia trastabilló, cayó de rodillas y, levantándose, recogió una tablilla con sujetapapeles y se puso a pasar las hojas con rapidez mientras volvía al vehículo.

—Con Serguéi Vasíliev. Me dijo que era amigo de Serguéi Vasíliev.

—¿Y le ha dicho su nombre?

—¿Su nombre?

—Sí, ¿qué nombre le ha dado?

—No me acuerdo.

—¿No lo ha apuntado?

—No, yo... ¡Espere! Era... Vólkov. Me ha dicho que se llamaba Vólkov.

Yefímov miró al conductor, que había vuelto la cabeza hacia el guardia al oír su nombre, pero, por lo demás, no mostró reacción alguna.

—¿Arkadi Vólkov? —quiso saber Yefímov.

—Sí, Arkadi Vólkov. Así se llamaba.

—No deje que salga nadie del hotel sin que lo pare la policía. ¿Me ha entendido?

—Sí.

—Y recoja su gorro. Si tiene que hacer su trabajo, hágalo bien o déjelo. ¿Me entiende?

El guardia asintió sin palabras.

Yefímov volvió al asiento trasero.

—Adelante —ordenó a Vólkov. Dobló la fotografía de Charles Jenkins y se la metió en el bolsillo del abrigo mientras subían por el camino de adoquines—. ¿Por qué iba a querer usar tu nombre el señor Jenkins, Arkadi?

El conductor se encogió de hombros.

—Ni idea.

—¿Por qué no se ha inventado un nombre?

Ni Vólkov ni Alekséiov fueron capaces de responder.

El primero aparcó bajo la marquesina y habló con el aparcacoches mientras Yefímov y Alekséiov apretaban el paso hasta las escaleras y cruzaban el vestíbulo de mármol hasta recepción. Siguiendo las instrucciones de su superior, Alekséiov enseñó su identificación a la joven del mostrador. Yefímov sacó la foto de Jenkins del bolsillo del abrigo y la desplegó.

—¿Ha visto hoy a este hombre?

—Sí, me ha dicho que tenía una reunión con un huésped y que no había conseguido localizarlo por teléfono.

—¿Se refería a Serguéi Vasíliev?

—El señor Vasíliev se estaba dando un masaje.

—¿Dónde está la zona de balneario?

—En el edificio de atrás.

Yefímov echó a andar hacia allí cuando la mujer añadió:

—Pero ya no están allí: han tomado el ascensor hace unos veinte minutos.

124

—¿Qué habitación tiene Serguéi Vasíliev?

—No puedo darle esa clase de información.

El agente de la FSB no estaba de humor.

—¿Tiene usted jefe?

—¿Perdón?

Yefímov dio un manotazo en el mostrador y la joven dio un respingo hacia atrás.

—Que si hay por aquí algún supervisor, alguien con autoridad. Me da igual quién sea: limítese a traerlo ahora mismo.

Aturullada, la joven desapareció por la puerta que tenía a sus espaldas. Vólkov entró entonces en el hotel y se acercó a recepción. Yefímov miró el reloj. Si la recepcionista había calculado bien, Jenkins les llevaba solo veinte minutos de ventaja. La joven no volvió, pero en su lugar apareció un hombre de mediana edad que entró por la puerta colocándose el abrigo y limpiándose las comisuras de los labios con un pañuelo.

—¿En qué puedo ayudarlos?

Alekséiov volvió a sacar la placa y logró así hacerse con la atención del recién llegado.

—Deme el número de habitación de Serguéi Vasíliev, que se aloja en este hotel —dijo Yefímov.

—Ahora mismo. —Escribió en el teclado—. El señor Vasíliev está en la *suite*, en el último piso.

—Llévenos allí. Coja una llave.

Envueltos en la música suave que se filtraba por los altavoces del techo, Jenkins siguió a Fiódorov y a la mujer hasta el pasillo y los llevó a una puerta situada más allá de los ascensores, debajo de un cartel de salida. La abrió y escuchó unos segundos antes de bajar con los demás las escaleras. Al llegar a la planta baja, Jenkins se detuvo de nuevo antes de abrir la puerta y mirar al vestíbulo.

El americano vio a Simon Alekséiov, Arkadi Vólkov y a un tercer hombre en el mostrador de mármol de la recepción y corrió a esconderse.

—Mierda —dijo Fiódorov, que también los había visto—. ¿Qué ha hecho, señor Jenkins? ¿Qué coño ha hecho?

Tras dar instrucciones a Ruslana, la joven prostituta, Jenkins volvió a abrir la puerta solo unos centímetros. Vio a los tres entrar en el ascensor con un empleado del hotel de mediana edad. Cuando se cerraron las puertas, se volvió hacia Ruslana.

—¿Te acuerdas de lo que tienes que hacer? —preguntó en ruso.

La joven puso los ojos en blanco.

—*Ladno.* —«Sin problema». Caminó hasta la entrada principal del edificio tirando de su maleta. Fiódorov y Jenkins fueron en la dirección opuesta por un pasillo que daba a una salida situada en la trasera del hotel. El americano empujó la puerta de cristal y notó que el frío le mordía las manos y la cara, que llevaba al descubierto. La temperatura parecía haber caído cinco grados desde su llegada.

—¿Quién es el hombre que va con Alekséiov y Vólkov?

—Ahora no hay tiempo. —Fiódorov sacó un gorro de lana del bolsillo y se lo caló hasta las orejas antes de ponerse guantes. Jenkins también se cubrió la cabeza, pero se había dejado los guantes en el coche de alquiler—. La FSB recurrirá a la policía local tanto como le sea posible para evitar un incidente internacional. La policía no tiene tanto interés en este asunto y supongo que el frío difuminará más todavía su curiosidad.

Con un poco de suerte, eso bastaría para que Ruslana pudiese atravesar el control. Jenkins le había pagado quinientos dólares estadounidenses y le había prometido otros mil quinientos cuando se encontrasen en el coche. Si la policía quería registrarlo, el nombre que figuraba en los documentos de alquiler no les diría nada, porque también era falso. El americano le había dicho que les advirtiera que estaba a nombre de un novio suyo y que, si insistían, les confiase que estaba engañando a su mujer con ella.

—¿Conoce esta zona? —le preguntó Fiódorov mientras caminaban hacia los árboles.

—Lo poco que he podido ver en Google Earth.

—Mierda —volvió a decir.

—Es broma, Víktor. Relájate.

—¿Que me relaje?

Jenkins y Fiódorov pasaron al lado de un tablero de ajedrez de gran tamaño dispuesto sobre los adoquines del exterior y siguieron un sendero entre extensiones de césped cubiertas de nieve que llevaba al lago.

—Recorremos unos cientos de metros por la orilla y luego atajamos por esos árboles de ahí —apuntó Jenkins—. Llegaremos a Rozhdéstveno, donde, con un poco de suerte, nos estará esperando Ruslana.

—Más nos vale, porque, como tengamos que volver andando a Moscú con este tiempo, puede estar seguro de que morirá congelado… si no lo mato yo antes.

Vólkov seguía dándole vueltas a por qué había podido Jenkins usar precisamente su nombre para acceder al hotel. No tenía sentido, y menos aún si ese tal Vasíliev tenía dinero para alojarse en el ático del hotel, ya que él no conocía a nadie tan rico.

El gerente les abrió la puerta de la *suite* y dio un paso atrás de inmediato. Yefímov, con la pistola por delante, empujó la puerta y se coló en la habitación mientras movía el arma de izquierda a derecha. Alekséiov, también armado, avanzó en el sentido opuesto. Vólkov también había desenfundado, pero solo por cumplir: la experiencia le decía que era muy poco probable que encontrasen a Charles Jenkins o a Serguéi Vasíliev, fuera quien fuese, en la habitación. Yefímov había subestimado al estadounidense en el aeropuerto y volvía a hacerlo en el hotel.

Vólkov entró en el dormitorio y vio a Yefímov estudiando una cama sin hacer. Las sábanas hacían pensar que los ocupantes se habían dado un buen revolcón. Vólkov abrió armarios y cajones sin encontrar ropa ni equipaje.

Poco después entró Alekséiov.

—*Nichegó* —sentenció. «Nada».

—Se han ido —concluyó Yefímov—. Llamen a la entrada principal.

Vólkov salió del dormitorio y se acercó a las ventanas del salón, cuyas lunas se extendían del suelo al techo. Fuera quien fuese aquel Vasíliev, tenía dinero de sobra para permitirse la *suite* más cara del hotel. Por el día, aquellas ventanas debían de ofrecer vistas magníficas de la presa de Ínstrinskoie y de las diminutas aldeas agrícolas de los alrededores. En aquel momento, en cambio, el crepúsculo moribundo del invierno hacía difícil ver nada que no fuese el titilar esporádico de las luces distantes.

En ese instante llamó su atención cierto movimiento en el sendero que se extendía a sus pies. Eran dos hombres que caminaban hacia el agua, cosa rara con aquel frío. No corrían, pero saltaba a la vista que tenían prisa. Vólkov se acercó más a la ventana. El más alto de los dos volvió la cabeza para echar un vistazo rápido al hotel, como si quisiera comprobar que no los seguían. Lo hizo justo en el instante en que llegaban a una de las farolas que recorrían el camino. Fue solo una fracción de segundo, pero Vólkov no necesitó más tiempo para reconocer al hombre al que se había enfrentado en los baños del hotel Metropol de Moscú. Allí había tenido ocasión de verlo bien de cerca… y nunca lo olvidaría.

Estaba a punto de llamar a Yefímov cuando vio algo en el segundo hombre que le resultó conocido. Su andar, el abrigo largo de cuero negro, la encorvadura de sus hombros, el gorro de lana negro bien calado…

Víktor Fiódorov.

No bien reconoció a su antiguo compañero, entendió de pronto por qué había usado Charles Jenkins su nombre para entrar al hotel, un nombre quizá desconocido para Serguéi Vasíliev, pero no, desde luego, para Víktor Fiódorov.

Víktor era Serguéi Vasíliev.

Miró por encima de su hombro y oyó hablar a Alekséiov y a Yefímov dentro del dormitorio. El primero estaba transmitiendo al segundo la información que le habían facilitado los que vigilaban la puerta principal. Habían salido unos cuantos vehículos del hotel, pero los habían registrado de cabo a rabo, además de tomar nota de la matrícula y la documentación de sus ocupantes. Ninguno se llamaba Serguéi Vasíliev ni se parecía a Charles Jenkins.

Vólkov trató de pensar a toda prisa por qué habría vaciado Jenkins la cuenta de Vasíliev y cómo habría conseguido Fiódorov tanto dinero. Pensó en la posibilidad de que Fiódorov hubiese actuado de agente doble, pues en más de una ocasión había dejado claro que su exmujer y sus hijas le estaban chupando la sangre; pero la descartó enseguida: de haber sido así, Jenkins no tenía motivo alguno para dejar sin blanca su cuenta. El americano no necesitaba aquel dinero y menos después de haber sacado cuatro millones de dólares de su propia cuenta.

Tenía que haber sacado el dinero para tener algo con lo que manejar a Fiódorov.

Pero ¿para qué?

—Tienen que estar en alguna parte del hotel. —Alekséiov se guardó el móvil en el bolsillo de su abrigo en el momento en que salía del cuarto—. ¿Qué miras?

Los dos hombres desaparecieron tras los árboles. Vólkov se apartó de los cristales y respondió:

—Las vistas.

Alekséiov le lanzó una mirada inquisitiva y se acercó a él y, mirando por sobre su hombro a la puerta principal, dijo entre dientes:

—No tenemos tiempo para vistas, Arkadi. Los guardias mantienen que no ha salido nadie llamado Serguéi Vasíliev ni que se parezca a Charles Jenkins. Yefímov no va a tolerar que perdamos otra vez a Jenkins.

—Ya te lo he dicho, Simon: no podemos perder lo que no hemos tenido nunca.

—Eso díselo a Yefímov. Es capaz de freírse tus huevos para cenar... y los míos de paso.

El aludido se presentó en el salón.

—¿Qué hacéis? Hay que darse prisa.

Vólkov comentó entonces:

—En Moscú, el señor Jenkins se metió en otra habitación para hacernos creer que se había ido antes de que llegáramos. ¿No estará haciendo lo mismo?

Yefímov dedicó un instante a considerar tal posibilidad y a continuación se volvió al gerente del hotel, que seguía en el pasillo, bien alejado de la puerta.

—Llévenos habitación por habitación.

—Pero los clientes...

— Llévenos habitación por habitación —insistió.

Esta vez, el gerente no protestó.

Estaban ya saliendo por la puerta cuando dijo Vólkov:

—Quizá debería hablar con la recepcionista del hotel y del balneario para que me describan a Serguéi Vasíliev, porque parece que no tenemos fotografías suyas. Estaría bien tener en qué basarnos, ¿no?

Yefímov asintió.

—Reúnete con nosotros en el vestíbulo cuando acabes.

Vólkov volvió a lanzar una mirada a la ventana antes de dejar la *suite*.

CAPÍTULO 16

Ruslana fue fiel a su palabra... o al dinero en dólares que le había prometido Jenkins. Fiódorov y él se la encontraron fumando un cigarrillo al volante del coche de alquiler en una calle poco transitada del pueblecito de Rozhdéstveno. Había dejado el vehículo en marcha y la calefacción y la radio puestas, y los miró con gesto claramente desinteresado cuando Jenkins llamó con los nudillos a la ventanilla del conductor.

—*Kakíe-to problemi?* —preguntó Fiódorov cuando les abrió y fue a recibirlos una nube de humo del interior. «¿Algún problema?».

—*Niet, vsio normalno.* —«No, todo ha ido bien». Ruslana salió del coche con gesto aún disgustado. Echó hacia atrás la cabeza y soltó una bocanada de humo al cielo nocturno antes de dar un capirotazo al cigarrillo y hacer saltar chispas al pavimento de gravilla de la calle. Entonces miró a Jenkins con una mano tendida.

—*Oní obiskali mashinu?* —preguntó Fiódorov. «¿Han registrado el coche?».

Ella se encogió de hombros y le dedicó una sonrisa.

—*Mashina ij, pojozhe, ne zainteresovala.* —«No los he visto muy interesados en el coche».

—*Oní poprosili dógovor arendi?* —«¿Te han pedido el contrato de alquiler?».

—*Niet.*

Fiódorov miró a Jenkins.

—Dice que…

—… que no han mirado el contrato, pero seguro que habrán apuntado la matrícula. Quiero deshacerme del coche lo antes posible.

—Sí, pero, de momento, es lo único que tenemos… y hay que salir de aquí enseguida.

El americano entregó a Ruslana el resto del pago, que la mujer se guardó antes de cambiarse al asiento trasero. Apoyó la nuca en el reposacabezas y cerró los ojos. Fiódorov subió al sillón del copiloto. Jenkins ocupó el del conductor. Puso las palmas de las manos frente al aire caliente que salía del conducto de la calefacción y dobló los dedos para hacer que volviese a circular la sangre por ellos. A continuación, bajó unos centímetros la ventana para mitigar el olor a tabaco. Condujo por carreteras secundarias por miedo a que hubiese más controles.

Una vez llegados a la principal que los llevaría a Moscú, dijo Fiódorov en inglés:

—Creo que va siendo hora de que me diga a qué ha vuelto a Rusia, señor Jenkins. Porque supongo que no ha sido para retirar el dinero de su cuenta, ¿verdad?

—Supones bien. Pero dime tú primero: ¿quién es el tercer hombre?

—Adam Yefímov, *el Ladrillo*.

—¿El Ladrillo?

—Todo el mundo lo conoce por su mote.

—¿Has trabajado con él?

—No. Yefímov se crio en San Petersburgo con Vladímir Putin y con el subdirector de la FSB, Dmitri Sokolov. También él formaba parte del KGB y era uno de los aliados incondicionales de Putin. Ascendió muy rápido, pero su mal genio le jugó alguna que otra mala pasada y le impidió ocupar puestos de relieve dentro de la FSB.

Se dice que el servicio secreto recurre a él cuando no quiere que lo relacionen con una investigación.

—Porque trabaja en B —dijo Jenkins.

—No sé muy bien qué quiere decir con eso. La cosa es que está a las órdenes del presidente y del subdirector, pero no encontrará ningún documento que hable de él ni de su trabajo.

—Un fantasma.

Fiódorov se encogió de hombros.

—No, no: es muy real.

Jenkins optó por dejarlo como estaba.

—¿Por qué lo llaman *el Ladrillo*?

—Según cuentan, su padre era albañil en San Petersburgo y Yefímov trabajaba de aprendiz con él contra su voluntad. Pasó media juventud recogiendo los ladrillos que le lanzaban o arroján- doselos a su padre a lo alto del andamio... y de ahí las cicatrices y su musculatura. Dicen que tiene las manos y los antebrazos como el cemento armado. También hay quien asegura que tiene un ladrillo en el despacho como recordatorio y como advertencia para los que trabajan con él: recordatorio de su mote y advertencia de que nunca hay que apartar la vista del objetivo. He oído historias de agentes a los que le ha lanzado el ladrillo a la cara por no prestar atención o no conseguir los resultados esperados.

—Lo que me quieres decir es que es un psicópata, vaya.

—Es práctico, pragmático e implacable. Si le han dado este caso, está usted metido en un buen lío, porque lo habrá convertido en su máxima prioridad.

—Eso ya lo sospechábamos.

—Sí, pero también significa que la FSB ha cambiado de objetivo.

—¿En qué sentido?

—Yo tenía la misión de capturarlo. A Yefímov lo suelen mandar para matar.

—Me halaga —dijo Jenkins, aunque en realidad estaba sobreponiéndose al escalofrío que le recorrió la espalda y que nada tenía que ver con la temperatura del exterior—. Si es amigo de Putin y del subdirector, ¿por qué no aparece en los libros?

—Son rumores sin confirmar, pero yo creo que son ciertos. Por lo visto, uno de los ladrillos le hizo mucho daño al hijo de un político ruso importante, que tenía conexiones más poderosas de lo que lo eran entonces las de Yefímov. Yefímov desapareció, aunque no del todo, claro. Y ahora, cuénteme usted qué le ha hecho cometer la locura de volver a Rusia.

—Necesito información y no tenía otro modo de ponerme en contacto contigo.

—Pues debe de ser información muy importante para que se arriesgue así —dijo Fiódorov.

—Si lo que estás buscando es sacar más tajada, olvídalo: como mucho, tendrás lo que te he quitado. Ya lo he organizado todo para que recuperes tus seis millones…

—Esos seis millones ya los tenía…

—Y los cuatro millones de mi cuenta.

El ruso guardó silencio.

—Eso son diez millones, Víktor. Cuatro se te darán cuando consiga lo que quiero y el resto, cuando vuelva a los Estados Unidos. —Como había hecho a la hora de negociar con Ruslana, Jenkins tuvo cuidado de no ofrecer de entrada la cantidad mayor y retener el pago futuro hasta encontrarse sano y salvo—. ¿Trato hecho?

—Solo me ofrece cuatro millones de dólares cuando tenía seis antes de que entrase usted al banco. Y todo eso fue antes de saber que habían mandado a Yefímov. Me dará menos de lo que me ha quitado.

—Cuando consiga salir del país recibirás seis más.

—Querrá decir si consigue salir del país. Creo que Yefímov tiene mucho que decir al respecto. Estoy a punto de perder dos millones.

—O de ganar cuatro. Ese es el trato que te ofrezco. Y no es negociable.

Fiódorov volvió a encogerse de hombros.

—Pero no tengo ninguna garantía. Además, ¿cómo sé que puedo confiar en usted?

—Del mismo modo que yo sabía que podía confiar ti, Víktor: fe ciega.

—No soy un hombre religioso.

—Yo tampoco, pero piensa que podrías quedarte con las manos vacías y eso es mucho perder, teniendo en cuenta el tren de vida que pareces estar llevando.

—Ahora piense usted que yo podría llamar a la FSB como buen patriota ruso y hacer que pase el resto de su vida en Lefórtovo... si tiene suerte.

—Puede ser, pero eso no haría nada por cambiar el hecho de que estarías otra vez sin blanca, Víktor, y probablemente también sin trabajo, como ahora.

—La gratitud rusa puede dar muchas sorpresas. Podría ser que me readmitieran... y hasta que me dieran una gratificación.

—¿Tú crees? ¿Después de que les demuestre que tú mataste a su mejor agente doble, Carl Emerson, el hombre que les estaba dando los nombres de las Siete Hermanas? —Jenkins miró a Fiódorov, que había dejado de sonreír—. Además, ¿de verdad crees que el Gobierno ruso te va a dar una gratificación de diez millones de dólares? —Señaló con la cabeza al asiento de atrás, donde dormía Ruslana—. Mírala bien, Víktor, porque no vas a poder permitírtela.

Fiódorov sonrió de nuevo.

—Me cae bien, señor Jenkins. Me gusta su forma de pensar.

Jenkins no creía nada de lo que pudiera decirle.

—¿Eso quiere decir que hay trato?

—Solo con una puntualización: si las cosas no salen como se han planeado y mi participación rebasa…, cómo decirlo…, lo previsto, sabrá compensarme, ¿verdad?

—¿Vas a querer más dinero?

—Los americanos siempre se pegan las cartas al pecho cuando juegan. Sé que hay más dinero de por medio. Lo único que quiero es saber que lo autorizará en caso de que lo dicten las circunstancias.

—Cuenta con ello, aunque no digo que haya más dinero.

—Ni tampoco lo niega. —Fiódorov le tendió la mano—. Como hacen en su país.

Sellaron el trato con un apretón, aunque Jenkins no las tenía todas consigo.

—Dígame, ¿qué es eso tan importante que lo ha llevado a jugarse la vida solo para preguntarme?

—Quiero saber si Pavlina Ponomaiova sigue viva y, en ese caso, dónde la retienen. Cuéntame qué pasó aquella noche en Vishniovka.

Fiódorov pisó el acelerador y arremetió contra el paragolpes trasero del Hyundai, que desvió su trayectoria. El conductor, sin embargo, corrigió la dirección. Fiódorov giró a la derecha y golpeó desde ahí el parachoques siguiendo una táctica muy usada por la policía. El vehículo en fuga giró y, esta vez, quien lo conducía no fue capaz de enderezarlo. El Hyundai atravesó la línea continua blanca del centro y la que delimitaba el arcén izquierdo antes de ir a chocar contra el tronco de un árbol y detenerse de forma violenta e inexorable.

Fiódorov pisó el freno y dio media vuelta. Aparcó a diez metros del coche sin dejar de observar las ventanillas por si detectaba algún movimiento. Al no ver ninguno, sacó la pistola y salió del coche usando la puerta como escudo. Apuntó a la luna trasera.

—Vídite iz mashini, podniav ruki na gólovu! —«*Salid del coche con las manos sobre la cabeza*».

No hubo respuesta. Del motor destrozado salía humo.

Fiódorov repitió la orden.

Tampoco esta vez recibió contestación alguna.

Se incorporó, salió de detrás de la puerta y se dirigió con cautela al vehículo con el dedo puesto en el gatillo. Avanzó con cien ojos hacia el lado del conductor y tiró de la manija con la mano izquierda. La puerta se abrió con un crujido metálico. La mujer, Ponomaiova, parecía haberse desplomado sobre el volante. Fiódorov miró al otro asiento y después a los de atrás sin ver a Jenkins. Furioso, agarró a la mujer por el cuello y tiró de ella hacia el respaldo del asiento. Por la cara le corría sangre de un corte sufrido en la frente.

—Gde on? —*le espetó*—. Gde on? —«¿Dónde está?».

Los ojos de ella cobraron vida momentáneamente mientras sonreía con los dientes rojos de sangre.

—Ti opozdal. On davnó ushol —*respondió con un susurro.* «Llegas tarde. Hace tiempo que se ha ido».

Fiódorov le puso el cañón de la pistola en la sien.

—*Dime dónde está. ¿Adónde ha ido?*

Ponomaiova rio y escupió sangre.

—*Muy ruso, eso de amenazar con matar a una moribunda* —dijo con los dientes apretados.

—*¿Dónde está?*

Ella volvió a sonreír, esta vez con una intención añadida, y Fiódorov no pasó por alto la cápsula blanca que tenía entre los dientes.

—*Por Iván* —dijo—. *Ojalá os pudráis en el infierno todos los que lo matasteis.*

El relato que le hizo Fiódorov cuadraba con la Pavlina que había conocido, dura como el granito y desafiante. Tenía poco que temer o perder, porque toda su familia había muerto.

En la luna delantera empezó a caer aguanieve y Jenkins activó los limpiaparabrisas, cuyas bandas de goma gemían de cuando en cuando.

—Entonces, ¿murió?

Fiódorov negó con la cabeza.

—Habría sido mejor para ella, y para usted, que hubiese muerto entonces; pero no, no murió aquella noche.

A Jenkins se le aceleró el pulso. Tenía la boca seca.

—Cuéntame qué pasó.

Fiódorov reaccionó antes de que acabara la frase y le cruzó la cara con fuerza. La cápsula blanca, de cianuro probablemente, salió disparada y cayó en alguno de los recovecos sin iluminar del coche. No tenía claro que con eso fuese a evitar su muerte, porque parecía haber sufrido daños de consideración. El golpe hizo que perdiera la conciencia y se derrumbara sobre el volante con un hilo de sangre en la comisura de los labios. Fiódorov le puso los dedos sobre la carótida. Tenía el pulso débil.

Sacó el teléfono y llamó a Timur Matvéiev, el jefe de policía de Vishniovka.

—Soy Fiódorov. Estoy a unos tres kilómetros al este de la M-27. Envíe de inmediato una ambulancia y un coche patrulla.

—¿Y no te quedaste con ella?

—No sé si lo recuerda, pero era a usted a quien seguía yo, no a ella.

—Pero estaba viva cuando la dejaste.

—Sí. Como le he dicho, casi no tenía pulso y estaba muy malherida, pero seguía viva.

—¿Y sabes qué fue de ella después de que la dejaras allí?

—Solo lo que oí después de que me echaran. De primera mano no supe nada.

—¿Y qué fue lo que oíste?

—Que la llevaron en helicóptero a un hospital de Sochi y luego a un centro de traumatología de Moscú.

—¿Un hospital militar?

Fiódorov lo miró, preguntándose sin duda cómo sabía algo así.

—Allí tenían la experiencia necesaria para mantenerla con vida.

—¿Qué más oíste?

—Nada. Cuando usted escapó, me despidieron, de modo que dediqué mi experiencia a otros menesteres.

—¿Y volviste a saber algo más de Ponomaiova?

—No.

—Si hubiese conseguido sobrevivir, ¿dónde estaría ahora?

—¿Sobrevivir? Si hubiese conseguido sobrevivir, estaría en Lefórtovo. Deje que le advierta, señor Jenkins, que, aun suponiendo que hubiese logrado salir viva del accidente, no hay nada que le garantice que ha sobrevivido a Lefórtovo. Desde luego, en ese caso, no tardaría en desear no haberlo hecho, porque las técnicas rusas de interrogatorio están pensadas para quebrantar física y mentalmente al individuo. En cuanto hubiesen acabado con ella, la habrían ejecutado por traidora.

—¿Cómo puedo averiguar si está en Lefórtovo y si sigue con vida?

—No puede.

—¿Y cómo lo averiguarías tú?

Fiódorov soltó una risita.

—Yo no tengo ningún interés en esa información.

—Tienes un interés de diez millones de dólares nada menos.

El ruso exhaló un suspiro. Ladeó la cabeza hacia la izquierda y luego hacia la derecha para estirar el cuello como si lo tuviera agarrotado por la tensión. Se quitó una pelusa de la sudadera y Jenkins recordó aquel tic, un gesto que lo había delatado en su encuentro anterior. Todo el mundo tenía uno. Esperó hasta que, al fin, dijo Fiódorov:

—Puede que tenga acceso a ciertos individuos que podrían darme información. Eso sí, le advierto que es muy probable que la existencia y la localización de la señorita Ponomaiova se haya mantenido en lo que ustedes, los americanos, llaman *top secret*, información que solo pueden confirmar quienes ocupan los cargos más altos del escalafón. A eso no tengo yo acceso. Tampoco pienso arriesgarme a intentarlo estando Yefímov de por medio.

Jenkins pasó todo por alto menos lo que quería que hiciese Fiódorov.

—Así que podrías ser capaz de averiguarlo.

Fiódorov se echó a reír.

—Nunca me escucha. Sería muy peligroso.

—¿Y a cambio de un precio?

—Todo tiene un precio, señor Jenkins. La cuestión es hasta dónde está dispuesto a llegar cada uno. Deje que le pregunte algo: ¿de qué le va a servir a usted tener esa información?

—Si está viva, voy a sacarla.

Su interlocutor soltó una carcajada, honda y sonora, que despertó o molestó a Ruslana, que gruñó desde la parte trasera. Al ver que Jenkins seguía serio, se inclinó para salvar el espacio que mediaba entre sus asientos.

—¿Se ha vuelto loco, señor Jenkins? ¿Qué le ha hecho a su sesera el juicio por traición? ¿De verdad cree que va a poder sacar a Ponomaiova de Lefórtovo? Dígamelo, que me muero de curiosidad. ¿Cómo?

—De Lefórtovo no: de Moscú, de Rusia.

Otra carcajada.

—Si quiere, ya puede ir soltando mi dinero, porque el resto no lo veré en la vida. Se está metiendo en una misión suicida. Lo sabe, ¿verdad?

—Mi búsqueda de la octava hermana ya era, en teoría, una misión suicida, Víktor; pero el resultado fue otro.

—Deje que le haga otra pregunta: ¿a qué ha venido? Desde luego, lo que lo motiva no es ninguna razón ideológica. Tampoco me ha parecido nunca un hombre movido por el dinero. ¿A qué ha vuelto?

Jenkins se encogió de hombros.

—Ella me salvó la vida.

Fiódorov reflexionó un instante.

—Se siente en deuda con ella.

El americano no respondió.

—¿Lo hace por lealtad? ¿Porque lo considera su deber? ¿Por honor…? ¿Por culpa?

—Lo hago porque es lo correcto, Víktor. Gracias a Pavlina pude volver a ver a mi mujer y a mi hijo y estar en casa cuando nació mi hija. Tú, padre de dos hijas, podrás hacerte una idea.

—Sí, sí puedo. —Tras un momento de silencio, volvieron a rechinar los limpiaparabrisas. Fiódorov contempló el camino en tinieblas antes de decir—: Pero tenga cuidado, señor Jenkins. Bajo tierra hay millones de jóvenes olvidados que dieron su vida por el deber y el honor sin que su familia tenga nada más que una lápida que mostrar. Algunas, ni siquiera eso.

CAPÍTULO 17

Yefímov se encontraba de pie ante la ventana de la tercera planta del edificio principal de la Lubianka, fumando un cigarrillo y bebiendo *whisky* escocés mientras contemplaba la plaza que se extendía a sus pies, iluminada por brillantes farolas, y lo que quedaba aún del tráfico moscovita. Aquella vista, o una parecida —quizá desde el despacho del subdirector, situado en aquel mismo pasillo—, debería haber sido suya. Se la había ganado, con décadas de sudor y no mediante peloteo político.

Los años que había pasado en el KGB con Vladímir y Dmitri habían dado grandes frutos, como su infancia en San Petersburgo —que para él siempre sería Leningrado—. Había que reconocer que Vladímir había sido siempre el más listo de los tres. Yefímov siempre había sabido que llegaría muy alto. Sobre sí mismo, en cambio, no se hacía tantas ilusiones. Él había sido el de la fuerza bruta, el matón de Vladímir. Dmitri, por su parte, era un parásito, incapaz de ir más allá que adonde lo llevase Vladímir.

Yefímov sabía bien cuáles eran su sitio y su papel. Lo había aprendido de su padre.

En la escuela no había tenido nunca la ocasión de triunfar, de desarrollar su intelecto ni de sacar las notas que lo habrían encumbrado a una posición de prestigio. Su padre lo había quitado de estudiar después de acabar la primaria, porque, según él, procurarle más clases era perder el tiempo. Pensaba que su hijo no tenía cerebro para alcanzar ningún logro académico y que más le valía aprender un oficio.

Él había odiado aquel trabajo desde el momento en que había tenido en las manos su primer ladrillo a los ocho años. Su aversión había ido creciendo con cada verano que se lo había llevado su padre a la obra, hasta que llegó un momento en que el trabajo se convirtió en su vida. Durante sus primeros años, lo obligaba a subirle ladrillos al andamio, que a menudo tenía varios pisos de altura. Él le había preguntado por qué no usaban poleas y una espuerta para subirlos, pero su padre le había respondido que nadie aprendía usando atajos.

—Cargando ladrillos tendrás razones para ponerte más fuerte y así poder lanzármelos. Entonces, lo entenderás todo.

Y sí, Yefímov se había puesto fuerte, mucho más fuerte, hasta ser capaz de hacérselos llegar a su padre por muy alto que estuviera, además de atraparlos. Cuando lo consiguió, su padre le dijo:

—Ahora, ya no te hacen falta la carrucha ni la espuerta.

Él nunca había entendido la lección que quería su padre que aprendiera. Nunca había entendido por qué la mejor forma de hacer las cosas no era la más eficiente, aunque lo cierto era que tampoco había tenido tiempo de averiguarlo. Cada vez que su mente se había puesto a vagar, para buscar una respuesta o para pensar en sus amigos, que pasaban los meses de calor del verano caminando por el campo, nadando o disfrutando del buen tiempo antes de que llegaran los brutales inviernos de Leningrado, su padre lo había obligado a centrarse de nuevo lanzándole un ladrillo a la cara. Las cicatrices de líneas quebradas que poblaban su rostro —en la frente, en el puente de la nariz, en la barbilla— y el dorso de sus manos daban fe de ello. Su padre, además, se negaba a llevarlo al hospital, porque no quería perder en pequeñeces un tiempo que podía aprovechar trabajando.

—De todos modos —decía—, con esa cara no vas a ir a ninguna parte. Tienes la frente de mi abuelo y su misma quijada. Con los costurones estás hasta más guapo.

Su padre, sin embargo, se equivocaba: su cara sí lo había llevado a alguna parte. Cuando su padre se había caído borracho del andamio, lo que, afortunadamente, había acabado con su vida, Yefímov había vuelto a juntarse con Vladímir y Dmitri, aunque se había quedado muy por detrás de ellos: no tenía la formación que se requería para ascender en el KGB, pero sí la cara y la fuerza... y no tardaría en hacerse también con la reputación necesaria.

El viejo sí que había tenido razón en una cosa.

Nada motivaba más que el miedo.

Cuantos trabajaban a sus órdenes habían aprendido a prestar atención... si no querían sufrir las consecuencias.

Pero Rusia había cambiado. Ya no había KGB y a Yefímov le estaba costando encontrar su lugar en la FSB y los demás organismos que lo habían sucedido. Mientras las carreras políticas de Vladímir y Dmitri seguían adelante, la suya se había estancado para después desplomarse, tanto que ni siquiera la llegada de Vladímir a la presidencia había conseguido resucitarla del todo.

Dmitri le lanzaba algún que otro hueso a instancia de Vladímir por los viejos tiempos, por la amistad que los había unido de niños en las calles de Leningrado; pero esos huesos le llegaban con la misma advertencia que le había impuesto entonces su padre: si no cumples, sufrirás las consecuencias.

Yefímov se apartó de la ventana y fue a reunirse con Alekséiov y Vólkov en aquel despacho yermo que tenía asignado. En las paredes no había fotografías y el escritorio y las estanterías estaban desnudos. Su chaqueta y su corbata descansaban en el respaldo de su asiento, donde los había puesto, y los gemelos, sobre el escritorio. Se había subido las mangas hasta los codos.

Se sirvió otra copa y se dirigió a un sillón de piel color crema. Ni se molestó en invitar a Alekséiov ni a Vólkov a unirse a él. No estaban de celebración ni había nada que celebrar. Se sentó y encendió otro cigarrillo, cuya nicotina inhaló con una profunda calada antes de señalar las dos sillas que había al otro lado de la mesa. Los otros dos las ocuparon con gesto obediente.

Alekséiov trató de no parecer incómodo ni preocupado, aunque Yefímov sabía que al joven agente lo aquejaban ambas sensaciones. Lo había visto demasiadas veces en quienes trabajaban a sus órdenes: la mirada huidiza, la rigidez de su postura, el nerviosismo con el que agitaba la pierna izquierda… Vólkov, por su parte, se mostraba tan imperturbable como siempre, como si nada de lo que dijeran o hicieran pudiese afectarlo. Quizá ya le daba igual la FSB. Les pasaba a muchos antiguos agentes del KGB. Si se trataba de eso, Yefímov no podía menos de admirarlo.

Eso no quería decir que no estuviera dispuesto a sacrificarlo en caso de que fracasara el asunto que tenían entre manos.

Analizaron por extenso lo que había ocurrido en el aeropuerto y en el M'Istra'l, donde no habían sacado nada en claro después de no dejar habitación ni armario sin registrar.

—El señor Jenkins tiene un talento excepcional para la contrainteligencia —afirmó Alekséiov.

—Conozco los informes anteriores de Víktor Fiódorov. —Yefímov se mostró escéptico al respecto. Estaba convencido de que su autor los había redactado pensando sobre todo en cubrirse las espaldas. Desde luego, le había servido de poco. Dio un sorbo a su bebida y, tras otra calada, lanzó el humo hacia ellos—. ¿Qué más sabemos?

Saltaba a la vista que Alekséiov no esperaba aquella pregunta. Tal vez había dado por hecho que se pondría a dar voces y perdería los estribos antes de decirles lo que tenían que hacer. Yefímov, no obstante, había aprendido a modular sus respuestas para lograr el mayor efecto posible. Además, poniéndose a gritar solo conseguiría dar al traste con el objetivo de aquella reunión celebrada a altas horas de la noche, que no era intimidarlos hasta la parálisis, sino instigarlos a pensar, a actuar, a culminar su misión. Aquello también se lo había enseñado su padre.

—¿Señor…? —balbuceó Alekséiov totalmente desconcertado.

—¿Por dónde seguimos?

Alekséiov miró a Yefímov con la boca abierta, como si no estuviera seguro de la seriedad de la pregunta.

—Yo…

—Esta investigación es tuya, Simon.

Las palabras de Yefímov dieron en el blanco. No esperaba otra cosa. Alekséiov estaba como si lo hubiesen apuñalado con una daga. La nuez le subía y bajaba y la rodilla no dejaba de temblarle. Las consecuencias que podía acarrear un fracaso también constituían un elemento poderoso de motivación.

—¿Mía?

—Ah, ¿no?

Pudo ver cómo en la mente del joven agente iban tomando forma las ramificaciones de aquel aserto. Yefímov trabajaba en las sombras. No existía. Vólkov, por su parte, estaba mayor y carecía en gran medida de motivación. Era la cabeza de Alekséiov la que estaba llamada a rodar, al menos públicamente, en caso de que fracasaran. En privado, sería Yefímov quien tendría que soportar la peor parte de la cólera del presidente; pero Alekséiov y Vólkov no tenían por qué saberlo.

—Nuestros analistas están trabajando ya —comunicó el más joven— con la descripción de Serguéi Vasíliev que le han dado a Arkadi los empleados del hotel para reducir la lista de candidatos; pero hasta ahora no hemos tenido mucho éxito.

—¿Tampoco han encontrado todavía el carné de conducir ni ningún otro documento identificativo?

—No. De hecho, aunque Vasíliev usó su tarjeta de crédito para hacer la reserva del balneario y el masaje, luego lo pagó todo por adelantado en efectivo.

Alekséiov miró a Vólkov en busca de una confirmación, pero el mayor de los dos no dijo nada. Tal vez también él había entendido las consecuencias que acarrearía un fracaso. Le faltaba poco para jubilarse y era poco probable que quisiera estar en primera línea y recibir la primera bala.

Vólkov suspiró con aire aburrido. La reacción fue tan desvergonzada, tan improcedente, como si se hubiera subido de un salto al escritorio y lo hubiera meado. Yefímov apartó la mirada de Alekséiov para centrarla en él.

—¿Tienes algo más que añadir, Arkadi?

—Creo que es una pérdida de tiempo.

Alekséiov se encogió de miedo. Yefímov contuvo una sonrisa. Respetaba las pelotas que tenía aquel viejo agente. Había leído su expediente, que se parecía mucho al suyo propio y hablaba de una formación limitada y un intelecto no tan limitado. Había sabido dar buen uso a la fuerza que había adquirido trabajando en el campo de joven. Conocía las técnicas de interrogatorio de Vólkov y admiraba la reputación que también él había sabido cultivar.

—¿Sí, Arkadi? ¿Y por qué?

—Porque me parece más probable que Serguéi Vasíliev sea un doble agente que trabaja para la CIA y que haya elegido precisamente ese nombre por ser tan común. Eso explicaría también que no haya usado ningún documento de identidad ruso y que haya pagado en efectivo.

Alekséiov parecía haber quedado pasmado ante semejante análisis, que hacía pensar, una vez más, que, si bien hablaba poco, cuando lo hacía no era para decir ningún despropósito. Yefímov lo habría descrito como una piedra grande y pesada en la cima de una montaña: difícil de mover, pero presta a cobrar ímpetu si conseguían empujarla.

Yefímov se reclinó en el respaldo para estudiar a los dos agentes, que oyeron rechinar su sillón.

—Entonces, ¿qué propones que hagamos llegados a este punto?

—Deberíamos determinar qué ha hecho que el señor Jenkins vuelva a Rusia a pesar del riesgo considerable que supone para él. Si averiguamos por qué ha vuelto, quizá seamos capaces de prever adónde va.

—¿Y tienes alguna idea de por qué ha podido volver el señor Jenkins?

—No —repuso Vólkov sin más explicaciones ni disculpas.

Yefímov lo miró con atención sin advertir nada que indicara insolencia por su parte. Tras unos instantes, volvió a fijar la vista en Alekséiov.

—¿Y tú? —quiso saber.

—Pero dudo mucho que fuese para retirar el dinero del banco —dijo Vólkov antes de que su compañero tuviera ocasión de hablar, con lo que sin duda libró al joven agente del oprobio de reconocer que no tenía la menor idea de por qué podía haber vuelto Jenkins a Moscú.

—Ah, ¿sí? —preguntó Yefímov.

—Sí.

—Entonces, ¿por qué?

—Eso es lo que todavía no sé, pero Simon ha planteado una idea muy inteligente. Puede que haya alguien que sí sepa por qué ha vuelto, alguien que conozca al señor Jenkins mejor que ninguno de los que estamos en este despacho.

Yefímov y Vólkov miraron a Alekséiov, pero este continuaba estupefacto. Hasta que, de pronto, le golpeó la respuesta como un trueno en un día despejado: de forma súbita e inesperada.

—Víktor Fiódorov —espetó haciendo lo posible por no parecer sorprendido.

Aunque Yefímov sabía que lo estaba y mucho.

Tras llevar a Ruslana a un lujoso bloque de apartamentos, Jenkins siguió las indicaciones de Fiódorov para dirigirse al distrito de Cheriómushki, al sudoeste del Kremlin, barrio que Jenkins consideraba el centro administrativo de Moscú. Fiódorov, sin embargo, le explicó que en Moscú no había «centro administrativo», que el Gobierno tenía edificios en los doce *okrugá* administrativos de la ciudad y que cada *ókrug* o «región» estaba dividido en numerosos distritos que albergaban a los doce millones de habitantes de Moscú.

Fiódorov le explicó también que el distrito de Cheriómushki había recibido en otros tiempos el nombre del antiguo dictador soviético Leonid Brézhnev y que había sido conocido por sus apartamentos económicos de estilo soviético, algo que Jenkins había comparado con los proyectos de viviendas de protección oficial. La mayoría de ellos había sido derruida durante el reinado inacabable de Putin y sustituida por bloques de pisos modernos. Fiódorov había comprado su vivienda en uno de ellos tras su divorcio.

—Gire aquí —le indicó.

Jenkins recorrió el camino de entrada que daba a la puerta de un edificio alto. Fiódorov le tendió una tarjeta que Jenkins acercó a un lector para abrirla. Faltaba poco para la medianoche y el aparcamiento estaba lleno de coches, aunque, por fortuna, no había nadie.

El ruso lo llevó a una de las plazas de garaje y salió del vehículo.

—Espéreme aquí, que en el rellano del ascensor hay una cámara. —Usó la tarjeta para activar el cierre de una puerta metálica. Segundos después, le hizo señas para que lo siguiera y, cuando Jenkins llegó a su lado, le dijo—: Las cámaras del edificio son antiguas y no cuesta nada manipularlas.

Jenkins vio un cable suelto que colgaba de la parte de atrás del aparato.

—¿Hay portero?

Fiódorov sonrió con aire de suficiencia.

—Estará durmiendo en el mostrador del vestíbulo. La cámara seguirá así hasta que la arregle yo. —Llamó al ascensor con la tarjeta y la usó para activar el teclado y subir al octavo.

Jenkins aguardó a que, tras salir del ascensor e inspeccionar el pasillo, le indicara con un gesto que era seguro seguirlo. A continuación, se metieron en el apartamento 8-B.

Fiódorov dejó la llave en un cestillo que descansaba sobre una mesilla del recibidor y colgó el abrigo en una percha. Jenkins hizo lo mismo. Fiódorov encendió la radio, que tenía sintonizada una emisora de música clásica.

—Las paredes son gruesas, pero mejor no hable alto.

El americano salvó el angosto pasillo para dar en una sala de estar sorprendentemente espaciosa y limpia. El mobiliario era modesto, pero impecable pese a ser blanco. Buena parte del suelo de baldosas estaba cubierto por alfombras. La estancia estaba separada de una cocina de soltero por una barra. Fiódorov sacó de un armario dos vasos y una botella de Johnnie Walker de etiqueta negra. La sostuvo en alto y Jenkins asintió.

El apartamento no se parecía en nada a lo que habría podido esperar Jenkins: todo, desde la encimera hasta las paredes y los armarios, de un blanco impoluto que contrastaba con los cuadros de colores vivos. Daba la impresión de que lo hubiesen limpiado para enseñarlo. Se dirigió a la repisa de la chimenea y estudió las fotografías enmarcadas de dos jóvenes que debían de ser las hijas de su anfitrión. Una de ellas parecía casada y con dos hijos. No vio ninguna de la exmujer de Fiódorov, lo que no le sorprendió. Caminó hasta una puerta corredera de cristal que daba a una terracita con una mesa y una silla. A aquellas horas de la noche, la vista era mínima. Las farolas iluminaban una calle flanqueada de árboles con coches estacionados a uno y otro lado.

—No está nada mal, Víktor —sentenció cuando fue a unírsele Fiódorov para tenderle un vaso.

—Mi mujer se quedó con el piso familiar. —Alzó su vaso—. Mejor no brindo por nada, no vayamos a tentar a la suerte en estas circunstancias.

Jenkins dio un sorbo al *whisky* escocés y lo notó arder en la garganta.

Fiódorov se retiró a uno de los dos sillones blancos del tresillo. Jenkins se sentó en el sofá y dejó su vaso en una mesita de cristal. El ruso abrió un cajón de la mesa auxiliar que había entre ambos y le lanzó un posavasos, tras lo cual colocó otro bajo su bebida. Era un hombre quisquilloso y tal vez fuera ese el motivo de que no hubiera vuelto a casarse. Jenkins no lo habría dicho nunca, pero aquella actitud le recordó que la mayoría de los rusos protegía bien sus escasas posesiones.

—Cuénteme lo que sabe, señor Jenkins.

Seguía sin confiar en Fiódorov, de modo que no pensaba desvelarle gran cosa de lo que le había dicho Lemore. En lugar de dar detalles, se dedicó a parafrasear y resumir el caso.

—¿Y por qué sospechan que la agente es Ponomaiova?

—Como he dicho, las fechas encajan y los servicios de información estadounidenses han confirmado que quien está encerrado en Lefórtovo es una mujer de algo más de cuarenta y cinco años. —No tenía intención de revelarle que quien había llegado a dicha conclusión era un compatriota al que habían arrestado por espionaje para enviarlo a la misma cárcel.

—Si la están reteniendo con tanto secretismo y tanta seguridad, es poco probable que la usen para canjearla por un agente ruso de los Estados Unidos. El señor Putin desprecia a los traidores. Podemos dar por supuesto que la han mantenido con vida para sacarle toda la información que pueda tener. ¿Qué sabe ella de las cuatro hermanas que quedan?

Jenkins negó con la cabeza. No sabía nada y, en caso de haber sabido algo, no le habría contado nada.

—A mí me dijo que no, que su misión consistía en encontrar a la persona que había revelado a la FSB la identidad de tres de ellas.

—¿Y ella no las conoce?

—No.

—Eso la pone en muy mala posición. El presidente Putin quiere obtener esa información por todos los medios. Cuando se convenza de que Ponomaiova no tiene nada que ofrecerle, la ejecutarán por traidora.

—Lo sospechaba.

—Solo se me ocurre una posibilidad: que se deje atrapar y rece por que lo lleven a Lefórtovo en calidad de preso político para canjearlo por un agente ruso. De todos modos, el plan puede salir mal por muchos motivos.

—Uno de ellos ya me lo imagino —dijo Jenkins con sarcasmo.

—No tenemos ninguna garantía de que terminaría usted en Lefórtovo y, si la tienen sometida a medidas de seguridad estrechas, sería muy poco probable que la viera. Por otra parte, tengo entendido que al señor Putin le causó bastante vergüenza mi incapacidad para capturarlo a usted… y la subsiguiente pérdida de un agente de espionaje de alto nivel en la CIA. Es poco probable que pretenda usarlo a usted como moneda de cambio, y ni siquiera reconocerá que lo ha detenido. La participación de Yefímov no hace más que confirmarlo.

—¿Tenemos alguna opción más?

—¿Para sacarla de Lefórtovo? No se me ocurre ninguna. Me da que es lo que ustedes llaman «una quimera», ¿no?

—No lo niego.

—Deje que le pregunte, señor Jenkins: ¿por qué ha venido a plantearme a mí este problema?

—Ya te lo he dicho: tenía que confirmar que Pavlina no había muerto en el accidente y di por hecho que tú serías uno de los últimos en haberla visto.

—Pues ahora ya lo sabe. ¿Qué le hace pensar que no voy a traicionarlo para volver a disfrutar del favor de la FSB?

—Tres cosas.

—¿Tres? Me impresiona. —Fiódorov se arrellanó con el vaso en la mano—. Dígame, por favor.

—Uno, tengo tu dinero, un dinero que ganaste con gran esfuerzo y que, por tanto, significa mucho para ti; dos, te estoy ofreciendo doblar casi la cantidad en caso de que todo salga bien, y tres, sé que mataste a Carl Emerson, cosa que, como me has dicho, no le hizo ninguna gracia al señor Putin.

—Es que yo diría que fue usted quien mató al señor Emerson.

—Sí, pero eso no explicaría la misteriosa existencia de Serguéi Vasíliev ni de una cuenta bancaria a su nombre con seis millones de dólares, ¿verdad?

Fiódorov estudió a su interlocutor.

—Parece que los dos estamos entre la daga y la pared.

Jenkins no le corrigió el dicho.

—Te respeto, Víktor, y respeto tu talento para el contraespionaje y tu determinación. Además, creo que tu Gobierno te ha jodido tanto como el mío me ha jodido a mí; pero no te confundas: no me fío de ti más de lo que tú te fías de mí y, si me veo obligado, no dudaré en dejarte en la estacada.

—Por lo menos, los dos sabemos a qué atenernos.

Entonces se oyó algo vibrar. Jenkins miró hacia la encimera de la cocina y vio iluminarse el teléfono de Fiódorov. El ruso lo miró a él y luego al teléfono. Saltaba a la vista que no esperaba que lo llamasen a aquellas horas. Miró el reloj mientras iba hacia él para cogerlo.

—La FSB. —Bajó la voz y se volvió hacia Jenkins, molesto a ojos vista.

—¿Seguro?

—Pues claro: he pasado dentro veinte años de mi vida. Tengo el número grabado en el cerebro.

—Contesta.

Fiódorov se detuvo.

—Víktor, contesta como si no tuvieses nada que ocultar.

El ruso descolgó, esperó un instante y luego respondió con voz quejumbrosa, como si lo acabaran de sacar del sueño.

—*Allo?* —Escuchó.

Entonces empalideció hasta quedar casi del color de las paredes del apartamento. Jenkins no lo había visto nunca reaccionar de ese modo.

—*Da.* —Clavó en Jenkins una mirada poseída por el pánico—. ¿Mañana? —añadió en ruso—. Sí, sí puedo. ¿Cuál es el propósito de la reunión, si se me permite preguntar? No. No, no diré nada. Sí… —Lentamente, bajó el teléfono.

—¿Quién era?

—Yefímov.

Jenkins sintió una punzada de ansiedad. No esperaba algo así.

—¿Qué quería?

—Me ha citado para mañana por la mañana en la Lubianka. Me temo, señor Jenkins, que ya estoy… ¿Cómo ha dicho?, ¿en la estacada?

El americano reflexionó antes de negar con la cabeza.

—Lo dudo.

—¿No? —repuso incrédulo Fiódorov—. Adam Yefímov no llama a un antiguo agente de madrugada para citarlo y anunciarle que lo ha readmitido; eso puedo asegurárselo.

Jenkins regresó a la puerta de cristal y la abrió. Salió a la terracita y miró a la calle. Fiódorov salió tras él.

—¿Qué está buscando?

—¿Qué ves ahí abajo, Víktor?

Fiódorov lo miró perplejo.

—Nada: coches aparcados, árboles…

—Exacto. Si estuvieras en un aprieto, Yefímov no te habría llamado por teléfono para darte la ocasión de huir. Si estuvieras en un aprieto, este edificio estaría rodeado por docenas de agentes de policía y de la FSB.

El rostro de Fiódorov fue recobrando poco a poco su color habitual.

—¿Te ha dicho Yefímov para qué quiere verte?

—No, solo que tengo que personarme en la Lubianka a las nueve en punto de la mañana.

—Me busca a mí.

—Claro que lo busca a usted.

—No me refiero a eso. Te ha citado porque fuiste el agente que me dio caza la primera vez. Posiblemente quiera saber qué averiguaste de mí: mis tendencias, posibles contactos… y por qué puedo haber vuelto. También querrá saber si has oído hablar de Serguéi Vasíliev. Tenemos que ver cómo podemos usarlo en nuestro favor.

Fiódorov se acercó a la encimera y se sirvió otra copa.

—Más me vale que tenga usted razón, señor Jenkins. De lo contrario, quizá sea yo quien acabe metido en Lefórtovo. Y si es lo que tiene que pasar —alzó el vaso—, *bozhe, pogomi nam oboim.*

«Que Dios nos pille confesados».

CAPÍTULO 18

A la mañana siguiente, Fiódorov volvió al día a día que había llevado en otros tiempos. Salió del apartamento vestido con traje y corbata y un buen abrigo. Al cruzar la puerta del edificio, sacó los guantes de cuero forrados y el gorro negro de lana, que se caló hasta las orejas. Era el mismo atuendo que tantas veces había usado en invierno. Entró en la estación de metro de la línea Kaluzhsko-Rízhskaia, hizo transbordo a la línea roja y bajó en la estación de Lubianka, bajo la plaza del mismo nombre. Era el mismo recorrido que había hecho casi a diario en sus años de servicio en la FSB.

Subió las escaleras que daban a la calle. Bajo la espesa capa nubosa de aquella mañana, miró al edificio que había sido su hogar antaño… o que bien podía haberlo sido por el número de horas que había pasado en su interior. El edificio principal de la Lubianka parecía naranja pastel con un filete de color óxido que delineaba cada piso, cada ventana y el reloj que, en el centro, coronaba la estructura.

Hasta ese instante había tenido puesto el piloto automático.

Ya no.

Respiró hondo y accedió a la entrada del edificio. Cuando puso un pie dentro, se dirigió al torno y se dio cuenta de que ya no llevaba al cuello la llave electrónica con el número aleatorio que le habían asignado y le brindaba acceso. Saludó a uno de los dos guardias de seguridad que había sentados tras el mostrador de mármol de la recepción y los informó del porqué de su presencia. El vigilante descolgó el teléfono, buscó en una lista de números y marcó uno. Cuando volvió a colgar, le tendió una tarjeta con pinza de aspecto ridículo que lo identificaba como visitante y le dijo que lo escoltarían al interior del edificio.

Para alguien que, como él, había sido agente de alto nivel de la FSB, aquel regreso resultaba cuando menos humillante. En la tarjeta bien podían haber puesto de igual manera DESPEDIDO o EXPULSADO y no pudo menos de preguntarse si no lo habrían hecho adrede.

Fiódorov metió los guantes y el gorro en los bolsillos del abrigo antes de quitárselo. Por simple reflejo nervioso, se atusó el cabello rapado y trató de aplacar su desasosiego. Ojalá la evaluación que había hecho el señor Jenkins de la situación fuese correcta. De lo contrario, aquella podría ser la última vez que escoltasen a Fiódorov al edificio. En los tiempos del KGB, lo habrían encerrado en una celda de la prisión de infausta memoria del sótano para torturarlo en busca de la información que poseyera y luego olvidarse de él. Como aquellos calabozos ya no estaban operativos, lo llevarían probablemente a la cercana cárcel de Lefórtovo. Antes de salir de casa, había enviado sendos mensajes de texto a sus dos hijas para comunicarles que lo habían citado en la Lubianka para una reunión y había añadido que tenía la esperanza de que lo readmitieran.

No la tenía. Si había mandado los mensajes era porque no se le ocurría nadie más a quien pudiera importarle que le ocurriese algo y, de hecho, ni siquiera tenía claro si cabía incluir a sus hijas en dicha categoría. Motivos no les faltaban para lo contrario, desde luego, porque sus frecuentes viajes y las largas horas pasadas en aquel edificio habían hecho que apenas pudiera estar presente en sus vidas… ni en la de su mujer. En su matrimonio no había habido amor, al menos entre ellos dos. Cada uno había tenido sus aventuras y habían sido reincidentes. Fiódorov les había ahorrado este detalle a sus hijas y, cuando un juzgado resolvió judicialmente el matrimonio por «diferencias irreconciliables», las niñas se habían quedado a vivir con su madre en el piso familiar. Él las veía una vez a la semana y fines de semana alternos hasta que comenzaron sus estudios superiores. A partir de entonces, las había visto menos aún.

Le había pagado a Renata las clases de interpretación, una causa perdida, y a Tiana las clases de informática, un título que le había servido hasta que había tenido marido e hijos. Si habían estado en contacto intermitente, había sido en gran medida porque tenían en él una sucursal bancaria. Sin embargo, una vez concluida esta relación comercial, la relación se había reducido a poco más que escribirse o llamarse por teléfono en cumpleaños y celebraciones. Las dos estaban muy ocupadas con sus vidas.

Habían aprendido del ejemplo.

—¿Coronel Fiódorov? —Una mujer joven y atractiva lo saludó en la entrada de mármol.

Tenía rasgos eslavos y un tipo que tanto podía ser un don del cielo como resultado de largas horas de gimnasio, y Fiódorov se contuvo antes de que sus ojos se pusieran a vagar y la ofendiesen.

—Me encargaré de acompañarlo al interior del edificio.

—*Spásibo* —dijo él con una leve inclinación.

Salieron del ascensor en la tercera planta. Fiódorov sabía por experiencia que el subdirector de contraespionaje ocupaba el despacho situado en la esquina, al final del pasillo, y por un instante pensó que se dirigían allí. Sin embargo, su guía se detuvo en la puerta anterior y llamó antes de abrir.

—¿Puedo ofrecerle un café o un vaso de agua? —le preguntó.

—No, gracias.

Fiódorov entró entonces en un despacho espartano. Yefímov se hallaba de pie tras un enorme escritorio y clavó en él la vista, que solo apartó una fracción de segundo para posarla en la joven.

El aspecto de Yefímov no desmerecía de su fama de matón. Aquellos rasgos neandertales y la complexión baja y fornida de un hombre que ha hecho labores pesadas buena parte de su vida ofrecían un extraño contraste con la camisa blanca sin una arruga —Fiódorov pensó en un primer momento que estaba almidonada, hasta que, al instante, se dio cuenta de que se trataba de la tensión que imprimía al tejido el torso de aquel hombre—, los gemelos de oro y aquella corbata azul pulcramente anudada. La serenidad que manifestaba tampoco casaba con su reputación.

Fiódorov tendió la mano por encima de tan colosal escritorio para estrechar la de aquel hombre y, al hacerlo, reparó en el ladrillo que descansaba en la bandeja de documentos salientes, el único elemento que, a excepción de una pantalla de ordenador, descansaba sobre una mesa por lo demás inmaculada.

El apretón de Yefímov tampoco desmentía la fortaleza que le suponían los rumores.

—Siéntese, por favor —dijo con voz grave y calmada.

El recién llegado dejó el abrigo colgado en la segunda silla y se sentó. Yefímov no dudó en ir al grano.

—Seguro que se está preguntando para qué lo he hecho venir.

—Ha sido inesperado —dijo Fiódorov con una débil sonrisa.

—He estado repasando su expediente, coronel Fiódorov, y he visto que tenía usted un historial profesional espectacular.

—Gracias...

—Hasta su última misión.

Fiódorov sonrió apretando los labios.

—Atrapar a Charles Jenkins —dijo—. Un adversario formidable.

—Sí, eso ya lo puso en sus informes. —Yefímov clavó en él la mirada como para asegurarse de que entendía que no estaba de acuerdo... o quizá que no le importaba. Eso lo sabía—. Por eso le he hecho venir precisamente.

—Ah, ¿sí? —dijo Fiódorov intentando no parecer preocupado.

—Sí. —Yefímov se recostó en su asiento e hizo chirriar la tapicería de cuero. Parecía estar observándolo como quien evalúa a un oponente para ver dónde le asesta un golpe letal. Ojalá no fuese así—. Ha surgido algo y creemos que puede sernos de ayuda.

—Yo siempre estoy dispuesto a ser de ayuda a mi país —respondió.

Yefímov parecía incluso estar divirtiéndose.

—Se ve que su archienemigo ha vuelto a Rusia.

—He tenido muchos archienemigos durante mi carrera.

—Quizá sí, pero le estoy hablando del que hizo que lo destituyeran.

Fiódorov entornó los ojos tratando de parecer confundido, aunque al mismo tiempo para evaluar si estaba siendo sincero o estaría tanteándolo, tratando de estudiar su reacción y determinar cuánto sabía.

—¿Charles Jenkins ha vuelto a Rusia?

—Eso parece.

—Perdone que le diga, pero me parece muy poco probable.

Yefímov apoyó los codos en los brazos de su silla y, juntando las manos, se puso a hacer chocar un índice con el otro.

—¿Por qué lo dice?

—Porque el señor Jenkins removió cielo y tierra para salir de Rusia y lo consiguió de milagro.

—Y, aun así, tenemos confirmación visual de que ha vuelto.

Yefímov giró la pantalla y Fiódorov se inclinó hacia delante para ver un vídeo en el que Charles Jenkins, vestido con traje y corbata, entraba en lo que parecía un banco y se acercaba a un cajero.

—¿Reconoce a ese hombre? ¿Es Charles Jenkins? —preguntó Yefímov.

—Se ha dejado barba, pero sí, es él. ¿De dónde han sacado la grabación?

Yefímov volvió a enderezar la pantalla.

—De una cámara del interior de la sucursal de la Unión de Bancos Suizos en Moscú.

—¿Qué? ¿Y qué está haciendo aquí?

Su interlocutor le contó lo que, al parecer, había ido a hacer al banco y él lo escuchó como si lo oyese por primera vez antes de preguntar:

—A ver, que me aclare: ¿la cuenta estaba a nombre del señor Jenkins?

—Sí.

—¿Y se identificó con el cajero usando su nombre real?

—Sí.

Fiódorov reflexionó al respecto… o, al menos, tenía la esperanza de que pareciera que estaba haciéndolo.

—Me extraña mucho que, con las aptitudes que tiene el señor Jenkins para el contraespionaje, no supusiera que la cuenta estaría bloqueada y que la Lubianka recibiría de inmediato notificación de cualquier actividad.

—Eso es lo más lógico que cabría deducir. Por desgracia, huyó del banco antes de que llegaran los agentes. Deje que le haga una pregunta: usted, que estuvo dando caza al señor Jenkins, ¿tiene la menor idea de qué ha podido traerlo de nuevo a Rusia?

Fiódorov frunció el ceño.

—Lo más lógico sería deducir que ha vuelto porque era el único modo de desbloquear su cuenta, pero…

—Pero…

—Una suposición así plantea toda una serie de cuestiones que estoy convencido de que ya han tenido que considerar ustedes.

—¿Cuáles, por ejemplo? Lo he llamado precisamente para pedir su opinión.

—Pues… ¿De dónde ha sacado el señor Jenkins los fondos que había en esa cuenta de Moscú?

—No lo sabemos.

—Creo que deberíamos dar por supuesto que proceden de la CIA, pero, en ese caso, ¿por qué iban a usar los americanos una cuenta tan fácil de congelar? ¿Para qué iban a usar su nombre cuando saben que lo reconoceríamos enseguida? Además, no considero que el señor Jenkins se mueva por dinero.

—Arkadi Vólkov ha dicho lo mismo.

—Ah, ¿sí? ¿Puedo preguntar cuánto había en la cuenta?

—Más de cuatro millones de dólares estadounidenses.

Fiódorov fingió sorpresa con la esperanza de resultar convincente.

—Entonces, puede que me haya precipitado en mis conclusiones. —Sonrió—. Me ha dicho que el señor Jenkins huyó del banco. ¿Ha huido de Rusia?

Yefímov le refirió la persecución fracasada hasta el aeropuerto y hasta el M'Istra'l Hotel & Spa y le habló de Vasíliev y del dinero desaparecido.

—Pero ¿han detenido a ese tal Vasíliev?

—Todavía no.

—Sin embargo, ese hombre parece ser un factor clave en el regreso a Rusia del señor Jenkins —dijo Fiódorov al ver la ocasión de llevar la conversación hacia donde habían planeado el americano y él la víspera.

—Eso parece.

—Quizá sea un agente doble, alguien que le proporciona información y recursos económicos y tal vez hasta le brinde el modo de salir del país una vez conseguido el dinero de las dos cuentas.

—Quizá —convino Yefímov.

—¿El dinero de la segunda también estaba congelado?

—No.

Fiódorov volvió a detenerse a reflexionar.

—No lo entiendo. Había pensado que quizá el señor Jenkins hubiese vuelto para desbloquear las dos cuentas y huir con el dinero, pero, si la segunda no estaba congelada…

—Un misterio.

—Sí, aunque muy propio del señor Jenkins. Ese hombre es toda una paradoja.

—¿En qué sentido?

—De joven fue agente de la CIA en Ciudad de México, pero lo dejó de pronto y estuvo décadas viviendo aislado… o al menos eso parecía, porque la destreza que sigue teniendo en el ámbito del contraespionaje hace pensar otra cosa.

—Quizá nunca dejara de servir a la CIA.

Fiódorov entendió entonces lo que quería decir Jenkins al decir que Yefímov era un fantasma. Él sospechaba lo mismo de Jenkins.

—Yo también pensé en esa posibilidad, la de que fuese un antiguo agente descontento que buscaba vender secretos; pero también eso era una estratagema. Lo que quería en realidad era identificar y matar a la persona que estaba revelando información sobre un grupo de topos de los americanos, siete mujeres rusas conocidas como las Siete Hermanas.

Yefímov no respondió. Fiódorov negó con la cabeza.

—Ojalá pudiera ser de más ayuda.

— Ojalá —respondió Yefímov moviendo la cabeza.

Miró a Fiódorov, que daba la impresión de no tener claro lo que debía hacer. Tras una pausa, se puso en pie y fue a recoger su abrigo. A continuación, se detuvo.

—¿Hay algo más? —preguntó Yefímov.

—No estoy seguro, pero… puede que haya alguien que conozca a ese tal Serguéi Vasíliev… y hasta sepa por qué ha vuelto el señor Jenkins. —Meneó la cabeza—. Si está viva, claro.

—¿Una mujer?

Había llegado el momento de ganarse los diez millones de dólares. Fiódorov estaba a punto de poner toda la carne en el asador.

—Si el señor Jenkins consiguió escapársenos en Vishniovka fue, sobre todo, gracias a una mujer rusa, una espía llamada Pavlina Ponomaiova...

—Ya he leído su informe.

—... Entonces sabrá que esa mujer nos alejó del piso franco de Vishniovka para que él pudiera huir. La perseguimos hasta que se estrelló.

—Pero ha dicho: «Si está viva».

—Intentó suicidarse y conseguí evitarlo, pero quizá no hice más que retrasar lo inevitable. El accidente la dejó muy malherida. Tengo entendido que la llevaron al Hospital de Veteranos de Guerra, pero, como luego me despidieron, no sé si sobrevivió a aquello. Si sigue viva... En fin, esa mujer pasó muchas horas con el señor Jenkins y, si hay que interrogar a alguien, ella parece la elección más lógica. Yo, desde luego, le sacaría toda la información que pudiese tener... si todavía trabajara aquí, claro.

Yefímov respondió con una sonrisa desvaída:

—Puedo garantizarle que Ponomaiova no sabe nada.

—¿La han interrogado? —Fiódorov no había esperado aquella respuesta.

—Los médicos creen que sufrió daños cerebrales en el accidente... y yo diría que es verdad.

Fiódorov tampoco había considerado aquella posibilidad. Si la había interrogado Yefímov y ella no había dicho nada, había muchas probabilidades de que hubiese sufrido de veras daños cerebrales. De ser cierto, todo había sido en balde. Sospechando que Yefímov debía de ser un hombre arrogante y no pasaría por alto que pusiera en duda sus capacidades, optó por arriesgarse. Con un poco de suerte, querría demostrarle que se equivocaba.

—Si me permite la insolencia —dijo—, quizá haya empleado usted las técnicas equivocadas.

Yefímov no reaccionó físicamente, pero la sonrisa de sus labios se desvaneció y le palpitó una vena en la sien.

—¿Cree que usted podría hacerlo mejor?

—Mejor no —respondió él para no humillarlo—, pero sí diferente. Creo que tengo cierta información de la que podemos sacar provecho.

—¿Y de qué se trata?

—De la debilidad de la señorita Ponomaiova.

Yefímov sonrió satisfecho y miró a la ventana antes de volver a centrar en él la vista.

—¿Y de qué se trata?

—De Charles Jenkins.

CAPÍTULO 19

Charles Jenkins se envolvió en un abrigo y se puso guantes y una gorra de lana antes de salir del edificio de Fiódorov por el garaje, donde la cámara del rellano del ascensor seguía estropeada, tal como había predicho el ruso. Cogió el metro en dirección al sur, hacia la estación de Bítsevski Park, sin dejar de observar a sus compañeros de tren por si alguno bajaba en su misma parada. El parque abarcaba casi dos hectáreas, lo que lo hacía casi seis veces más extenso que Central Park y le permitía perderse con facilidad en caso de que hubiera alguien siguiéndolo; pero no era así.

Bajo un cielo despejado, recorrió un sendero que lo llevaba a una arboleda. El suelo estaba rociado de polvo de nieve y hacía un frío de muerte, lo que, esperaba, disuadiría a los paseantes de tomar aquellas sendas y delataría a cualquiera que pudiese merodear por los alrededores. Dos mujeres robustas pasaron corriendo a su lado vestidas con mallas, camiseta de manga larga y orejeras y marcando su paso con vaho como si fuesen locomotoras de vapor. Por lo demás, como había supuesto, los alrededores se hallaban desiertos. Llamó a Matt Lemore por el teléfono encriptado, que desvió la llamada por Francia usando el prefijo del tercer *arrondissement* de París, el Marais, distrito que alojaba el Museo Picasso francés.

—Hola —respondió Lemore.

—Soy yo.

—No sabía nada de ti y empezaba a preocuparme. ¿Sabes algo más?

—He contactado con el tratante, que me ha confirmado que el dueño sigue teniendo el cuadro —comunicó usando el código acordado, por el que se refería, respectivamente, a Fiódorov, a Rusia y a Ponomaiova.

—¿Dónde está el cuadro en este momento?

—Estoy intentando averiguar algo más, pero parece que lo tienen en la galería de arte, como sospechábamos.

Lemore calló unos instantes.

—¿Y es posible comprarlo?

—Hay muchos obstáculos que podrían impedirlo. El propietario lo tiene en gran estima y parece que quiere conservarlo a toda costa.

—¿Hay probabilidades de que trasladen el cuadro en un futuro próximo?

Jenkins entró en el bosquecillo y, al quedar el sol tapado por los árboles, empezó a caminar por la penumbra y sintió que la temperatura descendía más aún.

—Pocas, creo.

—¿Y estaría dispuesto el propietario a hacer un trueque de algún tipo?

—Por lo que me ha dicho el tratante, el propietario tiene ese cuadro en gran estima. Se ve que para él tiene un valor sentimental muy superior al económico, por lo que un trueque parece muy poco probable. Esta mañana, sin embargo, ha pasado algo muy interesante: el propietario se ha citado con el tratante para hablar con él.

Lemore, que de entrada no hizo ningún comentario, preguntó tras una pausa:

—¿Y ha dado a entender el tratante qué podría querer de él el propietario?

—Todavía no, aunque espero hablar esta noche con él.

—Si entretienen al tratante mucho más allá de un período de tiempo aceptable, no espere a hablar con él y olvídese de la compra.

—Entendido.

—Aquí, en casa, tiene otros cuadros —dijo Lemore saliéndose del guion— que son mucho más valiosos.

—Volveré a llamar dentro de poco. —Jenkins colgó el teléfono.

Después de cerrar la puerta del despacho de Yefímov al salir, Fiódorov dejó escapar un largo suspiro. Bajo la chaqueta sentía la camisa tan pegada a la piel como si se hubiera duchado con ella puesta, aunque, eso sí, al menos de momento, se había librado de que lo mandasen a un gulag... Eso ya era tener suerte y, encima, había conseguido lanzar un anzuelo que quizá le permitiese hablar con Ponomaiova, siempre que Yefímov quisiera morderlo. Todavía no lo había hecho, pero, dada su reputación, tampoco era extraño. Con todo, por grande que fuera el ego de Yefímov y por renuente que pudiera mostrarse a reconocer que Fiódorov o cualquier otra persona serían capaces de sacar información a Ponomaiova cuando él mismo había fallado, sospechaba que también querría demostrar que estaba en lo cierto. Su fracaso representaría un borrón muy negro en su prestigio... y quizá quisiera mitigarlo aportando pruebas del descalabro de otros. Por otra parte, tal vez estaba en lo cierto y Ponomaiova había sufrido daños cerebrales por el accidente... o, más probablemente aún, durante el interrogatorio.

Yefímov también tenía fama de ser un hombre que actuaba con cabeza... cuando no se dejaba perder por su temperamento.

No sabía con cuál de las caras de Yefímov se iba a encontrar, si aquel hombre le daría la ocasión de interrogar a Ponomaiova; pero en las investigaciones siempre era necesario dar un primer paso antes del segundo, y cada paso era uno más, quizá dos, hacia los diez millones de dólares de su recompensa. También era consciente de que Jenkins no había empezado la negociación con su mejor oferta, porque él habría actuado del mismo modo.

Fiódorov, sin embargo, tenía claro que no podía ponerse a cabalgar antes de ensillar. Las cosas no iban a ser tan sencillas estando de por medio Yefímov. Tenía que contar con que metería sus narices rotas en cada detalle. Aquello complicaría mucho las cosas, sobre todo si no confiaba en Fiódorov... y, por lo que se decía, Yefímov no confiaba en nadie.

Volvió a dar un largo suspiro y llamó al ascensor. Cuando se abrieron las puertas del que había más a la izquierda, se dirigió hacia él y a punto estuvo de chocarse con Arkadi Vólkov. Se detuvo ante la sorpresa del encuentro.

—¿Arkadi?

Aquel toro en continua embestida no vio de inmediato a quien había sido tanto tiempo su compañero. Levantó la mirada con gesto dubitativo como si tratase de conciliar la presencia de Fiódorov en la Lubianka, sin duda inesperada.

—Víktor.

Él dio un paso atrás.

—¿Sales?

Vólkov se detuvo de nuevo. Miró hacia el pasillo y dijo:

—No, no: voy a la planta baja a ver si me da un poco de aire fresco.

—Pues hoy está muy fresco. Te acompaño y aprovecho para ponerme al día. —Las puertas se cerraron y el ascensor empezó a bajar—. ¿Cómo te ha ido? ¿Te has recuperado del todo?

Fiódorov había ido a visitarlo muchas veces al hospital de Moscú después de su enfrentamiento con Charles Jenkins. Además de jugar al ajedrez con su compañero para ayudarlo a pasar el rato y a recobrar su agudeza mental, le había llevado comida a la sala de espera y había consolado a su mujer. También le había llevado lectura, sobre todo revistas de crucigramas y el diario, porque Vólkov gustaba de decir que jamás había leído un libro.

—Ya he vuelto al trabajo. —Siempre había sido un hombre de pocas palabras. Las que acababa de pronunciar tenían un aire lúgubre.

—No pareces muy feliz.

—Ha cambiado mucho todo, Víktor.

Vólkov y Fiódorov pertenecían a épocas distintas. El primero había empezado su carrera con el KGB en unos tiempos en los que el Gobierno soviético empleaba a casi dos tercios de los trabajadores del Estado. Había percibido por ello un sueldo modesto, pero también un piso y un huerto. Apenas tenía oportunidades de ascenso ni de mejorar su situación vital, ni tampoco incentivos para lograrlo. Fiódorov había llegado a la FSB mucho después de la caída del comunismo. El sueldo seguía siendo un asco, pero al menos existía la posibilidad de medrar con esfuerzo e ingenio. Se recompensaba el éxito… siempre que no lo pusieran antes a uno de patitas en la calle.

—¿Y tú, Víktor? ¿Qué haces aquí?

Los dos salieron al vestíbulo.

—Me han llamado por uno de mis casos antiguos. Nuestro, de hecho.

—¿El de Charles Jenkins?

Fiódorov estudió a Vólkov. Tenía la extraña sensación de que su antiguo compañero conocía el motivo de su visita, aunque lo cierto era que siempre había tenido la sensación de que Vólkov sabía más de lo que revelaba su eterno silencio.

—¿Lo sabías?

—Sé que el señor Jenkins ha vuelto a Rusia. —Empujaron el torno que daba al vestíbulo—. Anoche estuve hasta las tantas con Simon Alekséiov en el despacho de Adam Yefímov. Simon es el agente responsable del expediente.

Fiódorov reflexionó sobre lo que implicaba tal cosa. Saltaba a la vista que era Yefímov quien estaba al cargo, pero que sería la cabeza de Alekséiov la que terminaría rodando si fracasaba.

—Entonces, ¿vienes de verlo? —preguntó Vólkov.

—¿A Yefímov? Sí, ahora mismo.

—Yefímov ha cogido las riendas de la investigación, por lo menos en la práctica. —Comentaron lo que habían averiguado hasta el momento y entonces preguntó Vólkov—: ¿Y te ha dicho el director que el señor Jenkins también ha sacado fondos de una segunda cuenta?

—Sí, de un tal Serguéi Vasíliev, creo recordar. Yefímov me ha preguntado si lo conocíamos de nuestra experiencia anterior con el señor Jenkins.

—¿Y qué le has dicho?

Fiódorov se encogió de hombros.

—Que no me suena ese nombre. ¿A ti sí?

—Yo apenas recuerdo nada de aquellos días, Víktor.

Su antiguo compañero sonrió. Tenía que cambiar de tema.

—Claro, pero ya estás bien, ¿verdad?

—Todo lo que se puede esperar de un agente viejo como yo. Creo que mi tiempo aquí se está acabando. Con los *millenials* me he vuelto prescindible.

—Los *millenials* no tienen tu experiencia, Arkadi.

—Pero eso ya no lo valora nadie.

—¿Y qué vas a hacer?

Vólkov guardó silencio con la mirada ausente.

—Yo tampoco conocía otra vida que la de la Lubianka, Arkadi. Tú a lo mejor tienes más tiempo que yo cuando decidas jubilarte. Yo he podido comprobar que es bueno mantenerse ocupado. —Fiódorov le tendió la mano—. *Nadeius, mi eshchó uvídimsia.* —«Ojalá volvamos a vernos».

Vólkov se la estrechó y, cuando parecía estar a punto de decir algo, debió de reconsiderarlo para guardar silencio como había hecho tantas veces en los nueve años que habían estado trabajando juntos.

Jenkins regresó al bloque de Fiódorov justo antes del mediodía y alzó la vista a la terraza. La silla estaba mirando hacia el interior del piso y no hacia la calle, lo que, según habían acordado, quería decir que el propietario estaba dentro y que era seguro subir. Pasó otros cinco minutos inspeccionando el edificio y la calle arbolada sin detectar vigilancia alguna.

Subió al octavo siguiendo el mismo itinerario de la otra vez y entró al piso con la llave de repuesto de Fiódorov.

—Por lo que veo, no te han mandado a un gulag. ¿Quiere decir que ha ido bien? —preguntó mientras se quitaba las prendas de abrigo y las colgaba en la percha.

Fiódorov tenía manchas de sudor bajo las axilas.

—*Bien* no es la palabra que yo usaría, pero no, no me han mandado a un gulag.

Jenkins entró en la sala de estar y tomó asiento. Fiódorov lo puso al día de los detalles de su reunión.

—Le he dicho a Yefímov que no tenía ni idea de por qué has podido volver a Moscú, pero, como planeamos, le di a entender que puede haber alguien que sí lo sepa.

El americano se inclinó hacia delante y apoyó los codos en las rodillas. Admiraba las agallas de Fiódorov... o su deseo de conseguir más millones en efectivo. Qué más daba. Habían quedado en que aquella insinuación podía abrir a Fiódorov las puertas de Lefórtovo y permitirle hablar con Pavlina, con lo que Jenkins estaría un paso más cerca de liberarla.

—Antes de que se entusiasme demasiado o se muestre optimista en exceso, debería saber que Yefímov ya la ha interrogado, al parecer muchas veces, y Ponomaiova no ha dicho nada.

Jenkins sonrió.

—Es mucho más dura de lo que parece.

Fiódorov negó con la cabeza.

—La está sobrestimando… y subestimando a Yefímov. Si lo han elegido a él para interrogarla es por algo, señor Jenkins. Tiene fama de ser lo mejor de lo mejor… o lo peor de lo peor. Se ha manchado las manos de sangre muchas veces. Si no ha conseguido sacarle información, quizá sea porque no tiene información que ofrecer o porque sufriera daños cerebrales en el accidente que la han incapacitado para hacerlo.

—¿Le has lanzado el desafío?

—Sí. Le he dicho que la señorita Ponomaiova y usted compartieron muchas horas de coche de camino a Vishniovka, que hubo algo que cambió en su, ¿cómo se dice…?, dinámica y que, aunque no sé hasta qué punto, el caso es que ella había estado dispuesta a dar su vida por que usted saliera de Rusia. Le he dicho que su debilidad es precisamente usted.

—¿Y cómo ha respondido?

—Me ha estudiado. Adam Yefímov tiene una forma de pensar muy meticulosa. Se tomará su tiempo para asimilar la información que le he dado antes de tomar una decisión, y no solo porque su ego descomunal lo lleve a dudar de que yo pueda hacerlo mejor. Lo que sí tengo por seguro es que el hecho de que Ponomaiova estuviera dispuesta a morir para salvarlo a usted ha conseguido aumentar su interés y su curiosidad. No dude que se lo dirá al subdirector y que el subdirector se lo dirá al presidente. Ellos también se picarán y, con un poco de suerte, le dirán que me deje interrogarla. Tiene que entender, sin embargo, que extremarán las medidas de seguridad.

—Pero te dejarán hablar con ella.

—Eso no lo sé.

Jenkins oyó el pitido intermitente de un camión que daba marcha atrás en la calle.

—Podría ser —prosiguió Fiódorov— que mandase a otro. —A su rostro asomó una sonrisa irónica.

—Aunque lo dudas mucho.

—Le he dicho que había estudiado bien el perfil de Ponomaiova y el suyo; también que, cuando me vea, me recordará como la persona que le dio caza a usted, y que, por tanto, me creerá cuando le diga que no consiguió escapar de Rusia, que también usted está encerrado en una celda de Lefórtovo y que la información que nos proporcione podría servir para salvarle la vida a usted. Ella no se va a creer algo así si se lo cuenta cualquier otra persona.

Jenkins sonrió.

—Muy inteligente, Víktor. Has conseguido que muerda el anzuelo.

—Ya veremos, señor Jenkins, si con eso basta para hacer picar a Yefímov y si la señorita Ponomaiova le guarda a usted tanta lealtad como usted a ella.

—¿Y podrías sacarla de Lefórtovo para hablar con ella?

Fiódorov levantó una mano.

—No sea tan impulsivo, señor Jenkins. Estas cosas llevan su tiempo. Los americanos son demasiado impulsivos. Debe de ser por su consumismo. Lo quieren todo en el acto, al instante, y tienen que aprender de la paciencia rusa. Para dar el segundo paso hay que dar antes el primero. —Se encogió de hombros—. No hay más remedio.

—Una cosa es la paciencia y otra el tiempo… y tiempo no tengo mucho… Y Pavlina tampoco. Tú mismo lo has dicho.

—Sí, eso es verdad. —Fiódorov pareció sumirse en sus pensamientos—. Otra cosa. Cuando salía de la Lubianka, me he encontrado con Arkadi Vólkov, mi antiguo compañero.

—Lo recuerdo. La estatua.

—No confunda el silencio con la falta de intelecto. Arkadi es callado, pero porque cree que se aprende más escuchando que hablando. También es un hombre muy intuitivo y eso es lo que más me preocupa.

—¿Por qué?

—Su silencio hace que sea muy difícil conocerlo, pero me ha dicho un par de cosas… que parecían esconder un propósito.

—¿Sobre qué?

—Sobre usted, sobre este caso. Creo que Arkadi podría ser el motivo por el que me ha citado Yefímov en su despacho.

—Pero ¿qué te ha dicho Vólkov?

—No es tanto lo que me ha dicho como el simple hecho de que haya dicho algo. Arkadi tiene una manera de mirar…

—¿De mirar?

—Aquí, sobre todo en los tiempos de Arkadi, uno aprendía a medir muy bien las palabras, porque nunca se sabía quién podía estar escuchando. Las expresiones faciales lo decían todo.

—¿Y cómo te ha mirado?

—Como si todavía tuviésemos que vernos otra vez.

—Es que sois amigos.

—No. —Fiódorov subrayó sus palabras con un movimiento de cabeza—. No: éramos compañeros, pero nunca hemos sido amigos.

—Pero ¿crees que es de fiar?

—Arkadi me dijo que está pensando en jubilarse. Jubilarse con la pensión que da el Gobierno no da para gran cosa. En Rusia, cuando uno se acerca a la edad de jubilación, empieza a plantearse cómo va a subsistir, a buscar formas de ganar dinero, y una de esas formas puede ser congraciarse con gente poderosa.

—Como Yefímov.

Fiódorov volvió a hacer un gesto negativo.

—De manera que no, yo diría que no podemos confiar en Arkadi más de lo que nos fiamos usted y yo uno del otro.

—Yo tenía la esperanza de que hubiésemos superado esa fase, Víktor.

El ruso sonrió por toda respuesta.

—¿Y crees que Vólkov se habrá imaginado que tú eres Serguéi Vasíliev? ¿Has hablado alguna vez del dinero de Carl Emerson con él?

—No, nunca. Por aquel entonces, Arkadi estaba en el hospital… por obra de usted.

—Podía haber estado tanteando por ver qué sabías tú de mí y de mi regreso.

—¿Tanteando?

—Interrogándote.

—Es posible.

Jenkins se reclinó en su asiento. Aquello planteaba un problema, pero no era el más inmediato.

—Deberíamos hablar de Pavlina, de lo que podrías decirle si se te presenta la ocasión de hablar con ella.

—Sí, hablemos de eso… y de cuánto le va a costar a usted.

CAPÍTULO 20

Jenkins pasó los días siguientes confinado casi por completo en el piso de Fiódorov, sin apenas aventurarse a salir. Supuso que la existencia que llevaron Ana Frank y sus familiares en las escasas habitaciones del desván en que se ocultaron debió de ser similar a aquella: hablando siempre en voz baja, moviéndose apenas lo necesario durante el día y temiendo siempre que en cualquier momento echasen la puerta abajo de una patada para arrestarlo.

Yefímov no había vuelto a llamar y con cada hora que pasaba parecía menos probable que lo hiciera. Daba la impresión de que se les estuviese escapando de las manos la mejor ocasión que se les había presentado de acceder a Ponomaiova. Para evitar volverse locos, Fiódorov y él jugaban al ajedrez. A Jenkins le había enseñado de pequeño su abuelo y hubo un tiempo en el que había llegado a considerarse buen jugador, aunque llevaba muchos años sin practicar y se notaba. Fiódorov ganaba sin dificultad. Sin embargo, cuando acabó el segundo día, había recordado buena parte de lo que había aprendido de su abuelo y las partidas se volvieron mucho más interesantes... o eso le parecía. Su anfitrión propuso que apostaran dinero. La cantidad era casi simbólica: quinientos rublos por partida. Jenkins no tardó en darse cuenta entonces de que había estado manejándolo, ofreciéndole esperanzas para darle un sablazo. El ruso era una persona muy competitiva a la que le gustaba ganar siempre.

Jenkins tomó nota… junto con más detalles que había aprendido de él aquellos días.

Nunca fiarse del todo de Fiódorov.

Por la noche, Jenkins salía a pasear a fin de romper con la monotonía y llamaba a casa. Aquel clima fresco le ayudaba a aclarar las ideas y el hecho de caminar solo le daba tiempo para pensar. Hablaba con Alex y con CJ y escuchaba de fondo a Lizzie dando grititos. Las llamadas eran breves y Alex y él hacían lo posible por aprovecharlas al máximo y no decir nada irrelevante. Jenkins los echaba mucho de menos y se preguntaba a menudo si su decisión había sido la más acertada. También llamaba a Matt Lemore y lo ponía al día, pero el joven también tenía las manos atadas hasta que Fiódorov consiguiera hablar con Pavlina y evaluar el estado físico y mental en que se hallaba.

Fiódorov hacía las compras, que consistían sobre todo en platos precocinados, ya que en la cocina era un desastre. Aunque los dos pasaban largas horas juntos, Jenkins pensaba de él lo mismo que opinaba su padre de la muerte después de sufrir dos ataques al corazón: «Somos conocidos, no amigos».

Nunca olvidaba que para Fiódorov había en juego diez millones de dólares, cantidad que aumentaría sin duda en caso de que el ruso lograra convencer a Yefímov de que lo dejase interrogar a Pavlina en la Lubianka o en algún otro lugar fuera de Lefórtovo.

La tercera noche, estando Jenkins sentado en el sofá entregado a la lectura, sonó el teléfono de Fiódorov, quien lo miró y anunció:

—La FSB. —Tras responder, escuchó atentamente y dijo al fin—: Allí estaré. *Da*. Si sabe cualquier cosa, no dude… —Colgó, aunque saltaba a la vista que era su interlocutor quien había interrumpido la llamada. Volvió a mirar a Jenkins y, soltando el aire que había contenido en los pulmones, dijo—: Hay que cuidar lo que se desea. ¿No es eso lo que dicen ustedes?

—Algo así.

—Mañana voy a Lefórtovo. *Ya nadeius, radi nas oboij, chto eto ne bilet v odín konets.* —«Más nos vale, a los dos, que el billete no sea solo de ida».

La prisión de Lefórtovo, construida en las inmediaciones del Kremlin, había conocido una existencia tan larga como violenta desde su inauguración, en 1993. Fiódorov, entusiasta de la historia, le contó que desde la Revolución bolchevique había sido cárcel de presos políticos a los que habían ajusticiado de forma sistemática tras someterlos a tortura para hacerlos confesar sus «crímenes». En tiempos de Yósif Stalin se había conocido un «Gran Terror» similar y los pocos a los que se había otorgado el permiso para recorrer sus instalaciones hablaban de condiciones muy similares a las que se habían dado en aquellos períodos bárbaros.

También sabía, por la media docena de ocasiones que había tenido de hablar con reclusos de Lefórtovo, que Ponomaiova estaría aislada y expuesta a una alternancia impredecible de oscuridad total y luz cegadora, sin apenas comida ni mantas suficientes y vigilada a todas horas, que le controlarían el acceso al servicio y a una ducha de agua fría. Lo peor, sin embargo, no era el maltrato físico, sino el impacto psicológico que tenían aquellas condiciones en todos los presos menos en aquellos que poseían mayor fortaleza mental.

Al llegar a la cárcel, Fiódorov tuvo que rellenar tantos papeles como para acabar con un bosque pequeño antes de cruzar una serie de detectores de metal y compuertas, aun después de que Dmitri Sokolov hubiese aprobado su presencia en el centro. Una vez completados todos estos rituales, lo escoltaron a través de bloques de celdas con moqueta marrón destinada, supuso, a atenuar el sonido. Con cada paso que daba hacia el interior de la prisión aumentaba su nerviosismo y volvía a preguntarse si la autorización para interrogar a Ponomaiova no sería más que un ardid, si no sospecharía de él la FSB, si no lo encerrarían en una celda para interrogarlo y torturarlo.

Un segundo guardia abrió otra puerta más que conducía a una sala sin ventanas y escasamente iluminada, con una mesa no muy grande, una silla y una banqueta bajo una sola luz, y le dijo que esperase.

—¿Y adónde iba a ir si no? —preguntó él tratando de aligerar la tensión.

Su escolta no respondió... ni sonrió.

En la sala hacía un calor asfixiante y olía a sudor. Fiódorov retiró la silla, cuyas patas emitieron un chirrido infernal al arrastrarse contra el cemento; se desabrochó la chaqueta, y se sentó. Miró al techo, al rincón que caía a su derecha, y vio una cámara con una luz roja. Cuando se movió, la luz se puso verde. Abrió el maletín, cuyo contenido habían registrado también, y sacó el expediente de Pavlina Ponomaiova, que casi había memorizado ya después de tantas lecturas. Lo habían engrosado desde la última vez que lo había tenido en las manos para describir la gravedad de las lesiones que le había dejado el accidente y el tiempo que había pasado en Lefórtovo. También se recogían en él los empeños de Yefímov en sacarle información. Pese a las heridas, que había sabido explotar su torturador, y el uso de prácticas infalibles, Ponomaiova había guardado silencio.

«Extraordinario», pensó. Había oído de agentes extranjeros encallecidos que se desmoronaban y se echaban a llorar como críos en Lefórtovo. En una página de su informe, Yefímov había escrito:

A pesar de haber usado con ella técnicas de eficacia probada, Ponomaiova se ha negado a hablar y a identificar a ninguna de las mujeres de las fotografías de las Siete Hermanas que se le han puesto delante. No tiene familia ni amigos que podamos usar para presionarla y parece no temer la muerte. Su actitud podría describirse de recalcitrante si no fuera porque tal cosa supone

actuar o hablar con un propósito y la reclusa no
manifiesta tener ninguno. O las lesiones sufridas en
el accidente la han dejado mentalmente incapaz o
está simulando su incapacidad. Empiezo a pensar
que es lo primero, porque todavía no he conocido a
ningún detenido con semejante fortaleza psíquica
ni creo que sea ella la primera. Todavía no ha
pronunciado una sola palabra.

Fiódorov dispuso el expediente en un lado de la mesa. Aquello
confirmaba lo que había sospechado: Yefímov no había fracasado
nunca en el intento de conseguir lo que deseaba y dudaba mucho
que nadie pudiese hacerlo mejor. Daba por hecho que Fiódorov
tampoco conseguiría nada y que así excusaría su propio descalabro.

Pasaron varios minutos antes de que el guardia abriera de nuevo
la puerta, esta vez escoltando a una mujer con las manos esposadas
a una cadena que llevaba a la cintura. De las muñecas le salían otras
dos cadenas unidas a sendos grilletes que tintineaban al arañar el
suelo de cemento. La mujer llevaba la cabeza gacha, pero, por lo
que pudo ver Fiódorov, y por lo que recordaba, no se parecía en
nada a la mujer ensangrentada que había dejado derrumbada sobre
el volante de su coche en Vishniovka. Le habían afeitado el pelo y
parecía tan menuda y frágil como una chiquilla aquejada de una
enfermedad terminal. Llevaba unas gafas de montura negra demasiado grandes para su cara y las mangas y perneras del mono azul
arremangadas con numerosas vueltas. Además, caminaba con una
cojera pronunciada.

Los guardias la sentaron en el taburete y le fijaron la cadena a
un aro sujeto al suelo antes de retirarse a dos rincones de la sala que
quedaban, según observó Fiódorov, fuera del alcance de la cámara.
El interrogador miró al aparato y vio que la luz roja había vuelto a
ponerse verde.

Clavó la mirada en la coronilla de la cabeza gacha de ella y dio unos golpecitos deliberados con el bolígrafo sobre la mesa. El ruido no tuvo efecto alguno en ella, que seguía con la vista fija en el suelo.

—¿Es usted Pavlina Ponomaiova? —preguntó él.

La mujer no respondió, ni verbal ni físicamente.

Fiódorov abrió la carpeta del expediente y sacó una fotografía en blanco y negro que había prendida con un sujetapapeles al interior de la cubierta. Estudió la instantánea que había usado Ponomaiova en la tarjeta identificativa de la FSB y que mostraba a una mujer atractiva de mediana edad, cabello castaño claro y rasgos marcados.

Con gesto intencionado, deslizó la fotografía por la superficie de la mesa para que pudiera verla.

—¿Es usted Pavlina Ponomaiova? —volvió a preguntar con voz mesurada.

Tampoco entonces reaccionó ella.

Uno de los guardias dio un paso al frente desde el rincón en que estaba apostado, pero Fiódorov lo miró e hizo un movimiento lento y sutil de negación con la cabeza. El hombre se retiró. Buena señal: respetaban a Fiódorov como si aún fuese agente de la FSB.

—Señorita Ponomaiova, soy el coronel Víktor Fiódorov. ¿Me recuerda?

De nuevo sin respuesta.

—Los perseguí a Charles Jenkins y a usted hasta Vishniovka. Nos conocimos cuando usted se estrelló contra un coche mientras intentaba huir.

Sin respuesta.

—Aun así, conseguí salvarle la vida.

Nada.

—Nos distrajo con la intención de que Charles Jenkins pudiera escapar en barco a Turquía, ¿verdad?

Nada.

—Pues no lo consiguió.

Ni siquiera un parpadeo.

—Apresamos al señor Jenkins en el piso franco de Vishniovka. Desde entonces lo tenemos aquí, en Lefórtovo, en calidad de preso político. Su país se niega a reconocer que estaba en Moscú y no ha hecho nada por lograr su repatriación. Al principio, pensábamos que debíamos entender con ello que se trataba de un agente de poca monta; pero ahora no lo tenemos tan claro. Como usted, el señor Jenkins es un tipo recalcitrante. Sin embargo, el tiempo le ha enseñado que era mucho más inteligente hablar con nosotros. Nos ha dicho que vino a Rusia para averiguar la identidad del individuo que nos estaba revelando el nombre de las Siete Hermanas para poder acabar con él. No logró su objetivo, pues nuestro contacto nos ha proporcionado desde entonces la identidad de las cuatro restantes, que también están presas en esta misma cárcel.

Silencio de nuevo.

—Dudamos de que haya nada más que sacarle al señor Jenkins. Ya no tiene ningún valor para nosotros. Lo único que nos queda es que usted nos confirme que lo que nos ha revelado él es de veras cierto. En tal caso, lo devolveríamos a los Estados Unidos para que regrese con su familia…, con su mujer y con su hijo.

Fiódorov hizo una pausa. Era muy consciente en todo momento de la presencia de la cámara que lo enfocaba desde el rincón. No había dejado de sudar bajo la camisa y le costaba respirar el aire viciado.

Estaba a punto de proseguir cuando… sutil, lentamente, Ponomaiova alzó la mirada para clavarla en la suya. Fiódorov vio la ocasión de dar un paso sustancial.

—Si no nos ayuda, el señor Jenkins seguirá aquí, en Lefórtovo, y no volverá a ver a su mujer ni a su hijo.

La mirada de Ponomaiova escrutó el rostro de Fiódorov, tal como habían esperado Jenkins y él que ocurriera. Entonces él señaló con los ojos, durante un instante brevísimo, la cámara del rincón para advertirle que los estaban grabando.

—¿Entiende lo que le digo?

Ella clavó en él la mirada y Fiódorov tuvo la esperanza de que hubiese captado la sutileza de su pregunta. Había obviado que Jenkins había informado a Ponomaiova en Vishniovka de que su mujer estaba embarazada y también que Ponomaiova había predicho que tendrían una hija, circunstancia que poseía un peso considerable en el arrojado empeño de la agente en lograr que el americano volviera a su hogar.

Fiódorov vio algo en sus ojos. ¿Habría entendido de qué iba todo aquello? Estaba a punto de hablar cuando Ponomaiova pronunció las primeras palabras que salían de su boca desde su llegada a Lefórtovo, lo que concedía a Fiódorov la victoria que se le había negado a Yefímov.

—*Da* —dijo ella en voz baja.

CAPÍTULO 21

Fiódorov volvió a su piso poco después de caer la tarde y se dirigió de inmediato al armario de la cocina para sacar el *whisky* escocés y servirse una copa. Pasó buena parte de la hora siguiente poniendo a Jenkins al corriente de lo que había ocurrido cuando había intentado hablar con Ponomaiova durante una sesión terrible de seis horas en la que había logrado una sola palabra por toda respuesta, lo que le había concedido cierta ventaja sobre Yefímov y había demostrado que la reclusa no había sufrido daños cerebrales.

El recién llegado se sirvió un segundo trago y alzó el vaso hacia Jenkins, quien declinó la oferta. Fiódorov fue con el *whisky* a la sala de estar y se sentó.

—Creo que estaba intentando determinar por qué no había dicho nada del embarazo de su mujer ni de su segundo parto. Como en el caso de Arkadi, no ha sido tanto lo que me ha dicho como lo que he visto en su cara. Ya le he dicho que en Rusia una expresión facial puede valer más que mil palabras. Miré a la cámara que había en un rincón de la sala para que supiera que nos estaban grabando.

—Y fue entonces cuando te dijo que te había entendido.

—Sí.

—Algo es algo.

—Sí, pero me temo que no vamos a ir muy lejos con Yefímov. Dudo que reconozca con mucha facilidad que alguien ha conseguido más que él.

—Por el momento, le has dejado claro que así es.

—Y por eso va a estar más alerta todavía.

—¿Cómo reaccionó cuando se lo dijiste?

—No dijo gran cosa, pero le importó. Le importó porque tendrá que contarles al subdirector y al presidente que he triunfado donde él había fracasado hasta ahora. Lo que pasa es que con una respuesta de una sola palabra no voy a conseguir que me dejen estar mucho tiempo más con Ponomaiova. Eso debería tenerlo claro. Además, si no consigo que conteste a mis preguntas, no le serviré de nada a Yefímov: me descartará y tomará otro derrotero.

Jenkins pasó el resto de la noche recordando las conversaciones que había tenido con Pavlina, las cosas que le había dicho él y de las que no tenía conocimiento alguno nadie más, y las que le había contado ella, con la esperanza de que al oírlas de boca de Fiódorov la empujaran a confiar en él y hablarle, lo que les daría más tiempo a Lemore y a él para acabar de idear un plan.

—La FSB piensa que vine aquí con la intención de encontrar a la persona que estaba delatando a las Siete Hermanas, ¿verdad?

—Sí, eso creíamos.

—Y, por lo que me dijiste, Yefímov la estaba interrogando sobre todo porque la FSB cree que Pavlina conoce la identidad de las cuatro que quedan de las siete.

—Eso fue lo que me dijo él en persona.

—¿Y le enseñó sus fotografías?

—Según su informe, sí.

Jenkins recorrió de un lado a otro la zona que había tras el sofá, cerca del hogar.

—¿Y si le llevaras las mismas fotos para que las estudiase?

—No entiendo q…

—Entre las fotografías, podrías enseñarle una mía con mi cría en brazos. —Jenkins sacó la cartera del bolsillo y, de ella, una instantánea en la que aparecía con Lizzie en brazos.

—Lo veo poco probable. Antes de entrar a la sala de interrogatorios me registran de arriba abajo, incluidos mi maletín y todo lo que llevo, y, cuando salgo, vuelven a hacer lo mismo. Además, la cámara grabará cualquier cosa que saque estando allí dentro.

Jenkins siguió considerando ideas, pensando en voz alta con la esperanza de dar con un plan viable.

—¿Hay algún punto de la sala que no alcance la cámara?

—La parte de atrás, pero es precisamente donde se apostan durante todo el interrogatorio los guardias que la custodian.

—¿Y no puedes librarte de ellos?

—No lo veo muy factible. ¿Qué quiere hacer?

—Ponerle la foto delante de un modo u otro para demostrarle que no estoy en Lefórtovo y confirmarle que le llevas un mensaje de mi parte.

Fiódorov apartó de un manotazo la sugerencia.

—Imposible. ¿Con la cámara allí? Ni que fuera yo mago.

El estadounidense dejó de pasear cuando lo asaltó otro recuerdo de juventud.

—¿No llevabas traje?

—¿Qué?

—Traje. ¿No llevabas puesto un traje?

—Claro que llevaba traje. Si me ha visto salir…

—¿Y te han cacheado?

—Ya se lo he dicho, me han registrado de…

—No, me refiero a si te han cacheado, si te han mirado lo que llevabas en la ropa, los bolsillos…

—Me han hecho pasar por un detector de metales.

—Pero ¿te han registrado físicamente?

—No, físicamente no.

—Siéntate.

—¿Qué?

—Siéntate a la mesa.

Fiódorov dejó el vaso en la mesa y se sentó.

—¿Dónde está la cámara en relación con el asiento de Pavlina?

—Detrás de ella —dijo el ruso señalando—. En un rincón del techo, el derecho desde donde estoy yo, al otro lado de la mesa.

—Sobre el hombro izquierdo de ella. —Jenkins reflexionó y señaló el lado derecho de la mesa—. Es decir, que su hombro tapa esta zona de la mesa.

Fiódorov frunció el ceño.

—Aun así, hay un guardia en cada rincón.

—¿Y están muy pendientes?

El interpelado se encogió de hombros.

—No me he fijado mucho en ellos.

—Se trata —dijo el estadounidense— de hacer aparecer y desaparecer una fotografía entre las otras fotos que vas a introducir.

Fiódorov meneó la cabeza.

—Aparecer y desaparecer… ¿Qué quiere decir eso?

—¿Tienes por ahí una baraja de cartas?

—¿Qué?

—Que si tienes una baraja de cartas.

—Para partiditas estamos ahora.

—No, quiero enseñarte una cosa.

Fiódorov suspiró y retiró su asiento.

—Los americanos están locos. —Rebuscó por varios cajones de la cocina y volvió con un mazo que le tendió a su invitado—. Aquí hay uno.

—Habrás oído decir que la mano es más rápida que el ojo.

—No, no lo he oído.

Jenkins sacó las cartas, diferentes de las que se usaban en los Estados Unidos, menos numerosas y con un diseño distinto, aunque eso no importaba. Barajó el mazo usando solo la mano derecha.

—Siendo yo un chiquillo, mi abuelo me enseñaba trucos de cartas para entretenerme. Era mago aficionado. Le encantaban Harry Houdini, René Lavand y Bill Malone.

—De Houdini sí he oído hablar. De los otros, no. ¿Adónde quiere llegar?

Con la misma mano con la que barajaba, Jenkins hizo aparecer una carta bocarriba y, con igual rapidez, la hizo desaparecer y la cambió por otra distinta.

—A que me enseñó a hacer trucos igual que a jugar al ajedrez.

—Pues al ajedrez es usted malísimo.

Jenkins dejó el mazo y tomó solo siete cartas.

—Imagínate que estas siete cartas son siete fotografías de mujeres entre las que, según se sospecha, podrían estar los retratos de las que faltan de las Siete Hermanas originales. Lo primero que tienes que hacer es sustituir una de ellas por la mía con Lizzie. ¿Eres zurdo o diestro?

—Diestro.

—Sostendrás el montón con la mano izquierda, así. —Jenkins se lo demostró sosteniendo la parte alta de la baraja con el índice y la inferior con el pulgar—. Entonces doblarás el anular de manera que quede detrás de la carta superior del mazo y en contacto con ella. Así. ¿Lo ves?

—Sí, lo veo, pero…

—No dejes de mirar. Puede hacerle un gesto así a Pavlina para que los guardias, en caso de que estén mirando, centren su atención en esa mano. Mientras, este dedo que tenemos doblado sacará de la baraja la primera carta deslizándola de este modo. —Jenkins hizo la demostración con un movimiento lento—. Luego, la sujetas debajo de la mano, entre el dedo anular y el corazón, como si hubiese desaparecido. Cuando juntes las manos, metes la que has hecho desaparecer en la derecha y la sostienes con el anular y el meñique.

—Eso último no lo he entendido.

—Observa. Lo haré a velocidad normal.

Jenkins hizo el truco delante mismo de Fiódorov, quien dio un respingo cuando le enseñó la carta que tenía en la mano derecha. Volvió a hacerlo y la expresión de Fiódorov dejó claro de nuevo que no había visto a Jenkins deslizar la carta de arriba y pasársela a la mano derecha.

—Sí, pero…

—Se trata de crear una distracción con las siete cartas. La mirada de los guardias irá a las cartas, aunque lo único que hagas sea lanzarlas a la mesa. Cuando lo hagas, con la mano derecha cambias la carta que has retirado por mi fotografía con Lizzie, que llevarás en el bolsillo del pantalón o en el cinturón, pegada a la espalda. —Jenkins hizo el truco otra vez más y una tercera—. Cuando juntes las manos para recoger las cartas, colocas al fondo la fotografía, así. ¿Dices que Pavlina tenía la cabeza agachada?

—Sí.

—Entonces, te inclinas hacia delante como si fueses a colocar las fotografías bajo su mirada y las despliegas. —Jenkins movió las manos de derecha a izquierda sobre la mesa—. Ella verá la fotografía en la que salimos Lizzie y yo a la altura de su hombro derecho, fuera del alcance de la cámara, y sabrá que no me han metido en Lefórtovo y que intento comunicarme con ella a través de ti. Luego, recoges las fotografías y vuelves a ponerlas en un montón, dejando la mía arriba. —Se pasó las cartas a la mano derecha.

—¿Y para deshacerme de la fotografía de su hija y usted antes de salir de la sala hago lo mismo?

—Exacto. Mira. Digamos que mi foto es el seis de picas. —Se la metió en el bolsillo del pantalón—. Tengo siete cartas en la mano. Hasta te las puedo enseñar. —Llevó a cabo la distracción y las desplegó con rapidez delante de Fiódorov. Sobre la mesa aparecieron siete naipes incluido el seis de picas.

»Ahora, voy a hacerla desaparecer. —Repitió el proceso y le tendió las cartas.

Fiódorov las dejó en la mesa y las desplegó. El seis de picas había desaparecido. Jenkins se lo sacó del bolsillo del pantalón y lo lanzó sobre la mesa.

—Así que quiere que aprenda a hacer juegos de manos.

—No cualquier juego de manos, Víktor, sino uno valorado en seis millones de dólares. —Jenkins sonrió.

Fiódorov no. Con todo, tras un instante preguntó:

—¿Y cómo voy a hacer algo así?

—Practicando.

—Sí, pero…

—Haré unas llamadas para asegurarme de que la CIA se encarga de filtrar la noticia de que Serguéi Vasíliev es un agente doble que está al cargo de las cuatro hermanas que quedan.

—Perfecto, pero dígame: ¿cuánto tardó usted en aprender este truco, señor Jenkins?

«Meses», pensó el americano. Había necesitado meses para empezar a quedarse con otros.

—Con un par de días o, quizá, una semana de prácticas intensivas será suficiente.

«Eso sí, si los guardias no están muy atentos».

CAPÍTULO 22

Yefímov le permitió proseguir con los interrogatorios. Mientras, Fiódorov compró una cámara como la que había en Lefórtovo y la instaló en el techo de un rincón de la cocina. Usó el maletín como referencia para medir aproximadamente la altura de la mesa de la cárcel, adquirió una mesa de segunda mano y la retocó en consecuencia para después situarla a la misma distancia de la cámara que la mesa de metal de Lefórtovo. Jenkins se sentaba de tal manera que el hombro derecho dejase una esquina de la mesa fuera del ángulo de visión de la cámara, aunque Ponomaiova era mucho más bajita y tuviese las espaldas muchísimo menos anchas.

A medida que avanzaba la semana, los interrogatorios de Fiódorov trataron de abarcar distintos objetivos. El primero era el de convencer a quienquiera que viese la cinta, entre quienes sin duda se encontraba Yefímov, de que habían encontrado a un inquisidor competente que estaba logrando no pocos progresos. Yefímov seguía mostrándose escéptico cuando iba a verlo para informarlo al respecto y Fiódorov tenía la esperanza de poder plantearle un nuevo desafío pidiéndole que le dejara enseñar a Ponomaiova las fotografías de las mujeres.

Su segunda intención era la de convencer a Ponomaiova de que estaba colaborando con Jenkins y de que podía fiarse de él. En cada sesión, dejaba caer durante la conversación algún detalle que solo conocían el americano y ella: lo que le había contado la agente del suicidio de su hermano en el Bolshói, así como de los motivos que lo habían llevado a hacer tal cosa, y lo que Jenkins le había confesado sobre los ataques inesperados de ansiedad que estaba sufriendo y su claustrofobia. Ella, no obstante, seguía recelando de él y Fiódorov se daba cuenta de que no estaba convencida de que toda aquella información no se la habían sacado a Jenkins en una celda de Lefórtovo. Necesitaba algo más. La fotografía de Jenkins en los Estados Unidos con su hija recién nacida la convencería probablemente, pero, pese a las horas de práctica que pasaba cada noche con los naipes, Fiódorov todavía no estaba listo.

La tercera meta, lo sabía muy bien, podía ser la más decisiva. Necesitaba establecer una relación jerárquica con los guardias, a quienes había estado suministrando paquetes de cigarrillos a fin de ganarse su confianza y, por encima de todo, de crear un clima psicológico en el que no cupiera duda alguna de su condición de coronel de la FSB, oficial superior dotado de poder y prestigio cuyas órdenes debían acatar sin discusión alguna.

Por último, en cada visita, se dedicaba a estudiar con atención cuanto lo rodeaba para proporcionar los detalles al americano, quien a su vez los comunicaba a su contacto de la CIA y los evaluaba con él, por más que Fiódorov siguiera sin estar convencido de que fuera posible sacar a Ponomaiova de Lefórtovo.

A diferencia de Jenkins, que tenía las manos grandes y los dedos largos, sus manos eran pequeñas y sus dedos gruesos. Tal cosa limitaba su capacidad para deslizar el naipe superior del resto de la baraja y, sin eso, no podía hacer el truco.

—Mi abuelo me contaba que algunos magos se ponían resina en las yemas de los dedos para que les fuera más fácil arrastrar la carta —le dijo Jenkins una noche—. Una tirita también puede servir.

Así, usaron un apósito en el que aplicaron un poco de resina. Fiódorov mejoró de forma notable y empezó a creer por primera vez que sería capaz de hacer el truco sin que nadie se diera cuenta. Sin embargo, apenas estaba ganando soltura, lo llamó Yefímov para que acudiese a la Lubianka.

Cuando Fiódorov tomó asiento en su austero despacho, Yefímov rodeó la mesa para apoyar los brazos en el borde y reclinarse sobre ella a un palmo de distancia de él como gesto intimidatorio. Seguía teniendo a mano el ladrillo, lo que constituía una técnica más destinada a ese mismo fin.

—¿Qué progresos ha hecho con la señorita Ponomaiova desde que le dio la primera respuesta? —quiso saber.

Fiódorov era consciente de que quien le preguntaba tal cosa conocía de antemano la respuesta, pero prefirió seguirle el juego.

—Limitados, aunque estoy convencido de que estoy cerca de lograr un gran avance.

—Pues a mí me da que está usted siendo demasiado generoso, coronel. He estado viendo las cintas y diría que desde entonces no ha dado un solo paso adelante.

Fiódorov optó por defenderse con un ataque.

—Estas cosas llevan su tiempo… como usted sabrá bien. —Cruzó las piernas—. He estado empleando varias técnicas destinadas a ganarme la confianza de la declarante.

Yefímov se puso rojo como un tomate y la vena de la sien le palpitó. Arrugó la frente y respondió en tono seco:

—La confianza de la declarante me importa bien poco: lo que me importa es la información que pueda ofrecer y, por lo que veo, todavía no ha soltado nada relevante. —Cogió el ladrillo como si quisiera sopesarlo.

Fiódorov hizo lo posible por obviarlo, aunque no resultaba nada fácil: lo acosaba la imagen de aquel ladrillo volando hacia su cara a tal velocidad que le era imposible levantar las manos para defenderse.

—Tal vez si se me permite enseñarle fotografías de mujeres sospechosas de ser algunas de las integrantes que quedan de las Siete Hermanas…

Su superior no respondió de inmediato y Fiódorov se dijo que la FSB no debía de tener demasiada idea de quiénes podían ser.

—¿Y cree —dijo en cambio Yefímov— que tendrá más éxito que yo?

—¿Qué podemos perder?

—Tiempo. Charles Jenkins ya nos lleva mucha ventaja.

—Tampoco tiene información de que haya huido.

Yefímov sonrió.

—¿Qué espera, que lo notifique personalmente a los agentes de la frontera? Su objetivo al interrogar a Ponomaiova era el de determinar lo que sabe de Charles Jenkins y de lo que pretende volviendo a Rusia. Estoy convencido de que no tiene ni idea, así que tengo intención de poner fin al interrogatorio antes de que perdamos más tiempo. —Volvió a rodear el escritorio para volver a su asiento, lo que otorgó a Fiódorov unos segundos valiosísimos para pensar.

—Creo que tendría muchas más probabilidades si no estuvieran presentes en la sala los dos guardias. Y la cámara, por supuesto, tampoco ayuda nada a la hora de ganarme su confianza, porque sabe que la están filmando. —Fiódorov pedía algo que sabía que Yefímov no iba a concederle jamás, pero que quizá lo volviese más dispuesto a otorgarle lo que de veras buscaba el coronel—. Estando atada a la argolla del suelo, luego es imposible que se mueva por la sala, y tampoco yo tengo motivos para temer por mi integridad física. Ordéneles que esperen fuera.

—Algo así va contra las normas de la prisión.

—Si tengo que ganarme su confianza…

196

Yefímov estampó el ladrillo contra la mesa con un ruido sordo. Elevó el volumen y de sus labios salieron despedidas gotas de saliva con cada oclusiva.

—Su trabajo consiste en sacarle información sobre Charles Jenkins, por qué ha regresado y dónde está, y no… ganarse su confianza ni su amistad, coronel. Como le he dicho, su interrogatorio ha fracasado, cosa que yo ya sabía que ocurriría. Váyase.

Por la mente de Fiódorov cruzó una docena de réplicas, pero venció el impulso de verbalizarlas. El ladrillo, si pretendía asustarlo con él, había fallado. En lugar de temor, había despertado en él un espíritu desafiante y una gran amargura al verse tratado como un cadete por el organismo al que tanto había dado y por el que tanto había perdido.

—Está usted en su derecho, por supuesto. —Se puso en pie—. Si se ve capaz de encontrar a alguien que consiga algo más… —Fiódorov dejó que la frase surtiera su efecto, aunque no esperó mucho. Tenía que pasar al plan alternativo que había acordado con Jenkins—. Eso sí, si me lo permite, estoy convencido de que con esta detenida estamos adoptando un enfoque errado de medio a medio.

Yefímov no mostró ninguna reacción durante unos segundos, tras los cuales soltó el ladrillo y se frotó el polvo de las manos. Se sentó, sin duda para meditar sobre las consecuencias del fracaso de Fiódorov, que era también el suyo propio. Además, por lo que había podido deducir durante aquellas reuniones, Yefímov no tenía ninguna alternativa viable. Era evidente que se hallaba sometido a una gran presión para dar con Charles Jenkins… y que no estaba nada cerca de conseguirlo.

Tras todo un minuto de silencio, eligió la menos mala de lo que debían de ser dos opciones amargas y le pidió que le explicase qué le hacía pensar que había elegido el método equivocado.

—¿Y eso? —preguntó.

—Dudo mucho que Ponomaiova vaya a revelar nada sobre Charles Jenkins ni las cuatro hermanas restantes.

—Entonces, ¿qué…?

—Lo que sí podría darnos es información sobre Serguéi Vasíliev.

Yefímov lo miró durante varios segundos antes de hacer un gesto vago con la mano para que prosiguiese.

—Carl Emerson fue el agente de la CIA que nos desveló la identidad de tres de las Siete Hermanas y se le pagó generosamente por ello.

—Demasiado, en mi opinión.

—Tal vez, pero la información era de gran interés para el presidente.

Yefímov volvió a urgirlo con un movimiento de la mano.

—Eso es agua pasada.

—Las cuentas bancarias a nombre de Charles Jenkins y Serguéi Vasíliev se abrieron al mismo tiempo y en la misma sucursal de Moscú. ¿Por qué?

—¿Tiene una teoría?

Aunque le corrían hilos de sudor por los costados, Fiódorov mantuvo firme la voz.

—Sí. Al señor Emerson no debía de resultarle muy fácil llevarse a casa diez millones de dólares… ni ingresarlos en un banco estadounidense. Por tanto, los ingresó aquí, en Moscú, pero en un banco con normas de confidencialidad a fin de protegerse: un banco suizo.

—¿Adónde quiere llegar?

—Lo que quiero decir es que el señor Emerson pudo actuar de manera que implicase a quienes trataban de implicarlo. Sería un modo de tenerlos bien sujetos, de tener bien sujeto a Charles Jenkins.

—Es decir…

—El señor Jenkins no tenía ningún motivo para abrir una cuenta bancaria a su propio nombre en Moscú. Seguro que sabía que se la congelarían. No, lo que yo creo es que fue el señor Emerson quien abrió la cuenta a nombre de Charles Jenkins como parte de su plan de hacer que lo juzgaran por espionaje. Una cuenta suiza con cuatro millones de dólares en una sucursal de Moscú representaría, sin duda, una prueba más que convincente de que al señor Jenkins lo estaban compensando de forma generosa por la información proporcionada y, por tanto, de que era culpable de espionaje.

—Pero al señor Jenkins no lo condenaron.

—Efectivamente. Y, una vez en libertad, supo del engaño del señor Emerson y de la existencia de la cuenta.

—¿Cree usted que mató a Carl Emerson para poder acceder a las dos cuentas?

—No, creo que mató a Carl Emerson porque Emerson los traicionó a él y a su país, pero el acceso a las cuentas bancarias ha tenido que ser de gran ayuda a un hombre al borde de la bancarrota.

—¿Y Vasíliev?

—Me pregunto si no habrá una relación más complicada de lo que hemos supuesto. —Fiódorov halló el coraje suficiente para ponerse a caminar de un lado a otro. Cada uno tenía su propia forma de intimidar.

—¿A qué se refiere?

—Emerson dirigía operaciones de contraespionaje contra el KGB en Ciudad de México en los años setenta. Estaba al frente de su centro de operaciones. Creo recordar que en esas fechas, más o menos, oímos hablar por primera vez de las Siete Hermanas. Y el señor Putin convirtió su búsqueda en una prioridad cuando trabajaba en el KGB.

Yefímov negó con la cabeza.

—No lo sigo.

—Sospecho que el hombre que se hace llamar Serguéi Vasíliev sirvió en el KGB en Ciudad de México y que fue allí donde conoció a Carl Emerson.

—¿Cree que era del KGB?

—Por lo menos me parece muy probable. Desde luego, habría que preguntarse: ¿y si el señor Emerson no sacó los nombres de tres de las Siete Hermanas de una persona de su propio Gobierno? ¿No nos habremos equivocado dando por hecho que fue así? ¿Y si la información procedía de alguien del KGB?

—¿De quién?

—De Serguéi Vasíliev. —Fiódorov extendió las manos como quien dice una obviedad—. Dígame: ¿por qué iba a pagar Carl Emerson a nadie el sesenta por ciento de lo que le pagó la FSB?

—¿Cree usted entonces que Vasíliev es la fuente de información de Emerson?

—Creo que Vasíliev es el nombre que usa la persona que le dio la información. Por lo menos, los hechos, es decir, las dos cuentas bancarias y la ausencia de elementos que identifiquen a Vasíliev, apuntan a que es posible.

—¿Por qué iba ningún agente del KGB a darle dinero al señor Emerson si sabía los nombres de las Siete Hermanas?

—Porque Vasíliev necesitaba a Emerson. ¿Qué provecho iba a sacar si nos transmitía personalmente la información? Eso habría supuesto, simplemente, hacer su trabajo. Sabía qué valor tenía esa información y más después de que llegara a la presidencia el señor Putin. Necesitaba a Emerson. Tenía que contar con un agente enemigo al que conociera, alguien capaz de hacer ver que la información procedía de un topo en los Estados Unidos ávido de una recompensa generosa.

Yefímov no exteriorizó emoción alguna, pero tampoco lo interrumpió.

—Emerson recibe los diez millones de dólares e ingresa su parte a Vasíliev, que es la fuente real de información. Jenkins le extrae a Emerson la información antes de matarlo y, a continuación, viene a Moscú a robar el dinero de las dos cuentas.

Su interlocutor estiró el cuello a derecha y a izquierda antes de preguntar:

—¿Por qué? Según usted, al señor Jenkins no lo mueve el dinero.

—De eso estoy convencido, por eso pienso que lo hizo para presionar a Vasíliev con algún otro motivo.

La expresión indolente de Yefímov hacía pensar que no había rechazado tal posibilidad.

—Sabemos que Jenkins y Ponomaiova estaban conchabados. ¿Por qué? —preguntó Fiódorov—. ¿Qué los unía? ¿Qué era lo que querían los dos?

—Encontrar a quien estaba filtrando la información —dijo Yefímov.

—Y si se enteraron de que no era Emerson, sino alguien con quien estaba colaborando, alguien que le había proporcionado la identidad de tres de las Siete Hermanas a cambio de un montón de dinero...

Yefímov se meció en su asiento. El chirrido del muelle era el único sonido que se oía en el despacho. Miraba fijamente a Fiódorov, como si quisiera atravesarlo con la vista. El coronel había guardado silencio: no quería insistir demasiado. Prefería dejar que fuera él quien dedujese el resto. Si Fiódorov estaba en lo cierto, encontrando a Vasíliev daría no solo con Jenkins, sino con una posible fuente conocedora de la identidad de las cuatro hermanas restantes.

Tras casi un minuto, Yefímov se inclinó hacia delante y volvió a colocar el ladrillo con mimo en la bandeja que descansaba en el escritorio. Limpió el polvo que había dejado sobre la mesa.

—Le doy hasta mañana para averiguar si es verdad lo que me está contando. Si no avanza, haré lo que tenga que hacer sin importar su teoría.

—Necesitaré las fotografías de los hombres que operaron con el KGB en Ciudad de México cuando Carl Emerson dirigía el centro de operaciones de la CIA.

—Haga lo que tenga que hacer, pero tenga bien claro que es su última oportunidad.

Charles Jenkins supo que algo iba mal en el momento en que entró en el piso Víktor Fiódorov.

—¿Qué ha pasado?

El recién llegado cruzó la sala de estar en dirección a la cocina y sacó un vaso de un armario, pero no la botella de *whisky*: fue al congelador y sacó una de vodka.

—Me han citado en el despacho de Yefímov después de mi sesión con Ponomaiova. Quiere sustituirme.

—¿Le has ofrecido los argumentos que acordamos?

El ruso destapó la botella, se sirvió un buen trago y lo apuró.

—Claro.

—¿Y…?

—Y luego le he contado una trola detrás de otra.

—¿Qué te ha contestado?

Fiódorov le contó los detalles de su conversación.

—A cambio, me ha dado un día más. Si no le saco más información a Ponomaiova mañana, me sustituirá.

—Entonces tendrás que hacer mañana el juego de manos para hacerle saber…

—Todavía no estoy listo. —Fiódorov estampó el vaso contra la encimera.

—He visto el vídeo. El cambio es casi indetectable.

Su anfitrión, de pie ante la encimera, no dejaba de agitar la cabeza.

—No estoy listo, señor Jenkins. El menor desliz sería mi perdición… y no van a tener que ir muy lejos para buscarme una celda.

—No tenemos otra opción.

—Usted no tiene otra opción —le espetó Fiódorov—. Yo puedo hacer lo que me dé la dichosa gana. Y no me hable de los millones de dólares míos que tiene en su poder. En Lefórtovo no necesitaré dinero y en Novodévichi tampoco —añadió refiriéndose al célebre cementerio moscovita.

Jenkins se sentó en silencio. Había sospechado que llegaría aquel día y había pensado mucho sobre lo que podría motivar a un hombre como Fiódorov. Al final, había sido el propio Fiódorov quien se lo había dicho.

En la cocina encontró bolígrafo y papel. Escribió algo y se lo tendió al ruso.

—¿Esto qué es? —preguntó él.

—Tu dinero —dijo Jenkins—. Todo, los seis millones de dólares.

Fiódorov lo miró con desconfianza.

—Es un truco de los suyos.

Jenkins volvió a la sala de estar y se sentó de nuevo.

—No hay ningún truco.

—¿Y por qué hace esto? —preguntó el otro con aire escéptico.

—Porque es tuyo.

—¿Y qué pasa con Ponomaiova?

—No lo sé. Buscaré otro agente, aunque tendré que empezar de cero.

Fiódorov volvió a estudiarlo.

—No me lo creo. Es una treta. Este número es de algún… Yo qué sé. Seguro que lo introduzco y me detienen.

—Puedes confirmarlo en cinco segundos si te metes en internet.

El ruso lo miró fijamente, como si tratase de resolver un acertijo complejo.

—Es una cuenta de un banco suizo —dijo Jenkins—. La contraseña es «Dostoievski», tu escritor favorito.

Fiódorov abrió su portátil sobre la encimera de la cocina. Volvió a mirar a Jenkins y dejó pasar varios segundos. Al ver que seguía callado, escribió en el teclado y, mientras se cargaba la página, estudió de nuevo al americano. Volvió a teclear y esperó. Era de suponer que había introducido el número de cuenta que había escrito Jenkins en el papel.

Tras unos segundos más, escribió la contraseña.

Sus ojos se abrieron de par en par.

—Puedes transferir el dinero adonde quieras y, cuando acabes, ir adonde te apetezca.

Fiódorov estudió a Jenkins.

—Aunque dudo que lo hagas —dijo este.

El ruso cerró el portátil.

—Ah, ¿sí?

—Sí. —El resto era pan comido. Oyó la voz tranquila de su abuelo mientras le enseñaba a pescar: «Primero, lanza el anzuelo y luego recoge el hilo».

Fiódorov sonrió con gesto burlón.

—Querrá ofrecerme más dinero, pero yo ya se lo he dicho: muerto no puedo gastar…

—No, no hay más dinero que ofrecer. Se trata del tuyo, de los seis millones de dólares.

—Y duda que yo los vaya a transferir.

—En efecto. Por lo menos, de momento.

Fiódorov meditó al respecto, como si no tuviera claro si quería formular la siguiente pregunta u oír la respuesta. Al final, sin embargo, le pudo la curiosidad.

—¿Por qué no?

—Porque todavía no has ganado.

Por una vez, su anfitrión no respondió. Jenkins le había encontrado el pulso. Había lanzado el anzuelo.

—Por más que quieras ir contando otra cosa, el dinero no es lo que te motiva.

Fiódorov avanzó hacia él.

—¿En serio? —Fue lo único que consiguió articular… y no resultó muy convincente.

—En serio.

El ruso se sentó en el sofá, cruzó las piernas y envolvió con un brazo los cojines mientras con la mano contraria se quitaba un hilo imaginario de los pantalones.

—Por favor, ilumíneme: ¿qué es lo que me motiva?

«Recoge el hilo. Poco a poco y con firmeza. Mantenlo tenso. Cuando corra, déjalo correr».

—Ya te lo he dicho: la victoria. No te gusta perder, ni siquiera una partida amistosa de ajedrez. No es por dinero, sino por ganar. Lo que buscas es vencer. Quieres vencer a la FSB, a Yefímov. Por eso, teniendo como tienes dinero para vivir en cualquier otra parte del mundo, sigues aquí, en Moscú.

—Aquí tengo dos hijas y tengo nietos.

—A los que nunca ves ni hacen el menor esfuerzo por verte. No tienes mujer, novia ni trabajo, nada que te retenga aquí excepto el hecho de que la FSB te hizo morder el polvo… y quieres una segunda oportunidad.

—Moscú es mi hogar, señor Jenkins.

—Ah, ¿sí? Tus padres ya han fallecido. Estás divorciado y no has vuelto a casarte. Vives en un apartamento anodino sin apenas un toque personal que permita considerarlo un hogar. Te vas al M'Istra'l con una prostituta, alguien a quien puedes pagar para divertirte. ¿Qué es exactamente lo que te retiene aquí, Víktor?

Él no respondió.

«Y, ahora, échalo al bote».

—Te usaron de chivo expiatorio en pago a todos los años que les diste, a todo aquello a lo que renunciaste. Por tu trabajo perdiste tu matrimonio, a tus hijas y puede que hasta a tus nietos. —Se detuvo y, al ver que no respondía, añadió—: Vamos, Víktor, dime que me equivoco.

Fiódorov siguió recogiendo hilos imaginarios.

—Dime: ¿cuándo tendrás otra oportunidad de devolverle a la FSB la patada que te dio? —Aquella oferta había debido de influir desde el principio en la decisión de Fiódorov.

Este último, sin apartar la vista de Jenkins, se inclinó para recoger el mazo de naipes de la mesita. Lo barajó con una mano, como le había enseñado Jenkins, le mostró la primera carta, el as de picas, y luego lo escondió. Con la mano derecha hizo un movimiento teatral hacia un lado a modo de distracción. Volvió a exponer la carta de arriba con rapidez: el diez de tréboles.

Entonces tendió una mano a sus espaldas para recuperar una carta, que lanzó a continuación sobre el cristal de la mesa, donde fue a caer bocarriba.

El as de picas.

CAPÍTULO 23

Fiódorov pasó por el detector de metales y esperó a que saliera el maletín que había dejado en la cinta transportadora. Cuando llegó al otro lado, lo recogió un guardia. Aún joven, ingenuo y maleable, Dementi Mordvínov lo abrió y miró por encima el interior. Sacó el manojo de fotografías y, quitándoles el clip que las unía, lo lanzó a la papelera que tenía a sus pies.

Fiódorov recuperó las fotografías y el maletín y se dispuso a salvar el pasillo en compañía de Mordvínov.

—¿Un día más en esta pocilga, coronel Fiódorov? —preguntó el guardia en voz baja—. Yo trabajo aquí y no tengo más remedio. ¿Cómo ha conseguido usted una misión tan envidiable?

Entraron en un ascensor y descendieron varias plantas.

—Hice un comentario grosero sobre la sobrina del subdirector, una hermosura con un culo de escándalo, sonrisa coquetona y un cuerpo que haría cantar a los ángeles.

—¿En serio? —preguntó el joven con los ojos fuera de sus órbitas—. Se está quedando conmigo.

Fiódorov se encogió de hombros.

Cuando se abrieron las puertas, recorrieron el pasillo de cemento agujereado bajo luces fluorescentes protegidas por jaulas metálicas redondas. Olía a moho. Fiódorov metió la mano en el bolsillo del abrigo y sacó un paquete de pitillos, como era ya costumbre en él.

El joven miró por encima del hombro antes de recogerlo y meterlo en el bolsillo de la pechera de su uniforme.

—Mi mujer le está muy agradecida. Ya no soporta fumar Belomorkanal. La estoy mimando demasiado.

—Espero que sepa corresponder —dijo Fiódorov.

El guardia sonrió como un impúber.

—Esta semana me ha llevado más veces al huerto que en todo un año.

Fiódorov se echó a reír.

Mordvínov señaló con la cabeza la puerta del final del pasillo, la de la sala en la que habían estado interrogando a Ponomaiova.

—¿Dirá algo hoy esa zorra?

—Ojalá —respondió el coronel—. Me pongo malo cada vez que le veo el careto, pero estoy siguiendo órdenes del subdirector y, por lo que se dice, él está siguiendo órdenes del presidente.

El joven detuvo el paso.

—¿De Putin? —preguntó entre impresionado y preocupado.

Fiódorov encogió los hombros como si no tuviese importancia.

—Lo único que quiere decir eso es que se encargarán de que el hacha esté bien afilada si fallo.

—A lo mejor prefiere otra clase de persuasión. De cara puede que no sea gran cosa, pero de cuerpo no está mal, aunque un poco canija. Con unos kilitos más… Ahí la traen.

Un guardia al que no conocía la llevaba sujeta por el brazo por un pasillo lateral estrecho. La cadena que salía de las esposas pendía entre las piernas de ella y arrastraba por el suelo. En aquel momento, sin embargo, Fiódorov tenía la mirada puesta en el guardia. Era mayor y tenía el aspecto encallecido que presentaban algunos de sus compañeros tras años de servicio en Lefórtovo. Con el tiempo, la supresión de sus emociones y la aceptación del trato inhumano que se prodigaba allí hacía mella en ellos, al menos en aquellos que no tenían tendencias sociópatas o psicopáticas. Los guardias lo

208

compensaban transformándose en autómatas y acatando de forma estricta el reglamento a fin de justificar los abusos.

El recién llegado caminaba demasiado rápido, un acto deliberado que hacía que Ponomaiova tropezase con los eslabones de su cadena y que a punto estuvo de provocarle una caída. Aquella novedad no era nada favorable, pues Fiódorov había pasado demasiado tiempo aclimatando a los guardias a sus órdenes y su autoridad. Necesitaba que lo trataran como su superior, como alguien cuyas órdenes había que obedecer de forma incuestionable.

—Es la primera vez que veo a este guardia —dijo a Mordvínov.

El joven volvió la cabeza para responder con un susurro:

—Ravil Galkin. Ha estado fuera por un procedimiento disciplinario. Es un capullo.

Ponomaiova llevaba el mono azul marino de manga larga. Mordvínov abrió la puerta e indicó a Fiódorov que podía entrar en la celda. El coronel entró en la sala de cemento que tan bien conocía ya y lanzó una mirada a la cámara del rincón. La luz cambió de rojo a verde. Se situó al otro lado de la mesa, retiró la silla y dejó el maletín en el suelo antes de sentarse. Cruzó los dedos sobre la superficie de metal en el momento en que el guardia de más edad, Galkin, obligaba a la reclusa a ocupar el taburete con un empujón. Ella perdió el equilibrio y fue a caer sobre una rodilla, aunque logró enderezarse sola.

Galkin fijó la cadena a la argolla del suelo de tal modo que apenas quedase holgura para permitir a Ponomaiova sentarse erguida y a continuación se retiró a su rincón, fuera del alcance de la cámara. Mordvínov ocupó su puesto en el otro rincón y ambos quedaron mirando al frente, al vacío.

Ponomaiova seguía con la vista clavada en la superficie de la mesa. Fiódorov bajó una mano para recoger el maletín y subírselo al regazo. El sonido de los dos cierres rompió el silencio, por lo demás total, de la sala. Lo abrió y sacó una carpeta que colocó sobre la mesa antes de dejar de nuevo el maletín en el suelo. Con gesto compulsivo, enderezó el expediente de manera que quedase alineado con los bordes de la mesa y, abriéndolo, sacó las fotografías en blanco y negro de antiguos agentes del KGB destinados en Ciudad de México, fallecidos ya en su mayoría cuando no eran septuagenarios u octogenarios. Todos iban ataviados con un traje oscuro, camisa blanca y corbata estrecha.

Fiódorov dejó a un lado las instantáneas y comenzó su interrogatorio con la esperanza de hacer que el guardia nuevo perdiese todo interés en la sesión. Transcurridos cuarenta y cinco minutos, cogió el montón de fotografías y lo sostuvo como le había enseñado Jenkins y él había practicado.

El americano aseguraba que el truco se basaba por completo en saber engañar y desviar la atención, lo que describía perfectamente la profesión que había elegido Fiódorov y que había ejercido durante más de dos décadas. Se dijo que aquella vez no sería diferente de las muchas que había ensayado en su cocina, pero sus nervios cuestionaron esa certeza. Con todo, no podía permitirse que los guardias percibieran ninguna brecha en su bien estudiado proceder.

—Señorita Ponomaiova —dijo con voz grave y deliberadamente precisa—, voy a enseñarle siete fotografías que quiero que estudie con detenimiento y a continuación voy a hacerle una serie de preguntas sobre cada una.

Pavlina no respondió. Ni siquiera alzó la mirada.

Su inquisidor retiró la silla, se puso en pie y estaba a punto de colocar las fotografías bocarriba sobre la mesa cuando vio que Galkin daba un paso al frente. El guardia tendió una mano. Fiódorov se afanó en mantener la calma y hasta en parecer un tanto molesto. Miró la mano que tenía delante como si le resultara desagradable y, lentamente, elevó la mirada para sostener la de Galkin.

—¿Qué le pasa?

El guardia hizo un movimiento con los dedos en dirección a las fotografías.

—Ya me han registrado el maletín al entrar al edificio. Regrese a su puesto y no vuelva a interrumpir el interrogatorio.

Galkin no retiró la mano.

—Si tiene la intención de enseñárselas a la detenida, este es el protocolo.

Fiódorov sabía que no debía ceder, que tenía delante la ocasión de dejar claro a aquel hombre cuál era la cadena de mando.

—Será el protocolo para usted, pero no para mí. Está tratando con un coronel del Servicio Federal de Seguridad, en cuyo interrogatorio, por cierto, está interfiriendo. Y, ahora, vuelva a su puesto. —Los dos se sostuvieron la mirada. Había llegado el momento de dejar que Galkin salvara las apariencias... o, al menos, pensase que las había salvado—. No se preocupe, que no pretendo darle las fotografías a la reclusa, sino solo hacer que las mire.

El guardia aún le sostuvo la mirada por unos segundos antes de bajarla adonde estaba Ponomaiova encadenada al suelo y retirarse a su puesto con la expresión de quien se sabe vencedor.

Fiódorov sostuvo las fotografías en la mano izquierda y volvió a su interrogatorio.

—Como le decía, señorita Ponomaiova... —Hizo un gesto con la mano derecha mientras doblaba el dedo índice de la izquierda, el que llevaba el apósito, y lo apoyaba en la parte de atrás de la foto del final. Si fallaba aquel movimiento, no tardaría en estar mirando a Galkin a través de una ranura practicada en una puerta de metal. Con destreza, deslizó la instantánea para sacarla del mazo y la lanzó bajo su mano derecha, que corrió a cubrirla—. Voy a enseñarle siete fotografías. —Hizo un gesto con la mano izquierda mientras metía la derecha en el bolsillo y la cambiaba por la de Jenkins. Usando solo

211

una mano, dio la vuelta a la primera instantánea mientras ocultaba la de Jenkins bajo la palma—. ¿Reconoce a este hombre?

Ponomaiova negó con la cabeza.

Fiódorov juntó las manos y colocó el retrato de Jenkins en el fondo del montón. En su piso había practicado con siete fotografías y le había parecido mejor ceñirse a ese número. De forma lenta y metódica, puso la segunda sobre la mesa y luego la tercera, la cuarta, la quinta y la sexta, deteniéndose tras cada una para preguntar:

—¿Conoce a este hombre? ¿Ha visto antes esta cara?

Ella respondía siempre con un gesto de negación.

El coronel dejó la fotografía de Jenkins bocarriba en la esquina de la mesa que quedaba tapada por el hombro de la mujer.

—¿Y a este hombre? ¿Conoce a este hombre?

Desde la mesa la miraba Charles Jenkins con su hija en brazos. Sobre la mantita de la cría habían escrito con tinta el nombre de Paulina.

—Mírelo con atención —insistió—. ¿Reconoce algún elemento de esta imagen?

Ponomaiova no se movió, pero del ángulo del ojo le brotó una lágrima que le corrió por el lateral de la nariz antes de caer al suelo.

Fiódorov vio que Galkin dio un paso al frente y ladeó la cabeza como si quisiera ver si de veras estaba llorando. Corrió a recoger las fotografías, de tal modo que la de Jenkins quedó encima del montón.

—Vamos a intentarlo de nuevo, señorita Ponomaiova. —Dobló el dedo anular de la mano izquierda y empujó el retrato de Jenkins para quitarlo de arriba y ocultarlo con destreza tras su mano—. Pero, antes, quiero preguntarle si ha oído alguna vez el nombre de Serguéi Vasíliev. —Mientras hablaba, movió la mano para guardar la fotografía en el bolsillo de atrás, pero los nervios y la atención inesperada que le estaba brindando Galkin hicieron que no acertara.

La instantánea cayó aleteando al suelo y quedó detrás de una pata de la mesa.

Charles Jenkins lo miraba de hito en hito desde el piso de cemento.

Galkin se dirigió a la mesa para recogerla.

—Sí —dijo Ponomaiova con voz firme—, he oído antes ese nombre.

El guardia se detuvo, dio media vuelta y observó a la reclusa. Por la expresión de su rostro, aquellas debían de ser las primeras palabras que oía de su boca en Lefórtovo. Fiódorov sacó la séptima fotografía del bolsillo de atrás y la colocó sobre el resto mientras se agachaba para recoger la de Jenkins.

—Dígame dónde lo ha oído —le pidió mientras se enderezaba.

—Déjeme ver otra vez las fotografías —dijo ella.

El coronel sostuvo la de Jenkins bajo la mano izquierda y, al inclinarse para colocar sobre la mesa la primera fotografía, se la metió al fin en el bolsillo. Galkin dio otro paso al frente y miró con atención lo que ocurría en la mesa mientras Fiódorov disponía las siete.

—La tercera… —aseguró Ponomaiova— me suena.

CAPÍTULO 24

Jenkins escuchó atentamente mientras Fiódorov le contaba todo lo ocurrido. Estaba agotado por la tensión del interrogatorio, el truco de cartas casi frustrado y la reunión informativa con Yefímov, pero también exultante por la descarga de adrenalina, como un corredor de maratón al llegar a la meta. Aquello fue a confirmar lo que ya sabía Jenkins: poco gustaba más a Víktor Fiódorov que ganar y lo cierto era que había ganado… por el momento.

—Una cosa que he olvidado contarle es que Ponomaiova camina con una cojera pronunciada. No sé qué plan tiene usted, pero desde luego es fácil de identificar.

—Tomo nota. —Jenkins no le había hablado de las numerosas conversaciones que había mantenido con Lemore sobre cómo sacarla de Lefórtovo. La idea general lo había asaltado una noche mientras dormía. Al despertar, había llamado de inmediato a Lemore para hablar de si era factible y decirle qué necesitaban—. ¿Cómo ha reaccionado Yefímov cuando lo has puesto al día?

—Poca cosa. Solo me ha dicho que debería seguir con el interrogatorio, pero me ha dejado claro que, si no saco más información en breve, le pondrá fin.

Jenkins sonrió.

—No se alegre tanto, señor Jenkins. No me ha dicho nada de poder interrogarla fuera de Lefórtovo. De hecho, el que haya estado dispuesta a hablar conmigo dentro de la prisión hace que ahora sea más discutible ese punto. Sigue teniendo el mismo problema. ¿Cómo la va a sacar? Eso va a resultar mucho más difícil que ganarnos la confianza de Ponomaiova. Yefímov no es un hombre paciente, sobre todo cuando lo hacen quedar mal.

Jenkins sacó un sobre y retiró un parche cuadrado semejante a una tirita.

—¿Qué es eso? —preguntó Fiódorov.

—Aplicado a la piel de Ponomaiova, le provocará síntomas idénticos a los propios de un ataque al corazón.

—No lo… —empezó a decir el ruso, que acto seguido se detuvo para apartar la mirada del paquete y clavarla en Jenkins.

—No necesitas el permiso de Yefímov para sacarla de Lefórtovo. Ahora que ha empezado a hablar, se ha vuelto valiosa y todo el mundo querrá mantenerla con vida a toda costa.

—Eso es cierto —dijo Fiódorov con tono poco convencido—, pero a los presos de Lefórtovo los llevan al hospital militar de Moscú, donde la tendrán sometida a unas medidas de seguridad tan estrictas como las de Lefórtovo si no más.

—Eso sería si pudieran llevarla al hospital militar, pero no les vamos a dar ese gusto.

Dos días después, Fiódorov regresó a Lefórtovo, donde siguió el ritual de siempre. De nuevo le habían asignado a Mordvínov y a Galkin para que estuvieran presentes en el interrogatorio y, al menos, el último parecía más respetuoso para con la posición del coronel. Este siguió haciendo preguntas sobre los agentes del KGB en Ciudad de México y quedó impresionado por la capacidad de Ponomaiova para inventar datos sobre la marcha.

Tal cosa hizo poco por calmar sus nervios. Una vez que aplicara el parche transdérmico en la piel de Ponomaiova, no habría marcha atrás. Tras aquello, podía acabar saliendo de Lefórtovo y huyendo de Rusia con diez millones de dólares... o en una celda de aquella misma cárcel para lo que pudiera quedarle de vida.

Colocó las fotografías sobre la mesa y, acto seguido, miró a la luz del techo como si lo distrajera.

—¿Está segura de que ve bien? Parece que hay poca luz.

Fiódorov se movió como para no hacer sombra sobre la mesa y volvió a alzar la vista.

—Molesta el brillo. Podríamos mover la mesa. —Inclinó el cuerpo para impedir la visión a Mordvínov y puso la mano derecha debajo del tejido del uniforme de presidiaria de Ponomaiova para adherirle el parche a la piel. Ella no reaccionó ante el tacto de él.

—No puede moverse nada —advirtió Galkin, que dio un paso al frente y volvió a retirarse ante la mirada que le lanzó Fiódorov.

Había quedado bien claro cuál era el orden jerárquico de aquella sala.

Siguió interrogándola durante otros veinte minutos sin dejar de observarla con atención. Ponomaiova estaba respondiendo cuando, de pronto, se derrumbó hacia delante y después se echó hacia atrás como quien intenta no caer dormido. Se le oía la respiración agitada.

—¿Se encuentra bien? —preguntó el interrogador a fin de hacer que los guardias centrasen en ella su atención—. Señorita Ponomaiova...

Ella echó de nuevo atrás la cabeza y la ladeó a continuación para poner los ojos en blanco justo antes de desmoronarse. Su cabeza fue a dar en el borde de la mesa con un ruido sordo y toda ella cayó a un lado hasta quedar tirada en el suelo.

Fiódorov corrió a su lado y le palpó la carótida.

—Tiene el pulso débil. —Le sostuvo la cabeza y le levantó los párpados con los pulgares—. Tiene las pupilas dilatadas y no respira. —Se volvió hacia Mordvínov—. Llamen a un médico, rápido.

El joven corrió hacia la puerta sin decir palabra. El comandante, aún de rodillas al lado de la reclusa, se volvió hacia Galkin.

—Quítele las cadenas.

—Va contra el reglamento —contestó el guardia, aunque ya menos seguro de sí mismo.

—Tenemos que reanimarla. Se está muriendo —aseguró Fiódorov en tono firme, pero calmado—. Quítele las cadenas.

Galkin negó con la cabeza.

—Va contra...

Fiódorov se puso en pie e invadió el espacio personal de Galkin, colocándose a dos dedos de su cara y usando toda la soberbia que había mamado en veinte años de servicio en la FSB. Exageró su autoridad para intimidar aún más al guardia.

—Estoy aquí por orden del subdirector de contraespionaje, que a su vez actúa en nombre del presidente Vladímir Putin. Estoy haciendo muchos avances en el interrogatorio de esta mujer. Si muere antes de que pueda sacarle más información acerca de esta fotografía y del hombre que aparece en ella, habrá usted interferido de manera irremediable en una investigación que ha durado décadas y resulta del interés personal del presidente. No le quepa la menor duda de que, si ocurre tal cosa, me encargaré de que lo degraden.

Galkin logró balbucear:

—El reglamento dispone que...

Fiódorov subió el volumen para acallarlo.

—Me importa una mierda así de grande lo que disponga el reglamento. Si mis órdenes me valen a mí, le tienen que valer también a usted. ¿O prefiere hablar de su dichoso reglamento en la cola del paro? ¡Quítele las cadenas!

Galkin miró hacia la puerta. Por el pasillo sonaban voces y pasos.

—¡Quíteselas!

El guardia hincó una rodilla en tierra y sacó la cadena de la argolla del suelo.

—Quítele las esposas y los grilletes. Ya. Vamos.

Galkin volvió a vacilar, aunque solo una porción de segundo, antes de obedecer.

Fiódorov puso a Ponomaiova bocarriba y, al hacerlo, deslizó la mano bajo la tela del uniforme de presidiaria y le retiró el parche. La respiración de ella resultaba casi imperceptible y el pecho no parecía subir ni bajar. Se trataba de una complicación que, según le había dicho Jenkins, era imposible de prever. Al parecer, la sustancia que le habían suministrado, sufentanilo, actuaba como anestésico y causaba insuficiencia respiratoria, bradicardia e hipotensión. La dosis adecuada dependía del peso del paciente, su salud física y la presencia de otros fármacos en su organismo. Ninguno de los dos podía predecir estos parámetros. Lo único que sabían era que Ponomaiova se hallaba en un estado físico gravemente debilitado tanto por las lesiones como por su encarcelamiento.

Fiódorov se inclinó y acercó el oído a la boca de Pavlina para escuchar su respiración superficial. Pensó en lo irónico que resultaría que Jenkins y él, habiendo arriesgado tanto y llegado tan lejos para sacarla de Lefórtovo, la matasen en el proceso.

Mordvínov se golpeó con la jamba de la puerta al regresar a la celda. Con él iba un hombre que se presentó como el médico de la prisión cuando entró y se puso de rodillas.

—¿Qué ha pasado?

—Estaba interrogándola cuando ha perdido el sentido. No respira.

—Apenas respira —lo corrigió el médico antes de tomarle la muñeca— y tiene el pulso débil.

—La reclusa está bajo mi responsabilidad. Es de vital importancia reanimarla. —Fiódorov buscó su voz más autoritaria—. Hay que llevarla de inmediato a un hospital.

—No está en su mano decidir…

—Ya lo creo si está en mi mano —Fiódorov dejó que el tono se le tiñera de ira—. No me habrían mandado aquí si este asunto no fuese de vital importancia y si mis órdenes no procedieran de las más altas instancias. Pónganla en una camilla y trasládenla enseguida.

En ese momento llegaron dos hombres con una camilla y la dejaron justo al otro lado del umbral. Fiódorov y el médico levantaron a Ponomaiova del suelo y la colocaron sobre ella.

—Vamos —dijo el coronel.

Las ruedas fueron canturreando por el pasillo hasta llegar al ascensor. Fiódorov entró con la camilla y el habitáculo descendió. Cuando se abrieron las puertas, recorrieron más pasillos sin pausa y giraron a izquierda y derecha antes de meterla en la enfermería del centro.

Fiódorov miró el teléfono y, al ver que tenía cobertura, pulsó para marcar el número encriptado que había introducido previamente antes de entrar en una sala apenas dotada de equipo médico. El médico estaba auscultando con un estetoscopio el pecho de Ponomaiova.

En ese momento entró Mordvínov.

—Hay una ambulancia en la entrada principal.

—Hay que trasladarla cuanto antes —dijo Fiódorov a los hombres que se habían encargado de la camilla.

—Todavía no he terminado… —empezó a decir el médico.

—No podemos esperar a que termine. —El coronel volvió a indicarles que debían llevar a Ponomaiova a la ambulancia y el facultativo dio un paso atrás.

Llevaron a la reclusa por más pasillos y cruzaron con ella una puerta que daba al patio exterior con una valla de piedra de tres metros y alambre de espino. Fiódorov sintió el aire frío helarle la piel y reparó en cuánto estaba sudando.

Se abrió con gran estruendo sordo una puerta metálica y entró una ambulancia en el patio. Cuando se detuvo, se apeó del asiento del conductor un hombre de uniforme azul marino con una gorra bien calada y una tablilla con sujetapapeles en la mano, que entregó los formularios a Mordvínov y corrió hacia la camilla.

Fiódorov miró hacia el parabrisas y vio a Charles Jenkins pasar del asiento del copiloto a la parte trasera del vehículo, fuera del alcance de la vista. Habían acordado que no podían arriesgarse a que fotografiaran al americano en el patio. El color de su piel y su tamaño lo harían demasiado fácil de recordar… y quizá también de reconocer.

Había llegado el momento de la verdad, en el que se decidiría si salían de allí o los atrapaban. Su ansiedad se disparó.

El médico de la prisión hablaba con el conductor mientras acompañaba a la camilla a la parte trasera de la ambulancia seguido de Fiódorov. El conductor abrió las puertas. Dentro, Jenkins estaba ocupado con el equipo. Las patas de la camilla se plegaron cuando los hombres la empujaron hacia el interior. El médico y Fiódorov subieron seguidos por Galkin.

Otro contratiempo que no habían previsto. Fiódorov lo miró y le espetó:

—Bájese.

—La reclusa tiene que ir acompañada de guardias hasta el hospital —dijo Galkin.

—Mi reclusa —corrigió Fiódorov—. Es mi responsabilidad y la acompañaré yo. Bájese.

—Se nos está yendo —anunció Jenkins en ruso con casi toda la cara oculta bajo la gorra azul—. Tiene el pulso cada vez más débil.

El médico también ordenó entonces a Galkin:

—Bájese.

El guardia se apeó a regañadientes. Tropezó al llegar al suelo y estuvo a punto de caer de bruces tras la ambulancia. El conductor cerró las puertas con violencia y, de inmediato, subió y se colocó al volante. Dio media vuelta y salió por la puerta dando dos bocinazos.

Fiódorov sintió una oleada de alivio a pesar de saber que sería fugaz. El de sacar a Ponomaiova de Lefórtovo era el obstáculo mayor y más difícil, pero distaba mucho de ser el último.

Dentro de la ambulancia, el médico dio instrucciones a Jenkins mientras comprobaba las constantes vitales de Ponomaiova. Jenkins abrió uno de los cajones y sacó una jeringuilla.

—¿Eso qué es? —preguntó perplejo el facultativo.

Jenkins retiró el tapón y apretó el émbolo para sacar un chorrito del contenido.

—¿Qué va a ponerle? —insistió el médico.

Fiódorov le agarró los brazos desde atrás para pegárselos a los costados y Jenkins le hundió la aguja en el cuello para inyectarle midazolam, un potente depresor del sistema nervioso central. El médico se desplomó hacia delante y Fiódorov lo echó a un lado. Con un poco de suerte, estaría inconsciente el tiempo que necesitaban para escapar y no tendría secuela alguna.

El americano acercó el oído a la boca de Ponomaiova.

—Casi no respira. —Sacó del bolsillo un pulverizador nasal y le insufló naloxona en ambos orificios nasales para reanimarla.

La paciente no reaccionó.

—Vamos, vamos… —Jenkins la sujetó por la nuca y le levantó la cabeza mientras le hablaba—. Pavlina, Pavlina… —Le tomó el pulso.

—¿Qué podemos hacer? —preguntó Fiódorov.

—No lo sé.

—¿No puede darle más?

—No lo sé.

CAPÍTULO 25

Mordvínov vio a Galkin dar un traspié desgarbado al bajar de la ambulancia y, a continuación, componérselas para mantenerse en equilibrio antes de que el conductor cerrara las puertas con un golpe sordo. Instantes después, la ambulancia dejó la prisión haciendo sonar dos veces la bocina y espantando a los cuervos de los árboles cercanos, que alzaron el vuelo como puntas negras de lanza contra el cielo gris de Moscú.

Mordvínov volvió la cabeza para contener una sonrisa. No estaba nada mal que alguien hubiera puesto en su sitio a aquel gilipollas arrogante.

—Hay que poner al oficial de guardia al corriente de lo que ha pasado para que pueda ordenar a la policía que se reúna con la ambulancia en el hospital y vigile a la reclusa… si es que sobrevive —anunció Galkin—. Si pregunta por qué no la hemos acompañado, dile que seguíamos órdenes de la FSB. No quiero que me larguen por culpa de ese soplanabos. Me pondré con el papeleo.

Mordvínov se dirigió encantado al despacho de su superior para informarlo de lo sucedido. Es más, agradecía la ocasión de dejar claro a Artiom Lavrov que era capaz de pensar por su cuenta y adaptarse sin vacilar a una emergencia. No sentía ningún deseo de sufrir el mismo destino profesional que Galkin.

Llegó al despacho, que formaba parte del edificio administrativo del centro penitenciario. Las ventanas de vidrio de cinco centímetros de grosor reforzadas con tela metálica permitían ver el recibidor y disfrutar de luz natural. Mordvínov saludó al ayudante de Lavrov y anunció que tenía un asunto urgente que tratar con el oficial. Tras una breve llamada telefónica, el secretario le señaló la puerta interior.

Lavrov estaba sentado tras un escritorio alfombrado de papeles. En la pared pendía una pizarra verde de grandes dimensiones con una cuadrícula permanente que en otra época había servido para apuntar los nombres que integraban cada guardia y la hora a la que acababa su turno. Los ordenadores la habían dejado anticuada. Todo estaba envuelto en la luz invernal que entraba por las ventanas, tras las que podía verse el bloque de pisos de ladrillo de tres plantas que había en la otra acera, erigidos sobre una farmacia con una horrible fachada naranja. La falta de luz, o quizá de salud por su parte, confería a Lavrov una palidez enfermiza. La panza le asomaba sobre la cinturilla del pantalón y, pese a las gafas, entornaba los ojos como si le costara ver a Mordvínov.

—Creía que estaba de servicio en el interrogatorio de Ponomaiova —dijo—. ¿Ya han acabado? —Alzó la vista hacia el reloj de grandes dimensiones situado encima de la pizarra.

—Ponomaiova ha sufrido un ataque al corazón durante el interrogatorio. Por orden del coronel de la FSB, la han trasladado en ambulancia al Hospital de Veteranos. Galkin se ha puesto ya a hacer el papeleo, pero yo quería comunicárselo, por si...

Lavrov se puso en pie y, alzando la voz para acallarlo, quiso saber:

—¿Por qué no se me ha notificado de inmediato? Ponomaiova es una reclusa de máxima seguridad.

—Ha sido todo muy rápido —respondió Mordvínov—. No hemos tenido tiempo de...

El oficial salió de detrás de su escritorio.

—Avisen a la policía de Moscú y pónganlos al corriente de la situación.

—Ya lo está haciendo Galkin.

—Díganles que aposten agentes en la entrada de urgencias y, si sobrevive la reclusa, delante de su habitación. Que no dejen acceder más que al personal sanitario y a quien pueda estar autorizado. No quiero excepciones. Que comprueben la identidad de todo el que entre.

Mordvínov se disponía a salir del despacho cuando sonó el teléfono del escritorio del oficial, quien descolgó.

—*Da.* —Lavrov llamó a su subordinado, que había abierto ya la puerta del despacho, y, cubriendo el micrófono con la mano, preguntó—: ¿Me ha dicho que a Ponomaiova se la han llevado en ambulancia?

—Sí, hace solo unos minutos.

—Entonces, ¿por qué me está llamando la guardia de la entrada para informarme de que hay una ambulancia en la puerta que solicita entrar?

Minutos después de recibir la llamada de Lefórtovo, Yefímov se encontraba en el asiento trasero del vehículo con el que Vólkov sorteaba el tráfico de Moscú para llegar a la prisión. Dio órdenes a Alekséiov de poner a la policía sobre aviso de la ambulancia y pedir a los analistas del grupo operativo de la Lubianka que la localizaran.

Ya no ignoraba qué era lo que había llevado a Jenkins a regresar a Moscú y por qué se había ofrecido Fiódorov a interrogar a Ponomaiova. El coronel lo había desafiado y él había picado el anzuelo. Tal vez hubiera logrado una victoria, pero sería efímera. Pensaba dar con ellos y, entonces, Fiódorov conocería en sus propias carnes las técnicas de interrogatorio de Yefímov.

—Los guardias de Lefórtovo dicen que la ambulancia es blanca con rayas rojas y estroboscopios azules sobre el techo. En los laterales lleva inscrito el número 103 —dijo Alekséiov al describir el vehículo a los especialistas de la Lubianka.

—Abandonarán la ambulancia en cuanto les sea posible, si no lo han hecho ya —apuntó desde el asiento trasero Yefímov, que no dejaba de pensar a toda prisa—. Dígale a la policía que busque en calles, callejones y garajes, en cualquier lado en el que puedan abandonar una ambulancia. Que los analistas revisen las grabaciones de todas las calles que salen de Lefórtovo que se hayan hecho en los últimos veinte minutos. Que encuentren la ambulancia y avisen a la policía de Moscú.

También había dispuesto que pusieran controles en las principales carreteras de salida de Moscú y que se enviaran a la policía de fronteras fotografías recientes de Jenkins, Ponomaiova y Fiódorov, a quien debían tratar como culpable hasta que se demostrara su inocencia, así como del conductor de la ambulancia.

Vólkov cruzó la entrada de la cárcel para acceder al patio, donde Yefímov se apeó sin dar tiempo a que se detuviera por completo el vehículo. No llevaba abrigo, gorro ni guantes, a pesar de que había empezado a nevar. Un guardia del interior del edificio lo acompañó a través del puesto de seguridad hasta el despacho del oficial de turno. Alekséiov ya había hablado con Artiom Lavrov por orden de Yefímov y le había pedido que se hiciera con los vídeos grabados durante aquella sesión del interrogatorio de Ponomaiova y la anterior, así como los de la entrada y la salida de la ambulancia.

Lavrov fue a saludarlos, pero Yefímov no tenía ni tiempo ni ganas para aquello. Hizo caso omiso de la mano que le tendía con gesto exagerado para dirigirse al monitor que tenía sobre el escritorio.

—Que salga todo el mundo de este despacho menos los dos guardias que estaban presentes en el interrogatorio con Fiódorov y Ponomaiova… y el médico que la ha atendido.

—El médico ha salido con Ponomaiova en la ambulancia —respondió Lavrov.

—Pues que uno de sus hombres nos dé su nombre y una fotografía. —Se volvió hacia Alekséiov—. Que traten al médico como un cómplice más hasta que se demuestre lo contrario.

El oficial de guardia empezó a decir:

—Le garantizo…

—Usted no garantiza nada. Se le ha escapado la reclusa y sus guardias y usted tendrán que responder por ello. ¡Despeje este despacho!

Lavrov dio órdenes de que saliera todo el mundo, menos un joven centinela que se presentó como Dementi Mordvínov y un oficial de más edad y corpulencia con el rostro picado de viruelas que dijo llamarse Ravil Galkin.

—¿Por qué no han ido con la reclusa en la ambulancia? —preguntó Yefímov.

—El coronel de la FSB nos ordenó que no subiéramos —respondió el mayor de los dos—. Dijo que la reclusa era responsabilidad suya, que actuaba por orden del subdirector de contraespionaje y el presidente y que yo estaba interfiriendo en su investigación.

Yefímov miró a Alekséiov y a Vólkov. Ya tenía la respuesta que estaba buscando: Fiódorov era cómplice.

—Quiero ver el vídeo del interrogatorio de Ponomaiova de ayer por la tarde —dijo a Lavrov, quien se inclinó entre él y la pantalla para escribir en el teclado. Mientras se reproducía el vídeo, ordenó al más joven de los guardias—: Cuénteme qué ha pasado.

—El coronel Fiódorov estaba interrogando a la presa cuando ella perdió la conciencia y se desplomó de pronto —dijo Mordvínov.

—¿Estaba inconsciente?

—Casi no respiraba.

—¿Le tomaron el pulso, comprobaron sus constantes vitales…?

—No, fue el coronel Fiódorov quien lo hizo y quien dijo que estaba sufriendo un ataque al corazón. Me pidió que llamara al médico de inmediato, así que salí de la sala de interrogatorios para cumplir la orden.

Yefímov miró al segundo guardia.

—¿Y usted comprobó las constantes vitales de la reclusa?

—Estaba viva, pero tenía el pulso débil y casi no tenía aliento —respondió.

—¿Lo confirmó usted mismo?

Galkin se detuvo. Mentía.

—Pues…

Yefímov volvió a mirar a Mordvínov.

—¿Se quejó Ponomaiova de dolor en el pecho antes de desplomarse?

—No.

Miró al otro guardia.

—¿Le dijo Fiódorov que llamase a una ambulancia?

—No.

—¿No saben cómo llegó?

—Por la entrada principal —dijo Galkin.

Imbécil. Volvió a centrar la atención en Mordvínov.

—¿Llamó usted a la ambulancia?

—No.

Yefímov miró de nuevo a Galkin.

—Usted permaneció en la sala. ¿Qué le dijo Fiódorov que hiciera?

—Me dio órdenes de liberarla de la argolla del suelo y quitarle los grilletes y las esposas.

—¿Y lo hizo?

—Protesté. Le dije al coronel…

—Me da igual lo que le dijera —le espetó Yefímov levantándose de su asiento—. ¿Lo hizo?

—Sí.

El de la FSB soltó un reniego. Ponomaiova iba desencadenada, con lo que lo tendría mucho más fácil para escapar.

—Pare la cinta. —Yefímov centró su atención en la pantalla—. Retroceda diez segundos.

Lavrov obedeció.

—Pare. —Yefímov pulsó el botón de reproducción. En la cinta vio levantarse a Fiódorov; ese era el movimiento que le había llamado la atención. Parecía tener un conjunto de fotografías en la mano—. ¿Qué está haciendo?

—Quería enseñarle unas fotografías a la reclusa —apuntó Mordvínov deteniendo la grabación.

—¿Fotografías de qué?

—De agentes que habían trabajado para el KGB en Ciudad de México. Ponomaiova identificó a uno.

Yefímov volvió a poner en marcha el vídeo y escuchó la continuación del interrogatorio, sorprendido al ver hablar a Ponomaiova sin resistencia. Un truco más. Paró la cinta y la rebobinó al ver caer al suelo una de las fotografías que tenía en las manos Fiódorov.

Ponomaiova dijo con voz resuelta:

— *Sí, he oído antes ese nombre.*

Yefímov volvió a ir hacia atrás y lo reprodujo de nuevo mientras observaba de cerca la pantalla. Tenía claro que las fotografías habían sido una distracción, pero ¿para qué? Lo mismo podía decir de la afirmación de Ponomaiova, que había dicho reconocer a uno de los hombres de las fotografías para apartar la atención de los guardias de la que se acababa de caer y dar tiempo a Fiódorov a recogerla. Yefímov pasó la cinta lentamente, fotograma a fotograma. Vio a Fiódorov hacer un gesto con la mano derecha y congeló la imagen.

—Mírenle el dedo.

—No veo bien… —dijo Alekséiov antes de concluir—: Lleva una tirita.

—Mírenlo más de cerca.

Los presentes se inclinaron hacia delante para observar la cinta mientras avanzaba fotograma a fotograma. Yefímov volvió a pararla.

—¿Lo ven?

—Es como si hubiese separado la fotografía de arriba de las demás —sentenció Alekséiov.

Cuando pulsó el *play*, trataron de observar la fotografía que caía al suelo, pero en ese momento Galkin había dado un paso adelante y había bloqueado la visión de la cámara.

—*La tercera me suena.*

Yefímov miró a Galkin, que se retiró varios pasos. Entonces volvió a centrarse en la pantalla. ¿Qué pretendía Fiódorov? En su despacho, le había dado a entender que Serguéi Vasíliev podría haber sido un antiguo agente del KGB destinado en Ciudad de México. Observó el vídeo durante otro minuto antes de ordenar:

—Enséñeme la cinta del interrogatorio de esta mañana.

Lavrov obedeció una vez más. Tras varios minutos de grabación, Yefímov la pasó a velocidad rápida y vio que la cabeza de Ponomaiova caía hacia delante, hacia atrás y luego hacia uno de sus hombros. Entonces se desplomó y se golpeó la frente con la mesa. Puso el vídeo en reproducción normal.

——¿*Se encuentra bien?* —preguntó Fiódorov—. *Señorita Ponomaiova...*

Yefímov vio entonces lo que había ocurrido después —las órdenes dadas por el coronel, la tímida resistencia de Galkin...— para decir a continuación:

—Enséñeme la cinta de la llegada de la ambulancia. —Retiró un tanto la silla del escritorio para dejar espacio a Lavrov, que abrió otra ventana, cargó el vídeo del patio de la prisión y lo reprodujo.

En él, entraba la ambulancia y salía de ella un sanitario. Tenía la misma altura aproximada que el médico y los dos guardias, mientras que Charles Jenkins medía un metro noventa y cinco.

—Me ha dicho que había dos sanitarios en la ambulancia, ¿verdad? —preguntó a Mordvínov.

—Sí, pero uno no llegó a salir en ningún momento de la parte de atrás.

—Descríbamelo.

—Llevaba el mismo uniforme, con la misma gorra.

—¿Era negro?

—No lo sé.

Yefímov, resentido aún con Galkin por haber desatado a Ponomaiova y haber tapado la visión de la cámara, miró al segundo guardia y luchó contra las ganas imperiosas que lo acometían de asestarle un buen golpe.

—¿Y usted lo vio?

—No muy bien.

—¿Era negro?

—Puede.

—¿Era negro?

—No lo…

—¿No lo sabe?

—No estoy seguro.

Yefímov se dirigió hacia la puerta mientras hablaba con Alekséiov.

—Que lleven las cintas a la Lubianka y que los analistas las examinen fotograma por fotograma. —En el umbral, se volvió hacia Lavrov y señaló a Galkin—. Despida a este hombre de inmediato si no quiere que lo deponga yo a usted.

CAPÍTULO 26

El conductor de la ambulancia, agente de la CIA en Moscú al que había recurrido Lemore, llevó el vehículo hasta un aparcamiento subterráneo situado bajo un bloque de viviendas cercano a la plaza Komsomólskaia. La cabina del vigilante estaba vacía, como ellos esperaban, pues habían planeado todo al dedillo. El conductor acercó una tarjeta a una placa a fin de abrir la puerta y a continuación bajó la rampa que lo llevaría a una de las plantas inferiores. Las ruedas chirriaron sobre el suelo de cemento pulido. Dejó el vehículo en un espacio reservado a discapacitados situado entre dos columnas de cemento al fondo de aquella planta. La luz que tenían sobre sus cabezas no funcionaba y, aunque el garaje estaba equipado con cámaras de seguridad, la de aquella planta también estaba desconectada.

Mientras seguía haciendo lo posible por reanimar a Pavlina, Jenkins podía oírlo desmontar las luces del techo y despegar las rayas rojas, la cruz del mismo color y las señales azules de la parte trasera que identificaban de forma universal los vehículos sanitarios. Cuando acabase, la ambulancia quedaría convertida en una furgoneta blanca normal y corriente. El conductor abrió la puerta del copiloto y lo arrojó todo al suelo antes de pasar a desatornillar las matrículas y cambiarlas por otras. Cuando hubo acabado, abrió las puertas de atrás.

—¿Todavía no os habéis cambiado? —preguntó a Fiódorov y a Jenkins en un inglés con marcado acento ruso—. Tenemos que irnos de aquí.

—No vuelve en sí. —El americano miró a Pavlina, que seguía inconsciente en la camilla.

El médico yacía en el suelo, sin sentido y con las manos atadas a la espalda y la boca amordazada.

El conductor miró el reloj de su muñeca y se fue despojando del mono azul mientras anunciaba:

—Vuestro tren sale de la estación Leningradski a la una y cuarto y los trenes de Moscú son puntuales. Lo tenemos todo cronometrado al minuto. Les llevamos ventaja a los de la FSB, pero no tardarán en recuperarla. Tenéis que moveros.

Bajo el mono llevaba ropa anodina: vaqueros y botas. Se puso una chaqueta de cuero negra y un gorro de lana y se metió unos guantes de piel negra en un bolsillo del abrigo antes de quitarse la barba y lanzarla junto con las gafas a la parte trasera de la furgoneta.

—Vete —le dijo Jenkins—. Tú ya has cumplido con tu parte.

El hombre volvió a mirar el reloj y, tras tenderle los billetes de tren, le advirtió:

—Acuérdate de que el tren sale puntual, a la una y cuarto en punto. La operación de desinformación está ya en marcha para que tengáis más probabilidades de llegar bien a la estación y al tren. Tenéis que estar a bordo cuando salga.

—Entendido —respondió Jenkins.

El conductor encendió un cigarrillo antes de cerrar las puertas del vehículo.

Jenkins miró a Fiódorov.

—Vete tú también.

Fiódorov se había quitado el traje y se lo había lanzado al médico. Llevaba vaqueros, botas y una chaqueta azul larga sobre un segundo abrigo con la intención de abandonarla en algún otro lugar. Se puso un bigote, que comprobó delante de un espejo, y a continuación se colocó unas gafas y se caló una gorra negra de béisbol Adidas casi hasta las cejas. Una vez completo el disfraz, abrió la puerta trasera y salió de la furgoneta.

—Mucha suerte, señor Jenkins.

—Te transferiré el dinero a la cuenta en cuanto esté en suelo estadounidense.

El ruso sonrió.

—Discutiría con usted, pero un trato es un trato, ¿verdad? Tengo cuatro millones de razones para desear que tenga éxito. *Udachi.* —«Buena suerte». Y cerró las puertas.

Jenkins miró el reloj y a continuación aplicó un dedo a la carótida de Pavlina. No sabía si debía administrarle más naloxona, si podría hacerle daño o quizá matarla.

Fuera, oyó el chirrido de otras ruedas y se preguntó si no sería la FSB, que los había encontrado. Era cierto que les llevaban ventaja, pero, como había advertido el conductor, no sería por mucho tiempo. Fiódorov le había dicho que los servicios secretos tenían acceso a las cámaras de tráfico instaladas por todo Moscú, aunque aquel sistema, el más refinado del planeta, tampoco les iba a hacer falta para encontrar una ambulancia, ni siquiera en el ajetreo de las calles de la capital rusa. Lemore y él lo habían tenido en cuenta a la hora de idear el modo de ganar el mayor tiempo posible.

Volvió a sacar el pulverizador nasal, convencido de que no tenía más remedio que arriesgarse. Introdujo el aplicador en el orificio nasal de Ponomaiova. La mujer echó atrás la cabeza con violencia y abrió los ojos. Se puso a agitar los brazos y Jenkins la sostuvo para que no se hiciera daño.

—Pavlina, Pavlina —dijo con voz suave—, no pasa nada. Estás bien. Estás bien.

Parecía aterrada, confundida e insegura. Aún tenía las pupilas dilatadas.

—Soy yo, Charlie, Charles Jenkins.

Lo miró como si no lo conociera. Del rabillo de los ojos le brotaron lágrimas mientras agitaba la cabeza con aire triste.

—No —susurró—. No.

—Tenemos que salir de aquí. ¿Puedes caminar?

—No tenías que haber vuelto —musitó ella—. No tenías que haber vuelto, Charlie.

A Jenkins le dio un vuelco el corazón mientras recordaba lo que tanto había preocupado a Alex. ¿No habrían filtrado la noticia de que Pavlina seguía viva para atraerlo a Rusia? No tenía tiempo para pararse a reflexionar al respecto.

—¿Puedes caminar?

—Creo que sí.

—Ahí tienes ropa para ti y una peluca. ¿Ves bien sin tus gafas?

—Sí, bastante bien.

—Inténtalo. Rápido, que tenemos que coger un tren.

Los dos se pusieron a la carrera las prendas de abrigo. Pavlina remató el conjunto con una peluca de pelo castaño claro que le llegaba a los hombros. La capucha forrada de pelo de su chaquetón a la moda también ayudaría a taparle la cara. Jenkins era consciente de que su disfraz era como tratar de camuflar a un oso pardo, pues, con su corpulencia y el tono de su piel, seguía siendo un blanco fácil. A fin de compensar su constitución, se colocó una chaqueta voluminosa de color verde militar y para disimular su altura caminaría apoyándose en un bastón. El postizo gris bajo un gorro completaría su transformación en un anciano.

Le dio a Pavlina un pasaporte con billetes de tren y una cartera con su documento de identidad ruso y una serie de artículos que cabría esperar en tal complemento: rublos, un teléfono móvil, barra de labios, un cepillo para el pelo y caramelos de menta.

—Iremos andando y por separado a la estación y viajaremos en vagones distintos, pero, por si ocurre algo, no me alejaré.

—Si ocurre algo, no te delates.

—Todo está cronometrado. Hemos estudiado los horarios de trenes para tener más probabilidades. Han puesto en marcha todo un operativo para ayudarnos, pero tenemos que darnos prisa si queremos que funcione. —Le explicó todo con más detalle mientras salían de la ambulancia. Señaló una puerta—. Las escaleras dan a la plaza Komsomólskaia.

—Yo soy de aquí, Charlie, y, una vez que haya salido a la calle, sabré lo que tengo que hacer; pero tú tienes que andarte con mucho cuidado. En Moscú hay cámaras de reconocimiento facial y la FSB no dudará en usarlas. Mantén la cabeza gacha.

—Ya lo sé. También lo tenemos planeado.

Jenkins le tendió una bolsa de lona que ella se echó al hombro. Perdió un poco el equilibrio y tuvo que apoyarse en la ambulancia para no caer. Respiró hondo varias veces.

—¿Podrás? —le preguntó él. Había tenido en cuenta la posibilidad de que su condición física influyera en sus capacidades, aunque, a la postre, no le quedaban muchas más opciones que contar con que la mujer fuerte que había conocido en Moscú, la que había soportado el interrogatorio de Yefímov, estuviese a la altura.

Ella, tras llenarse de nuevo los pulmones de aire y armarse de valor, dijo:

—Le has puesto mi nombre a tu hija.

—Sí.

Pavlina sonrió y Jenkins vio en ella un atisbo de la mujer que había estado a punto de matarlo en un hotel de Moscú.

—Entonces, tengo que conocerla. Vámonos.

CAPÍTULO 27

Yefímov salió del ascensor al llegar a la planta tercera del edificio principal de la Lubianka y se dirigía a la sala de reuniones cuando lo interceptó una auxiliar administrativa.

—El subdirector desea hablar con usted.

El recién llegado maldijo entre dientes. No tenía tiempo que perder con lo que posiblemente sería un rapapolvo administrativo. Necesitaba encontrar la ambulancia si quería tener la ocasión de averiguar adónde iban Jenkins y Ponomaiova y con cuánta ventaja contaban.

—Adelantaos vosotros —indicó a Alekséiov y a Vólkov—. Buscad la grabación de la ambulancia por los alrededores de Lefórtovo y averiguad dónde está. —Siguió a la secretaria por el pasillo hasta un despacho, la apartó y empujó la puerta para entrar.

Dmitri Sokolov se hallaba de pie tras su escritorio. Parecía enfadado e indeciso. Sin la chaqueta del traje, también parecía embarazado de seis meses, como si los botones de la camisa estuvieran a punto de estallar por el volumen de su tripa. Sokolov había sido siempre de buen comer y mejor beber y, en esos tiempos, la posición que ocupaba le ofrecía sobradas ocasiones de solazarse en el abrevadero gubernamental.

Aquel despacho, o uno equivalente, debería haber sido de Yefímov, pero Sokolov poseía un decoro político del que él carecía.

Sabía hilar sandeces, decir a la gente lo que la gente quería oír más que lo que necesitaba oír y, lo más importante, conseguía que le prestasen oído tanto el director como el presidente, lo que quería decir que tenía poder sobre Yefímov, poder que, sin duda, iba a tratar de imponerle.

—¿Es verdad? —preguntó Sokolov—. ¿Es verdad que Jenkins ha sacado a Ponomaiova de Lefórtovo?

Las noticias corrían muchísimo en la Lubianka. Yefímov respondió con voz calmada, como quien lo tiene todo controlado.

—Eso es lo que estoy tratando de determinar.

—No te guardes información, Adam, que tengo que informar al presidente de aquí a diez minutos. Dime qué ha pasado.

—Parece ser que el señor Jenkins está colaborando con Víktor Fiódorov.

—¿Con Fiódorov?

—Eso es lo que hemos concluido en una evaluación inicial.

—¿Y por qué?

—Sospecho que guarda alguna relación con los diez millones de dólares que robó el señor Jenkins de dos cuentas de la Unión de Bancos Suizos en Moscú.

—¿Acaso ha conseguido sacar a Ponomaiova de Lefórtovo?

—Eso he podido confirmar personalmente.

Sokolov renegó tres veces, como tenía por costumbre, antes de decir:

—Cuéntame todo lo que sepas.

—Con el debido respeto…

—¡Que me cuentes lo que sepas!

Yefímov se mordió la lengua y dejó que Sokolov diese rienda suelta a su pataleta.

—Ponomaiova fingió un ataque al corazón, posiblemente con algún fármaco. Dada su reciente disposición a hablar, los responsables de la cárcel no dudaron en mandarla al hospital para mantenerla con vida. Fue la decisión correcta, aunque se ejecutó de muy mala manera. Fiódorov usó la autoridad de la FSB para subir con ella en una ambulancia, pero, por desgracia, la que llegó al centro penitenciario era falsa.

—¿Y Jenkins?

—Sospecho que también viajaba en la ambulancia.

—¿Y dónde está ahora esa ambulancia?

Yefímov consiguió acallar un contraataque y eligió con cuidado sus palabras:

—Eso es lo que intentaba averiguar cuando me ha llamado tu secretaria.

—Mierda, mierda, mierda. —Sokolov apoyó los nudillos en la mesa y respiró hondo—. Y Ponomaiova, ¿está hablando?

El subdirector había hecho al menos sus deberes, o había mandado a alguien a hacerlos por él, y no iba a dejar pasar la ocasión de amonestarlo.

—No gran cosa. Creo que todo forma parte del plan para sacarla de Lefórtovo.

—Ya veremos, Adam, si es verdad o no.

—Puedo asegurarte...

—Nada —lo interrumpió Sokolov—. No ha hablado contigo, luego no puedes asegurarme nada, sobre todo ahora. —Salió de detrás de su escritorio, miró el reloj y recogió la chaqueta del perchero para ponérsela sin dejar de soltar sapos y culebras de forma reiterada—. Encuentra esa ambulancia, Adam. Ya.

—No te preocupes, Dmitri...

—No, si no me preocupo —repuso Sokolov alzando la mano y la voz para acallarlo. Puso en alto el dedo índice, igualando así aún más la posición de Yefímov a la de un chiquillo al que reprende su maestro. El otro reprimió las ganas casi irrefrenables de alargar una mano y partírselo—. Porque no será mi cabeza la que ruede si no encuentras a Ponomaiova y a Jenkins, sino la tuya. Ya no puedo hacer nada más por protegerte y el presidente no puede arriesgarse a crear una tormenta política interviniendo en tu favor. Ya has quemado demasiados cartuchos. Si fracasas, recaerá sobre tus hombros el castigo. Ignoro cuál elegirá el presidente, pero los dos sabemos que puede tener peor genio incluso que tú mismo.

Yefímov empezó a hablar en cuanto entró en la sala del grupo de operaciones, donde media docena de analistas sentados delante de sus pantallas tecleaban y estudiaban un vídeo tras otro de las calles de Moscú. Sonaban teléfonos y se oían voces apagadas que hablaban por ellos.

—Ponme con el Centro de Gestión de Tráfico —ordenó sin dirigirse a nadie en particular— y que alguien me diga qué sabemos de la ambulancia.

Una joven entró en la sala y le tendió una taza de té, que Yefímov sorbió antes de dejarla en la mesa.

—La ambulancia salió de Lefórtovo y se dirigió al norte por el Tercer Anillo —lo informó Alekséiov.

—A ver las cámaras de seguridad. —Se inclinó hacia delante para observar el vehículo mientras se alejaba a gran velocidad del centro penitenciario y desaparecía en el túnel de Lefórtovo, bajo el río Yauza.

El analista pulsó unas cuantas teclas y cambió a una cámara del interior del túnel.

—Dos ambulancias —anunció Alekséiov.

Yefímov pudo ver entrar en el túnel una segunda ambulancia que se situó al lado de la primera.

—Son idénticas —señaló Alekséiov—. Pretendían confundirnos, así que he hecho que las sigan a las dos.

Cuando salieron del túnel, el analista pasó a las cámaras de fuera. Al llegar a una bifurcación, la que iba en cabeza giró a la derecha y la otra, a la izquierda.

—Hay otra más que va hacia el noroeste —dijo el primer analista.

En el plano entró entonces una tercera ambulancia que seguía un rumbo perpendicular al de las dos primeras, como en un juego de trileros destinado no solo a engañar a quien pudiera seguirlas, sino también a las cámaras. Fiódorov debía de estar al tanto del sistema de vigilancia de Moscú y, sin duda, habría advertido a Jenkins. El plan estaba bien coordinado.

Yefímov recorrió la hilera de pantallas de ordenador observando las tres ambulancias.

—Cuarta ambulancia —dijo un analista.

La primera giró a la izquierda hacia Oljóvskaia Úlitsa y volvió a salir de cuadro.

—Encontradla —ordenó Yefímov.

El segundo analista, sentado junto al primero, exclamó de forma atropellada:

—¡Ahí! En Novoriazánskaia Úlitsa, en dirección oeste.

—Yo tengo aquí otra —dijo otro analista.

Yefímov se dirigió hacia un monitor en el que se veía la segunda ambulancia girar de nuevo. Estaban recorriendo toda la ciudad. El primer analista anunció:

—Ha girado a la derecha hacia Riazanski Proiezd. —Se trataba de una calle no muy larga y la ambulancia volvió a salir de plano—. Ahí no hay cámaras.

El grandullón dio un paso atrás mientras meditaba. Las ambulancias podían ir adonde quisieran, pero Jenkins y Ponomaiova no. Fiódorov debía de saber que pondrían controles en las principales salidas de Moscú y que los aeropuertos estarían sobre aviso. Jenkins y él serían prácticos y se desharían del vehículo en cuanto pudieran. ¿Y luego? Los analistas seguían anunciando las rutas que habían ido tomando las ambulancias.

—Han ido a Komsomólskaia —concluyó Yefímov—. A ver esa cámara.

El primer analista tecleó algo y en cuestión de segundos volvió a aparecer en la pantalla una ambulancia con rumbo nordeste. Había un gran atasco y la calzada estaba llena de utilitarios y camiones de reparto. Por el centro de la calle transitaba un trolebús y, al ser la hora del almuerzo, las aceras también se encontraban plagadas de transeúntes envueltos en voluminosas prendas de abrigo para protegerse del frío. Tal circunstancia podía resultar ventajosa a Jenkins y Fiódorov.

—Las estaciones de tren están ahí —dijo Alekséiov.

—Sí.

Yefímov había llegado ya a la misma deducción. Era una elección muy inteligente por parte del americano y su cómplice, ya que en aquella plaza se encontraban tres de las nueve estaciones ferroviarias principales de la ciudad: la Leningradski, la Kazanski y la Yaroslavski, desde las que partían cientos de trenes en todas direcciones y hacia todas las ciudades de Rusia. Las estaciones del metro y el tren ligero también se encontraban en las inmediaciones, lo que aumentaba aún más las opciones y la posibilidad de desinformar y confundir. Más juegos de trileros. Por si fuera poco, el presidente Putin había hecho de la mejora de los ferrocarriles moscovitas su proyecto personal y había seguido para ello los modelos japonés y alemán en lo que tocaba a la estricta observación de sus horarios. Yefímov no tenía modo alguno de detener o retrasar los trenes en caso de que Jenkins y Ponomaiova se hubiesen propuesto tomar alguno.

—Que cada uno siga su ambulancia —dijo Yefímov. Se inclinó sobre el hombro del primer analista, pero la siguiente orden iba dirigida a Alekséiov—: Notifica a la policía de Moscú. Quiero agentes uniformados y de paisano en todas las estaciones. Diles que les enviaremos imágenes actualizadas de las personas a las que buscamos en cuanto las tengamos.

Alekséiov sacó el teléfono y se alejó unos pasos para hacer aquella llamada.

En el monitor, Yefímov vio la que esperaba que fuese la ambulancia de Lefórtovo tomar el camino de entrada de un edificio y desaparecer por la rampa.

—Quiero acceso a todas las cámaras de ese edificio —dijo—. Averiguad si tienen en el garaje y en el vestíbulo, todas las entradas y todas las salidas. ¡Alekséiov!

El interpelado se dio la vuelta.

—Alerta a la policía de Moscú de que la ambulancia está en el garaje… Necesito la dirección. ¡Que alguien me dé la dirección! —Se oyó una voz gritar las señas del edifico y Yefímov la repitió a Alekséiov antes de añadir—: Diles que encuentren la ambulancia y que se aseguren de que no sale de ahí.

—¿Qué hacemos con las demás? —preguntó uno de los informáticos.

—No las perdáis de vista.

—Tengo imágenes del lateral del edificio —señaló un analista.

Yefímov recorrió con rapidez la hilera de pantallas y miró por encima del hombro de quien había hecho aquel anuncio. La cámara enfocaba la puerta metálica del lateral.

—Busca los vídeos que hayan podido grabar las cámaras de la zona que tengan un sistema de reconocimiento facial.

—Con la nieve va a ser difícil conseguir imágenes claras —dijo otro analista.

—No hace falta que sea perfecta. Comparadlas con el fotograma del conductor de la ambulancia que tenemos de Lefórtovo y con las que hay de Jenkins, Fiódorov y Ponomaiova. Solo hay que buscar coincidencias con alguna de esas.

El analista abrió las instantáneas y las situó en la parte inferior de su pantalla. La imagen del conductor distaba mucho de ser perfecta, ya que había mantenido la cabeza gacha y la visera de la gorra y la barba le tapaban buena parte de la cara. De la puerta metálica del lateral del edificio salieron varias personas, pero Yefímov le dijo que las obviara. Miró la hora en la esquina inferior de la ventana y se sirvió del momento en que había entrado la ambulancia en el garaje para calcular cuándo cabía esperar que saliesen sus ocupantes. Le llevaban ventaja, pero podía reducirla sin dificultad si tomaba la elección más inteligente y actuaba con diligencia.

Entonces salió por la puerta un hombre con un abrigo oscuro y gorro. Tenía la cabeza baja, pero la levantó para mirar a la derecha y buscar el momento de cruzar la calle. El analista detuvo la escena para obtener la imagen de su rostro, deformado en parte por la nieve que caía. En aquel instante anunció un compañero suyo:

—Tengo a otro hombre… con un atuendo idéntico.

Yefímov le lanzó una mirada.

—¿Dónde?

—Está saliendo por la fachada principal del edificio.

El director de la operación soltó un reniego, convencido de que los fugitivos jugarían también al despiste con todas las personas que habían ido en la ambulancia. La clave, por tanto, estaba en determinar adónde irían y no en ir de un lado a otro tratando de cazarlos.

—Quiero ver su cara. No perdáis de vista al primero.

—Aquí está la imagen —dijo el primer analista.

Yefímov se acercó al terminal y estudió la fotografía imperfecta que tenía en pantalla.

—Compárala con la del conductor de la ambulancia.

El analista obedeció y el ordenador indicó una coincidencia en cuestión de segundos.

—Es él —confirmó.

—Síguelo. No lo pierdas. Olvídate del otro. No lo pierdas. Quiero conocer todos sus movimientos. Si se sube a un tren o a un autobús, avisa de inmediato a la policía de Moscú. Mándales su fotografía.

—Sale otro hombre del edificio —anunció el segundo analista.

Yefímov se acercó a la pantalla y vio a un hombre con vaqueros, botas y una chaqueta larga azul cruzar la puerta en dirección a la calle. Llevaba una gorra negra de béisbol bien calada y la cabeza gacha, como el otro. Le pareció ver que tenía bigote y gafas. No era tan alto ni tan ancho como Jenkins, pero bien podía ser Fiódorov.

—Amplía la cara y compárala con las imágenes que tenemos de Víktor Fiódorov. —El coronel podía haberlo tomado por tonto, pero el juego todavía no había acabado.

Ni por asomo.

—No puedo —dijo el segundo analista—. Imposible sacar una buena imagen.

Mientras el desconocido pasaba por delante de la entrada del edificio, salió por esta otro, con ropas idénticas y de igual altura y constitución, de modo que los dos se cruzaron entre la multitud de la acera y, tras dar varios pasos en el mismo sentido, se separaron.

Yefímov se volvió hacia otro analista:

—Tú, sigue los movimientos del segundo hombre. Quiero saber adónde va cada uno. No pierdas a ninguno de los dos. Vólkov, busca a Fiódorov. Tú lo conoces mejor que nadie y sabrás adónde es más probable que vaya. Encuéntralo. —Dicho esto, centró de nuevo su atención en la primera pantalla.

Tuvieron que esperar varios minutos a que volviera a abrirse la puerta. Salió una mujer. El pelo del forro de la capucha del abrigo se agitaba con el viento e impedía la visión de buena parte de su cara. Las ráfagas que habían empezado a azotar la nieve tampoco mejoraban la situación.

—No consigo tener una imagen clara —dijo el analista.

Yefímov no la necesitaba. Según el expediente de Lefórtovo, Pavlina Ponomaiova caminaba con una cojera perceptible a consecuencia de las lesiones sufridas en el accidente. Apenas le hicieron falta unos pasos para saber que era ella.

—Que alguien la siga.

—La tengo —se oyó decir desde otro terminal.

Igual que antes, de la entrada del edificio salió otra mujer vestida de forma idéntica caminando a su lado. También ella cojeaba.

Yefímov se estaba quedando sin analistas.

—¿Qué hacemos?

—Seguidlas a las dos. Intentad sacar una fotografía de sus caras.

—Es que no…

—Hacedlo. No quiero excusas. No perdáis a ninguna de las dos.

—¿Dónde estás? —preguntó Yefímov a la pantalla.

La puerta se abrió por cuarta vez, en esta ocasión para dar paso a un anciano encorvado y con la cabeza gacha que caminaba arrastrando los pies. ¿Cómo iba a evitar un hombre como Charles Jenkins que lo reconociesen? Durante la persecución anterior se había ocultado bajo un burka.

Yefímov se volvió hacia Alekséiov.

—Consígueme un coche y un chófer, que nos vamos a la plaza Komsomólskaia. —Entonces se dirigió a los informáticos reunidos en la sala—: Facilitad las fotografías más recientes que tengáis de cada individuo a la policía de Moscú. Todavía nos llevan once minutos de ventaja.

CAPÍTULO 28

Jenkins dejó pasar tres minutos entre la salida de Pavlina y la suya. Le costó mucho verla marchar. Se sintió como cuando la había visto salir de la casa de Vishniovka y, una vez más, se preguntó si sería la última vez que la vería. No le preocupaba su talento para el contraespionaje, sino su salud. Había estado varios meses ingresada y no habría vuelto a recibir mejor trato que allí. Dudaba mucho que se hubieran ocupado de su salud en Lefórtovo, donde lo único que querían era mantenerla con vida el tiempo necesario para poder interrogarla a fondo. Las condiciones en que se encontraba no hacían sino respaldar su teoría. Mientras caminaba desde la furgoneta hasta la escalera, Jenkins se fijó en su pronunciada cojera y temió que la delatara por más que se disfrazase. Ojalá sus dobles estuvieran a la altura.

Cuando le tocó el turno, salió a la calle Krasnopúdnaia y agachó la cabeza de inmediato, aunque no antes de sentir el frío punzante y el viento racheado que lo salpicó de nieve y de olor a gasóleo. Ante él pasaban los coches y se oían acelerones y bocinazos. En el centro de la calzada pasó con gran estruendo un trolebús. Rebasó la entrada del edificio, como habían acordado, y por la puerta salió un hombre vestido exactamente como él que tenía casi su altura. Caminaron varios pasos juntos y a continuación se separaron cuando su doble cruzó la calle.

El aparcamiento del edificio se hallaba a tres manzanas de la estación de ferrocarril Leningradski, aunque el trayecto se haría mucho más largo caminando contra el viento, sobre todo para alguien tan maltrecho físicamente como Pavlina. Jenkins se echó al hombro la bolsa de lona y se subió la manga del abrigo para mirar el reloj. Era la una y tres minutos. Tenía que darse prisa si no quería perder el tren… en caso de que lograra llegar a la estación. Fiódorov le había dicho que Yefímov era un hombre «práctico, pragmático e implacable» que, además podía ser despiadado. Sin duda, no tardaría en llegar a la conclusión de que no le iba a servir de mucho encontrar las ambulancias y centraría sus recursos en las estaciones ferroviarias y el tren ligero. Aunque se trataba de tres estaciones situadas a un tiro de piedra la una de las otras y aunque de cada una de ellas partían docenas de trenes, Jenkins sabía que aquel seguía siendo, por encima de todo, un juego de desinformación y que no podía contar más que con unos minutos de ventaja.

Ojalá tuviesen todavía unos cuantos más que derrochar.

Mantuvo la cabeza gacha y los hombros caídos mientras caminaba hacia la Leningradski. La inclemencia del tiempo no había disuadido a gentes tan curtidas como los moscovitas de salir a la calle y las aceras seguían atestadas, lo que era de agradecer. Jenkins hizo lo posible por mezclarse entre la multitud. Vio a su doble hacer lo mismo al otro lado de la calle.

Levantó la cabeza en el momento en que pasaba retumbando un autobús metropolitano de color azul por el centro de la calzada. Acto seguido, vio a Pavlina en la acera de enfrente, mezclándose entre la riada de peatones mientras cojeaba perceptiblemente. La otra mujer, vestida igual que ella, también caminaba renqueando conforme a las instrucciones que había recibido.

Al doblar la calle, divisó el amarillo pálido de la estación ferroviaria Leningradski y la reconoció por las fotografías que había estudiado. El edificio parecía un ayuntamiento europeo, con ventanas en la planta baja y una elegante torre del reloj rematada en un tejado verde de cobre, casi invisible por la niebla y una nevada que no dejaba de cobrar fuerza. Los trenes no compartían la condición histórica de aquella construcción. Como le había explicado Fiódorov, los ferrocarriles rusos habían gastado más de mil millones de dólares en modernizar el sistema, que incluía trenes eléctricos de alta velocidad capaces de superar los doscientos veinte kilómetros por hora. Jenkins había decidido que, si quería convertir aquello en un juego de trileros, los trenes le ofrecerían el mayor número de cubiletes en los que esconder la bolita. Además, no habría control de carretera capaz de detener un Sapsán de alta velocidad una vez que partiese de la estación…, siempre que lograran llegar a tiempo y embarcar. Si el plan salía bien, tendrían la ocasión de salir de Moscú y, quizá, de perderse.

En la otra acera, vio a su propio doble y al doble de Pavlina cambiar de rumbo para dirigirse a la estación Yaroslavski. Otros disfrazados del mismo modo accederían a la Kazanski. Pavlina subió los escalones que daban entrada a la Leningradski. Había policías de uniforme envueltos en sus abrigos de color gris apagado y cubiertos con sus *ushanki*. Vio también a agentes de paisano que miraban sus teléfonos mientras los viajeros salvaban las escaleras para dirigirse a las puertas de cristal de la estación. Fiódorov tenía razón al menos en dos cosas: Yefímov había sido «práctico y pragmático», pues no había dudado en apostar a las fuerzas del orden moscovitas en Leningradski y probablemente también en el resto de estaciones. Aún quedaba la esperanza de que la policía de Moscú no fuera excesivamente diligente a la hora de buscar a delincuentes comunes en medio de una tormenta de nieve.

Cuando Pavlina se acercó a la entrada del edificio, Jenkins observó que había dejado de cojear y se preguntó si no habría estado fingiendo hasta entonces con aquella intención. A su derecha, una tercera mujer vestida como ella subía renqueando los escalones de la entrada.

Vio que uno de los agentes le cortaba el paso y notó los nervios a flor de piel, pero Pavlina, bien adiestrada, le entregó con calma la identificación que le había dado Jenkins. La imagen mezclaba la fotografía de pasaporte de Pavlina con el tono castaño claro de la peluca.

El policía examinó sin mucho detenimiento el rostro de Ponomaiova y le devolvió el documento antes de volverse hacia otro viajero. Ella subió los escalones que la separaban de la puerta y entró en el edificio. Jenkins miró el reloj: la una y siete. Solo tenía ocho minutos.

Sacó un bastón blanco plegable del bolsillo de su abrigo y se colocó unas gafas de sol antes de ponerse a tantear con el bastón el espacio que tenía delante para cruzar la calle y llegar a la entrada del edificio. Se encorvó más aún y agachó la cabeza para disimular su altura todo lo posible. Quienes se cruzaban con él se hacían a un lado y él, en lugar de evitar a los agentes, se fue directo a uno de ellos.

—*Izvinite* —dijo cuando se dio la vuelta para mirarlo. Detrás del policía vio a su doble entrar en la estación.

—¿Adónde va? —le preguntó el policía.

—A la estación, claro —respondió Jenkins.

El agente le posó la mano en el hombro para enderezarle el rumbo.

—Por las escaleras. Las tiene enfrente. ¿Necesita ayuda?

—*Niet, spásibo. Ya ne pervi raz yedu na póiezde.* —No, gracias. Ya he viajado antes en tren.

Fue tanteando con el bastón los escalones mientras los subía. Un hombre le sostuvo la puerta. Dentro retumbaban las voces en aquella terminal cavernosa y fue a recibirlo un aire cálido con olor a humedad. Buscó un reloj de pared y lo encontró al otro lado de un amplio vestíbulo. La una y nueve. Seis minutos.

No veía a Pavlina. Avanzó con el bastón hasta la cola de un puesto de seguridad, donde aguardaban su turno los viajeros para pasar su equipaje por los rayos X. Jenkins dejó la bolsa en la cinta transportadora y pasó por el detector de metales antes de recuperarla al llegar al otro lado. El minutero del reloj dio un paso más: la una y diez.

En el cuerpo principal de la estación, semejante a una catedral, había también agentes de uniforme y de paisano que, teléfono en mano, estudiaban los rostros de los viajeros que pasaban a su lado. Jenkins vio pasar a su doble, que tanteaba el suelo con un bastón blanco. Buscó a Pavlina y, cuando creyó haberla encontrado, vio a otra mujer ataviada de forma idéntica que cruzaba cojeando la terminal hacia un andén distinto.

Jenkins apretó el paso al atravesar aquel espacio tan ornamentado. Por encima del guirigay se oyó una voz de mujer hablar en ruso y luego en inglés para anunciar los andenes correspondientes a las distintas salidas. Vio a Pavlina a cierta distancia y la perdió de vista de manera intermitente entre el gentío. Se dirigía al andén acordado, aún sin cojear. A su izquierda, un agente miró su móvil, luego a Pavlina y echó a andar con resolución por el suelo de mármol. Se diría que el disfraz no había surtido efecto con él.

El americano aceleró el paso para interceptar al policía en el instante en que alargaba al brazo hacia Pavlina y apartarlo de su camino.

—*Izvinite* —dijo—. *Ya proshú proshchenia. Ya opázdivaiu na póiezd. Ne podskázhete, kak proití na platformu nomer déviat?*
—«Perdone. Lo siento, tengo prisa. ¿Me puede llevar al andén nueve?».

—¿Adónde? —El agente miró hacia la multitud que tenía Jenkins a la espalda y que acababa de engullir a Pavlina.

Jenkins levantó el billete.

—¿No es el andén número nueve?

El policía estudió el billete.

—Está aquí mismo. Agárrese a mi brazo.

Obedeció y el agente lo llevó con rapidez a un ascensor que bajaba a un andén pavimentado a la intemperie. Con escolta policial. Jenkins no pudo menos de sonreír.

En el andén, los viajeros se apresuraban a subir a un flamante Sapsán blanco. Un revisor de abrigo largo gris y gorra a juego con visera roja comprobaba el billete y el pasaporte del último pasajero ante la puerta y se volvió para entrar en el vagón.

—¡Espere! —lo llamó el policía, que tomó el billete de Jenkins y se lo tendió al hombre.

—¿Tiene su identificación? —preguntó el empleado.

Jenkins miró a las ventanas de su derecha. Pavlina, dentro del vagón, caminaba hacia la parte posterior. Tras él, un pitido grave señalaba la llegada de otro tren en el andén contiguo, donde ya había una muchedumbre aguardando.

—*Daite cheloveku sest v póiezd, poká on ne uiéjal bez negó* —dijo el agente que lo había ayudado. «Deje subir al hombre, no vaya a irse el tren sin él».

El empleado asintió.

—Sí, sí. Suba. ¿Necesita que lo ayude a encontrar su asiento?

—Me gustaría usar el baño —dijo Jenkins.

El hombre gruñó.

—Vale, pero no tarde en sentarse. El tren sale de aquí a menos de tres minutos.

—Entonces, no me queda otra. —Se volvió hacia su escolta y le dio las gracias—. *Spásibo*.

—*Pozháluista* —repuso el policía—. *Udachnoi poiezdki.* —«Que tenga un buen viaje».

El empleado ayudó a Jenkins a subir a bordo. Entre los vagones se abrió una puerta de cristal y el recién llegado entró en el baño.

—¿Quiere que lo ayude? —preguntó el revisor.

Jenkins puso gesto ofendido.

—¿Va usted a sostenerme la churra?

El joven reculó enseguida.

—Era solo por…

—Si me perdona, creo que me acaba de decir que tengo que acabar pronto.

Abochornado, el empleado dio media vuelta y regresó al vagón.

En el andén contiguo, los viajeros salían del tren. Por poco.

CAPÍTULO 29

Yefímov iba dando órdenes desde el asiento trasero del Mercedes negro, que cobraba velocidad a lo largo de la avenida del Académico Sájarov en dirección a la estación Leningradski con las luces estroboscópicas encendidas y la sirena aullando. El trayecto desde el edificio de la Lubianka solía ser de quince minutos, aunque, a la velocidad que llevaban, a pesar de que el tiempo seguía siendo pésimo, lo más probable era que tardasen siete.

Yefímov se aferraba al asidero del techo mientras hablaba con Alekséiov, que estaba al teléfono con la Lubianka y había puesto el manos libres. Un analista los informaba acerca de cierto número de personas que, vestidas de forma parecida a Jenkins y Ponomaiova, se dirigían a cada una de las tres estaciones: la Yaroslavski, la Kazanski y la Leningradski. También habían visto a otras con atuendos similares entrar en la Kíevski, la Kruski, la Belorusski y algunas más de las más de diez estaciones que había por allí.

—Las cámaras han dado con dos personas… Parecen Ponomaiova y Jenkins, que están entrando a la terminal principal de la estación Leningradski y se dirigen al andén número nueve; pero los agentes apostados dentro aseguran haber visto a más gente igual que iban hacia otros andenes. Desde las demás estaciones nos informan de lo mismo. La policía de Moscú está abrumada —aseguraba el analista.

—Que es precisamente lo que pretende el señor Jenkins —espetó Yefímov—. No perdáis de vista a los que han salido del lateral del edificio.

—Es lo que hemos intentado hacer. —El informático parecía angustiado—. Pero es que ha habido…

—No quiero excusas. Lo que quiero saber es adónde han ido.

—A Leningradski.

—¿Los podéis seguir por el interior de la terminal? —preguntó Yefímov.

—Podemos intentarlo. De todos modos, una de las mujeres no cojea.

Yefímov meditó al respecto. Parecía difícil que alguien que quisiera imitar a Ponomaiova cometiese un error tan básico.

—¿A qué andén va?

—Al nueve. El tren sale para Pskov a las trece y quince.

Yefímov reflexionó unos instantes. Tenía mucho sentido.

—El señor Jenkins se dirige a Estonia —concluyó—. La frontera es amplia y puede cruzarse por tierra o por el lago de Pskov. Alertad a la policía de que van hacia el andén número nueve.

Alekséiov dijo entonces:

—Sí, pero ¿estamos seguros?

Yefímov no le hizo caso y miró su reloj. Era la una y once minutos.

—¿Quiere que llame a la estación y que retrasen la salida del tren? —preguntó Alekséiov.

—Para cuando consigas hablar con alguien que tenga la autoridad suficiente, si es que lo consigues, será demasiado tarde. Tampoco sería prudente, ya que el servicio ferroviario lleva a rajatabla su puntualidad. —Había leído que, a veces, los trenes esperaban fuera de la estación para garantizar que llegaban a la hora programada. Dirigiéndose al analista, le encajó de malos modos—: Haced lo que os he dicho. Avisad a los agentes apostados en Leningradski.

Que vayan al andén nueve antes de que salga el tren y saquen a Ponomaiova y a Jenkins.

—¿Y todos los que van vestidos como ellos? —quiso saber el analista.

—Que intercepten a cuantos les sea posible.

El conductor llegó a Kalanchióvskaia Úlitsa, calle de sentido único que discurría hacia el lado opuesto al que se dirigían ellos.

—Gira a la derecha —ordenó Yefímov.

—Es dirección prohibida.

El otro dio un golpe en el respaldo del asiento.

—A la derecha he dicho.

El chófer obedeció. Seguían con las luces y la sirena encendidas. Los demás vehículos les abrían paso apartándose a la carrera hacia el bordillo. Cuando el Mercedes llegó a la Leningradski, Yefímov corrió a subir los escalones cubiertos de nieve pisoteada sin dejar de dar órdenes a voz en grito. La policía se cuadró enseguida y los escoltó, a Alekséiov y a él, al interior del edificio, donde pasaron por los detectores de metales. La procesión cruzó a paso rápido la terminal abarrotada. Los viajeros que no se apartaban enseguida al verlos llegar se arriesgaban a recibir un empujón y, de hecho, más de uno cayó al suelo.

Yefímov miró el reloj: la una y catorce. Tenían solo un minuto.

El grupo bajó las escaleras a toda prisa y llegó al andén nueve en el preciso instante en que empezaba a avanzar el Sapsán blanco para dejar la estación a las trece y quince en punto.

CAPÍTULO 30

Víktor Fiódorov sabía muy bien que el Gran Hermano había vuelto a Rusia, aunque el método de espionaje —que en otra época dependía de los ciudadanos que delataban a sus compatriotas— se servía en el presente de tecnología informática, cámaras y móviles. Usó todas sus dotes de contraespionaje para desinformar y burlar la capacidad de seguimiento de la FSB. Tenía prevista la posibilidad de que llegara el día en que tuviese que abandonar Moscú, pero se había presentado mucho antes de lo que esperaba.

Subió y bajó de autobuses y trolebuses, dejó atrás teléfonos móviles y se cambió de ropa y de aspecto en taquillas que tenía ya preparadas y en las que también había metido rublos, euros y dólares, así como distintas formas de identificación y pasaportes de diversos países.

Satisfecho ante la facilidad con la que había escapado a la vigilancia, se dispuso a completar dos cometidos personales antes de dejar Rusia para siempre con la esperanza de poder pasar el resto de su vida en el anonimato y la abundancia, aunque era muy consciente de que no había ninguna garantía de ello. El espíritu vengador de Putin no tenía límites… ni prisa. Jamás podría bajar la guardia.

Lo que le fastidiaba, más que tener que llevar la existencia de un exiliado, era saber que probablemente no volvería a ver a sus hijas ni a sus nietos… a menos que ellos también abandonaran Rusia.

Desde que lo habían expulsado de la FSB, había hecho lo posible por cambiar la imagen que se habían formado aquellas de él pasando más tiempo con ellas; pero las dos se habían mostrado, como era de esperar, desconfiadas y reacias. Sus hijas estaban dolidas y tenían motivos para estarlo.

Sabía que no conseguiría enderezar la percepción que tenían de él si se iba sin despedirse y no pensaba hacerlo por carta ni por mensaje de texto, como había hecho tantas veces al verse obligado a perderse sus cumpleaños y otras ocasiones especiales. Siempre había prometido enmendarse... y nunca lo había hecho.

En ese momento, al menos, tenía, si no el tiempo, sí la posibilidad económica de hacer algo por ellas; algo que les dejase claro que, aun cuando no siempre hubiera podido estar presente, jamás había dejado de quererlas; algo que hiciera que cuando pensaran en él, si es que lo hacían, fuese con cariño. A Renata le dejaría su piso de dos dormitorios, mucho mejor que el estudio en el que vivía y más cerca de los teatros en los que trabajaba, y a Tiana, el dinero necesario para costear la formación de sus nietos y, con suerte, garantizarles una vida desahogada.

Avanzando contra el viento y la nieve, se dirigió a la trasera del teatro Vajángov de la calle Arbat, donde Renata había conseguido un papel secundario en el elenco de la adaptación teatral de *Anna Karénina* y estaría ensayando. La última vez que habían hablado, su hija le había dicho que tenía una discreta intervención cantada y la esperanza de que se convirtiese en el papel que lanzaría su carrera. Él no había tenido el valor de advertirle que lo de exhibir su voz podía ser más perjudicial que beneficioso para su futuro profesional.

Tomó una última calada de nicotina y lanzó la colilla al callejón, lo que le brindó la ocasión de asegurarse de que no había nadie en los alrededores. Metió la mano en el bolsillo de su abrigo y sacó una tarjeta de hotel, forzó con ella la cerradura de la puerta trasera del teatro y entró en el edificio. El corredor de debajo del escenario olía a cerrado y a humanidad. Sobre él oía voces tenues e instrumentos musicales amortiguados. Tenía que actuar con rapidez. Tenía la esperanza de encontrar a Renata en la sala en que esperaban los actores. Solo le diría que tenía que irse y que, si bien esperaba verla actuar de nuevo algún día, no sería esa noche. Si su hija se molestaba en preguntar por qué, le diría que era mejor para ella no saber adónde iba ni cuáles eran sus planes. Entonces, le daría el sobre, le pediría que no lo abriese hasta que se hubiera marchado y le diría que solo quería que, por pésima que hubiese sido su actuación en el papel de padre, supiese que la quería.

Llegó a la escalera que había justo debajo del escenario en que estaban ensayando. Los sonidos apagados de los actores se hicieron más intensos: pasos en escena, música, voces… Cuando los instrumentos atacaron un *crescendo*, subió un peldaño, creyó oír un ruido a sus espaldas y de manera instintiva se llevó la mano al interior de la chaqueta negra de cuero para sacar la pistola; pero no fue lo bastante rápido. Esta vez no.

Sintió un golpe seco en el occipucio.

Yefímov y Alekséiov volaban por encima de una austera iglesia ortodoxa blanca cuyas cúpulas bulbosas se difuminaban a la luz grisácea del invierno. El viento arreciaba mientras el piloto se afanaba en aterrizar en un aparcamiento situado detrás del edificio, cerca de la estación ferroviaria de Tver. Esta contrastaba muchísimo con la decoración de la iglesia. De hecho, parecía un testamento de la arquitectura soviética de vidrio y cemento: funcional y exenta de atractivo visual. Como para recalcarlo, la fachada se encontraba engalanada con una banda roja horrible que anunciaba la presencia, en la terminal, de un establecimiento de Kentucky Fried Chicken.

Yefímov y Alekséiov habían tardado poco menos de hora y media, algo más de diez minutos antes de la hora a la que estaba programada la llegada del tren a Tver, la primera parada de la ruta a Pskov. Una docena de agentes de la policía de la ciudad, con las manos levantadas para protegerse del viento generado por las aspas del helicóptero, los esperaban bajo el toldo que resguardaba de las inclemencias del tiempo los escalones de la estación.

—Espere aquí —gritó Yefímov al piloto a través de los auriculares.

El piloto negó con la cabeza.

—Con este tiempo, imposible. La tormenta está empeorando. Están dejando en tierra los vuelos de Moscú y San Petersburgo. Si no vuelvo ahora mismo a Moscú, me tendré que quedar aquí.

Aunque no le hacía ninguna gracia, Yefímov tuvo que reconocer que no podía hacer gran cosa. Alekséiov y él se apearon y, agachándose bajo las aspas en movimiento, corrieron hacia la estación. Iliá Vinográdov se presentó como oficial al mando. Yefímov y él habían mantenido una larga conversación telefónica durante el vuelo. El policía tenía el pelo blanco, la barriga bien oronda y una actitud solícita con la que sin duda pretendía impresionar a los recién llegados. Sin éxito.

Entraron en la estación, rodeando palmeras dispuestas en macetas bajo un mosaico que representaba los lugares y acontecimientos más destacados en la historia de Tver.

—El tren llegará puntual —anunció Vinográdov mirando la hora—. He hablado con el director de Ferrocarriles Rusos para confirmar sus instrucciones. Los lavabos del tren tendrán que estar cerrados diez minutos antes de su llegada. Detendremos a los viajeros.

Yefímov miró el andén vacío.

—Cuando llegue el tren, quiero agentes en cada vagón, dos en el frontal y dos en el de cola. Todos se dirigirán hacia el del centro y comprobarán pasaportes y billetes. ¿Tienen todos las fotografías que le he enviado?

—Sí. —Vinográdov acompañó su respuesta con un movimiento de cabeza.

—Quiero más agentes fuera de las puertas de cada vagón y también aquí, en esta salida —prosiguió Yefímov antes de volverse hacia Alekséiov y añadir—: Como tú conoces más al señor Jenkins y a la señorita Ponomaiova, vas a subir al primer vagón y recorrerlos todos desde allí.

Su subordinado asintió sin palabras, aunque parecía poco convencido.

Yefímov volvió a mirarlo. No tenía tiempo que perder con críticas.

—¿Querías decirme algo?

—Solo me estaba preguntando… si no parece demasiado fácil.

—¿Demasiado fácil? Hemos tenido que atravesar una tormenta en helicóptero para llegar aquí.

—Me recuerda a cuando Víktor Fiódorov y yo seguimos al señor Jenkins a un hotel turco en el que estábamos convencidos de que lo arrestaríamos y no fue así.

—En esa ocasión, el autobús hizo numerosas paradas antes de llegar a Bursa, ¿no? —Yefímov había leído el informe.

—Sí.

—Aquí no ocurre lo mismo.

—Es verdad, pero entonces tampoco teníamos que decidir a quién seguíamos.

No pensaba ponerse a discutir con el joven agente. En sus informes, Fiódorov había insistido en varias ocasiones en el formidable instinto de Jenkins para el contraespionaje y Yefímov estaba convencido de que el problema era, en parte, ese mismo: que el coronel le había atribuido demasiado mérito y, en consecuencia, había actuado con demasiada cautela. Además, desconfiaba de buena parte de lo que había escrito por considerar que lo había hecho por cubrirse las espaldas, que solo buscaba una excusa que alegar para justificar su fracaso. Su comportamiento reciente ponía más en duda aún el contenido de dichos informes.

En cuanto al juego de trileros que había puesto en marcha Jenkins, primero con las ambulancias y luego con los disfraces, estaban a punto de averiguar si el analista había puesto el ojo en la presa acertada o se había confundido. Durante el vuelo en helicóptero, la policía de Moscú había informado de la detención de determinado número de personas vestidas como Jenkins y Ponomaiova, pero que no eran los fugitivos. Como siempre pasaba en el trile, Yefímov no podría estar seguro hasta levantar el último cubilete.

—Hagan lo que les he dicho —ordenó a los agentes antes de preguntar a Alekséiov—: ¿Sabes algo de Vólkov?

El subordinado negó con la cabeza.

Ya tendría tiempo Yefímov de vérselas con Fiódorov.

CAPÍTULO 31

Fiódorov se despertó desorientado y confundido, con la vista borrosa y distorsionada. De algún punto por encima de su cabeza emanaba un fulgor apagado y amarillo. Notó un olor a tabaco acre y penetrante que, no sabía por qué, le resultaba familiar. Intentó mover las manos y advirtió que las tenía atadas a la espalda.

A medida que recobraba poco a poco los sentidos, fue haciéndose cargo de las circunstancias en que se encontraba. Estaba sentado sin chaqueta en una silla de metal y tenía vacía la pistolera que llevaba bajo su axila izquierda. En un principio, dedujo, por las paredes de cemento desnudo y sin ventanas, que lo tenían en una celda, tal vez en el sótano de Lefórtovo, pero luego reparó en que la sala, como el olor a tabaco, le resultaba conocida.

Era la que había debajo del teatro Vajtángov, la misma en la que habían interrogado Arkadi Vólkov y él a Charles Jenkins.

Al lado de otra silla de metal situada a cierta distancia habían colocado un maletín. Llamó su atención un ruido a sus espaldas, pero no podía volver la cabeza lo suficiente para ver quién lo había hecho. Entonces entró un hombre en su visión periférica. Había visto aquellos andares pesados y aquel físico monolítico casi a diario durante nueve años. Reconoció entonces el olor agridulce de los cigarrillos Belomorkanal.

Arkadi.

Vólkov se sentó en la segunda silla. El pitillo que llevaba en la diestra dejaba escapar un hilo de humo en el aire viciado. Fiódorov no sabía si saludarlo o guardar silencio. La impresión que había tenido durante su encuentro en el ascensor había resultado acertada. Su antiguo compañero sabía más de lo que había dado a entender.

—Supongo que reconoces esta habitación —dijo Arkadi sin alzar la voz, que sonó casi ronca. De sus labios escapaba el humo con cada palabra que pronunciaba.

Fiódorov asintió con aire inseguro.

—Sí.

—No se nos dio muy bien —aseveró Vólkov como si le hubiera leído el pensamiento—. Con el señor Jenkins, quiero decir.

Él seguía tratando de evaluar los movimientos de Arkadi y el tono de su voz.

—Hicimos lo que pudimos, Arkadi.

Vólkov asintió, pero añadió:

—A veces no lo tengo tan claro. —Apartó la cara del círculo de luz para sumirla en las sombras. Se llevó el cigarrillo a los labios. El extremo adquirió un tono rojo sangre. Un instante después, dejó escapar otra voluta espesa de humo.

—¿Qué estoy haciendo aquí, Arkadi?

Su antiguo compañero no respondió enseguida. Se inclinó hacia delante, pero su expresión estoica no revelaba gran cosa. Tras un instante, apoyó los antebrazos en los muslos.

—Yo también me lo he preguntado. Los dos estamos aquí porque te has vuelto descuidado, Víktor. Sí, sospechaba que te volverías descuidado, pero tenía la esperanza de que no fuese así. No sé cuáles serán tus motivos. La culpa, quizá, o el arrepentimiento. Tal vez una última ocasión de congraciarte con tu hija antes de irte.

Fiódorov no respondió.

—Una vez me dijiste, Víktor, que la culpa es un móvil muy poderoso, pero una justificación muy torpe para nuestros actos.

—Haces que suene más profundo de lo que me siento ahora mismo.

Arkadi se puso de pie. Aplastó la colilla con la suela de su zapato negro de vestir.

—Tenías que saber que, en cuanto supiera que estabas implicado, Yefímov me pediría que le dijese todo lo que sé de ti, incluida tu relación con tu exmujer y tus hijas, que me pincharía para averiguar cualquier debilidad que pudiese explotar. Tenías que saberlo, Víktor.

—Supongo que sí, que lo sabía.

Vólkov siguió hablando como si no hubiese oído la respuesta.

—Yo no podía decir que no tenías ninguna debilidad. Hemos trabajado juntos mucho tiempo, Víktor, muchos años, y, por supuesto, todo el mundo tiene la suya. Eso también lo sabes. —Exhaló el humo y miró hacia la puerta—. Le dije que era una pérdida de tiempo, que el Víktor Fiódorov que yo conocía jamás cometería un error que pudiésemos explotar. —Meneó la cabeza de un lado a otro—. Al parecer, me equivocaba. Lamentablemente. ¿Qué te ha pasado, Víktor?

—No lo sé, Arkadi. —Fiódorov meneó la cabeza—. Quizá los meses que he estado alejado de la Lubianka me han dado el tiempo que necesitaba para pensar en todo lo que me he perdido, en todas las cosas a las que he tenido que renunciar, en el precio que he pagado por mi carrera profesional… No puedo hacer nada por salvar mi matrimonio, pero mis hijas… Pensaba que sería posible. —Ya nunca lo sabría—. Dicen que la edad y la experiencia imprimen sabiduría. La esperanza nunca se pierde y ahora sé que es más fácil vivir con el fracaso que con el arrepentimiento.

—Sí, pero tenías que saber que Yefímov te tendería esta trampa antes o después. —Casi daba la impresión de estar suplicando a Fiódorov.

—Supongo que sí, pero no podía irme así. No podía decepcionar otra vez a mis hijas y hacer que creyeran que la impresión que tenían de su padre, la impresión que yo fui creándoles, era cierta. —Se encogió de hombros y compuso una leve sonrisa—. Y yo que pensaba que había burlado la vigilancia...

—Y así era —dijo Arkadi con tono de desengaño y algo de rabia—. Ya eras libre. Podías haberte ido con tus seis millones de dólares y hacer lo que te hubiese dado la gana.

Fiódorov sonrió. Como siempre, Arkadi sabía mucho más de lo que dejaba ver.

—Así que sabéis lo del dinero.

—Y lo de Serguéi Vasíliev, claro. Te vi salir del M'Istra'l con el señor Jenkins.

Al oírlo soltó un suspiro. Sabía que lo que le esperaba sería doloroso.

—De modo que Yefímov también lo sabe.

Arkadi encogió sus colosales hombros y apretó los labios, un gesto que hacía por costumbre. Tras una pausa, contestó:

—No, no lo sabe.

La respuesta sorprendió a Fiódorov.

—¿No se lo has dicho?

—He dicho muchas veces que lo que pasó con Charles Jenkins no fue culpa tuya, que uno no puede perder lo que nunca ha sido suyo; pero la FSB necesitaba un chivo expiatorio y te escogió a ti. Tal vez a mí me habrían hecho lo mismo si no hubiese estado en el hospital. Da igual: también a mí me llegará la hora.

—¿Entonces? ¿Qué estoy haciendo aquí, en esta habitación?

—Primero, dime por qué has tenido que ponerme en esta situación.

—Ya te lo he dicho, Arkadi. Quería irme sin arrepentimiento, despedirme de mis hijas. Es así de sencillo. Puede que no sea propio del hombre al que conocías, pero... —Se encogió de hombros—. Tal vez, visto lo visto, no haya sido la mejor decisión, pero volvería a hacerlo. He dejado pasar muchas ocasiones de arreglar las cosas con ellas. Me di demasiado a mi trabajo y muy poco a ellas... y estoy pagando el precio de mis años de indiferencia. Ahora son ellas las que no tienen gran interés en verme. Mis nietos me llaman Víktor. *Víktor*, no *dedulia* ni *dédushka*. —Agitó la cabeza—. ¿Cómo he llegado a esto? ¿Cómo he dejado que lleguemos a esto? No lo sé.

Fiódorov miró al suelo. La Federación de Rusia le había vendido una profesión emocionante. Había llegado a la Lubianka pensando que su vida sería como la de James Bond cuando, en realidad, lo habitual era que se redujese a horas de hastío y monotonía.

—No pretendía ponerte en una situación difícil, Arkadi. Siempre has tenido un sentido del deber y del honor muy sólido y te respeto por eso. Yo solo quería que mis hijas supieran que no las he abandonado... otra vez.

Vólkov miró el maletín que había dispuesto al pie de la silla.

—Entonces, los dos sobres... supongo que son para Renata y Tiana.

—Para compensarlas, si es que puede compensarse toda una vida de abandono.

Arkadi bajó la mirada al suelo.

—¿Y ha valido la pena, Víktor? Porque da la impresión de que no.

Fiódorov meditó su respuesta.

—Supongo que el tiempo será quien se encargue de contestar esa pregunta... en mi caso y en el tuyo, Arkadi. En cuanto a mí... —Sonrió—. Te puedo decir que, por primera vez en mi vida, me siento, por lo menos, en paz. Por primera vez en mi vida, estoy durmiendo por las noches. Al menos, hasta ahora.

Arkadi se agachó para recoger el maletín y ponérselo en el regazo. Lo abrió. Fiódorov sabía que dentro guardaba los instrumentos que tan bien había sabido utilizar para obtener información: cuchillos, sopletes y tenazas afiladas con las que amputar un dedo falange a falange. Sacó una hoja, hizo chasquear los dos cierres del maletín y volvió a dejarlo al lado de la silla. La luz de la bombilla solitaria que pendía del techo brillaba en el metal.

Vólkov se puso en pie y se acercó.

—¿Le darás las cartas a mis hijas? —preguntó Fiódorov, temeroso, pero con la esperanza de que su muerte fuera, al menos, rápida e indolora, de que Arkadi lo librase del tormento que, sin duda, lo aguardaba a manos de Yefímov.

—Sí, claro. —Su antiguo compañero lo miró desde arriba.

—Haz lo que tengas que hacer, Arkadi. Lo único que te pido es que lo hagas rápido.

Con un movimiento ágil, Arkadi se colocó detrás de Fiódorov y rajó las cintas de plástico con que tenía atadas las muñecas. Él alzó la vista hacia su antiguo compañero sin saber bien qué pensar ni qué decir.

—No entiendo. ¿Qué…?

—Tú no eres el único que ha tenido tiempo para pensar, Víktor. Yo me pasé muchas horas y muchos días en aquella cama de hospital y Yekaterina me dijo que siempre ibas a verme. Nadie más apareció por allí, Víktor. Tú le hiciste compañía a mi Yekaterina, le diste esperanza cuando yo no podía ofrecérsela. Eso sí, las lecturas que me traías eran un asco: habría preferido mil veces un buen libro.

Fiódorov se echó a reír, en parte por las circunstancias en que se hallaba y por los nervios, pero también porque, después de nueve años, todavía no conocía a su compañero.

—¿Un libro? ¿Y qué habrías leído, Arkadi?

267

—*El conde de Montecristo*. Ya ves, Víktor: yo también tengo mis cosas que enmendar… y también yo espero poder dormir un día por las noches.

—Pero, si esa era tu intención…, ¿por qué me has golpeado?

Arkadi se encogió de hombros.

—No se me ocurría otro modo de asegurarme de que no hacías ninguna estupidez.

CAPÍTULO 32

Alekséiov miró la hora al oír el gemido agudo del Sapsán poco antes de que entrara puntual en la estación. El tren se detuvo y las puertas se abrieron, pero ningún pasajero corrió hacia la salida.

La policía embarcó para asegurarse de que no se apeaba nadie, tal como había ordenado Yefímov. Alekséiov entró en el primer vagón con Vinográdov y saludó al jefe de revisores antes de echar a andar por el pasillo. Sus ojos iban de izquierda a derecha estudiando los rostros, rostros preocupados, inquietos o simplemente confundidos. Detenía sobre todo la mirada en las mujeres, ya que Ponomaiova podía disfrazarse con más facilidad que Jenkins, quien por su color y su tamaño resultaba mucho más fácil de identificar.

No vio a ninguno de los dos entre los viajeros del primer vagón. Vinográdov y él pasaron al segundo, que también recorrieron sin éxito. El tercero lo abordaron con una actitud más resuelta. Así, Alekséiov empezó a hacer a los hombres ponerse en pie y a alguna que otra pasajera le tiró del pelo, con lo que suscitó otras tantas protestas. Sin embargo, ni Jenkins ni Ponomaiova aparecieron.

Cuando llegaron al final del cuarto, el último vagón del tren, sintió náuseas. «Demasiado fácil —volvió a pensar—. Parecía demasiado fácil».

Vinográdov lo miró perplejo.

—¿Qué?

Alekséiov no había advertido que estaba pensando en voz alta.

—Nada.

—¿Quiere que volvamos al principio? —ofreció el policía.

—¿No ha bajado nadie del tren? —preguntó Alekséiov al revisor.

—Imposible: esta es la primera parada.

—¿Y no hay otro modo de salir?

—A doscientos veinte kilómetros por hora, no.

Alekséiov le enseñó las fotografías de Charles Jenkins y Pavlina Ponomaiova.

—¿Recuerda haber visto a alguno de estos pasajeros?

—No.

Entonces le mostró las imágenes de los dos disfrazados en la estación Leningradski.

—Y a ellos, ¿los reconoce?

—No, pero uno de mis revisores me ha hablado de un anciano ciego al que, por lo visto, ayudó a subir al tren un agente de la policía de Moscú.

—¿Un agente de policía?

—Sí.

—Me gustaría hablar con él.

El jefe de revisores lo llevó al tercer vagón e hizo un gesto a uno de sus subordinados para que se acercara. Alekséiov le enseñó la fotografía del anciano.

—Ese es el hombre al que ayudé a subir al tren —confirmó el joven sin dudarlo.

—¿Era ciego?

—Eso parece. Sí.

—¿Y lo escoltaba un agente de policía?

—Sí. Además, me dijo que no me preocupara por comprobar su pasaporte por miedo a que perdiese el tren.

—¿Lo acompañó usted a su asiento?

—No, porque quería usar el baño. Me ofrecí a ayudarlo, pero se ofendió. Después de eso no lo he visto en el tren.

Alekséiov salió del vagón. Cuando se abrieron las puertas de cristal que lo separaban del siguiente, se acercó al baño y probó el pomo. Estaba cerrado con llave.

—Es la normativa —apuntó el revisor.

—Quítele el candado —dijo el de la FSB sacando el arma— y apártese enseguida.

El empleado obedeció y Alekséiov empujó la puerta de aquel aseo diminuto. Vacío.

—Que registren todos los baños —ordenó a Vinográdov— y el equipaje. Que no salga nadie hasta que registren el equipaje.

El revisor parecía confundido.

—¿Qué estamos buscando?

Alekséiov volvió a mostrar las fotografías, convencido de que sabía ya por qué habían visto a Jenkins y Ponomaiova con bolsas de lona y por qué el revisor no había visto al anciano en el tren.

—La ropa que se ve en estas fotos, pelucas y gafas.

El hombre miró su reloj.

—Pero eso podría…

Alekséiov, que no sentía ningún deseo de hablar con Yefímov, liberó su rabia con el revisor.

—¿Prefiere venir conmigo a la Lubianka para explicarnos cómo han desaparecido sin dejar rastro dos pasajeros?

El revisor negó con la cabeza.

A regañadientes, Alekséiov bajó del tren y se dirigió a Yefímov, que no tenía cara de muchos amigos precisamente. Sintió que se le encogía más aún el estómago mientras meneaba la cabeza para comunicarle:

—Uno de los empleados confirma que ha subido un anciano ciego que ha pedido usar el baño. También nos han asegurado que no puede haber bajado nadie antes de llegar a Tver. Sospecho que

Jenkins y Ponomaiova se quitaron los disfraces y salieron del tren antes de que partiera.

Yefímov aspiró aire de forma sonora entre los dientes y se frotó la barba incipiente del mentón.

—¿Quiere que llame a la Lubianka y haga que revisen otra vez las cintas de la estación? Es posible que el analista se confundiera y fuesen los dobles los que subieron a este tren. He dado órdenes de registrar el equipaje.

Su superior miró el reloj antes de preguntar con voz severa:

—¿Para qué?

—Por los disfraces.

—No me interesa encontrar disfraces: me interesa encontrar personas. —Se apartó sin dejar de frotarse la nuca—. Llama a la Lubianka y que revisen lo que grabaron las cámaras de los andenes ocho y nueve de la Leningradski justo antes de que saliera el tren. Quiero saber si había otro en el andén ocho y, en ese caso, cuándo salió y en qué ciudades para.

CAPÍTULO 33

Jenkins se puso en pie cuando el tren se detuvo en la estación Moskovski de San Petersburgo. Escrutó el andén en busca de agentes de uniforme o de gente que aguardara ociosa pese al frío extremo… y no vio a nadie. Tres filas por delante de la suya se levantó Pavlina de su asiento. Cruzó brevemente la mirada con él y le dedicó una breve sonrisa que contradecía, por lo demás, el aspecto que presentaba. Se había pasado dormida la mayor parte de las tres horas y media del viaje y, al despertar, había mordisqueado una barrita energética y había bebido algún sorbo de agua, pues, según había dicho a Jenkins, su estómago aún no toleraría demasiado alimento. A Jenkins le preocupaba verla tan débil. Si conseguían salir de aquel tren, todavía tenían por delante un viaje muy largo. No tenía modo alguno de estar seguro de si el juego del despiste que había dispuesto con ayuda de Lemore había salido bien ni si había servido para ganar el tiempo suficiente para salir de la estación y perderse en la ciudad más populosa de Rusia después de Moscú.

En la parte delantera del vagón había una bolsa de lona con el disfraz que se había quitado en los servicios del tren con destino a Pskov justo antes de apearse del último vagón a escasos segundos de que se cerraran las puertas y saliera el tren de la terminal. Se había integrado con rapidez en la multitud de viajeros que se apeaban del que acababa de llegar al andén ocho o subían a él. Pavlina había hecho el cambio delante de él tras cambiar la peluca castaño claro por una rubia de pelo corto y ponerse un abrigo de otro color.

Habían conseguido subir al tren de San Petersburgo.

Ahora tenían que bajar.

Jenkins había hecho todo el trayecto con el estómago revuelto. Había analizado y vuelto a analizar sus probabilidades antes de llegar a la conclusión de que todo dependía de lo que tardase Yefímov en reparar en el ardid y responder… contando con que hubiesen seguido a la pareja correcta de viajeros. El tren a Pskov tenía su primera parada en Tver. Si el truco había funcionado, Yefímov haría registrar los vagones; pero no sabía si, al no encontrarlos a ninguno de los dos, ordenaría un segundo registro. ¿Haría mirar en los lavabos? ¿Miraría el equipaje o llegaría más bien a la conclusión de que lo habían engañado y se centraría en las rutas de escape más probables que se les presentaban a Jenkins y a Ponomaiova? ¿Revisaría la cinta del andén de Moscú o concluiría sin más que la opción más lógica era el tren que había parado delante?

La condición de persona práctica y pragmática que atribuía Fiódorov a Yefímov no le permitía dar por sentado que tendrían tiempo suficiente para huir de la estación Moskovski, pero Fiódorov también había dicho que de la participación de Yefímov cabía suponer que la FSB querría distanciarse de la investigación y limitar el número de agentes participantes a fin de reducir las probabilidades de un error vergonzoso que atrajera la atención internacional. Tal cosa quería decir que, en lugar de alertar a la FSB de San Petersburgo, era de esperar que Yefímov volviera a servirse de la policía de la ciudad y la informara solamente de que a Jenkins y Ponomaiova los buscaban en Moscú por actos delictivos. Si no había supuesto mal, tenían una posibilidad.

La fila de pasajeros empezó a avanzar hacia las salidas. Pavlina se subió la capucha de su abrigo y bajó al andén, sin levantar la cabeza mientras se dirigía a las escaleras. Nadie corrió a detenerla, cosa que, por el momento, parecía buena señal. Por el momento.

Jenkins se bajó la visera de la gorra de béisbol casi hasta la montura misma de sus gafas de lectura y se abrochó el chaquetón. Dejó las bolsas de lona en el portaequipajes de la parte delantera del vagón y bajó al andén, donde lo asaltaron el aire frío y el olor a tabaco de los viajeros que, hambrientos de nicotina, habían encendido cigarrillos al llegar. Mantuvo la cabeza gacha y los hombros encorvados y se dejó arrastrar por el gentío.

Ya cerca de las escaleras, tuvo la sensación de que la muchedumbre vacilaba y miró hacia arriba. En el rellano superior apareció media docena de policías. Unos bajaron empujando y apartando a la gente que subía y otros se quedaron arriba para observar uno a uno a los viajeros.

A Pavlina, que se encontraba ya en las escaleras mecánicas, la reconocerían de inmediato. El disfraz nuevo no serviría de gran cosa.

Jenkins, que subía a pie, se volvió y apretó el paso escaleras abajo, a contracorriente de los pasajeros. El resultado fue el que pretendía provocar: quejas a voz en cuello y empujones mientras se abría paso en dirección al andén. Miró hacia atrás por encima de su hombro y cruzó la mirada con uno de los agentes. El policía señaló hacia él y se puso a gritar. Las voces subieron de volumen y la confusión aumentó también. Los agentes se reunieron de inmediato y también se abrieron camino entre la multitud que protestaba.

Al llegar al andén, Jenkins echó a correr sin saber adónde ir. Los policías, muchos, le pedían a gritos que se detuviera y se echara al suelo. Él se estuvo quieto por miedo a que le disparasen y levantó los brazos por encima de la cabeza.

Mientras se arrodillaba, miró de soslayo a la parte alta de las escaleras mecánicas.

Durante su ascenso, Pavlina oyó un tumulto en el interior de la terminal y advirtió la súbita aparición de un grupo de agentes de policía. Algunos bajaron y otros permanecieron en el rellano de arriba para estudiar a los viajeros y compararlos con las fotografías que llevaban impresas o en los móviles.

Habían descubierto el cambio de trenes que había ideado Jenkins.

Mantuvo la cabeza alta y el cuerpo relajado mientras la escalera seguía subiendo. De reojo, vio que uno de los agentes la estaba observando y miraba a continuación la instantánea que tenía en la mano. Lo que vio, al parecer, le bastó para convencerse. Dio un paso hacia ella en el momento en que ella llegaba arriba.

Tampoco entonces se dejó llevar por el miedo. Tenía documentos de identificación en el bolsillo y se había aprendido de memoria la dirección de San Petersburgo que figuraba en ellos, que podía repetir con fluidez y sin dudar, al menos mientras practicaba en el tren, porque todavía estaba por demostrar que fuese capaz de repetir su impecable actuación en el momento de la verdad.

En el instante en que el agente abría la boca para hablar, se oyó gritar abajo. El ruido captó la atención del policía y lo llevó a cambiar de opinión y echar a correr por las escaleras mecánicas con los demás. Los viajeros de San Petersburgo, habituados a los atentados terroristas contra trenes y multitudes, como el que se había perpetrado en 2017 en el metro, en el que habían muerto más de una docena de personas, empezaron a empujarse y a correr escaleras arriba, tanto por las fijas como por las automáticas.

Pavlina vio a Jenkins arrodillándose en el andén con las manos levantadas y supo que se había sacrificado por desviar la atención. Los ojos se le llenaron de lágrimas que corrieron por sus mejillas diciéndose que ojalá el americano no hubiese vuelto a Rusia. Ojalá hubiese muerto ella en el choque de Vishniovka y Fiódorov no le hubiese arrebatado la píldora de cianuro.

Cruzó su mente la idea de crear ella también un alboroto, pero enseguida concluyó que solo conseguiría que los arrestasen a los dos. Las instrucciones de Jenkins habían sido muy claras: si ocurría algo, debía seguir adelante. Vio que un agente lo empujaba contra el suelo y le ponía una rodilla en la espalda. Otros le sujetaron las muñecas con bridas de plástico, revoloteando a su alrededor como palomas sobre un mendrugo de pan.

Pavlina pensó en la fotografía que le había puesto Fiódorov sobre la mesa de Lefórtovo, la de Jenkins con su hijita en brazos. A regañadientes, se mezcló con la muchedumbre aterrada que corría por el vestíbulo de mármol y rebasaba la estatua de bronce de Pedro el Grande. Caminaba con decisión, pero sin correr, aprovechando la ventaja que le brindaban la conmoción y la confusión para mezclarse con el resto de cuantos avanzaban hacia la sala principal y las salidas.

Bajó tres escalones y salió con otros viajeros. El viento racheado arrastraba en el aire la nieve que atenuaba la luz de las farolas profusamente decoradas y hacía difícil ver nada más allá de unos cuantos pasos. Jenkins le había proporcionado dinero y una dirección y Pavlina levantó una mano con la intención de llamar un taxi. En la parada quedaban aún algunos vehículos. Se acercó con dificultad. La nieve recién caída se compactaba bajo las suelas de sus botas y hacía que le costase caminar. A mitad del trayecto que la separaba de los taxis, levantó el brazo, pero alguien la agarró por el codo izquierdo y tiró de ella con fuerza en sentido contrario.

—*Vi slíshkom torópites, gospozhá Ponomaiova* —dijo el hombre. «Tiene usted mucha prisa, señorita Ponomaiova».

CAPÍTULO 34

A Charles Jenkins le ardía la mejilla del golpe que se había dado con el suelo de cemento al empujarlo los agentes de policía. A su alrededor gritaban voces, demasiado numerosas y elevadas para que entendiese cuanto decían. Después de esposarle las manos a la espalda, lo pusieron en pie y le taparon la cabeza con una capucha. Lo agarraron por los brazos y lo llevaron, medio a pie y medio a rastras, por las escaleras mecánicas. Cuando llegaron arriba, el americano tropezó y estuvo a punto de caer, pero los agentes lo sostuvieron y consiguió recobrar el equilibrio. Lo hicieron avanzar a un paso más rápido, casi al trote, y tuvo un segundo amago de caída al dar con un escalón que no pudo ver. El traspié lo llevó a torcer la espalda y sintió un dolor agudo que le descendió por la pierna derecha. Hizo un mohín y cayó de rodillas, pero, de nuevo, fue solo un instante. Los policías lo levantaron de un tirón y siguieron adelante.

Alguien gritó órdenes de abrir las puertas. El ruido del gentío se disipó y cesaron los empujones y los tirones. Una llave giró en un cerrojo. Los agentes lo lanzaron hacia delante y él cayó al suelo y se golpeó con fuerza la cabeza. Esa vez había moqueta, pero en esa ocasión los policías no lo levantaron. Cerraron la puerta. De nuevo, la llave en la cerradura.

Jenkins no había notado la corriente de aire frío. No había sentido ni oído la nieve ni el viento, lo que quería decir que no habían salido de la estación. Estaba aún en el edificio y no en manos de la FSB ni de Adam Yefímov.

Eso era bueno.

Con todo, sumido como estaba en la oscuridad, encerrado en un cuarto con las manos esposadas a la espalda y custodiado por agentes apostados frente a la puerta, no podía decir que aquello fuese un gran consuelo.

Antes de que Pavlina, demasiado débil para poder hacer ningún esfuerzo, tuviera ocasión de reaccionar, el hombre la obligó a recorrer la calle con él y la lanzó al asiento trasero de un coche. La puerta se cerró de golpe y a renglón seguido se abrió la del conductor, pero la luz interior no se encendió. El vehículo estaba caldeado como si lo acabaran de aparcar y olía a humo reciente de tabaco.

El hombre arrancó y se separó enseguida del bordillo. Llevaba una gorra de béisbol bien calada y gafas de montura gruesa. La señal que vio por la ventanilla la informó de que estaban en Nevski Prospekt. Se incorporó y pensó en abalanzarse sobre el asiento delantero y tratar de estrangular al conductor. También sopesó la idea de abrir la puerta y rodar sobre la nieve, pero ¿adónde iba a ir? ¿Hasta dónde podía llegar en las condiciones en que se encontraba y con aquel tiempo?

El conductor miró por el retrovisor y se dirigió a ella como si le hubiera leído el pensamiento:

—Le aconsejo que no haga ninguna tontería, señorita Ponomaiova. No tenemos mucho tiempo y el señor Jenkins tampoco.

No podía ver su rostro en el interior oscuro del vehículo, pero sí reconoció aquella voz.

—¿Fiódorov?

—Cuénteme qué ha pasado dentro de la estación.

—¿Qué hace usted aquí?

—Podemos dejar esa pregunta para otro día. Hoy tenemos algo más urgente entre manos. Tenemos que actuar con rapidez si queremos hacer algo. Cuénteme qué ha pasado.

Pavlina se lo contó.

—¿Y todos iban de uniforme?

—Sí.

—¿Todos? —volvió a preguntar Fiódorov con más insistencia.

—Los que yo he visto sí.

—Entonces, todavía podemos hacer algo. —Giró y se detuvo al lado del bordillo cubierto de nieve. Le tendió a Pavlina un mapa de las calles de San Petersburgo que parecía arrancado de un panfleto turístico. Tenía marcada una *X*—. Si consigo lo que me propongo hacer, el señor Jenkins y yo no llegaremos muy lejos sin un coche; pero tampoco podemos arriesgarnos a que lo sigan desde la estación. Nos encontraremos aquí con usted. —Señaló el mapa.

—¿En el cementerio de Tijvin?

—Está a poco menos de dos kilómetros de la estación. Justo antes, en la rotonda, llegará a un monumento dedicado a Aleksandr Nevski. A la izquierda verá una calle estrecha. Aparque allí. Allí no la verá nadie. Una hora, no espere más. —Salió del coche.

—¿Y si no llegan?

Fiódorov se encogió de hombros.

—¿Le ha dado instrucciones el señor Jenkins… sobre adónde ir?

—Sí.

—Entonces, haga lo que le ha dicho.

Al descubrir que ni Jenkins ni Ponomaiova viajaban en el tren de Tver, Yefímov había estudiado aprisa los horarios de Leningradski y había llegado a la conclusión de que habían tenido que salir del tren antes de que saliera de la estación para subirse al que salía del andén ocho casi al mismo tiempo. Aquel tren se dirigía sin paradas a San Petersburgo. La posterior revisión de las cámaras que habían hecho en la Lubianka había demostrado que no le había fallado la intuición. Ponomaiova y, después, Jenkins habían embarcado en el tren con destino a Pskov; pero, minutos más tarde, tras cambiarse de disfraz, habían aparecido por separado en la parte trasera del último vagón y se habían mezclado con los viajeros que subían y bajaban del tren de San Petersburgo.

Alekséiov había tenido razón en una cosa: aquello habría sido demasiado fácil.

Tal vez los informes de Fiódorov tuviesen algo de cierto. Yefímov no tenía tiempo de pararse a analizarlo. Resuelto el primer misterio, el problema que había que abordar a continuación era el de llegar a San Petersburgo. Tal como había advertido el piloto del helicóptero, la fuerte nevada, la cubierta nubosa cada vez más oscura y el viento racheado habían obligado a cerrar la M-10 hacia dicha ciudad y a suspender vuelos privados y comerciales. Aun cuando fuera posible despegar, llegar a un aeropuerto con semejante temporal, buscar una tripulación, hacer la hora y media del trayecto a San Petersburgo y salvar luego la distancia del aeropuerto a la estación de ferrocarril requeriría más tiempo que tomar un tren a la estación Moskovski. Por pocas ganas que tuviese de sentarse ocioso, tenía que reconocer que el tren era la única opción real que se les presentaba.

Vio a Alekséiov colgar después de hablar con la Lubianka y regresar al pasillo central del vagón.

—Hay muy poca cobertura, pero, por lo que he podido oír, la policía de San Petersburgo ha arrestado a Charles Jenkins.

Yefímov clavó en él la mirada.

—¿Y qué hay de Ponomaiova?

—Sigue fugada.

—¿Cómo es posible?

—Ya le digo que no se oía bien, pero la policía de San Petersburgo llegó un minuto o dos más tarde que el tren y los pasajeros ya habían bajado. Detuvieron al señor Jenkins mientras subía las escaleras del andén y Ponomaiova no estaba con él.

—¿Estaba solo?

—Eso me han dicho.

—Jenkins no habría permitido nunca que Ponomaiova viajara sola. Debe de estar preocupado por su salud. Tiene que estar en San Petersburgo, pero, con este tiempo, no ha podido ir muy lejos, ni siquiera con ayuda. Las tormentas de nieve de allí imposibilitan el tráfico y congelan la bahía. Tiene muy pocas opciones de escape. ¿Dónde está ahora el señor Jenkins?

—Lo han encerrado en un cuarto de la Moskovski. ¿Quiere que llame a la comisaría central de San Petersburgo y les diga que lo trasladen al Bolshói Dom? —preguntó Alekséiov. Se refería al edificio que tenía la FSB en la avenida Liteini, la «Casa Grande».

—¿Y que se entere el mundo entero de nuestra incompetencia? ¿Quieres que sepan que hemos dejado escapar de Moscú a dos espías?

—Yo solo pretendía…

—Ya sé lo que pretendías. —La tormenta, al menos, le había dado una excusa para no llamar a Sokolov e informarlo del último traspié—. Si estás aquí es porque a Víktor Fiódorov lo despidieron por incompetente. ¿Quieres que te pase lo mismo a ti?

—No, yo…

—No, ¿verdad? Cuando lleguemos a la Moskovski y tengamos al señor Jenkins en nuestro poder, lo escoltaremos *nosotros* al Bolshói Dom, donde esperaremos a que mejore el tiempo para llevarlo a Moscú… después de que nos revele adónde se dirige la señorita Ponomaiova.

CAPÍTULO 35

Fiódorov llegó a la estación sudando y sin aliento por el esfuerzo que suponía tratar de correr con aquella nevada y semejantes rachas de viento. No era la primera vez en su vida, ni sería, probablemente, la última, que juraba que iba a dejar de fumar. Hasta había llegado a pensar en dejar el vodka.

Empezaría por el tabaco y ya vería.

Las aceras de la avenida Nevski y el aparcamiento de la estación Moskovski estaban casi desiertos y enterrados en nieve. Las farolas, antiguas y recargadas, ofrecían una luz temblona y amarilla. Fiódorov subió los escalones de la estación y se afanó en abrir la puerta ante aquel viento implacable. Una vez dentro, dedicó unos segundos a componer su aspecto. Para lo que se disponía a hacer no podía llevar disfraz alguno.

La diferencia de temperatura que había dentro del edificio era casi tan pronunciada como su humedad, pero él siguió adelante. No tenía tiempo que perder.

Arkadi Vólkov había llamado a Fiódorov y le había dicho que Yefímov y Simon Alekséiov se dirigían en tren a San Petersburgo y que Yefímov estaba usando los servicios de la policía local para intentar no dar un espectáculo. Tal cosa quería decir que en la estación ferroviaria no ocurriría nada hasta que llegase Yefímov de Tver y, por remota que fuese, eso le brindaba una oportunidad. Había

ROBERT DUGONI

comprobado el horario de los trenes y, mirando el reloj, vio que tenía menos de quince minutos.

Enseñó la placa de la FSB, que nunca había llegado a devolver, y desplegó una actitud más que ensayada ante el agente de uniforme del puesto de seguridad.

—Soy Víktor Fiódorov, del Servicio Federal de Seguridad. Tengo entendido que han arrestado a un hombre buscado en Moscú por cargos criminales.

—Sí, pero no sé adónde lo han llevado. —El policía señaló hacia las escaleras—. Pregúntele a uno de los compañeros del vestíbulo principal, que lo sabrán mejor que yo.

Habiéndose ya identificado como agente de la ley, Fiódorov pudo sacar la pistola y ponerla en la bandeja de la cinta transportadora sin suscitar preguntas. Pasó por el detector de metales y la recuperó al llegar al otro lado.

Subió los escalones de mármol hasta el primer vestíbulo y se acercó a un grupo de agentes abriendo la cartera con la misma arrogancia.

—Buenas noches.

Los policías miraron de inmediato su identificación y se cuadraron ligeramente. Fiódorov cerró la cartera.

—Soy el coronel Víktor Fiódorov, del Servicio Federal de Seguridad. Me han dicho que tienen arrestado a un hombre al que buscan por cargos criminales en Moscú. Díganme quién está al mando y dónde puedo encontrarlo.

Uno de los agentes señaló hacia un pasillo.

—La puerta de la izquierda —dijo—. Allí lo tienen.

Fiódorov cruzó el vestíbulo y abrió la puerta. Sus pulmones se vieron asaltados por el humo de tabaco que se había concentrado en una zona de recepción anodina en la que aguardaban tres agentes sentados en sillas de plástico tras sendos escritorios vacíos.

—¿Quién está al mando? —preguntó.

—Yo —anunció sin entusiasmo un hombre fornido.

Fiódorov le abrió la cartera en la cara.

—Soy el coronel Fiódorov, Víktor Nikoláievich Fiódorov, del Servicio Federal de Seguridad. Tengo entendido que han arrestado a un estadounidense al que buscan en Moscú por cargos criminales.

Los tres se pusieron en pie de inmediato, se calaron la gorra y se enderezaron los uniformes.

—Es cierto —dijo el responsable tendiéndole la mano—. Iván Zúiev.

—He venido a llevar al detenido al Bolshói Dom antes de que empeore más el tiempo y las calles se vuelvan intransitables. Por favor, tráiganmelo.

Zúiev no se movió.

—Tenemos órdenes de retenerlo aquí hasta que vengan a trasladarlo los oficiales de la FSB.

Fiódorov sonrió, pero en aquel gesto suyo no asomaba una pizca de humor.

—¿Acaso no me tiene aquí delante?

—Los oficiales que vienen en el tren de Tver…

—Claro, pero eso era antes de la ventisca. Todos los trenes que volvían a Moscú se han cancelado hasta mañana y tenemos que asegurarnos de custodiar al detenido en un lugar seguro, no en un cuartucho.

—¿Que se han cancelado?

—El jefe de estación informará en breve, supongo. —Fiódorov miró el reloj—. ¿Han salido ustedes a la calle?

—No…

—Pues yo sí. Créame, que no tengo mucho tiempo. ¿Ha visto el tiempo que hace?

—No, yo…

—Bueno, pues yo he tenido el placer de venir en coche. Tengo que llevarme al detenido al Bolshói Dom hasta que pase la tormenta y no me gustaría tener que retrasarme ni un minuto más. Por favor, tráiganmelo.

—Pero a mí no me ha informado nadie de un cambio de planes, coronel —dijo Zúiev titubeante—. Lo siento.

Fiódorov le dedicó su mejor mirada fulminante.

—¿No lo acabo de informar yo?

—Sí, pero…

—Pero prefiere poner en entredicho mi autoridad. —Le sostuvo la mirada—. A lo mejor cree usted que me hace gracia que me hagan venir en plena tormenta a recoger a un criminal.

—No, mi coronel.

—¿Prefiere hacer una llamada telefónica para confirmar mi identidad y lo que le estoy diciendo? —Sacó el móvil del bolsillo interior de la chaqueta—. No se preocupe, que ya llamo yo.

Zúiev se apresuró a decir:

—No, no es necesario.

—Insisto. Si va a poner en duda mi autoridad, por lo menos deme la ocasión de regodearme cuando resulte que tenía razón yo.

—Lo siento, coronel. Es solo que me han dado instrucciones muy claras y…

Fiódorov miró el reloj. Tenía nueve minutos antes de que llegara el tren de Yefímov.

—¿Y qué? —preguntó.

—Y tengo que custodiar aquí al detenido.

—*Tenía* —puntualizó Fiódorov—, en pasado. ¿O cree usted que la FSB tiene dominio sobre el clima?

—No, claro que no.

—Exacto. Resulta que ha cambiado el tiempo y hemos tenido que adaptarnos… por orden del subdirector. ¿O también quiere poner en entredicho su autoridad?

—No. Si me permite llamar al teléfono que me ha dado las instrucciones…

—Por supuesto. Llame, pero hágalo rápido.

Zúiev se dio la vuelta y sacó su móvil. Cuando lo hizo, Fiódorov metió la mano bajo el abrigo y la posó sobre las cachas de su pistola.

Yefímov viajaba sentado estoicamente mientras el tren de alta velocidad se dirigía a la estación Moskovski alcanzando máximas de hasta doscientos veinte kilómetros por hora. Fuera, la nieve azotaba a su paso las ventanillas tintadas. Llegarían en menos de nueve minutos.

Al otro lado del pasillo sonó el teléfono de Alekséiov. El joven respondió y se llevó un dedo al oído contrario.

—Alekséiov, dígame. —Se puso en pie y caminó hacia la parte trasera del vagón bajo la mirada atenta de Yefímov—. Hola, aquí Alekséiov. Sí. ¿Me... me oye? Digo que si me oye. Sí, sí. Yo lo oigo. He dicho que sí, que lo oigo. ¿Me oye usted? ¿Hola? —Regresó a la parte delantera—. Perdón, ¿me lo repite? Que me lo repita. ¿Hola? Sí, estamos... Deberíamos llegar en... ¿Qué? ¿Qué hombre? ¿Hola? ¿Qué hombre? ¿Me oye? No... Escuche, no... ¿Hola? ¿Hola?

Alekséiov bajó el teléfono. Parecía confundido. Pulsó un botón para devolver la llamada y, a continuación, regresó lentamente a su asiento.

—¿Qué pasa? —quiso saber Yefímov.

—Era un agente de policía de la estación Moskovski.

—¿Qué quería?

—No se oía nada. Ha dicho algo de que ha ido alguien a la estación, algo del señor Jenkins.

—¿Qué pasa con el señor Jenkins? —preguntó Yefímov alarmado de pronto.

—No lo sé —insistió Alekséiov—. No se oía nada.

Su superior miró el reloj. Le gustase o no, tendría que permanecer allí los ocho minutos siguientes.

—Llámalo.

—Lo he intentado. La pantalla se queda congelada y luego me dice que no ha podido establecer la llamada. Es por el tiempo. Y este tren...

—Sigue intentándolo. Dile que no permita que nadie vea a Jenkins hasta que llegue yo.

Zúiev estaba haciendo un gran esfuerzo para oír a su interlocutor. Como había esperado Fiódorov, la tormenta provocaba interferencias, pero no podía asegurar hasta qué punto. No había apartado la mano de las cachas de la empuñadura de su pistola. Cuando el policía colgó, se dio la vuelta y miró a Fiódorov con gesto inseguro y perplejo. Él no pudo evitar preocuparse, pero apartó la mano del arma y levantó las cejas para preguntar:

—Y, ahora, ¿puedo ver al detenido?

—No he podido... Por la tormenta. No se oía nada.

—*Sukin sin* —dijo Fiódorov. «Maldito hijo de puta»—. ¿Qué piensa hacer?

—El tren llegará en cuestión de minutos, coronel. ¿No puede esperar?

—¿Esperar? —preguntó alzando la voz—. ¿A qué, a que empeore la tormenta? Ya le he dicho que el detenido no va a subir a ese tren, que con este tiempo no puede volver a Moscú. Me han pedido que lo lleve a una celda del Bolshói Dom, ¿o cree usted que puede retenerlo aquí toda la noche en un cuarto sin seguridad? —Antes de que Zúiev pudiera responder, probó con otra táctica distinta—: ¿Cómo lo han retenido?

El policía balbuceó:

—Le hemos atado las manos a la espalda y le hemos inmovilizado los tobillos.

—Eso es pan comido para ese hombre. ¿Tiene usted la menor idea de quién es?

—No, solo sé que ha cometido varios delitos en Moscú.

—¿Tiene más bridas?

—Sí, claro. —Zúiev se volvió hacia uno de sus agentes, que abrió un cajón y sacó un puñado de esposas de plástico.

—Síganme todos y traigan las bridas. —Se dirigió al pasillo que había en la parte trasera del despacho de seguridad.

—¿Para qué? —preguntó el agente al mando, que rodeó el escritorio a la carrera para alcanzarlo.

Fiódorov se detuvo.

—Voy a decirles algo que no puede salir de aquí. —Miró uno a uno a los tres policías antes de proseguir—. Este hombre no es un delincuente común, sino un agente de contraespionaje perfectamente adiestrado. Debo sacarle información sobre la persona que viajaba con él, una mujer. Es extremadamente importante que la encontremos antes de que pase más tiempo. Supongo que eso se lo habrán dicho.

—¿Lo de la mujer? Sí, claro —dijo Zúiev.

—Perfecto. Usted primero. —El policía echó a andar hacia la puerta y Fiódorov volvió a hablar—. Dejen aquí sus armas, por favor.

—¿Qué? ¿Por qué?

—Porque no quiero acabar con un tiro si el señor Jenkins se ha soltado o si se tuerce la cosa.

Zúiev y sus dos compañeros sacaron las pistolas y las dejaron sobre un escritorio, tras lo cual el primero lo guio por el pasillo y se detuvo delante de la puerta. Fiódorov explicó a cada uno dónde debía apostarse antes de indicar a Zúiev con un gesto que podía abrir el cerrojo. Acto seguido, sacó su propia arma y se hizo a un lado.

El policía se detuvo.

—Abra —dijo Fiódorov.

Zúiev obedeció y los tres se pusieron en guardia como si Charles Jenkins fuese a cargar contra ellos. En el interior de la sala, el detenido estaba sentado en el suelo con la espalda apoyada en la pared. A su lado yacía la capucha con que, al parecer, le habían cubierto la cabeza. Miró a Fiódorov con expresión apagada.

—Parece que se le está acabando el tiempo, señor Jenkins —dijo Fiódorov.

—Ah, ¿sí?

Fiódorov se volvió hacia Zúiev.

—¿A qué hora llega el tren?

El policía miró el reloj.

—Le quedan siete minutos.

Entonces, le apuntó a la sien con la pistola y le dijo al agente que llevaba las bridas:

—Átelo de pies y manos.

El policía vaciló.

—Hagan lo que les digo si quieren volver a casa con sus familias después de acabar su turno. De lo contrario, no hace falta que les diga lo que les espera, ¿verdad?

Fiódorov cerró la puerta y se aseguró de que estaba bien echado el cerrojo. Se guardó la llave en el bolsillo y miró la hora.

—Tenemos cinco minutos escasos... Quizá menos.

Jenkins seguía con las manos a la espalda, pero Fiódorov ya le había cortado las bridas.

—¿Puedo preguntar qué estás haciendo aquí, Víktor?

—Ahora no hay tiempo, señor Jenkins.

Fiódorov recogió las tres pistolas Makárov que habían dejado en la mesa los agentes y, tras darle dos a Jenkins, se metió la tercera en la cinturilla del pantalón, a la espalda. Jenkins sujetó una con el cinturón y la tapó con la chaqueta, y metió la otra en el bolsillo del abrigo. Fiódorov lo agarró por la manga y lo llevó hacia la puerta.

—¿Qué plan tienes exactamente?

—Ojalá lo supiera. —Fiódorov caminaba con rapidez—. Estoy improvisando sobre la marcha. Usted, mantenga las manos a la espalda.

—¿Conoces San Petersburgo?

—Estuve un año trabajando aquí. Además, he estudiado el Google Maps.

—¿En serio?

—¿A que ahora no tiene tanta gracia? Hay que salir de aquí cuanto antes.

Abrió la puerta, recorrió el angosto pasillo y salió a la terminal principal, que se hallaba casi desierta. Por megafonía anunciaron la llegada inminente del tren del Tver.

—Se nos acabó el tiempo.

Fiódorov se dirigió al agente que le había indicado dónde estaba Jenkins.

—Me llevo al detenido al Bolshói Dom. Por favor, que sus hombres estén en el andén cinco cuando llegue el tren y escolten a los agentes de la FSB a la sala de detenciones para que puedan planear su traslado.

El policía asintió y todo el grupo se dirigió en bloque hacia los andenes.

Fiódorov llevó a Jenkins hacia la salida y los dos salieron para encontrarse con un viento horrible. Mientras recorrían la acera, la nieve los azotaba con tanta fuerza que resultaba difícil ver a poco más de unos pasos. El americano elevó la voz por encima del ulular del viento.

—Doy por hecho que has traído coche.

—Sí, pero se lo he dado a Ponomaiova.

—¿Que has hecho qué?

—No andábamos tan bien de tiempo como para pedir uno de sustitución.

—¿Y cómo tienes pensado escapar?

—A pie, señor Jenkins, así que apriete el paso.

—¿Que apriete el paso? Pero ¿hacia dónde?

—A la tumba del escritor más célebre de Rusia.

—Pues espero que él tenga coche.

Yefímov se apeó del tren cuando este se detuvo y no se sorprendió al ver a tantos agentes de policía esperando en el andén.

—Soy el agente Kótov, Sebastián Nekrásovich Kótov, y estoy aquí para escoltarlos.

—Pues adelante —dijo el recién llegado.

Los dos siguieron a los policías escaleras arriba y cruzaron la sala principal desierta en dirección a una puerta cerrada con llave que daba a un pasillo y al despacho de seguridad, que estaba vacío.

Yefímov miró a Kótov.

—¿Por qué no hay nadie aquí?

—No lo sé.

—¿Dónde está el detenido?

Kótov hizo un gesto con la mano.

—Lo están trasladando al Bolshói Dom para retenerlo allí... por haber empeorado el tiempo.

—¿Por orden de quién? —preguntó Yefímov, en cuya cabeza empezaron a saltar todas las alarmas.

—De la FSB.

Yefímov miró a Alekséiov, quien respondió meneando la cabeza:

—Le dejé muy claro al agente que Jenkins no debía salir de aquí.

Su superior corrió hacia la puerta cerrada que vio al final del pasillo y probó a abrirla. Tenía la llave echada. Dio un paso atrás, levantó la pierna y estampó el tacón de su zapato contra la cerradura. El marco crujió, pero la puerta no cedió del todo. Tras una segunda patada, la hoja se abrió con gran estruendo. Yefímov entró en la sala pistola en mano. En el suelo había tres agentes atados de pies y manos y con el semblante pálido.

«Fiódorov», pensó Yefímov antes de volverse hacia Kótov.

—¿Cuánto tiempo hace que se llevó al detenido ese agente de la FSB?

—Unos minutos. Yo he hablado con él en la sala principal y me ha pedido que vaya a recibirlo al tren para disponer…

—¿Cómo se llamaba?

—¿Quién?

—El agente de la FSB —dijo Yefímov alzando la voz—. ¿Cómo se llamaba?

—No… No me acuerdo.

—Fiódorov. ¿Era Víktor Fiódorov?

—Sí. Sí, así era.

—¿Y hacia dónde han ido? —Yefímov apretó el paso hacia la puerta.

—No l… —dijo Kótov.

—Traiga a sus hombres.

—¿Y los tres…?

—Déjelos ahí.

Yefímov echó a andar hacia la sala principal y Alekséiov y la policía corrieron para no quedar atrás. Víktor Fiódorov seguía en el juego y, además, lo tenía al alcance de la mano. Estaba resuelto a atraparlos o matarlos a los dos. En cuanto a Ponomaiova, ya tendría tiempo de encargarse de ella.

Empujó la barra de la puerta de salida y, haciendo frente al viento racheado y a la nieve cegadora, bajó arrastrando los pies las escaleras cubiertas de nieve. Levantó una mano para protegerse los ojos y estudió el aparcamiento desierto y las calles aledañas.

Vio lo que parecían dos hombres cruzando Nevski Prospekt antes de desaparecer al girar la esquina de la manzana. El corazón se le aceleró y sintió una fuerte descarga de adrenalina. Se había criado en las calles de San Petersburgo y había conocido más de una ventisca como aquella: esta vez no se le escaparían.

—Consigue a todos los agentes y todos los coches que puedas —gritó a Alekséiov—. Que comuniquen por radio que estamos siguiendo a dos hombres que van hacia el norte por Vladímirski, quizá en dirección al metro. Informa de la ubicación y de sus descripciones. Con este tiempo y las calles vacías, no deberían ser difíciles de localizar. ¡Venga! ¡Date prisa!

Dicho esto, se dio la vuelta y echó a correr por la acera… para internarse en la nevada.

Fiódorov y Jenkins caminaban con paso decidido, pero sin correr, cosa que, por otra parte, les habría sido imposible debido al viento y la nieve. Ya llamaban bastante la atención caminando por las calles desiertas de San Petersburgo con aquella cellisca y sin la ropa adecuada para semejante temporal. Ninguno llevaba gorro ni guantes. Jenkins se subió el cuello de la chaqueta y se metió las manos en el fondo de los bolsillos doblando los dedos para que circulase la sangre. Pocas manzanas más allá, se le había dormido el rostro.

En la calle aguardaban ociosos coches y autobuses, abandonados y cubiertos por diez o quince centímetros de nieve. La ciudad había quedado envuelta en un silencio espeluznante roto solo por las ráfagas de viento y el ronroneo de una máquina quitanieves que se afanaba en despejar la carretera.

Fiódorov tiró de Jenkins hacia la parte de atrás de un edificio a fin de descansar un instante de la furia del viento. Resollando y casi sin aliento, Fiódorov se enjugó las gotas de agua que le corrían por la cara.

—El metro es la única opción que tenemos, lo que significa que no podemos ir allí, porque Yefímov lo sabe. Tenemos que separarnos —aseveró—. Juntos llamamos demasiado la atención.

Jenkins sabía que Fiódorov tenía razón. Se llevó las manos a la cara para calentárselas con el aliento y, tras frotárselas, se las metió bajo las axilas de la chaqueta.

—¿Tienes algún plan?

—Al final de Nevski Prospekt está el cementerio de Tijvin, donde está enterrado Dostoievski. Antes de llegar, en una rotonda, verá el monumento a Aleksandr Nevski y, a la izquierda del monumento, un callejón. Ponomaiova lo estará esperando allí. —Miró aprisa el reloj—. Le quedan menos de veinte minutos para llegar.

—¿A qué distancia está de aquí?

—A menos de dos kilómetros.

—¿Con esta nieve? Imposible.

—Es su única opción. Haga que sea posible.

—¿Y tú? —Jenkins se secó la humedad que se le había formado debajo de la nariz.

—Yo estaré bien.

—Víktor…

—No me dé las gracias, señor Jenkins. Esto todavía no se ha acabado y a los dos nos queda mucho para estar a salvo. Yo quizá no vuelva a estarlo nunca. —Se dio la vuelta para echar a andar y Jenkins lo agarró de un hombro.

—Dime por qué has vuelto. —Jenkins no habría sabido decir por qué algo así le parecía tan importante, pero tenía la sensación de que no se le iba a presentar otra ocasión de preguntarlo.

—Como usted mismo ha dicho, señor Jenkins, me gusta ganar. Y tengo cuatro millones de razones de peso para asegurarme de que vuelve a América. —Sonrió antes de añadir—: También es una cuestión de karma. Si estoy, digamos, haciendo esto es porque alguien lo ha hecho antes por mí y no quiero atraer la mala suerte. Quizá algún día podamos hacer el brindis que tenemos pendiente en Seattle. Entonces nos contaremos todos nuestros secretos.

Acto seguido, abandonó el refugio del callejón y dobló la esquina para desaparecer entre los remolinos de nieve.

Fiódorov llegó al final de la manzana y estaba a punto de girar hacia el norte cuando una sombra dobló la esquina y le asestó un golpe tan brutal que lo hizo caer de hinojos. El paisaje, ya exento de color, quedó en blanco y negro cuando dio de bruces con la nieve, que amortiguó su caída. Le pusieron una rodilla en la espalda y, registrándole las ropas, le quitaron las armas.

—¿Creía que le iba a ser tan fácil traicionar a su país, coronel Fiódorov? —La voz era áspera y hablaba sin aliento. Le sonaba. Yefímov.

Sintió el cañón de una pistola contra la carne de su mejilla, lo que le dificultaba el habla. Gruñó y trató de despejar la mente tras el golpe para poder pensar.

—Yo no he traicionado a mi país.

—Lástima que nadie lo vaya a ver así —dijo Yefímov.

—Eso me temo.

—Su error fue subestimarme.

—Digamos que nunca lo he tenido en gran estima —repuso Fiódorov.

Yefímov tiró de él para ponerlo de nuevo de rodillas y le puso el cañón en la nuca.

—Y ese fue su error, coronel, un error que le costará la vida.

Una racha de viento alzó vórtices de nieve. Todo parecía borroso y distante.

—Pero eso no será ni aquí ni ahora —logró decir mientras se esforzaba por pensar, por permanecer en el presente.

—¿No? Si lo ejecuto aquí mismo, le ahorro todo ese trabajo al Estado.

—Pero no lo va a hacer —dijo Fiódorov, incapaz de dar coherencia a sus pensamientos.

—Vuelve usted a subestimarme.

—Y usted a mí. —Sus ideas volvieron a engarzarse a duras penas—. Yo no estoy traicionando a mi país, sino haciéndole un servicio.

—Es usted un mentiroso.

—Ah, ¿sí? Pues sé adónde van Charles Jenkins y Pavlina Ponomaiova y también que, por más que quiera atraparme a mí, prefiere, con diferencia, atraparlos a ellos.

—Quiero atraparlos a todos.

—Sí, pero a mí, solo por haberlo puesto en evidencia. ¿No le parece una victoria demasiado insustancial? —Sintió náuseas y se obligó a no vomitar—. ¿Qué será mejor, capturar a Jenkins y a Ponomaiova o capturar a toda la red que pretende liberarlos? ¿Qué le granjeará un mayor respeto por parte del subdirector y el presidente?

Fiódorov notó que vacilaba y rezó por haber dado en el clavo.

—Usted ya sabía adónde iban y aun así se lo calló.

—Porque ni sabía hasta dónde llegaba su red ni tenía una pistola en la cabeza.

—Y ahora quiere usarlo de moneda de cambio para salvar el pellejo.

—¿No es evidente desde la posición ventajosa en que se encuentra usted? Además, ¿qué consigue matándome?

—Es usted un traidor.

Fiódorov se encogió de hombros. Soltó un suspiro y sintió que le flaqueaban las rodillas.

—Está bien. Deje que se vayan, pero tenga en cuenta que el presidente querrá recompensar a quien los capture... y no me importaría compartir el mérito, Yefímov.

El fortachón lo hizo girar sobre sus pies y le puso el cañón de la pistola en la frente.

—Los muertos no comparten nada.

—Y ofrecen menos aún —replicó Fiódorov.

Yefímov volvió a vacilar.

—¿Y usted me puede ofrecer a Jenkins y a Ponomaiova?

—Si se los pongo a los dos en bandeja, tendrá usted pocos motivos para cumplir su palabra y dejarme vivir. —Empezó a ver sombras de nuevo—. Pero puedo darle al señor Jenkins.

Yefímov volvió a hacer una pausa.

—¿Y si me está mintiendo otra vez?

—La respuesta es evidente, ¿no?

—¿Dónde está?

Fiódorov sonrió. La sombra se hizo más patente.

—Bastante cerca —respondió.

Yefímov se enderezó al notar la boca de un arma de fuego en la base del cráneo.

—*Bros pistolet* —dijo Jenkins—. «Tire la pistola».

Al ver que no obedecía de inmediato, Jenkins se acercó más aún y alzó la voz para repetir:

—*Bros pistolet.*

Yefímov soltó el arma, que cayó sin ruido sobre la nieve. Entonces, Jenkins lo golpeó en la nuca con la culata de la suya y lo hizo caer de rodillas antes de derrumbarse, también él, contra el suelo.

—Hay que moverse, Víktor.

Fiódorov se acercó a Jenkins, pero la náusea y el mareo se intensificaron hasta abrumarlo. Trastabilló hacia un lado y siguió dando tumbos en dirección a un edificio. El americano lo agarró para evitar que cayera al suelo.

—Váyase, señor Jenkins, que no me va a pasar nada.

—Esa oportunidad ya la has tenido y no te ha salido bien. Me has dicho algo sobre el karma. Podemos sumarlo a la lista de cosas de las que hablar en Seattle. —Se echó al hombro el brazo de Fiódorov y lo sostuvo por el cinturón.

—Es imposible que corramos más que los coches de la policía.

—Sobre todo si nos quedamos aquí plantados.

Jenkins tiró de Fiódorov y dobló la esquina con él para meterse en un callejón. Volvió a girar y se mantuvo alejado de las vías principales transitando los angostos pasajes que se abrían entre edificios, siempre con la esperanza de estar avanzando en paralelo a Nevski Prospekt. Hizo lo posible por no perder el resuello. Fiódorov medía más de uno ochenta y pesaba como mínimo noventa kilos. No dejaba de hablar a fin de mantenerlo despierto, pero el ruso no siempre seguía la conversación.

Con todo, había dicho una verdad como un templo: si no se reunían con Pavlina antes de doce minutos, podían dar por perdida toda esperanza de escapar. Con aquel tiempo, a pie y con la policía de San Petersburgo tras ellos, parecía imposible.

Se concentró en dar un paso tras otro y arrastró a Fiódorov hasta otro callejón, del que salieron para dar en una calle desierta flanqueada por edificios de tres plantas. Los coches que bordeaban la acera habían quedado enterrados por la nieve y a Jenkins le resultaba ya imposible distinguir la calzada de la acera. Empezaba a sentirse extenuado y a pensar en lo bien que le vendría sentarse, aunque fuera unos segundos, y recobrar el aliento.

Agitó la cabeza para alejar semejante idea de su mente. El frío le impedía razonar con claridad y sabía que no iba a tardar en ceder a la confusión. Si se detenía, no podría volver a arrancar. Lo afectaría la hipotermia y Fiódorov y él morirían congelados. Miró el reloj. Le quedaban menos de diez minutos para llegar al cementerio.

En el lateral de un edificio asomaron faros de coche que iluminaron la nieve que caía. Un coche dobló la esquina. Jenkins tiró de Fiódorov para meterlo de nuevo en el callejón y los dos se pegaron a la pared de un bloque de pisos. El coche redujo la marcha. Los buscaba. Fiódorov tenía razón: no podía esperar ir más rápido que ellos. A pie no, desde luego, pero quizá con un coche… Si conseguía un coche…

Dejó a Fiódorov en el suelo y sacó la pistola.

—¿Qué hace? —preguntó el ruso.

—Sss… Que vienen.

Fiódorov, aturdido, intentó ponerse en pie, tropezó, perdió el equilibrio hacia un lado y fue a caer sobre un cubo de basura metálico. La nieve amortiguó el ruido, que, sin embargo, reverberó en el callejón.

Había que largarse de allí.

Jenkins puso el seguro a su pistola y, levantando al ruso, lo arrastró por el callejón. Tras ellos oyó cerrarse una puerta y luego otra; después, voces. Juró entre dientes e instó a Fiódorov a seguir adelante. Cerca del final del callejón aparecieron más faros sobre la calzada cubierta de nieve. La policía estaba rodeando la zona para cortarles el paso. Alzó la mirada. Al otro lado de la calle, en el centro de una rotonda, se erguía una estatua nevada de un hombre a caballo.

Ojalá fuese Aleksandr Nevski.

Miró el reloj. Menos de cinco minutos.

Se estaba quedando sin tiempo y sin callejones. En un instante en que sopló el viento y levantó remolinos de nieve, le pareció que la mala visibilidad le permitiría cruzar la calle sin ser visto y llegar al callejón que había al lado del cementerio de Tijvin. Si no, también podrían acabar con un tiro.

En tal caso, al menos, estaban a un paso del lugar adecuado.

CAPÍTULO 36

Jenkins llegó al monumento cuando quedaban pocos minutos y tiró de Fiódorov hasta quedar detrás el pedestal. Alzó una mano para protegerse de la nieve que arrastraba el viento y vio lo que parecía un callejón.

—Unos pasos más, Víktor —dijo.

El ruso había empezado a moverse con más soltura, había recobrado parte del equilibrio y caminaba mejor. Además, le resultaba más fácil seguir su conversación.

Cruzaron y tomaron el callejón, cuya escasa anchura, que no superaba la de dos utilitarios, parecía aún menor por la hilera de vehículos allí abandonados.

—¿Qué coche estamos buscando?

—Un Lada blanco.

Jenkins no lo conocía.

—¿Y cómo es?

—Pues ¿cómo va a ser? Como un Lada.

Llegaron al final de la manzana.

—Aquí no está —concluyó el americano.

Fiódorov negó con la cabeza.

—Tal vez se haya ido ya.

A la derecha de Jenkins vieron unos faros encendidos. Un coche dobló la esquina y los haces de luz hicieron brillar las espirales de copos de nieve. Ya no había elección posible: si no querían morir de frío, necesitaban un vehículo. Tiró de Fiódorov hasta quedar detrás de uno de los coches abandonados y sacó la pistola. Hacía cuarenta años que se había jurado no volver a matar a un hombre y esperaba no tener que hacerlo en aquel momento.

El coche se acercó a ellos lentamente, por lo angosto del callejón. Jenkins se agachó detrás del vehículo que le servía de parapeto y esperó a que pasase. A continuación, se puso en pie y salió. Abrió la puerta del conductor y metió el cañón del arma por la abertura.

—No dispares —dijo Pavlina—. No dispares, Charlie.

Jenkins ayudó a Fiódorov a subirse al asiento trasero y corrió a rodear el vehículo para ocupar el del copiloto. Pavlina los puso al corriente de la situación mientras reculaba por la calle, pues no podía dar la vuelta ni quería meterse en Nevski Prospekt.

—Hay policías por todas partes. —Al llegar a una intersección, cambió la marcha y dobló para tomar otro callejón estrecho—. Los edificios han protegido de buena parte de la nieve las calles más estrechas y por aquí podemos avanzar más rápido.

El americano reconoció enseguida que contar con coche en una noche como aquella era una dicha y una maldición a partes iguales. Sin él no habría sido capaz de llegar mucho más lejos teniendo que arrastrar a Fiódorov. Además, la nieve y la espesa cubierta nubosa impedían, o limitaban muchísimo, el uso de helicópteros policiales o satélites que pudieran seguirlos. Sin embargo, con las calzadas desiertas, cualquier vehículo constituía un blanco fácil para el enjambre de coches de la policía de San Petersburgo que los buscaban calle por calle y, sin duda, para las cámaras de tráfico repartidas por toda la ciudad.

Se volvió a mirar a Fiódorov.

—¿Cómo te encuentras?

—Como si me hubiesen dado en el cogote… dos veces.

—¿Dos veces?

—Es largo de contar.

—¿Tienes sangre?

—No mucha. El frío me ha ido bien. ¿Cómo lo ha sabido? Lo de Yefímov.

—No sabía si era él... o, por lo menos, no estaba seguro; pero cualquiera que ande por la calle con este temporal tiene que haber perdido el juicio o estar buscándonos.

—En su caso, las dos cosas —sentenció Fiódorov.

—Eso me ha parecido. —Se volvió hacia Pavlina—. ¿Puedes conducir con esta nieve?

Ella, que había pasado toda su vida en Moscú, arqueó una ceja y tiró del freno de mano, con lo que hizo derrapar al coche. Entonces soltó el freno y pisó el acelerador. El coche se enderezó y tomó a gran velocidad un nuevo callejón. Jenkins se aferró al asidero para mantenerse erguido y, sonriendo, comentó:

—Debo entender que sí. Antes o después, habrá que abandonar este coche.

—Sí —dijo ella—, pero el puerto deportivo no está cerca y ni él ni yo podemos ir muy lejos a pie con este tiempo. Hasta a ti te costaría.

Jenkins se dirigió a Fiódorov:

—Supongo que tienen cámaras de tráfico para vigilar las calles.

—Sí, pero San Petersburgo no es Moscú. La mayoría está instalada en las carreteras principales y lugares turísticos. Si nos ceñimos a callejones y vías secundarias, podemos llegar lejos. La nieve nos ayudará, y más conduciendo a oscuras.

Al llegar al final de cada callejón, Pavlina reducía la velocidad y apagaba los faros. Sin ellos, la visibilidad no era mucho peor, pues apenas se veía lo que había más allá de un palmo o dos del capó. En dos ocasiones tuvo que dar marcha atrás al llegar a una intersección y ver luces. Los vehículos policiales pasaban lentamente ante ellos y, cuando el cruce quedaba de nuevo despejado, lo salvaba para seguir jugando al gato y al ratón. Salieron a una calle paralela al río Nevá.

—Primer puente —anunció Pavlina. Las señales indicaban que se trataba del Blagovéshenski, con calzada de doble sentido, aunque desierto en una noche como aquella—. Aquí es donde más peligro corremos, pero no nos queda otra opción.

Una vez al otro lado, Pavlina encontró enseguida los callejones y vías secundarias que, a la postre, los llevaron al puente Betankura, más corto por unir las dos orillas del Málaia Nevá o «Pequeño Nevá». Tampoco allí encontraron tráfico. Con todo, al otro lado se extendía el distrito Petrovski, industrial en gran medida y con pocas calles. No tuvieron, pues, más remedio que recorrer la calzada principal, Petrovski Prospekt, sin un alma, en la que sus probabilidades de ser vistos eran mucho mayores.

Al final llegaron al último puente, el Bolshói Petrovski, y cruzaron a la isla de Krestovski.

—¿Cuánto queda para el puerto? —preguntó Jenkins.

—No mucho: algo menos de un kilómetro.

—Creo que ya hemos tentado demasiado a la suerte. Habría que buscar un sitio en el que deshacernos del coche antes de acercarnos más a nuestro destino. Yefímov sabrá que no podemos caminar demasiado con este tiempo. Tenemos que esconder el coche para ganar tiempo.

Fiódorov se asomó por entre los dos asientos delanteros.

—En el parque —apuntó—. Podemos esconderlo en Primorski Park Pobedi. Es enorme.

Pavlina saltó el bordillo y el coche rebotó en la acera. A Jenkins le resultaba imposible distinguir los senderos de las calles. La rusa serpenteó entre grupos de árboles nevados hasta llegar a un aparcamiento plagado de vehículos enterrados bajo quince centímetros de nieve.

—Salta ese bordillo —dijo Jenkins señalando más allá del estacionamiento—. Métete debajo de esos árboles.

A fin de impedir que el Lada quedase atascado, Pavlina no redujo la velocidad y lo dejó al lado de los troncos. Las ramas, cargadas de nieve, llegaban casi hasta el suelo y les brindaban un escondrijo natural.

—¿Puedes andar? —preguntó Jenkins a Fiódorov cuando lo vio apearse.

El ruso consideró el paisaje nevado antes de responder:

—Querrá decir si sé esquiar.

CAPÍTULO 37

Yefímov entró tambaleándose en una sala de la comisaría de policía de San Petersburgo. Estaba a un tiempo furioso y avergonzado. El culatazo en la nuca no lo había hecho perder el sentido, pero sí lo había dejado aturdido el tiempo suficiente para que Jenkins y Fiódorov pudiesen huir. Se había puesto en pie a duras penas y había seguido sus huellas hasta que las había borrado la nieve, momento en el que había parado a un vehículo policial.

Daba por sentado que debían de haber huido en coche, pues a pie no podían ir lejos, y menos aún después del golpe que le había asestado en el cráneo a Fiódorov. Quizá Jenkins hubiese reconocido esa certeza y hubiese secuestrado un vehículo, aunque aquello parecía poco probable, ya que no había nadie en la calle, o había acudido a un lugar que hubiesen acordado previamente, cabía suponer que con Ponomaiova, a fin de que lo recogieran.

Dio un trago al *whisky* y dobló los dedos para hacer circular la sangre y calentar sus extremidades. Desde el coche de policía, había dado instrucciones a Alekséiov para que pusiese a la policía de la ciudad a buscar entre las grabaciones de tráfico de los alrededores de la estación Moskovski un vehículo en movimiento o dos hombres a pie. Sabía que allí no estaban tan omnipresentes como en Moscú, pero tampoco había tantos vehículos, al menos aquella noche. Mientras esperaba, reflexionó lo que había dicho Fiódorov sobre su intención de destapar toda la red que se había puesto en funcionamiento para sacar de Rusia a Jenkins y a Ponomaiova. Sin duda eran divagaciones de un hombre desesperado con un cañón de pistola en la cabeza, pero había algo de cierto en lo que le había dicho. Si bien su objetivo primordial seguía siendo atrapar a Jenkins y Ponomaiova, descubrir a quienes los estaban ayudando encumbraría aún más a Yefímov, tal vez lo bastante para que el presidente se plantease devolverlo al redil ofreciéndole un puesto dentro del Kremlin.

Aquello, no obstante, era vender la piel del oso antes de cazarlo, algo que su padre le había dejado muy claro que no debía hacer nunca: «Tú, acaba el trabajo y deja que otros se encarguen de la recompensa».

En ese momento entró Alekséiov y le tendió una compresa fría.

—Debería verlo un médico —dijo.

Yefímov tiró la compresa a la papelera. No tenía tiempo que perder con médicos.

—No han podido ir muy lejos con este tiempo —aseguró a los agentes de la sala.

—Quizá hayan aparcado el vehículo —planteó Alekséiov—. Podrían haberse escondido en cualquier edificio de los alrededores.

Yefímov le lanzó una mirada severa.

—No me contradigas —dijo entre dientes.

Un analista dijo entonces desde detrás de su terminal informático:

—He localizado un coche en el puente Blagovéshenski. —Cuando Yefímov y Alekséiov se acercaron a la pantalla, les explicó—: Este es el puente hace unos doce minutos. Ahí está. —Señaló el vehículo en movimiento—. Conduce sin luces. —El coche desapareció de la pantalla y el analista tecleó algo—. Aquí he vuelto a dar con él, esta vez pasando el puente Betankura en dirección a Petrovski Prospekt.

Yefímov lo vio dejar atrás la rotonda nevada de la plaza Petróvskaia y dirigirse hacia el norte por el puente Bolshói Petrovski hasta la isla de Krestovski.

—Aquí es donde los pierdo —reconoció el analista—. Yo diría que se han metido en Primorski Park Pobedi.

—Consigue un vehículo. Me da igual lo que haya que hacer —dijo Yefímov a Alekséiov mientras se dirigía a la puerta—. El señor Jenkins debe de estar pensando huir en barco. En ese caso, habrá averiguado que la bahía del Nevá está helada, como buena parte del golfo de Finlandia. Que registren todos los puertos deportivos de Krestovski. Tiene que estar esperando a que se derrita el hielo o buscando otro medio de salir.

CAPÍTULO 38

Jenkins fue delante para abrir con las piernas un sendero entre la nieve, que le llegaba a las espinillas, y, aunque el aire se había calmado un tanto, hacer así de su cuerpo cortavientos para Pavlina y Fiódorov. Los copos de nieve flotaban con calma hasta llegar al suelo, como hojas otoñales. Fiódorov había desgajado una rama para ir borrando las huellas, pero la soltó al ver hasta dónde se hundían las botas del americano y el hoyo que creaba a cada paso.

—Haría falta un quitanieves para disimular nuestro rastro —había concluido.

Al amainar el viento se impusieron una bruma gris y un silencio espeluznante. No se oían voces, ni motores de coches ni aviones sobrevolando la zona. Detrás de Jenkins se hizo más pronunciada la rasposa respiración de Pavlina. Ella jamás lo admitiría, pero le estaba costando avanzar. El aire escapaba de sus labios formando nubes de vaho blanco. Sus rasgos demacrados y su aspecto enfermizo le recordaban las fotos en blanco y negro de los rostros de los supervivientes del Holocausto, hombres y mujeres horriblemente desnutridos y semidesnudos. Propuso hacer un descanso, pero ella rechazó la idea y le dijo que era mejor para todos que no se detuvieran, pues cualquier parada haría más difícil reemprender la marcha.

Siempre que podía, Jenkins se mantenía pegado a los troncos de los árboles, cuyos toldos naturales reducían la profundidad de la nieve acumulada en el suelo. Sus ramas cargadas también ayudarían a ocultarlos a ellos y sus huellas en caso de que pasara por allí un coche de la policía.

—¿Cuánto queda? —preguntó Fiódorov sin alzar la voz. Se quejaba de un dolor de cabeza insoportable, pero no había vomitado ni manifestado otros síntomas propios de una conmoción cerebral. Además, parecía estar recuperándose.

—No mucho —aseguró Jenkins con la esperanza de estar en lo cierto, porque, en realidad, no lo sabía.

El frío le ardía en el pecho con cada inspiración y recordó haber leído en alguna parte que era posible sufrir lesiones permanentes en los pulmones si se hacía ejercicio en ambientes demasiado gélidos. La verdad era que le preocupaba más la cantidad de sudor que estaba expeliendo y la posibilidad de que perdieran demasiada temperatura corporal y sufriesen hipotermia.

Puso una rodilla en tierra al llegar a una hilera de árboles y estudió la intersección que tenían delante. La nieve no mostraba rodadas ni huellas de zapato. Por encima del manto blanco asomaban una señal roja de detención y otra amarilla informativa que en ese momento parecían piruletas. Centró su atención en el puerto deportivo que había al otro lado del cruce en busca de cualquier indicio de que hubiera alguien más observando aquel lugar.

Fiódorov se arrodilló a su lado.

—Si el plan era escapar por mar… —Negó con la cabeza—. El frío ártico ha helado la bahía, señor Jenkins, y, aunque no fuera así, a estas alturas habrán informado a la base naval de la isla de Kotlin.

Lo que preocupaba al ruso era algo que él ya había considerado, aunque, sin su teléfono encriptado, que le habían confiscado en la estación al arrestarlo, no tenía modo alguno de comunicar a Matt Lemore el buen o mal éxito de sus empeños ni las dificultades meteorológicas con que habían topado. Solo esperaba que el contacto que tenía en el puerto sí lo hubiera hecho y hubiesen buscado un plan alternativo.

—Hay que avanzar —dijo.

—Sí —contestó Fiódorov—, pero ¿ádonde?

Jenkins se puso en pie y se alejó de los árboles, haciendo lo posible por rehuir la luz de las farolas mientras cruzaba la calle. Pavlina y Fiódorov lo siguieron y pasaron con él junto a un local con las ventanas oscuras y las banderas de varios países ondeando sobre sus astas. Al acercarse al puerto, el americano vio las luces que delineaban los muelles. La bahía parecía un bloque de hielo y las embarcaciones que aguardaban en las gradas congeladas variaban en tamaño y condición, desde modestos barcos pesqueros y veleros de escaso tamaño hasta yates de mucho mayor porte. Con todo, pese al hielo y la nieve, el puerto emitía un olor salobre.

—¿Qué estamos buscando? —preguntó Pavlina antes de toser con un gañido bronco.

Jenkins respondió sin detenerse:

—*A Mar la Vida*.

—Muy ingenioso —comentó Fiódorov—, aunque me temo que puede sonar irónico.

Minutos después, Jenkins se detuvo ante un arrastrero en cuya popa se leían las palabras *A Mar la Vida* en letras de molde. El casco, de aluminio, estaba pintado de negro y Jenkins calculó que debía de tener más de doce metros de eslora. Caminó por el embarcadero hasta el puente de mando, donde asomaba un atisbo de luz entre las persianas que cubrían la ventanilla. Bajó a cubierta y llamó tres veces a la puerta de la cámara.

La abrió una mujer de entre treinta y cinco y cuarenta años con el cabello castaño claro que hablaba inglés con un marcado acento.

—Es muy tarde para salir a pescar.

—Pero no para hacer turismo, espero —repuso Jenkins.

—Llegan tarde. —Se hizo a un lado a fin de dejarlos pasar.

Jenkins se agachó para entrar y acto seguido ayudó a Pavlina. Fiódorov los siguió. La cámara estaba hecha de madera de roble veteada y teñida con matices rojos y amueblada con un sofá de cuero marrón, un puf y un sillón dispuesto sobre una alfombra.

—Nos han entretenido —se disculpó Jenkins.

La mujer cerró la puerta y echó la llave. Tenía el rostro juvenil pero serio y los pantalones ajustados de color azul marino y la sudadera blanca destacaban su complexión musculosa. Miró a Fiódorov y dijo:

—Tenía entendido que eran dos.

—Hemos tenido un imprevisto —dijo el americano—. Además, es muy probable que nos hayan seguido. Lo que no sabría decir es cuánto tiempo les llevamos de ventaja.

El contacto apartó la vista de Fiódorov para volver a fijarla en Jenkins.

—¿No lo han informado?

Él negó con la cabeza.

—Me han confiscado el teléfono.

—La bahía del Nevá está helada y la Armada rusa está sobre aviso de su posible huida por mar. —La mujer tenía puesta la televisión, con el volumen bajo, en un canal dedicado al tiempo.

—Nos lo hemos imaginado. Esperaba que se hubiera buscado un plan alternativo.

Pavlina tosió y Jenkins tuvo la sensación de que estaba empeorando. La mujer los llevó a una mesa plegable con comida.

—He preparado té y bocadillos para que se repongan mientras hablamos.

—Deberías intentar comer algo —dijo Jenkins a Pavlina— para coger fuerzas.

Cuando Fiódorov se volvió hacia la mesa, la mujer sacó una pistola de debajo de un cojín y le puso el cañón en la nuca.

—No se mueva.

Jenkins levantó las manos.

—Eh, eh… Tranquila.

El ruso ni siquiera dio un respingo, aunque puso las manos en alto con medio bocadillo en la izquierda.

—Si me va a disparar, adelante; pero, por favor, no me dé otro golpe ahí, que le puedo asegurar que con dos en una noche ya tengo bastante.

—Este hombre es agente de la FSB —anunció ella.

—Era —puntualizó Jenkins.

—Eso es irrelevante y está por confirmar.

—De no ser por él, no estaríamos aquí. Yo no estaría aquí.

La mujer no retiró la pistola de la cabeza de Fiódorov.

—No podemos fiarnos de él. Hay demasiado en juego, demasiada gente tratando de sacarlo a usted de Rusia.

Jenkins estudió a la mujer.

—¿Cómo lo ha reconocido?

—Digamos simplemente que conozco bien al coronel Víktor Nikoláievich Fiódorov, de la FSB de Moscú, y a su colega Arkadi Vólkov.

El aludido se encogió de hombros.

—Se ve que mi reputación me precede.

—No hay tiempo para esto —advirtió Jenkins—. No sé qué han planeado, pero hay que hacerlo ya.

—Él no viene —dijo ella inflexible—: están en juego demasiadas vidas.

—Váyanse —pidió Fiódorov a Jenkins—, que yo ya buscaré una manera de escapar.

El estadounidense se volvió hacia la mujer.

—No va armado. —Había perdido sus pistolas en el enfrentamiento con Yefímov—. Se viene con nosotros y así impedimos que le diga a nadie adónde vamos.

—No tengo por qué llevarlo conmigo: puedo matarlo y dejarlo aquí.

—Regístrelo y, si lleva un transmisor o cualquier otra cosa con la que pueda revelar nuestra ubicación, mátelo.

Jenkins miró a Fiódorov. El ruso se encogió de hombros. La mujer, después de meditar un momento, dijo de manera atropellada:

—Regístrele la ropa, a conciencia.

Fiódorov se desvistió y Jenkins revisó los bolsillos, el forro del abrigo y los pantalones antes de mirar en sus zapatos, sus calcetines y hasta su ropa interior. El ruso, mientras, aguardaba desnudo.

—Nada —concluyó Jenkins.

—Deme su teléfono.

El americano obedeció y la mujer colocó el aparato sobre la encimera de madera y lo aplastó de un culatazo antes de rebuscar entre las piezas. Acto seguido, miró a Fiódorov.

—Deme un solo motivo y lo mato. ¿Entendido?

Fiódorov miró a Jenkins.

—¿Cómo es lo que dicen los espías de las películas americanas? «Claro como el agua», ¿verdad?

—Vístase —dijo la mujer—. Ya vamos con retraso y, por lo que me dicen, no tenemos mucho tiempo que perder. —Mientras el ruso se volvía a poner la ropa, se dirigió a Jenkins—. ¿Qué talla tiene usted de pie?

—Cuarenta y seis, ¿por qué?

—Porque vamos a tener que andar. —Miró a Fiódorov para dejar claro que no pensaba revelar nada más—. Deberíamos ponernos en marcha.

La policía de San Petersburgo encontró el coche abandonado bajo las ramas de los árboles de Primorski Park Pobedi. También dio con una pista abierta entre la nieve que se alejaba del vehículo. Dada la cantidad de nieve que se había posado a esas alturas por donde habían pisado, Yefímov calculó que seguían estando media hora por detrás de Jenkins, Ponomaiova y Fiódorov. El rastro los llevó hasta un puerto deportivo de embarcaciones amarradas a atracaderos a lo largo de tres muelles. Aunque el viento había amainado, seguía haciendo un frío atroz. Yefímov miró la nieve que caía y las aguas heladas de la bahía del Nevá. Más allá, brillaban las luces de los hogares y los edificios de la base naval de Kronstadt, en la isla de Kotlin, y las farolas definían la carretera que se extendía sobre el complejo de presas y diques de una orilla a otra de la bahía del Nevá. La construcción de la presa de Kronstadt y sus esclusas había sido una de las principales prioridades de Putin a fin de brindar a la ciudad una defensa contra las inundaciones que la habían afligido durante siglos.

¿Habría albergado el señor Jenkins intenciones de abandonar San Petersburgo por mar... o solo quería que Yefímov pensara tal cosa? Alekséiov le había advertido que, la primera vez que le habían dado caza, el americano había desplegado toda clase de ardides para despistarlos, pero esta vez había una diferencia sustancial: esta vez llevaba consigo a Ponomaiova, cuya salud física dejaba mucho que desear, y Fiódorov tampoco debía de estar en plenas facultades después del golpe que le había asestado. Jenkins no podía moverse con tanta rapidez como cuando estaba solo y hasta dónde podría llegar y por qué medios dependería en gran medida de las condiciones en que se encontrase Ponomaiova y de la meteorología.

—Que registren los barcos —pidió a su ayudante— y busquen huellas en la nieve que se ha acumulado sobre el hielo.

Pertrechados con potentes linternas, Alekséiov y un equipo de agentes pasaron del embarcadero a las aguas congeladas y, tras apenas unos minutos de búsqueda, uno de los policías llamó a los dos representantes de la FSB.

—Raquetas de nieve —anunció mientras iluminaba el rastro—. Han intentado borrar las huellas, pero se ven todavía.

—¿Cuántos son? —quiso saber Yefímov.

—Por lo menos tres, quizá cuatro.

—¿Puede seguirlas?

—Claro.

—Pues hágalo. Nosotros lo seguimos.

CAPÍTULO 39

La mujer, que se había presentado como Nadia, les dio raquetas de nieve y los guio a través de la superficie helada de la bahía del Nevá. Pese a las advertencias del americano, Nadia avanzó a paso ligero y solo moderó la marcha cuando él se quejó de que estaban dejando atrás a Pavlina. La guía tomó una ruta circular que los mantuvo alejados en todo momento del aparcamiento y la calle del puerto. Se arrimó a la costa antes de tomar una pendiente en dirección a un bosquecillo y luego se abrió camino siguiendo el sentido contrario al que habían llevado. Era importante que no se retrasara nadie, porque ella era la única que sabía adónde iban y la única que llevaba linterna de cabeza, cuya luz encendía solo cuando era imprescindible.

Los copos de nieve caían con calma y, de cuando en cuando, cobraban fuerza. Jenkins tenía la esperanza de que sirvieran para cubrir las huellas. Avanzaban en fila india para dejar el menor rastro posible, Pavlina detrás de Nadia y, a continuación, Fiódorov y Jenkins. Al pedir al estadounidense que se pusiera el último, le había dicho en voz muy baja:

—Si le da el menor motivo, péguele un tiro.

Jenkins le había dicho que no con la cabeza.

—Si disparo con todo este silencio, la bala nos llevará a todos a la muerte.

A cada paso notaba estallar su aliento delante de la cara y, aunque el ejercicio físico lo había hecho entrar en calor, sabía que era una espada de doble filo. Ya estaba empezando a costarle sentir las puntas de los dedos de las manos y de los pies, pese a los guantes y los calcetines de lana que le había dado Nadia. Aquel frío era húmedo como el de los inviernos de la isla de Caamaño y se calaba en los huesos.

El esfuerzo había hecho que empeorase la tos de Pavlina, quien parecía debilitarse por minutos. No dejaba de decir que se encontraba bien, pero saltaba a la vista que ya no era ella. Nadia le había dado pastillas para reducir la frecuencia y la violencia de los accesos, que podían delatarlos, y más ropa de abrigo, incluida una bufanda.

—No hay que andar mucho —les había dicho al ponerse en marcha—. Menos de dos kilómetros.

Aquello quizá no fuese gran cosa para ella, para Fiódorov ni para Jenkins, pero, para una mujer que había pasado meses en un hospital y había sufrido después la brutalidad de Lefórtovo, dos kilómetros podían ser como un maratón.

Además de observar a Pavlina, Jenkins no perdía de vista a Fiódorov. Nadia le había dado motivos para dudar del antiguo agente de la FSB y lo cierto era que no tenía argumentos para descartarlos por completo, por más que, si estaba allí, fuera precisamente por él. En su visita anterior había sufrido la obstinada persecución de aquel hombre y Jenkins sabía que no habría dudado ni un instante en matarlo de un disparo de haberse visto en la necesidad de hacerlo. ¿Qué había cambiado en realidad en aquellos meses? A Fiódorov no lo motivaba precisamente el altruismo. Había matado a Carl Emerson y le había robado el dinero y Jenkins, la verdad, no le había dado demasiadas opciones, ya que se había quedado con el contenido de su cuenta y, en esencia, lo estaba chantajeando. ¿Y si la mujer tenía razón? ¿Y si Fiódorov seguía trabajando para la FSB o tenía la intención de que lo readmitieran y para ello pretendía atrapar no solo a Jenkins y a Pavlina, sino también usarlos de cebo para capturar a todo un equipo de espías al servicio de los Estados Unidos? ¿Y si había vuelto a la estación Moskovski para liberarlo porque le interesaba más dejar que Jenkins completase su misión y pusiera así a descubierto al resto de los implicados? ¿Y si el culatazo de Yefímov no había sido sino parte de aquel ardid?

Todo aquello daba que pensar, pero entonces recordaba las partidas de ajedrez y la noche en que le había dado el número de la cuenta del banco suizo y la contraseña. Fiódorov podía haber cogido el dinero y haber seguido con su vida, pero había preferido no hacerlo. No se trataba del dinero, sino de ganar, de derrotar a Yefímov… y al organismo que lo había convertido en cabeza de turco.

Al menos eso era lo que esperaba Jenkins.

Estaban tomando otra pendiente cuando Pavlina se tambaleó y, antes de que Jenkins pudiese decir nada o ir a sostenerla, se desplomó sobre la nieve. Él corrió al lugar en que había caído y silbó una vez para avisar a Nadia, que se dio la vuelta y empezó a bajar la ladera.

—¿Estás bien? —le preguntó el americano mientras la ayudaba a ponerse en pie.

Ella tosió y trató de silenciar el ruido pegándose a los labios la bufanda que le había dado Nadia.

—Estoy bien —aseguró entre más golpes de tos.

—No podemos parar —advirtió Nadia—. Ya vamos muy retrasados.

—¿Puedes seguir?

—No hay más remedio. —Pavlina le dedicó una sonrisa resignada—. ¿Verdad?

—Súbase a mi espalda —dijo entonces Fiódorov.

—¿Qué? —preguntó ella.

—Tiene razón: no tenemos más remedio. Ninguno de nosotros puede hacer otra cosa. —Rodeó a Jenkins para colocarse delante de Pavlina—. Ahora que he estado en Lefórtovo, no tengo ningún deseo de volver. Coincidirá en ello conmigo. Súbase a mi espalda.

—La llevo yo —se ofreció Jenkins.

—No, usted no puede llevarla. Necesita tener las manos libres por si tiene que pegarme un tiro. —Miró a Nadia. Acto seguido, se volvió hacia Pavlina—. Súbase a mi espalda.

—¿Cuánto nos queda todavía? —preguntó Jenkins a la guía.

—Ya no mucho: menos de mil metros.

—Vamos —insistió Fiódorov—. Estamos perdiendo el tiempo. He hecho mucho esquí de fondo llevando a cuestas a mis hijas… y me temo que usted no debe de pesar mucho más que ellas entonces. Venga, arriba.

Jenkins la ayudó a encaramarse en las espaldas de Fiódorov, pero, cuando estaban a punto de partir de nuevo, vieron luces entre los árboles.

—Por aquí —susurró Nadia antes de tomar un sendero que se alejaba de las luces, justo encima de la costa, y luego volver en el sentido opuesto hasta una carretera angosta que debía de ser una servidumbre de paso. Siguió una cerca de tela metálica con listones hasta lo que parecía un almacén abandonado y llamó a una puerta de metal contigua a otra puerta de garaje con mecanismo de persiana.

Tras unos segundos se oyó una voz masculina y se abrió la puerta. Entraron a una nave que olía a gasolina y lubricante.

—*Ya ozhidal chto vi pridiote ranshe* —dijo el hombre. «Creía que ibais a llegar antes».

—*Ikh zaderzhali* —repuso Nadia. «Los han entretenido».

—¿Sois cuatro? —preguntó él sin dejar de hablar en ruso.

—Otro problema inesperado.

—Sí, al parecer, tenemos más de uno. El parque está lleno de policías.

—Seguirán sus huellas hasta el puerto, pero eso no los retrasará mucho.

El hombre retiró la lona que cubría dos motos de nieve.

—Van a tener que compartirlas —dijo.

Jenkins sabía que eso sería un problema. La cuestión era quién iba a viajar con Fiódorov.

—¿Y el ruido? —preguntó este—. Está todo en silencio. El ruido de una moto de nieve se va a oír en kilómetros a la redonda.

El hombre sonrió.

—El de estas no. Tienen motor de cuatro tiempos y el tubo de escape con silenciador. No las puedo acallar del todo, pero no encontrarán otras más silenciosas.

—Te pondré detrás a Pavlina —dijo Jenkins a Nadia— y Fiódorov y yo viajaremos juntos.

—Demasiado peso —sentenció el hombre—. Es mejor que os repartáis. La bahía y el golfo están congelados, pero no sabemos qué grosor tiene el hielo.

Fiódorov no podía ir detrás de Nadia, que había prometido pegarle un tiro y dejarlo atrás, y Jenkins sabía que Nadia no se fiaría de dejarlo con Pavlina por si hacía algo para sabotear la huida.

—Lo dejamos atrás —dijo la guía—. Hasta aquí ha llegado, coronel.

—No podemos dejarlo aquí —replicó Jenkins.

—Yo llevaré al coronel Fiódorov —dijo Pavlina.

—Ni hablar —contestó Nadia.

—No tenemos otra opción —dijo Pavlina.

—Sí: dejarlo aquí.

—Yo no sé conducir un trasto de estos —terció Jenkins pensando a la carrera—. Nunca me he montado en uno y dudo mucho que Pavlina esté en condiciones de llevar uno. ¿Usted sabe? —preguntó a Fiódorov.

—Me crie conduciéndolos… y arreglándolos. En Irkutsk, en invierno, las motos de nieve son uno más de la familia.

El americano se encogió de hombros.

—Entonces, lo necesitamos si queremos salir de aquí con dos motos.

Nadia parecía estar masticando ortigas.

—En ese caso, usted vendrá conmigo, señor Jenkins.

El hombre salió a estudiar los alrededores y volvió unos minutos más tarde.

—No he visto policías. De momento, parece que se han ido. —Tiró de una cadena y subió la persiana de la puerta del garaje. Juntos sacaron las motos. El hombre les dio cascos que tenían encima más de una batalla y no pocos arañazos en los visores—. No os separéis de la costa: allí es donde más grosor tendrá el hielo. Borraré vuestras huellas antes de irme.

Los oficiales siguieron el rastro aguijados por Yefímov. Quien fuera que estuviese guiando a Jenkins, Ponomaiova y Fiódorov sabía lo que se hacía. Las huellas habían retrocedido varias veces para otorgar a los fugitivos minutos valiosísimos. Al final, sin embargo, se dirigían claramente hacia una servidumbre de paso paralela a una tela metálica que acababa a una distancia considerable de un almacén de metal, la única construcción de los alrededores.

Yefímov ordenó a los agentes que rodearan el almacén. No había ventanas: solo una puerta pequeña de metal y otra para coches sujeta al suelo con un candado.

—Busquen algo para echar abajo la puerta o cortar el candado —dijo. Mientras esperaba, se apartó y reflexionó sobre lo que estaba haciendo Jenkins—. ¿A qué han venido aquí? —Pretendía que fuese una pregunta retórica—. ¿Qué es lo que necesitan con más urgencia?

—Un medio de transporte —dijo Alekséiov—. ¿No s…?

322

Su superior alzó una mano para acallar al joven agente. Por una vez, había dicho algo productivo. Un medio de transporte. Cerró los ojos y, descartando mentalmente cualquier sonido habitual, aguzó el oído. Allí estaba: un leve ruido mecánico, como el ronroneo de una motosierra distante. Recordaba aquel sonido… o algo similar. Podía ser de generadores alimentados por gasolina, pero en la dirección de la que procedía no había nada más que barcos helados y la bahía del Nevá.

¿Una embarcación? Sí, aquello era posible, pero también improbable.

Un medio de transporte. Jenkins necesitaba un medio de transporte.

Que le permitiera cruzar nieve y hielo.

La idea se hizo más nítida. Los barcos no podían salir ni entrar en la bahía helada. Si quería zarpar en uno, tendría que adentrarse más en el golfo de Finlandia. Abrió los ojos y miró hacia la bahía helada y la hilera de luces que unía la isla de Kotlin con el continente.

—Llevan motos de nieve —anunció a Alekséiov—. Intentan rebasar el dique. Necesito a alguien… a alguien que conozca el dique. Llama también a la guardia costera de San Petersburgo y diles que necesitamos Bérkut. —Se refería a las motos de nieve con habitáculo climatizado sobre dos esquíes y dos orugas que, y esto era lo más importante, montaban ametralladoras PKP Pecheneg—. Que salgan a la bahía y patrullen la zona de delante del dique. Diles que disparen a cualquiera que se acerque.

CAPÍTULO 40

Avanzaron por entre los árboles sin dejar aquel parapeto natural más que cuando era necesario. Por silenciosas que fuesen las motos, tal como les había dicho aquel hombre, no lo eran del todo. En la paz de la noche nevada, en ausencia de otros ruidos, cualquiera que se produjese se veía amplificado. Cada vez que los vehículos quedaban atascados en la gruesa capa de nieve y había que acelerar el motor para que no dejasen de avanzar, Jenkins temía que alguien oyese y reconociera aquel sonido.

Pero ¿qué otra opción les quedaba?

No había dejado de nevar y el visor se le empañaba, conque no le resultaba nada fácil ver gran cosa. Se separaron de los árboles y volvieron al extenso campo nevado en que se había trocado la bahía del Nevá, congelada y bordeada de luces. Nadia se apeó de su moto y sacó del bolsillo una piedra con la que destrozó el faro de su vehículo y luego el del otro.

—¿Qué haces? —quiso saber Jenkins.

—Tenemos que ganar tiempo, pero no podemos conducir con luces, porque aquí, en el hielo, se ven en kilómetros a la redonda.

—Sin visibilidad, a Fiódorov le va a ser imposible seguirnos.

—Ya —fue todo lo que dijo antes de volver a montar y seguir descendiendo por la pendiente en dirección al hielo.

Se arrimó adonde intuía que estaba la costa y se puso a unos cincuenta kilómetros por hora. Aunque iban sobre hielo, el trayecto no era precisamente llano. Los fuertes vientos provocados por la tormenta habían congelado las olas y creado así un efecto ondulante en toda la superficie helada. Por más que Nadia tratase de ir en paralelo a aquellas, no siempre era posible, y menos aún si lo que querían era ganar tiempo. Jenkins tenía la sensación de ir sentado sobre un martillo neumático. La vibración le provocaba ondas de dolor que le subían por las piernas hasta la columna. Se aferró a los asideros que tenía a ambos lados, pero tampoco así consiguió aliviar el traqueteo. Además, ir así agarrado, pese a los guantes, le tensaba los brazos y le provocaba ampollas que no tardaron en quemarle las manos.

Se preguntó cómo iba a tener Pavlina la fuerza necesaria para no caerse. No tuvo que planteárselo mucho: Fiódorov se colocó junto a ellos y se pasó un dedo por la garganta para indicar que parasen. Nadia redujo la marcha y se detuvo.

El ruso se levantó el visor.

—Tenemos que ir más lentos —dijo en su lengua materna—. Le está costando agarrarse.

Jenkins miró a Pavlina, que llevaba el rostro oculto por el visor oscuro. Estaba apoyada en la espalda de Fiódorov y su postura dejaba ver que la estaban abandonando las fuerzas.

—No podemos ir más lentos —repuso inflexible Nadia.

—Entonces, dame tu bufanda para que la sujete a mí. Si no, no podrá sostenerse.

La mujer hizo lo que le pedía y Fiódorov envolvió con ella la cintura de Pavlina y la suya propia.

—Intenta mantenerte en paralelo a las olas —dijo Jenkins.

—Eso intento, pero la base de los esquíes es estrecha y no me lo permite.

—Más vale soportar el dolor y recuperar tiempo —concluyó Nadia.

Volvieron a ponerse en marcha y Jenkins notó que la conductora redujo la velocidad a pesar de lo que había dicho. Aunque no dijo nada sobre el plan, probablemente para ocultar los detalles a Fiódorov, Jenkins dedujo que se trataba de rebasar la sucesión de diques y presas, pero no tenía ni idea de hasta dónde ni con qué fin. Veía pasar la nieve por el visor, más gruesa a medida que avanzaban. Le resultaba imposible decir cómo era capaz Nadia de ver nada. Cuando miraba hacia atrás, la moto de nieve de Fiódorov apenas se distinguía entre los remolinos de nieve.

Jenkins sabía que, por inclemente que fuera viajar en semejantes condiciones, el mal tiempo se había convertido en su aliado. El hielo impedía que las embarcaciones de Kronstadt patrullasen el golfo o la bahía, en tanto que la nieve y las nubes los ocultaban ante los satélites del mismo modo que había hecho la espesa niebla que había protegido a Jenkins durante la travesía por el mar Negro en su primera huida de Rusia. Sus perseguidores tampoco podían buscarlos desde helicópteros… o, al menos, eso creía él.

Volvió a mirar hacia atrás y, al no ver a Fiódorov, temió que se hubiera quedado rezagado, se hubiese detenido o se hubiera caído Pavlina. Estaba a punto de avisar a Nadia con unos golpes en el hombro cuando se materializó de entre la nieve el frontal de la moto de Fiódorov como un insecto que se afanase en evitar que se lo tragaran vivo.

Llevaban unos tres cuartos de hora de trayecto y Jenkins tenía la espalda destrozada, los dedos sin tacto y las palmas de las manos irritadas de agarrarse cuando Nadia disminuyó la velocidad. Él aprovechó la ocasión para flexionar la espalda y los dedos, que le dolían a rabiar. Fiódorov se situó a su lado. Pavlina seguía derrumbada contra su espalda.

Nadia se subió el visor, se bajó unos centímetros la cremallera de la chaqueta y sacó unas gafas de visión nocturna.

—¿Qué estás buscando? —preguntó Jenkins.

Se quitó la cinta que las fijaban al casco y señaló.

—La esclusa. Ahí, a la derecha. Sigue abierta y es nuestro paso al otro lado.

Jenkins se acercó las gafas y, una vez que se le ajustó la vista, vio como un fulgor verde la presa y las farolas que delineaban la vía que recorría el dique. Estudió el puente y luego, tras él, vio lo que parecían diversas aberturas que, supuso, debían de ser las esclusas a las que se refería Nadia. Enfocó la que había más a la derecha. Aunque no era fácil verla con detalle, sí percibió luz detrás de la presa.

Su salida de la bahía al golfo de Finlandia.

Siguió observando y pasó a la masa de tierra para seguir luego la hilera de farolas hasta llegar a otras luces que de inmediato reconoció como algo distinto. Iban por pares y se dirigían al dique.

Eran faros de coches.

Yefímov viajaba al lado del ingeniero en el asiento trasero del Mercedes negro, acribillándolo a preguntas mientras el vehículo avanzaba hacia el dique a la mayor velocidad que permitían aquellas condiciones meteorológicas. Aquel hombre de mediana edad, cabello ralo y gris y gafas redondas de montura metálica trabajaba en las instalaciones para la prevención de inundaciones de San Petersburgo, aunque Alekséiov no lo había encontrado en ellas a tan altas horas de la madrugada. El ingeniero dormía plácidamente junto a su mujer en su casa de San Petersburgo cuando había recibido la llamada y, de hecho, seguía medio amodorrado y con la expresión de quien no sabe muy bien qué se espera de él. Llevaba una tableta en el regazo y en la pantalla tenía desplegados varios planos con los que trataba de dar respuesta a las preguntas de Yefímov.

—La presa tiene algo más de veinticinco kilómetros —dijo— y está conformada por once diques de contención, seis esclusas y dos canales navegables con compuertas.

—¿Cómo funcionan las compuertas? —Yefímov se inclinó hacia el ingeniero para estudiar mejor la pantalla.

—Esta es batiente, como una puerta, y cierra las principales vías de navegación. —Usó una simulación para demostrar el movimiento de la compuerta.

—¿Y la otra?

—El segundo canal se cierra con una barrera de acero que baja o sube por una ranura de cemento.

—¿Y qué ocurre cuando el tiempo está así y la bahía se hiela? ¿Sigue bajando y subiendo?

—Puede atravesar el hielo sin problema, pero esta noche no hará falta. Los dos canales están cerrados por la posibilidad que el fuerte viento haga que el oleaje del golfo de Finlandia salte por encima del hielo y se meta en la bahía, con lo que podría inundar la ciudad. Es uno de los primeros motivos por los que se construyó la presa.

—¿Y esos dos canales son las únicas salidas que ofrece la bahía?

—Para un barco, sí.

—¿Hay más canales?

—No, solo esos dos. Eso sí, hay seis esclusas que también se abren y se cierran para controlar la entrada de agua a la bahía y son demasiado pequeñas para un barco.

—¿Cómo se abren y se cierran?

—También tienen puertas que suben y bajan según el nivel del agua.

—Enséñemelo en el mapa.

El hombre tecleó algo y a continuación le enseñó la pantalla para que viera un detalle aumentado del diagrama de la apertura y el cierre de las esclusas.

—Aquí. ¿Lo ve? Van de la B-1 a la B-6.

—¿Y la B-6 es la que está más cerca de este lado?

—Sí, la carretera pasa por encima.

—¿A cuánta altura del agua?

—No le entiendo.

—¿A cuánta altura del agua está la carretera? ¿Puede pasar por debajo un hombre de altura mediana?

—No sabría decirle cuál es la altura exacta. ¿Quiere que...?

—No. ¿Esas puertas también están cerradas?

—No lo sé.

—¿No se cierran automáticamente con las de los canales?

—No tienen por qué.

Yefímov no podía perderlos precisamente allí. Si conseguían superar aquel punto, estarían a un paso de escapar de Rusia y llevarse con ellos toda oportunidad de redimirse.

—Llame a quien tenga que llamar. Si las puertas de las esclusas están abiertas, ordene que las cierren de inmediato.

Jenkins puso la mano en el hombro de Nadia y le devolvió las gafas de visión nocturna mientras señalaba la carretera que llevaba al dique. Ella supo enseguida a qué conclusión había llegado el americano: si con semejante noche había coches en un sitio así, tenían que estar allí por algo.

La guía volvió a guardar las gafas en la chaqueta.

—Hay que irse ya.

Jenkins apenas tuvo tiempo de agarrarse antes de que la mujer accionase el acelerador y saliera pitando. Tras ellos arrancó Fiódorov. Nadia, resuelta ya a pasar por la esclusa, había aumentado la velocidad y el martillo neumático se había puesto de nuevo en marcha a un ritmo frenético. Jenkins no podía hacer otra cosa que aferrarse con todas sus fuerzas.

Estaban aproximándose a la esclusa cuando Jenkins miró a sus espaldas y no vio la moto de Fiódorov. Nadia aumentó la velocidad y apartó un instante la mano del manillar para señalar algo que había en el puente. Al hacerlo, dieron en un punto en el que las olas habían chocado antes de congelase, de tal modo que habían formado una suerte de banda de frenado de hielo. El esquí izquierdo chocó con aquel bache y se levantó del suelo y la moto perdió el equilibrio. La mujer corrió a agarrar de nuevo el manillar y Jenkins se inclinó instintivamente hacia la izquierda. El esquí que había saltado volvió a caer y rebotó al golpear el hielo. Jenkins estaba convencido de que iban a volcar, pero Nadia se las compuso para mantener el equilibrio.

El susto no hizo que redujera la velocidad. De hecho, siguió adelante con el motor al máximo en dirección a la esclusa. Jenkins no necesitaba ya las gafas para ver la luz suave que destacaba tras la porción de puente sumida en la oscuridad. Estaban cerca de la esclusa cuando tuvieron la impresión de que la abertura empezaba a estrecharse.

Estaban bajando la puerta.

La mujer agachó la cabeza y los hombros hasta la altura del manillar y Jenkins hizo cuanto pudo por imitar su postura. Contuvo el aliento temiendo un golpe con la esclusa cerrada que los despidiera hacia atrás… y, un instante después, ya se encontraban al otro lado, al golfo de Finlandia. La mujer frenó y giró para situar la moto en un ángulo que les permitiera mirar a la salida que habían dejado atrás. Le tendió las gafas a Jenkins, que se las llevó a los ojos para enfocar la abertura, cada vez más angosta.

No vio a Fiódorov.

El ingeniero colgó el teléfono.

—Estaban abiertas, pero he mandado que las cierren.

—¿Cuánto tiempo tardan? —quiso saber Yefímov.

—Unos minutos.

—¿Hay cámaras bajo la presa?

—Sí, pero no debajo de cada esclusa.

—Haga que le manden todos los vídeos de la zona. Quiero saber si pueden detectar la presencia de motos de nieve acercándose al puente o pasando por debajo. —Dio un golpecito a Alekséiov en el hombro—. ¿Qué hay de los Bérkut?

El ayudante se quitó el móvil de la oreja.

—Han salido ya dos de la base de la guardia costera de San Petersburgo y van de camino hacia la presa.

—¿A cuánto están?

—A treinta minutos, según me han dicho.

—Llame a la base y que se pongan en contacto con los Bérkut para que busquen huellas de motos de nieve, sobre todo cerca de la esclusa B-6, pero que no sacrifiquen velocidad. ¿Tienen listo un helicóptero con su piloto?

—Dicen que con este tiempo es peligroso.

—Me da igual lo que digan. Que lo tengan listo.

CAPÍTULO 41

La esclusa aparecía y volvía a desaparecer a medida que las ráfagas de nieve ocultaban el campo de visión de Jenkins. Miró de nuevo hacia la hilera de luces que se aproximaba a la presa. Los coches estaban cada vez más cerca. Volvió a mirar la esclusa.

—Vamos, vamos… —susurró.

El hueco se estrechó más aún. «No hay espacio —pensó—. No queda espacio para pasar».

Nadia debió de llegar a la misma conclusión. Aceleró la moto, que se lanzó hacia delante, y en ese instante cambió el viento y apareció por la esclusa la moto de Fiódorov. Durante un momento tan fugaz como aterrador, Jenkins vio solo el vehículo y temió que sus dos ocupantes hubiesen caído al suelo.

Entonces vio a Fiódorov incorporarse tras el parabrisas, pero no a Pavlina. Nadia encendió dos veces la linterna de cabeza para asegurarse de que no chocaban con ellos. Redujo la marcha al situarse a su lado. Pavlina seguía atada a la espalda de Fiódorov.

La guía no perdió el tiempo en charlas ni celebraciones. Aceleró, puso rumbo al norte y se internó en el golfo de Finlandia. Esta vez, Fiódorov se mantuvo en todo momento a la derecha de la moto de Nadia, un poco detrás de ella o incluso a su misma altura, no estaba dispuesto a perderla de vista otra vez.

Transcurrieron entre diez y quince minutos antes de que Nadia volviese a reducir la marcha. Entonces se quitó la linterna de cabeza para encenderla y apagarla. Jenkins se levantó el visor y estaba a punto de decirle algo cuando vio otra luz más allá del hielo. La mujer se dirigió hacia ella. A medida que se aproximaban se distinguió una franja de tierra de escasa anchura, una isla que asomaba entre el agua congelada. Nadia aminoró la marcha y pasó por una de las aberturas de cemento que rodeaban la isla. Apagó el motor al llegar al lado de una avioneta blanca con tres esquíes, dos delante y uno bajo la cola.

Entonces se abrieron las puertas que tenía debajo del ala y bajaron al hielo dos hombres. Jenkins bajó del sillín. Le dolía tanto la espalda que le costó enderezarse y los guantes se le pegaban a las palmas de las manos.

Nadia se quitó el casco y le dio otro teléfono encriptado, que él se guardó en el bolsillo del abrigo.

—¿Sigue teniendo su pistola?

Jenkins asintió sin palabras y palpó la empuñadura del arma.

—Si el coronel Fiódorov piensa hacer algo, será ahora. No lo pierda de vista, señor Jenkins, o moriremos todos. —Caminó hacia el avión y sus dos tripulantes.

Jenkins se quitó el casco y lo dejó sobre el sillín antes de volverse a mirar a Fiódorov, que estaba desatando la bufanda que había impedido que Pavlina cayera de la moto de nieve. Ella se puso en pie para apearse, pero las piernas le fallaron en el momento de auparse. Jenkins la ayudó a quitarse el casco y a bajar de la moto. El ruso tenía razón: no pesaba más que un chiquillo.

Fiódorov también parecía haber quedado agarrotado cuando se irguió y se quitó el casco. Por la expresión de su rostro saltaba a la vista que estaba agotado física y emocionalmente.

—Pensaba que no os daba tiempo a cruzar la presa —comentó Jenkins.

El ruso meneó la cabeza.

—Yo también tenía mis dudas. Casi noto la compuerta rascándome la espalda.

El estadounidense miró a los dos hombres que hablaban con Nadia.

—Deben de estar hablando del pasajero inesperado —dijo Fiódorov.

La mujer les indicó que se acercasen.

—Al piloto le preocupa el peso extra. Con él será más peligroso despegar, quizá demasiado.

—Más allá de la isla he encontrado una franja de hielo liso —dijo el piloto en un inglés perfecto—. Con el peso extra, le calculo a usted unos noventa kilos —añadió mirando a Fiódorov, pero sin esperar respuesta alguna—, podría ser que la franja se quede corta y, si los esquíes dan con la parte irregular antes de despegar, podemos ir dándonos por jodidos.

El piloto no era más alto que Nadia. Debía de medir un metro setenta y dos y ni siquiera la gruesa chaqueta de cuero desmentía su delgadez, pero había mucho aplomo en su porte y en la arrogancia con la que se expresaba, además de que debía de haber superado situaciones muy peliagudas para haber podido plantarse allí con el avión sin inmutarse siquiera al parecer. Jenkins supuso que era de la CIA, de la vieja escuela además. De hecho, parecía mayor incluso que él, pues debía de estar a punto de cumplir los setenta si no los había superado ya. Llevaba la cabeza cubierta con una *ushanka* forrada y con orejeras.

—Aquí me despido yo, señor Jenkins —dijo Nadia—. El piloto los llevará a usted y a la señorita Ponomaiova adonde necesiten ir. Este hombre y yo cogeremos las motos de nieve para alejar de la avioneta a quien pueda estar siguiéndolos. Luego, las esconderemos en un punto alejado de la costa. —Dicho esto, sacó una pistola y apuntó con ella a Fiódorov mientras el otro hombre se acercaba a él por la espalda con bridas de plástico con las que esposarlo—. El señor Fiódorov vendrá con nosotros.

Jenkins negó con la cabeza.

—No podéis llevároslo en la moto.

—Entonces lo dejaremos aquí para que lo encuentre la FSB si antes no se muere de frío —repuso ella—. Usted decide, coronel Fiódorov.

—Si lo encuentra la FSB, no habrá nada que le impida revelar hasta el último detalle de nuestra fuga, incluida la ayuda que nos has proporcionado —dijo Jenkins.

—Si sigue con vida, claro.

—Se viene con nosotros —insistió el americano.

—Está poniendo en peligro su fuga, señor Jenkins. Mi misión consiste en asegurarme de que la señorita Ponomaiova y usted salgan sanos y salvos de Rusia, y todavía no están ni fuera de Rusia ni a salvo.

—Pégale ya un tiro o déjalo que se suba al dichoso avión —exclamó el piloto—. Me importa un huevo lo que hagas, pero tiene que ser ya. Cuesta horrores calentar ese motor y, si esperamos más, no voy a ser capaz de arrancarlo. Entonces sí que no va a salir nadie de aquí.

—Atadle las manos a la espalda y subidlo a bordo —dijo Jenkins—. Así no podrá hacer nada a no ser que quiera suicidarse. Cuando aterricemos, cada uno se irá por su lado.

Nadia se opuso con un movimiento de cabeza.

—Yo ya lo he decidido.

—Tenemos que dar por supuesto que Yefímov sabe que hemos escapado en motos de nieve y que no podemos salir por barco —siguió diciendo el americano—. Mandará helicópteros y aviones a buscarnos en cuanto el tiempo lo permita... si no lo ha hecho ya.

—Yo opino lo mismo. Ya vamos tarde —añadió resuelto el piloto— y yo tengo un currículum de cuarenta años que los rusos estarán encantados de escuchar mientras me invitan a un té en la Lubianka, por no hablar de la joven esposa finlandesa que me espera en casa. Cada uno de esos incentivos basta por sí solo para hacer que me meta ya en ese avión y salga de aquí cagando leches, con o sin compañía. Si alguien se viene, yo salgo en este mismo instante. —Tomó del brazo a Pavlina y la condujo al aeroplano.

—Llama a quien tengas que llamar —dijo Jenkins a la mujer— y diles que ha sido cosa mía. Yo asumo toda la responsabilidad.

Nadia hizo un gesto al segundo hombre.

—Ponga las manos a la espalda —dijo él a Fiódorov, que obedeció.

El hombre le ató las muñecas antes de pasarle una segunda brida por el cinturón.

—Espero, por su bien, que no esté cometiendo un error —sentenció Nadia.

Jenkins lo agarró por el brazo y corrió hacia la avioneta.

CAPÍTULO 42

Jenkins se agachó para pasar por debajo del ala y se asomó a la puerta del lado del copiloto. El interior del aparato no era más espacioso que el de un utilitario pequeño, con dos asientos individuales de piel blanca y naranja desgastada y un banco corrido en la parte trasera. El interior olía a moho, lo que quizá explicaba que hubiesen arrancado la moqueta del suelo, donde aún podían verse trazas de adhesivo y restos de relleno.

Jenkins ayudó a Pavlina a sentarse en el asiento corrido.

—Pon al tipo detrás de mí —dijo el piloto—, que, con tus hechuras, no sé siquiera si vas a caber aquí delante cuando eches el asiento para atrás.

El americano abrochó el cinturón a Pavlina casi como lo hacía Alex con Lizzie para sentarla en el coche. Ajustó las cintas para que no quedasen holgadas, pero le fue imposible dada su delgadez extrema. Ella sonrió al ver cómo se afanaba en cuidarla e hizo lo posible por convencerlo de que se encontraba bien, siempre tan dura como la mujer que había conocido en el hotel de Moscú. No lo consiguió.

A continuación, ayudó a Fiódorov a ocupar el asiento contiguo al de Pavlina y también le colocó el cinturón. Le habría cortado las cintas que lo maniataban, pero no tenía con qué y, aunque así hubiese sido, tampoco podía hacerlo en presencia de Nadia y el otro. Fiódorov pareció entender su situación y, como si le hubiera leído la mente, le hizo un leve gesto de asentimiento a Jenkins.

Jenkins retiró tanto como pudo el asiento del copiloto y subió al avión agachando la cabeza y recogiendo cuanto pudo las rodillas. Al ver la manivela en forma de *U* de la palanca de mando asomarle entre los muslos, pensó por un momento que se había equivocado de asiento… hasta que vio a su izquierda la palanca principal.

Se sentía como un gigante en un decorado en miniatura. Su cabeza rozaba el techo y las rodillas, dobladas a uno y otro lado de la palanca, daban con el panel frontal. Cogió unos auriculares que pendían de la palanca y los abrió para que le cupiesen en la cabeza antes de ajustarse el micrófono debajo de la boca.

El piloto acabó de retirar la nieve acumulada en la avioneta con una escobilla y la guardó detrás del asiento trasero antes de embarcar. Tan pegado estaba a Jenkins que se tocaban con los hombros. Entonces se abstrajo por completo en su trabajo, accionando interruptores del panel y completando los preparativos para el vuelo. Giró lo que Jenkins supuso que debía de ser el mecanismo de arranque y, poco a poco, aceleró el motor. La hélice soltó un gañido, dio una o dos vueltas… y se detuvo.

—Me lo temía. —La voz del piloto sonó en los auriculares como un gangueo nasal.

Repitió todo el proceso. El motor gimió, la hélice emitió un chasquido y empezó a girar, el motor tosió… y echó a andar. El piloto miró a Jenkins, que sintió una oleada de alivio, y sonrió.

—¿Cómo tengo que llamarte? —preguntó Jenkins.

El piloto siguió haciendo la comprobación de los distintos indicadores. Entonces tiró de la palanca y a continuación la apartó hacia delante. Le tendió una mano.

—Rod Studebaker, como el coche. —Sonaba a nombre falso—. Aunque la mayoría me llama *Hot Rod*.

—También como el coche. Todo un bólido, ¿no?

El piloto sonrió. Había picado.

—Con mi novia, no, desde luego. Tiene veinte años menos que yo y se le nota.

Jenkins le devolvió la sonrisa.

—Mi mujer también.

Studebaker sonrió.

—Por fin, alguien que habla mi idioma.

—Tengo dos críos. El niño va a cumplir once y mi hija tiene un año.

Hot Rod soltó un silbido.

—No os habéis dormido en los laureles. Parece que a ninguno nos faltan incentivos para salir de aquí con viento fresco y volver a casa —señaló, esa era precisamente la razón por la que había sacado Jenkins el tema de su familia—. Agárrate, que esto va a empezar a dar botes.

Studebaker se despidió con la mano del hombre y la mujer que habían quedado en tierra antes de que los dos echaran a correr hacia las motos de nieve. La hélice cobró fuerza y aumentó el ruido de la carlinga.

—¿Eres capaz de volar con este tiempo? —preguntó Jenkins por el micrófono.

—Estamos a punto de averiguarlo —respondió el piloto antes de sonreírle con gesto malicioso y añadir—: Tranquilo, hombre. He llegado hasta aquí, ¿no?

Jenkins no se tranquilizó.

Studebaker volvió la cola del aeroplano y dirigió la hélice hacia el viento, con lo que el aparato se puso a temblar.

—¿Conseguiremos despegar con el viento en contra? —preguntó Jenkins.

El piloto le explicó que la velocidad de aquel aire que azotaba las alas desde arriba generaba un empuje en ascensión que ayudaría a levantar la avioneta.

—Y con el peso extra vamos a necesitar toda la ayuda que podamos conseguir. El hielo liso solo llega hasta el final de la isla. Después nos esperan los baches de las olas.

—¿Y qué pasará cuando lleguemos allí?

—Que esto se va a zarandear como si estuviésemos montados en un percutor de padre y muy señor mío, pero, con suerte, eso será todo.

Después del viaje en moto de nieve, Jenkins podía imaginárselo perfectamente.

Studebaker aceleró y tiró para atrás de la palanca antes de echarla hacia delante. La cola se levantó y la avioneta ganó velocidad, rebotando sobre el hielo e irradiando más dolor hacia la columna ya maltrecha de Jenkins. El piloto juró entre dientes igual que hacía el padre de Jenkins cuando estaba haciendo arreglos en la casa o en el coche.

El viento abofeteaba al aparato y lo sacudía de un lado a otro. Se elevaron momentáneamente y a continuación volvieron a dar en el hielo. Tras un segundo, ascendieron de nuevo, esta vez un metro o poco más…, con el mismo resultado que antes. El traqueteo cambió entonces de forma espectacular, como si rodaran sobre baches con ruedas de acero y el aeroplano estuviera a punto de desmembrarse. Jenkins encogió el pecho para que la cabeza dejara de rebotarle contra el techo. Studebaker echó la palanca hacia la izquierda y la derecha y puso la avioneta en el aire por tercera vez, en esta ocasión girando un poco hacia la derecha.

El avión dio una sacudida, como si lo hubiera enganchado a algo, y giró a continuación a la derecha. La palanca que tenía Jenkins entre las piernas dio un tirón hacia la izquierda en el instante en que volvían a caer en el suelo helado, con tanta violencia que arrancó un chillido a Pavlina. El aparato se elevó al fin, pero con un espantoso estruendo metálico. Algo pasó volando por la ventanilla y golpeó la parte inferior de la rueda. Otro objeto fue a estamparse contra la ventanilla trasera y partió el plástico.

A su derecha, Jenkins pudo ver la mitad frontal de un esquí partido colgando de una cuerda elástica que golpeaba el lateral de la avioneta y la sección inferior del ala. Allí se enroscó en una riostra, pero siguió dando en el fondo del avión con un ruido de piedras de gran tamaño caídas de un camión. Cuando Jenkins giró la cabeza para comprobar el estado de la ventanilla trasera, vio que había líquido cayendo de la cara inferior del ala.

No podía ser nada bueno.

Tras descubrir que las puertas de la esclusa no se habían cerrado con la rapidez necesaria para evitar el paso de las motos de nieve, Yefímov ordenó a los guardacostas de los Bérkut que las persiguieran. Estos informaron de que el rastro los había llevado al lado de sotavento de la fortaleza de Totleben, una construcción de cemento abandonada que se había erigido antaño en una lengua de tierra para proteger a Rusia de las invasiones. Yefímov se comunicaba con ellos a través de una línea exclusiva de la guardia costera.

—Las huellas de las motos siguen por el litoral —anunció el agente al mando—. A juzgar por las pisadas, cuatro personas han subido a bordo de un aeroplano y han despegado contra el viento.

Yefímov soltó un reniego en voz baja.

—También hemos encontrado restos del avión.

—¿Qué clase de restos?

—Un trozo de esquí de fibra de vidrio que, por el sitio en que estaba, ha debido de partirse al despegar.

Yefímov se animó de pronto.

—¿Y esos restos os pueden decir algo de la clase de avión de que se trata?

—No mucho. Eso será mejor preguntárselo a un piloto.

—¿Cuántas huellas de esquíes habéis encontrado?

—Tres, dos frontales, que debían de ser de debajo de las alas, y una trasera, de debajo de la cola. Podría ser un Cessna, aunque no deja de ser una suposición.

—¿Me está diciendo entonces que han reparado el esquí antes de despegar?

—¿Repararlo? No. Lo más seguro es que les ocurriera en el momento de elevarse. Han debido de dar con el hielo de una cresta de presión.

Más buenas noticias.

—¿Podrá aterrizar el avión sin uno de los esquíes?

—Mejor, una vez más, que eso lo responda uno de nuestros pilotos. De todos modos, yo diría que no va a ser fácil y más en estas condiciones.

—¿Podemos hacer un cálculo de cuánta ventaja nos llevan?

—Basándonos en la nieve que ha caído dentro de las huellas, yo diría que menos de veinte minutos. No puedo afinar más.

—¿Y las motos de nieve podrán seguir el rastro con este tiempo?

—Claro que sí. En peores casos nos hemos visto.

—Síganlo entonces y comuniquen lo que averigüen. —Yefímov colgó y se volvió hacia Alekséiov—. Llama al cuerpo de guardacostas de San Petersburgo y diles que preparen el helicóptero. Diles que lo quiero armado.

—Creo que tenemos una fuga de combustible —dijo Jenkins.

Studebaker, que seguía trasteando los indicadores y manejando la palanca, lanzó una mirada al ala y soltó una maldición.

—Cambiaré al depósito de la derecha.

—Ese es el que pierde combustible.

—Y necesito hasta la última gota que pueda sacar de él si queremos volver. —Se encogió de hombros—. En realidad, parece más grave de lo que es.

Jenkins sabía que estaba intentando tranquilizarlo.

—¿Tenemos suficiente para llegar a nuestro destino?

—Tenía unos ciento cincuenta litros cuando aterricé, unas dos horas y media de vuelo. Volando por debajo del radar y con los alerones abajo, tardé dos horas.

Jenkins insistió:

—Entonces, deberíamos tener suficiente, ¿no?

Esta vez, Studebaker no hizo nada por calmarlo.

—Quizá —dijo—. Rece por que nos sople un poco el viento de cola.

Jenkins hizo cálculos y dedujo cuál era el problema.

—¿Y no podemos cambiar la forma de volar?

—Si queremos evitar el radar, no. Si aumentamos la velocidad, también gastaremos más combustible. Como estamos, ya vamos bastante justos.

—¿Qué ha sido lo que ha dado en mi ventanilla, una piedra?

—No, lo que te ha pasado al lado era un pedazo del esquí derecho. Cuando me he inclinado hacia un lado he chocado contra una cresta de presión. Y lo que has oído golpeando el fondo del avión como un mono tocando la batería era lo que queda del esquí atado al fuselaje.

Se lo estaba explicando con tanta calma que Jenkins habría pensado que no lo oía bien por culpa del traqueteo y el ruido del motor de no haber visto con sus propios ojos el esquí destrozado. Miró por la ventanilla hacia la riostra a la que había estado fijado… y que a esas alturas no era más que un saliente de metal.

—Ha sido una sacudida de la hostia —dijo Studebaker—. Gracias a Dios que teníamos la nieve. Hemos caído sobre el esquí izquierdo y se ha deslizado el tiempo suficiente para permitirme enderezar el aparato. No hemos volcado de milagro.

—¿Y todavía estamos en condiciones de volar?

—Volar no es el problema: lo difícil va a ser aterrizar. Piensa que tenemos un cacho de acero donde antes había un esquí, lo que descarta que podamos posarnos en suelo firme. Si clavamos ese puntal en tierra, el avión se hará pedazos.

—Entonces, ¿cómo aterrizamos?

—Tendré que encontrar un buen témpano de hielo liso y mantenerme sobre el esquí izquierdo todo el tiempo posible. En cuanto deje caer ese puntal de hierro de la derecha, se clavará en el hielo y, con un poco de suerte, solo nos hará girar sobre nosotros mismos.

—¿Y si no tenemos suerte?

—En ese caso, nos estrellaremos. Eso sí, por lo menos, para entonces, no nos quedará combustible.

—¿Siempre eres tan positivo?

—Has sido tú el que ha preguntado. Además, no tiene sentido preocuparse de momento por el aterrizaje: bastantes problemas tenemos ya con tratar de mantenernos en el aire.

El móvil de Alekséiov sonó cuando el Mercedes llegaba a las instalaciones del cuerpo de guardacostas de San Petersburgo. Tras escuchar unos segundos, colgó y comunicó a Yefímov:

—Han encontrado las motos de nieve en la costa, abandonadas.

Era lo que había sospechado.

—¿Cuántas pisadas?

—De dos personas.

De modo que el aeroplano no formaba parte de otro truco para despistarlos. Por las huellas, habían subido a bordo cuatro personas, probablemente Jenkins, Ponomaiova, Fiódorov y el piloto. Si el helicóptero conseguía alcanzarlos, aquella cacería estaba a punto de llegar a su fin.

Yefímov salió del coche y recorrió con rapidez las instalaciones. Lo condujeron hasta dos hombres que ocupaban sendas mesas dentro de un cuartito situado al fondo del edificio y, a juzgar por el olor, bebían café solo. Por las ventanas se veía un helicóptero blanco y rojo sobre una extensión de cemento y, tras él, el sol que asomaba por el horizonte, aunque solo lo necesario para iluminar el gris anodino. Los hombres parecían cómodos y relajados, cosa que el recién llegado estaba a punto de cambiar.

—¿Quién es el piloto? —preguntó.

—Yo. —El más alto se puso en pie—. Capitán Yefrémov, Néstor Yegórovich Yefrémov. —Parecía haber cumplido los cuarenta y tenía el cabello pelirrojo cortado a cepillo y pecas en la cara.

—Tienen listo el helicóptero.

—*Da.*

—¿Está armado?

—*Da* —repitió, aunque con voz poco firme.

—Estamos buscando una avioneta que posiblemente se dirige a Finlandia. ¿Han visto algo en el radar?

—Nada —dijo el segundo.

—¿Cómo es posible? Nos han confirmado que ha despegado una avioneta desde el hielo.

—Que no hayamos visto nada no quiere decir que no haya nada. Si un piloto quiere evitar el radar, puede sobrevolar la superficie del hielo para que no lo detectemos. Además, la tormenta de nieve puede crear perturbaciones en el radar y hacer que sea más difícil aún localizar el aparato. Ahora bien, para hacer algo así con estos vientos, el piloto debe ser extremadamente competente. La nevada hace que sea casi imposible detectar visualmente el horizonte. Si ya es peligroso salir a volar en estas condiciones, imagínese hacerlo pegado al suelo.

—¿Qué clase de aparato podría hacer un vuelo así?

—Aviones hay muchos; pilotos, muy pocos —dijo Yefrémov.

—Estoy tratando de hacerme una idea de la velocidad que puede alcanzar el piloto para poder calcular cuánta ventaja nos lleva.

—Depende del avión. —El capitán adoptó una actitud más cautelosa.

—Pues piense en uno y hágame un cálculo, coño —espetó Yefímov.

—En estas condiciones, yo usaría un Cessna 185. Un avión así puede alcanzar los ciento treinta nudos, pero, a la altitud a la que tendría que volar el piloto para evitar el radar, debería bajar los alerones si quiere mantener el control y eso lo frenaría.

—¿Cuánto? —preguntó Yefímov impacientándose.

—El mejor piloto no podría rebasar los ochenta u ochenta y cinco nudos.

—¿Y cuánto tardaría en llegar a Finlandia viajando a esa velocidad?

El capitán sacó un bolígrafo para hacer cálculos en el cuaderno que tenía sobre la mesa. Tras un minuto escaso dijo:

—Entre dos horas y dos horas y media.

Yefímov reflexionó al respecto y concluyó que todavía estaban a tiempo de alcanzarlos.

—Si la avioneta que ha propuesto se quedara sin un esquí al despegar, ¿podría aterrizar de todos modos?

—¿Sin un esquí? —preguntó Yefrémov.

—¿Podría aterrizar?

El piloto meneó la cabeza.

—Sería muy difícil hasta para un piloto fuera de serie. Yo diría que no.

Yefímov se acercó a la ventana.

—¿Y su helicóptero a qué velocidad puede volar?

—A ciento cincuenta nudos.

—En ese caso, podemos interceptarla.

—En teoría, sí —repuso el capitán con una sonrisa nerviosa—, pero sería una locura volar en estas condiciones.

El de la FSB se apartó de la ventana para mirarlo.

—Se le han dado órdenes de armar y preparar el helicóptero, ¿verdad?

—Y el helicóptero está armado y listo, pero… el tiempo no acompaña. Es demasiado peligroso.

—Pero no para el piloto que lleva el Cessna, ¿o sí?

—El piloto de la avioneta… está loco o no tiene otra opción.

—¿Y usted? ¿Está loco? —preguntó Yefímov.

—¿Yo? No.

—Entonces ya conoce la respuesta.

Veinte minutos después de despegar, el motor del avión empezó a toser de forma entrecortada.

—Ese es el depósito derecho, que está eructando —anunció Studebaker—. Está vacío. Cambio al izquierdo.

«No salen las cuentas», pensó Jenkins, que volvió a hacer los cálculos de cabeza. Estaba a punto de expresarlo en voz alta cuando el piloto se encogió de brazos sutilmente y movió a un tiempo la cabeza como queriendo decir: «No hay nada que hacer. ¿Para qué vamos a alarmar al resto?».

Se dio cuenta entonces de por qué Rod no se había preocupado por el aterrizaje: bastantes problemas tenía ya tratando de mantenerse en el aire. Los vientos recios de costado los hacían cabecear y rebotar como si viajaran en un avión de juguete, y lo cierto era que, volando tan bajo, cosa que, según Studebaker, era necesaria si querían evitar el radar ruso, no les quedaba mucho espacio de maniobra.

Jenkins se volvió a mirar a Pavlina, que parecía tener frío.

—¿No podemos subir un poco el calor aquí dentro?

Hot Rod negó con la cabeza.

—Si calentamos el parabrisas con cuatro respirando aquí dentro, en cuestión de minutos tendremos el interior empañado de escarcha. No querréis que estropeemos todavía más esta preciosa vista, ¿verdad?

Con cada bote, las cintas de seguridad se le clavaban más a Jenkins en los hombros, un achaque más que sumar a la larga lista que estaba elaborando. Se había quitado los guantes para descubrir una franja de piel roja en carne viva que le atravesaba las palmas de las manos donde se había aferrado a los asideros de la moto de nieve. Volvió a mirar al asiento trasero. Por más que lo estuviesen zarandeando los movimientos del avión, lo que le había tocado a Fiódorov era mucho peor, pues al estar maniatado no tenía cómo protegerse… y, desde luego, no podía permitirse un tercer golpe en la cabeza. Por desgracia, en aquellas condiciones inestables, la de acercarle un cuchillo para liberarlo de las ataduras resultaba una opción demasiado peligrosa. El ruso hacía una mueca de dolor con cada salto, no parecía estar pasándolo demasiado bien.

Con la nieve azotando el parabrisas y el manto blanco cubriendo el suelo, no lograba entender cómo diablos era capaz Studebaker de mantener la avioneta en el aire. El piloto tenía toda su atención puesta en una pantalla de diez centímetros por quince situada en el centro del panel de mandos, que Jenkins supuso que debía de ser el altímetro, y solo a veces desviaba la vista para situarla en lo que él llamaba «el horizonte artificial», un avioncito superpuesto sobre una línea que, según él, indicaba si el avión ascendía o descendía. Por lo demás, miraba por la ventanilla de su lado como parte de un procedimiento infatigable. Se preguntaba cómo iba a encontrar Finlandia si a él le resultaba imposible ver más allá de un metro. Studebaker dio unos golpecitos al GPS y le explicó que había registrado el trayecto a Rusia y, por tanto, le ofrecía una ruta que seguir para volver a Finlandia.

—¿Cómo vamos? —quiso saber.

El piloto comprobó diversos indicadores sin dejar de manejar la palanca.

—Vamos —respondió.

—Supongo que cuando salga el sol será más fácil.

—Al final, sí, pero vamos hacia el oeste, es decir, que nos estamos alejando de la salida del sol. Si no deja de nevar, simplemente se limitará a darle a todo un tono más claro de gris... o de blanco. No me dejará ver el horizonte.

—¿Y el combustible? ¿Llegaremos a nuestro destino?

—El tiempo lo dirá, aunque vamos demasiado justos.

Jenkins miró el panel sin saber bien lo que buscaba.

—¿Tenemos algún radar a bordo o algún otro modo de saber si nos siguen?

Studebaker negó sin articular palabra.

—¿Y crees que el mal tiempo impedirá que nos persigan los rusos?

—Puede que sí, a no ser que encuentren a un piloto con los *cojones* de acero —dijo Studebaker con una sonrisa y mezclando el español con su inglés.

—Si lo encuentran, ¿qué puede pasar? ¿Están en posición de alcanzarnos?

—Eso depende de cuánta ventaja les llevemos y de con qué nos persiguen. La guardia costera de Rusia tiene un pequeño destacamento en la bahía del Nevá con helicópteros preparados para despegar. Si quieren atraparnos, esa es su mejor baza.

—¿Y si se deciden a hacerlo?

—Entonces despegarán con un MI-8, el helicóptero que mayor producción tiene en todo el mundo. Hace poco lo modificaron para adaptarlo a climas árticos y darle algo más de velocidad, de manera que alcanza los ciento cincuenta nudos. Podrían sacarle otros diez más, pero lo dudo con este tiempo. La ventaja que presentan es un piloto automático que impide que pierdan altitud de forma accidental y se dé contra el hielo.

—¿Van armados los helicópteros de la guardia costera?

Studebaker volvió a encogerse de hombros.

—Normalmente, no. Suelen usarlos para operaciones de búsqueda y rescate, pero podrían armarlos.

—No lo sabemos con seguridad.

—Hasta que nos disparen, no. En todo caso, serán ametralladoras, no misiles. —Studebaker miró a Jenkins como si le estuviera dando una buena noticia—. Me han disparado ya más de una vez y, si te digo la verdad, no me hace ninguna gracia que me agujereen el avión.

—¿Y si nos ataca el Ejército ruso?

—El Ejército no tiene helicópteros preparados. No saldrían a tiempo para impedir que llegásemos a Finlandia.

Leyendo entre líneas, Jenkins supuso que, si Yefímov se daba prisa y hacía armar los helicópteros de la guardia costera, los podían acribillar a balazos antes de que los vieran llegar. Otra cosa era que los rusos quisieran enfrentarse a las consecuencias políticas que supondría derribar un aeroplano finlandés. Quizá ni siquiera importase… si la avioneta se quedaba sin combustible o se estrellaba al aterrizar.

—A veces se trata solo de valorar los minutos de seguridad que te conceden —murmuró Studebaker por el micrófono. Sonaba a las últimas palabras de un hombre al que están encañonando con una pistola.

Jenkins miró a su espalda, a Fiódorov, que no llevaba cascos y, por tanto, no sabía nada de aquella conversación. Las turbulencias le arrancaban muecas de dolor. Debía de estar sufriendo un dolor de espalda insoportable, pues con las manos a la espalda y los tobillos juntos solo podía sentarse girando las rodillas hacia Pavlina. Le había dejado suelto el cinturón para que pudiera ir al menos así.

Pavlina llevaba los ojos cerrados y se había dejado caer sobre Fiódorov. Dudaba que estuviera durmiendo, aunque la otra posibilidad era, como el esquí dañado del aeroplano o la falta de combustible, algo en lo que no quería pensar seriamente Jenkins. Volvió a mirar al ruso, que ladeó la cabeza para observarla a ella y luego miró a Jenkins. Había tenido el mismo pensamiento que él.

CAPÍTULO 43

Simon Alekséiov estaba sentado en uno de los asientos del helicóptero con el cinturón puesto, una fila por detrás de Yefímov, quien, a su izquierda, ocupaba la plaza situada justo detrás del piloto, Yefrémov, y el copiloto. Ninguno de los dos parecía entusiasmado por estar allí.

Alekséiov tampoco.

Cuando su superior le había dado órdenes de llamar a la guardia costera para que preparasen el helicóptero, al joven agente de la FSB jamás se le habría pasado por la cabeza que él iría a bordo. Incluso en el momento en que se dirigían a la base, había supuesto que Yefímov y él esperarían allí, apostados delante del radar. Yefímov, en cambio, no lo había dudado en ningún instante: había salido hacia el helipuerto al lado del piloto como quien camina hacia su destino sin importarle salir o no con vida de la empresa. Se detuvo solo para volver la vista hacia Alekséiov, que se había quedado en el umbral.

—Este caso es tuyo —le había dicho—, sube al helicóptero.

Mientras oía al piloto hacer con rapidez las necesarias comprobaciones previas al vuelo, las palabras de Yefímov no dejaban de provocarle escalofríos en el espinazo: «Este caso es tuyo».

A esas alturas, su jefe se había obsesionado, no sabía si con atrapar a Jenkins y a Ponomaiova o a Víktor Fiódorov, pero, como el capitán Ahab de la novela y su fijación con matar a Moby Dick, Yefímov parecía dispuesto a llevarlos a todos a la muerte al obligar a los pilotos a volar en semejantes condiciones. Alekséiov sabía que, aunque él sobreviviera, su carrera profesional podría no correr la misma suerte. El hecho de que Yefímov hubiese pronunciado aquellas cuatro palabras en el instante en que Jenkins y Ponomaiova se acercaban a Finlandia era un signo evidente de que pensaba usarlo de chivo expiatorio si no conseguían aprehenderlos. Sabía muy bien lo que significaba aquello, pues lo había vivido con el despido de Víktor Fiódorov.

«Este caso es tuyo».

En esa ocasión, la cabeza que caería sería la suya.

Si no lo mataba antes Yefímov.

Tal como había advertido el piloto, las condiciones atmosféricas eran pésimas. Los vientos de costado sacudían el helicóptero y la nieve racheada había reducido casi por completo la visibilidad. Lo que hacía aquel vuelo más absurdo aún era que el radar, cuyo radio de acción era limitado, no mostraba rastro alguno del Cessna. Ni siquiera tenía modo alguno de conocer cuáles eran en aquel momento su posición y su rumbo ni cómo interceptarlo. No tenía motivo real alguno para ello, pero Yefímov había dado por sentado que se dirigía a Finlandia. Solo podía suponerlo y esperar que la suerte le sonriera.

Alekséiov había elegido ir sentado detrás de Yefímov en lugar de volar a su lado, separado solo por el pasillo, con la intención de quedar fuera de su ángulo de visión al menos durante unos minutos.

—¿Ve algo? —volvió a preguntar su superior al copiloto, que estudiaba el radar.

—Nada —respondió él dándose la vuelta para mirarlo. Transcurrido otro minuto, habló de nuevo para decir, tras alzar un dedo y escuchar con atención—: Ahora sí tengo algo.

Yefímov se inclinó hacia delante para asomarse por entre los asientos al panel de mandos del helicóptero. El copiloto señaló una pantalla diminuta.

—Ahí. ¿Lo ve? Se ha vuelto a ir.

—¿Un aparato tratando de evadir el radar?

—Posiblemente.

—¿Hay más aviones o helicópteros en el aire?

—A esta distancia y con este tiempo, no.

—¿Dónde lo ha visto?

—A unos ciento treinta kilómetros de la costa de Finlandia.

—¿Qué velocidad lleva?

—No mucha. Menos de ochenta nudos.

Yefímov volvió a apoyarse en el respaldo, como si estuviera estudiando su estrategia. Tras unos instantes, preguntó:

—¿Pueden hablar con ellos por radio?

—Podemos usar la frecuencia de emergencia finlandesa —dijo el copiloto—. Con este tiempo, el piloto podría estar escuchándola, pero no hay modo de saber si nos ha oído.

—Hágalo.

Jenkins había comparado el trayecto en moto de nieve con un viaje en avión y en aquel instante se daba cuenta de cuánto se había equivocado. También había concluido erróneamente que aquel recorrido en moto sería el más incómodo y aterrador que hubiese hecho en su vida. Aun así, no le llegaba a la suela del zapato al hecho de volar con turbulencias a solo quince metros del suelo helado. Como ya le había advertido Studebaker, la luz matinal no había hecho nada por atemperar sus miedos. De hecho, los había exacerbado, pues la luz le brindaba una perspectiva nueva que no tenía por qué ser deseable. De cuando en cuando aparecía ante el parabrisas una figura oscura que obligaba al piloto a dirigir el avión hacia arriba o hacia un lado con brusquedad para evitar un barco helado en el golfo o una isla, que podía ser un simple peñón o tener edificios. Era como un recordatorio aleccionador de lo estrecho que era en realidad el margen de error de Studebaker.

Más de una vez llegó a la conclusión de que Pavlina era la que mejor lo había hecho al cerrar los ojos y poner su destino en manos de Studebaker. La situación de ella, sin embargo, era muy distinta de la de Jenkins: no tenía familia ni ningún ser querido. Cada vez que él cerraba los ojos, acudían en tropel a su mente imágenes de Alex, de CJ y de Lizzie, su pequeñina, y el miedo a no volver a verlos jamás corría a atormentarlo.

Así que, por más que no hubiese nada que pudiera hacer, volvía a prestar atención a la situación. En más de una ocasión, había preguntado a Studebaker si podía ayudar en algo, aunque fuese asir unos segundos la palanca para dar un breve descanso a los nervudos antebrazos del piloto, pero este había negado siempre con la cabeza antes de decir:

—Solo tener paciencia.

Después, se había puesto a cantar a voz en grito «Light My Fire», de The Doors. Jenkins suponía que era su forma de enfrentarse a la tensión, pero él no tenía ninguna necesidad de oír la letra ni su invitación a incendiar la noche. Esperaba, de corazón, que no fuese el caso.

Llevaban bastante más de una hora de vuelo cuando, a pesar de no haber amainado los vientos, se hizo más leve la nevada y, al fin, cesó. Jenkins no dejaba de lanzar miradas a los indicadores del combustible, dos instrumentos situados uno al lado del otro y dotados de sendas agujas blancas en los que se leían las palabras FUEL QTY (por *quantity*, «cantidad»). La aguja correspondiente al depósito de la derecha, el que se había vaciado ya, se hallaba por debajo de la línea roja y la de la izquierda se encontraba justo por debajo de la marca central al despegar y había caído desde entonces hasta la que había por encima de la roja. No tenía ni idea de cuánto combustible cabía en el depósito, de cuánto quedaba, de si llevaban el viento de cola o de frente ni de cuánto les quedaba para aterrizar.

Cada vez que preguntaba al respecto, el piloto daba unos golpecitos en el cristal y contestaba:

—Vamos a ir justos.

Nunca era más preciso. Quizá no pudiera serlo. Quizá fuese muy cierto lo que había dicho al principio: lo sabrían cuando llegase el momento. Jenkins decidió que lo mejor era confiar en Studebaker y dejar todo en sus manos. Pero, siempre que lo hacía, el piloto se ponía a cantar de nuevo sobre incendiar la noche.

Diez minutos después, Studebaker apartó una mano de la palanca de mando para llevársela a los auriculares.

—Están transmitiendo un mensaje en la frecuencia de emergencia finlandesa —anunció—. Hablan en ruso.

—¿Lo puedes poner para que lo oigamos todos?

Studebaker accionó un interruptor y Jenkins se quitó los cascos.

—*Víktor Fiódorov, ti meniá slíshish?* —«*Víktor Fiódorov, ¿me oyes?*».

Fiódorov miró a Jenkins.

—Yefímov —dijo por encima del ruido del motor y del traqueteo del fuselaje.

—Si me estás oyendo, tienes que entender que no puedes escapar. Nunca serás libre. Tu familia pagará por tus actos de traición. Entrégate y respetaremos a tu familia.

Fiódorov se puso blanco. Aquello no era propio de él.

—Suena a que se hayan dado por vencidos —aseveró Studebaker.

—¿Cómo? —preguntó Jenkins.

—Parecen las amenazas sin fundamento de un hombre que sabe que ha perdido. «Vamos a castigar a tu familia...». ¡Que lo zurzan!

Yefímov siguió hablando:

—Este es un mensaje para el piloto del Cessna: está usted transportando a fugitivos del Gobierno ruso que se encuentran en busca y captura por la comisión de actos criminales. Si no da la vuelta de inmediato, tendrá que hacer frente a consecuencias muy severas.

—Como si me importara una mierda. —Studebaker sonrió de oreja a oreja por primera vez desde que habían despegado—. ¡Venga, enciéndeme! —añadió citando la letra de la canción.

—¿Me está oyendo? —prosiguió Yefímov—. Tiene un helicóptero de la guardia costera rusa aproximándose a gran velocidad a su posición, a ciento trece kilómetros de la costa de Finlandia.

Studebaker dejó de sonreír.

—Hijo de puta, ¿a que no va a ser un farol?

—El helicóptero va armado y tiene orden de dispararles a no ser que reduzca su velocidad de inmediato y dé la vuelta. Repito: ha invadido usted el espacio aéreo ruso ilegalmente y lleva a bordo a fugitivos que han cometido crímenes en suelo ruso. Reduzca su velocidad de inmediato y dé claras muestras de que se dispone a regresar a San Petersburgo o me veré obligado a ordenar que disparen contra su aeroplano.

Studebaker accionó un interruptor y puso punto final a la comunicación.

—Voy a dar claras muestras, pero no de lo que él espera.

—¿Ha dado bien tu posición? —preguntó Jenkins.

Rod asintió.

—Bastante, aunque ya no estamos en espacio aéreo ruso.

—Eso no le impedirá dispararnos.

—No, pero sí que reduce las probabilidades.

—No me hace ninguna gracia esa estadística.

—A lo mejor no está allí siquiera. Puede que haya visto algo en los radares rusos y esté intentando meternos miedo.

—¿Hay algún modo de averiguarlo?

—Yo estaba pensando lo mismo. —Studebaker volvió a ponerse los cascos, encendió un interruptor y cambió a una emisora diferente. Dictó sus siglas de identificación en finés y recibió la respuesta de una voz femenina en el mismo idioma—. Cariño —dijo en inglés—, ¿te importa mirar el radar y decirme si tenemos algún pájaro cerca de donde estamos ahora? Me acaban de amenazar con llenarme el pandero de plomo. Acabo de activar el transpondedor.

Pasó casi un minuto antes de que la mujer volviera a ponerse al habla.

—Sigo aquí —respondió él.

—*On helikopteri, joka sulkeutuu nopeasti.*

Studebaker miró a Jenkins.

—¡La madre que me…! No era un farol: tenemos un helicóptero acercándose a gran velocidad. *Kuinka kaukana?* —«¿A qué velocidad?».

—*Viisikymmentä mailia.*

—Perfecto. Tranquila, que ya mismo estoy en casa. —Volvió a pulsar el interruptor y miró a Jenkins—. Tendremos que perdernos un ratito. —Luego, se dirigió a Fiódorov sin apenas volverse—. Por lo visto, tu chaval no amenaza en balde: tenemos un helicóptero pegado al culo y se está acercando muy rápido.

—¿Está muy cerca? —quiso saber Jenkins.

—A cuarenta y cuatro kilómetros. Va siendo hora de acelerar.

—¿No me habías dicho que así gastábamos más combustible?

—El combustible es lo de menos si el tío del helicóptero lleva una ametralladora. Voy a ganar altitud para poder levantar los alerones y ganar velocidad.

—De todos modos, podría ser un farol. Me habías dicho que los guardacostas no solían armar sus helicópteros…

—Sí, pero me he equivocado una vez y no pienso quedarme a averiguar si no han sido dos.

El copiloto ruso señaló la pantalla.

—Aquí —dijo—. Ha vuelto a aparecer en el radar.

Yefímov se asomó entre los dos asientos.

—¿Puede fijar su situación? —No preguntó si había dado claras muestras de regresar, porque no esperaba que ocurriese tal cosa.

—No hace falta: está ganando altitud para aumentar la velocidad.

—¿Cuánto falta para que estemos cerca?

El piloto observó sus instrumentos.

—Unos veinte minutos, quizá menos.

—¿Y cuánto le queda a él para llegar a la costa de Finlandia?

—Unos veinte minutos también.

—No permita que suceda.

El piloto se volvió con gesto inseguro.

—Estaremos en espacio aéreo finlandés.

—Ese avión transporta a personas que han cometido crímenes en suelo ruso, ha invadido ilegalmente el espacio aéreo ruso y es una amenaza para la seguridad nacional de Rusia. Si no acata las instrucciones que se le han dado, derríbelo. Es una orden.

El copiloto y el piloto se miraron.

Alekséiov estiró el brazo para posar la mano en el hombro de Yefímov.

—No podemos disparar a un avión finlandés en espacio aéreo finlandés —anunció—. Las consecuencias serían espantosas y más aún si va a estrellarse en una zona poblada y mata a otros.

Yefímov clavó la mirada en el joven agente. Era la segunda vez que cuestionaba su autoridad en público.

—No tengo ninguna intención de dejar que lleguen a Finlandia.

—Ya están en espacio aéreo finlandés. Acaba de oír al piloto. Deje que llame a nuestros agentes en Finlandia para que averigüen dónde aterriza el avión.

A regañadientes, Yefímov reconoció que Alekséiov tenía razón en parte y que su propuesta era muy juiciosa.

—Si aterrizan, podrás poner sobre aviso a nuestros agentes para que los sigan. Hasta entonces, soy yo quien da las órdenes y mi misión es traer a Jenkins y Ponomaiova. Si no lo consigo, los mataré a los dos.

—Me ha dejado claro que este caso es mío y que la responsabilidad última recae sobre mí.

—Sí —repuso Yefímov— y puedes estar seguro de que así será. Ahora, quítame la mano del hombro si no quieres que te la parta.

Si el viento, la nieve y las constantes turbulencias no habían bastado para acelerarle el pulso a Studebaker, la idea de tener una ametralladora rusa detrás sí lo consiguió. Jenkins lo vio cambiar a modo de combate. Aumentó la altitud del aparato y lo puso a ciento veinte nudos de velocidad con movimientos rápidos y resueltos. Ya ni siquiera tenía en cuenta el consumo de combustible, aunque a Jenkins no se le olvidaba ese detalle. La aguja del indicador había llegado a la marca roja.

—Cariño, ¿estás ahí? —dijo el piloto por el micrófono de los cascos.

—*Olen vielä täällä.*

—¿Tienes localizados a los malos?

—A treinta y dos kilómetros. Cada vez están más cerca.

—Voy a dejar abierta la frecuencia. ¿Me mantienes informado?

—*Joo* —respondió ella.

—¿A cuánta distancia pueden empezar a disparar? —quiso saber Jenkins.

—No lo sé. Ya te he dicho que no me gusta que me llenen de plomo el pájaro y que no tengo intenciones de dejar que nos usen para practicar puntería.

Eso era de agradecer, ya que Jenkins tenía claro que, si la avioneta hubiese montado armas, Studebaker no habría dudado en dar la vuelta y enfrentarse de cara al helicóptero.

—¿A cuánto estamos de nuestro destino?

—A más de lo que nos podemos permitir.

—¿A cuánto estamos? —preguntó Yefímov al piloto con la sensación de que el avión se estaba acercando a la costa finlandesa y no tardaría en intentar aterrizar.

—A treinta y dos kilómetros. Nos estamos acercando, aunque a una velocidad menor, porque él ha aumentado la suya.

—Entonces, aumente también la nuestra.

El capitán negó con la cabeza.

—Estamos en espacio aéreo finlandés.

—Me da igual…

—Nos están llamando por radio. Quieren saber cuáles son nuestras intenciones.

—No les haga caso —dijo Yefímov.

—Eso no sería nada prudente. Si ocurre algo… —empezó a decir Alekséiov.

Yefímov lo cortó en seco.

—Si ocurre algo, le echaremos la culpa al avión… y a los americanos. No vuelvas a interrumpirme. —Se dirigió de nuevo al piloto—. Responda a los controladores aéreos de Finlandia. Dígales que estamos buscando dos motos de nieve que se han perdido en el hielo. Pero no pierda de vista el avión… y vaya más rápido.

—*Kymmenen kilometriä* —anunció la mujer por los auriculares.

—Tenemos al helicóptero a diez kilómetros —tradujo Studebaker—. Ha llegado el momento de perderse de nuevo. —Echó adelante la palanca y dirigió el morro hacia el hielo.

A Jenkins se le volvió el estómago como cuando, de pequeño, se montaba en las montañas rusas gigantes de Coney Island. Aquello que poco antes habían sido manchas oscuras vistas a través de la bruma luminosa se transformó de pronto en un pequeño archipiélago. Alcanzaba a ver las ramas de los árboles agitadas por el viento, embarcaderos que entraban en las aguas congeladas y hasta gente en las ventanas de las urbanizaciones de casas adosadas.

—Estamos rebasando Pikku Leikosaari —dijo Studebaker.

—*Kahdeksan kilometriä* —dijo la mujer.

—Ocho kilómetros. Vamos a ir justos.

Rod voló entre las distintas islas y cobró altitud para pasar por encima del puente que unía una de más extensión y otra más pequeña antes de volver a descender, tan bajo que a Jenkins casi le fue posible sacar el brazo y tocar el agua.

—*Vissi kilometriä*.

—Cinco kilómetros. —Studebaker bajó el micrófono para hablar con Fiódorov—. Tu chaval es un hijo de perra muy cabezota. ¿Qué coño le has hecho?

El piloto meneó la cabeza.

—Ha vuelto a perder altitud. Está intentando hacer que lo perdamos en las islas.

—Pues no lo pierda —ordenó Yefímov.

—Control aéreo vuelve a intentar contactar con nosotros.

—No les haga caso.

—Nos estamos acercando a islas habitadas —advirtió Alekséiov.

—¿A cuánto estamos de la costa?

—Las islas están habitadas —insistió su subordinado—. ¿No me ha oído?

—¿A cuánto estamos? —volvió a preguntar Yefímov obviando a Alekséiov.

—A ocho kilómetros.

—Aumente la velocidad.

—Con este viento no puedo garantizar un vuelo seguro si voy más rápido.

—Aumente la velocidad si quiere volver a volar.

El piloto y el copiloto volvieron a mirarse y, a continuación, el primero obedeció.

Alekséiov volvió a hablar.

—No podemos disparar sobrevolando una zona habitada.

Yefímov se volvió con un gesto enérgico, lo agarró por las solapas y tiró de él para contestarle casi escupiendo las palabras.

—Que sea la última vez que cuestionas mis decisiones. A la próxima, te pongo a fregar suelos en la Lubianka. —Lo apartó de un empujón—. El piloto no puede volar hasta una zona habitada ni tomar tierra sobre una superficie sólida. Está buscando un sitio, si es que lo hay, donde aterrizar sobre el hielo. Es su única opción.

—Siete kilóm… —El copiloto se interrumpió de pronto.

—¿Qué pasa? —quiso saber Yefímov.

—Ha salido del radar.

El fortachón soltó un reniego y se aferró al respaldo del asiento.

—¿Qué quiere que hagamos? —preguntó el piloto.

—Mantenga el rumbo y la velocidad, a ver si los vemos.

Cuando llegaron a lo que supuso Jenkins que debía de ser Helsinki, Studebaker mudó de rumbo, esta vez para poner el morro al noroeste. Los controladores aéreos, que habían reparado ya en el intruso que les había aparecido de pronto en el radar y volaba sobre zonas habitadas, les gritaban a través de los auriculares, pero Rod pasaba de ellos.

—¿Adónde vamos? —preguntó Jenkins.

—A casa.

—Pensaba que eso estaba en Helsinki.

—Demasiada gente para *mí. Yo necesito tener mi espacio. Además, en Helsinki no podemos aterrizar. Tenemos que hacerlo sobre hielo.* —Acto seguido dijo—: ¿Cariño? ¿Dónde están los malos?

—*Kahdeksan kilometriä. He ovat vähentäneet nopeuttaan.*

—Han reducido la velocidad —aclaró Studebaker.

—¿Qué significa eso?

—Que hemos evitado el radar, pero no los hemos esquivado a ellos. Siguen buscándonos, a nosotros o a un avión estrellado.

No había acabado de hablar cuando el aparato empezó a agitarse y a temblar tanto que Jenkins pensó que los habían alcanzado.

—Tranquilo, que no es fuego de ametralladora. Es el motor.

El motor se puso a toser, a escupir y de nuevo a toser.

—¿Y eso es mejor?

Studebaker usó la palanca para inclinar las alas hacia atrás y hacia delante con la intención de vaciar el depósito tanto como le fuera posible.

—Apretaos el cinturón —dijo a sus pasajeros—, porque esto se pone interesante.

El copiloto se llevó los binoculares a los ojos para buscar entre las islas. Yefímov hizo lo mismo por las ventanillas de la derecha. Tras varios minutos, el capitán anunció:

—Los hemos perdido. —No parecía decepcionado.

—Busque humo por si se ha estrellado. —Yefímov bajó sus prismáticos y miró un segundo por la ventana mientras reflexionaba. Si se habían estrellado, sería fácil encontrarlos. Si no, dejaría de buscar la avioneta para poner la mira en el piloto. Según había confirmado el del helicóptero, no había muchas personas capaces de volar con semejante tiempo, de modo que podía esperar que los agentes rusos en Finlandia redujesen la lista a una o dos. Se volvió hacia Alekséiov.

—Querías avisar a tus espías, ¿no? Pues adelante.

—Con todos mis respetos, Finlandia tiene unos doscientos mil lagos en los que poder aterrizar.

—Sí, pero muy pocos pilotos capaces de hacerlo en estas condiciones y con un esquí menos. Diles a tus agentes que buscamos un piloto, muy probablemente americano, con la experiencia, la competencia y los redaños necesarios para hacer lo que ha hecho este y lo que creemos que presumiblemente está a punto de intentar. Lo más seguro es que haya sido militar y que sea agente de la CIA. Diles que quiero el nombre de todo aquel que pueda tener una reputación así. Diles también que abran bien los oídos y avisen si se enteran de que ha habido un accidente de avioneta… y de las víctimas mortales que pueda haber.

Volviéndose hacia el piloto, siguió dando órdenes:

—Avise a las autoridades finlandesas de que hemos tenido un problema mecánico y necesitamos aterrizar para solucionarlo antes de seguir buscando.

Studebaker no cambió en ningún momento de actitud. Seguía volando como si tuviera lleno el depósito y pudiese contar con los tres esquíes. Hasta le asomaba una ligera sonrisa al rostro, como si lo que tenía por delante fuese un reto más, algo que todavía no había hecho nunca, pero estaba deseando hacer. También cabía la posibilidad de que simplemente tratara de parecer confiado haciendo ver que todo iba a salir de maravilla a fin de calmarlos. Al fin y al cabo, ¿qué otra cosa podía hacer? Tenía que aterrizar el avión. Podía ponerse histérico y empezar a echar sapos y culebras por la boca, pero aquello no cambiaría la tarea que tenía por delante. A Jenkins le recordaba a un jugador de póker avezado a quien le hubiese tocado una mala mano y tratara, no obstante, de llevar adelante la jugada hasta donde le fuera posible. Podía ser que sostuviera su farol hasta el final o que consiguiese al fin cuatro ases y viviera para contar la vez aquella que aterrizó un Cessna sin combustible y con un esquí menos. Nadie lo creería. Se dirían que se lo había inventado. Aun así, dudaba mucho que a aquel le importase gran cosa lo que pudieran pensar los demás. Lo más seguro, de hecho, era que tuviese unas cuantas historias mucho mejores que aquella.

Al menos eso esperaba Jenkins.

Volaron sobre casas, graneros, edificios industriales y calles desiertas. Studebaker volvió a sacudir la avioneta, resuelto a sacar del ala hasta la última gota del preciado combustible. El motor seguía tosiendo y escupiendo como un moribundo al que le retiran la respiración artificial.

—¿Qué buscamos? —preguntó Jenkins.

Rod señaló un punto liso y claro que se veía a lo lejos.

—Aquello, el lago Bodom.

Aquella extensión blanca y yerma no parecía mayor que un campo de fútbol, pero Jenkins abrigaba la esperanza de que fuera solo por una cuestión de distancia y perspectiva. Había árboles y arbustos estériles y cargados de nieve rodeando lo que sospechaba que sería la margen helada del agua.

El motor dio su estertor final y la hélice empezó a girar más y más lenta hasta detenerse. Lo mismo ocurrió con el ruido del motor, que dio paso a una paz que solo interrumpían los golpes persistentes del esquí roto que colgaba de la cuerda elástica bajo el aeroplano.

Studebaker se quitó los cascos, accionó interruptores y ajustó los alerones.

—Cuando aterricemos, intentaré mantener el avión sobre el esquí izquierdo tanto tiempo como pueda. Agarra la palanca cuando te lo diga, pero no hagas fuerza. Déjame eso a mí. Lo único que quiero es que la sostengas en su sitio.

Una vez más, la voz del piloto no mostraba signo alguno de alarma.

El morro del aparato volvió a elevarse. Jenkins oyó ulular el viento y se dio cuenta de que Studebaker estaba volando de nuevo a contracorriente para mantenerlo en alto tanto tiempo como fuera posible.

Se acercaron al lago sobrevolando una autopista de varios carriles por la que transitaban los primeros vehículos de la mañana. A saber lo que estarían pensando quienes se dirigían a su trabajo al ver volar tan bajo aquella avioneta. Tras ella se elevaban las copas de árboles aborregados de blanco y el tejado de un granero rojo, que pasó tan cerca que Jenkins temió que lo arañaran con los dos esquíes restantes. Descendieron más aún y se aproximaron a los árboles de la orilla, cuyas ramas se quebraron bajo ellos.

—Agarraos todos —dijo Studebaker, que miró a Jenkins y añadió—: Coge la palanca.

Jenkins hizo lo que le decía justo en el instante en que daba en la superficie helada el primer esquí. Rod echó la palanca hacia la izquierda y Jenkins lo dejó. Entonces volvió a ponerla en posición tratando de compensar el empuje de la parte derecha del fuselaje. La avioneta se deslizó sobre el hielo sin dejar de dar botes.

A mitad del lago, cuando el aparato empezó a reducir velocidad, se impusieron las leyes de la física y la parte derecha cayó como si alguien, o algo, la hubiese enganchado con un arpeo. La avioneta giró con fuerza hacia la derecha y la fuerza centrífuga los empujó a todos hacia la izquierda. A Jenkins se le escapó la palanca y su hombro fue a chocar contra Studebaker. El avión giró de nuevo. El ala se levantó por la izquierda y Jenkins cayó hacia la derecha, convencido de que estaban a punto de dar una vuelta de campana. Sin embargo, el ala volvió a caer con la misma inmediatez con que había subido y con gran violencia.

El aparato se detuvo con una sacudida y a Jenkins le ocurrió lo mismo. Sintió un latigazo brusco en su interior y se golpeó la cabeza contra el techo, lo que le hizo ver las estrellas durante un segundo. El hombro derecho le dolía como si se hubiese estrellado contra un muro de hormigón.

Tras un instante, Studebaker dejó escapar un suspiro antes de volverse hacia Jenkins. El muy hijo de perra estaba sonriendo y hasta le brillaban los ojos.

—Tal y como lo habíamos ensayado —sentenció—. Bienvenidos a Finlandia.

Dicho esto, abrió su portezuela y se puso a cantar «Light My Fire».

CAPÍTULO 44

Jenkins pensó en esconder la avioneta, pero descartó enseguida la idea al ver que en aquel lago desierto no había dónde hacerlo ni tenían tiempo estando tan cerca el helicóptero de Yefímov. No le cabía la menor duda de que el agente de la FSB querría aterrizar para perseguirlos a pie. Tenían que seguir adelante. Echaron a andar, más bien lentamente, porque todos estaban doloridos. Él se sentía como si lo hubiesen metido en una licuadora. Estaba mareado y le costaba mantener el equilibrio. La espalda lo estaba matando y la cabeza le iba a estallar donde se había golpeado con el techo del Cessna… más de una vez. Le había cortado las ataduras a Fiódorov, que se apeó gruñendo y con las manos puestas en los riñones. Juntos ayudaron a bajar a Pavlina, que, curiosamente, parecía estar mejor que ninguno. Seguía débil, pero relativamente indemne, y fue capaz de caminar sola hasta un camino de tierra.

Habían llegado allí cuando salió de un Chevrolet Suburban viejo y abollado una mujer que recibió a Studebaker con un beso y un abrazo. Debía de superar el metro ochenta, lo que la hacía diez centímetros largos más alta que Rod. Era rubia y tenía la piel inmaculada y un aire juvenil que contrastaba con el revólver BFR de once milímetros que llevaba al cinturón. Jenkins sabía que las iniciales correspondían a Big Frame Revolver, aunque sus dueños solían cambiar la segunda palabra por otra malsonante que empezaba por la misma letra.

Se quedaban cortos.

La mujer le hablaba en finés y, aunque Jenkins no entendía ni jota, por la sonrisa de Studebaker supuso que le estaba diciendo que la aventura no había sido gran cosa y que se encontraba bien. Subieron al Suburban y Rod se hizo antes de entrar con otra pistola del asiento del copiloto, una Desert Eagle de 13,99 milímetros de acabado de cromo satinado. Jenkins no envidiaba al maleante que quisiera entrar sin haber sido invitado a la casa de la pareja.

Pavlina se sentó entre Fiódorov y él.

—Con los años que tiene, supongo que este coche no pasa precisamente inadvertido —comentó Jenkins.

La mujer dio media vuelta y aceleró por la carretera cubierta de nieve.

—No, pero puede sortear lo que quiera ponerle por delante la naturaleza —apuntó Studebaker—. Créeme: te lo digo por experiencia. Además, no vamos muy lejos. —Rebuscó en una mochila negra que tenía entre los pies y luego se la pasó a Jenkins por encima del asiento—. Pasaportes británicos para los dos, dinero en euros y comida. —Miró a Fiódorov—. A ti no te esperábamos.

—Lo sé, aunque agradezco el viaje… y eso que ha sido horrible. Déjenme en cualquier ciudad grande, ya me las arreglaré.

—Tu FSB tiene que haber puesto a buscaros a los tres a todos los agentes que tenga repartidos por todos los países escandinavos.

—Sí, pero también es cierto que es más fácil encontrar a tres que a uno. Por eso tengo tantas ganas de librarme de ustedes como ustedes de mí. Que nadie se lo tome a mal, por favor. A diferencia de usted, señor Jenkins, yo no tendré que hacer frente a ningún juicio por traicionar a mi país si me atrapan. Lo único que juzgarán será cuánto dolor podré soportar antes de que me salten de un tiro la tapa de los sesos, cosa que yo prefiero no averiguar.

Jenkins ofreció a Pavlina una botella de agua y una barrita energética.

—¿Hay algún sitio donde pueda descansar —preguntó a Studebaker—, aunque sea un día?

—Estoy bien —aseguró ella—. Me noto con las pilas más cargadas, como dicen ustedes.

—Tendrá que descansar en el coche —dijo Studebaker—. No tenemos tiempo para parar. El helicóptero terminará encontrando la avioneta y, aunque no sea así, no les costará dar conmigo.

—¿Cómo? —quiso saber Jenkins.

Fue Fiódorov quien respondió:

—Solo tienen que buscar pilotos lo bastante chiflados para hacer lo que acaba de hacer. No se lo tome a mal.

—A mí, desde luego, no se me ocurre otro —dijo el aludido.

Tenía sentido.

—¿Y corres peligro?

—Como habrás imaginado a estas alturas, no me preocupa el futuro ni me atormenta el pasado. Vivo en el presente, esté donde esté, y nunca me quedo mucho tiempo en un lugar por ver qué me depara. Nea y yo nos perderemos en Alaska, nuestro segundo hogar, y volveremos cuando todo esto ya haya pasado.

—¿Alaska? Está claro que no sois aves de clima cálido…

—Nos gusta el invierno. A Nea le gusta cazar y presa que cobra, presa que escabecha. Por cierto, deberíais comer y beber algo todos vosotros. ¿Desde cuándo no pegáis ojo?

Jenkins no recordaba la última vez que había podido dormir, aunque sí podía decir que hacía mucho. Viajaba en reserva y empezaba a embotársele la mente.

Studebaker miró la hora.

—Aprovechad, que tenéis un rato para descansar.

Yefímov se encontraba de pie ante una cabaña de troncos, una casita de cuatro habitaciones a orillas de un lago rodeado de árboles, bosques y mucha nieve. Estaba a nombre de una mujer finlandesa de cincuenta y dos años llamada Nea Kuosmanen, aunque, según habían informado los agentes que tenía la FSB en Finlandia, también vivía en ella un tal Rod Studebaker, piloto estadounidense de setenta y dos años que había trabajado en el pasado para la CIA... y que, sospechaba Yefímov, aún seguía en activo. Aquella cabaña aislada era un buen lugar para vivir en el anonimato.

Los espías fineses no tardaron mucho en identificar a Studebaker como el piloto con más probabilidades de haber aceptado la misión... y el único con la pericia, la fortaleza de ánimo y las pelotas necesarias para completarla con un solo esquí frontal.

Según los agentes de la FSB en Finlandia, tenía tanto talento que era «capaz de herrar una pulga». También decían que estaba *hullu*, «loco». Como había sospechado Yefímov, contaba con más de cuarenta años de experiencia en vuelos clandestinos para la CIA o en su nombre y había llevado aviones de transporte militar en Vietnam, lo que lo llevó a preguntarse si no habría servido con Jenkins o lo conocería de antes, ya que este también era veterano de aquel descalabro estadounidense. Después de aquella guerra, Studebaker había pilotado aparatos de Air America, la aerolínea gestionada de manera encubierta por el Gobierno de los Estados Unidos que se había usado en las operaciones de la CIA en Indochina.

En ese momento, sin embargo, el pasado de Studebaker era lo de menos.

Yefímov recorrió las estancias de la casa después de que los agentes determinaran que no había en ella explosivos ni cámaras. No tenía que preocuparse por vecinos fastidiosos, porque no había ninguno o, al menos, no había ninguno que pudiera ver la cabaña. En un cuarto central encontró un escritorio, numerosos mapas y demás equipo de aviación. Pulsó las teclas de un ordenador, pero la pantalla seguía en negro. Probablemente lo habían programado para borrar los discos duros. No le cabía duda de que había estado conectado mediante un enlace de datos de alta velocidad a algún radar finlandés, lo que habría permitido a Kuosmanen comunicarse con Studebaker y explicaría las repentinas maniobras evasivas que había efectuado la avioneta a medida que le ganaba terreno el helicóptero.

El hecho de que ni Studebaker ni Kuosmanen estuviesen en la cabaña constituía un indicio más de que él era el piloto que estaban buscando y las rodadas relativamente recientes que había frente a la cabaña hacían sospechar que Kuosmanen había salido hacía poco. Yefímov también tenía espías buscando el aeroplano siniestrado o noticias de un accidente de aviación, cosa que parecía menos probable con cada minuto que pasaba.

Salió de la vivienda y bajó los escalones del porche hasta el lugar en que hablaba por teléfono Alekséiov. Este tapó el micrófono para anunciarle:

—Han encontrado la avioneta.

—¿Dónde?

—Aquí cerca. Ha aterrizado de emergencia en un lago a unos cinco kilómetros al sudeste.

—¿Ha habido muertos?

—No. Han encontrado varios juegos de huellas que se alejaban del aparato hasta llegar a una carretera de tierra con rodadas recientes.

Yefímov se volvió a estudiar las huellas que había frente a la cabaña y pidió a Alekséiov:

—Que midan la vía, la separación entre las ruedas delanteras, y también la batalla, la distancia entre los dos ejes, y que las comparen con las huellas que han encontrado en el lugar del aterrizaje. Que fotografíen también la banda de rodadura y que averigüen el fabricante y la marca y el modelo del coche. —Se volvió hacia otro agente—. Necesito un mapa de la zona del aterrizaje. Si van por carretera, el hielo les habrá dejado pocas opciones y querrán llegar cuanto antes a una ciudad medianamente grande que les ofrezca diversos medios de transporte.

Minutos después, Yefímov estaba analizando un mapa en la pantalla de un portátil.

—Lo más seguro es que hayan tomado la E-18 —aseveró— para ir, supongo, a Turku.

—¿Por qué a Turku? —quiso saber Alekséiov.

—Porque está cerca y tiene un amplio horario de transbordadores, lo que les da más opciones de huida. Pueden hacer el trayecto en transbordador a pie o en coche. Averigua si están funcionando en estos momentos y, en caso afirmativo, búscame los horarios y las terminales. —Al verlo hacer un mohín, añadió—: ¿Tienes alguna duda?

—La del transbordador parece una elección demasiado obvia.

—¿Quizá porque es su única opción? Si tenían planes de coger otra avioneta, los habría estado esperando en el lago o en cualquier otro lugar cercano, pero no es así, porque su intención primera era salir de San Petersburgo en barco y no en avión. El cambio repentino de planes ha sido casual y nos ha impedido mandar aviones militares desde Kaliningrado. —Se refería a la base militar situada en el Báltico, entre Lituania y Polonia, desde tiempos de la Unión Soviética. Rusia no había dudado en mantenerla y, de hecho, la había fortificado no hacía mucho para aumentar su presencia en la región báltica—. Tampoco pueden usar ya otro avión, pues el señor Jenkins y el piloto saben que ya estamos pendientes del radar y el tiempo ha mejorado. No creo que quieran arriesgarse a que desviemos o derribemos un segundo aeroplano. Yo descartaría también un vuelo comercial por la salud de Ponomaiova y por lo fácil que resultaría identificarlos a ella y al señor Jenkins. En una embarcación no pueden escapar por el mismo motivo por el que no pudieron salir de la bahía del Nevá. Aunque pudiesen, el hielo haría demasiado peligroso el pasaje. Las estaciones de tren presentan el mismo problema que los aeropuertos. —Señaló el mapa—. La carretera más directa desde el lugar en el que han aterrizado es la E-18, que va del este al oeste a Turku y a los muelles de los que parten transbordadores en los alrededores. Yo conozco por lo menos dos, uno en Naantali y otro en el puerto de Turku.

—Podrían haberse dirigido a cualquier otro sitio a esperar al deshielo: una cabaña, un hotel… —dijo Alekséiov.

—Tú mismo dijiste que el señor Jenkins no dejará de moverse hasta que se encuentre a salvo. —Yefímov aumentó el tamaño del mapa y dio unos golpecitos en la pantalla—. Quiero saber cuánto se tarda desde el lugar en que los ha recogido el coche hasta cada terminal de transbordador. Respetarán los límites de velocidad para no llamar la atención.

Minutos más tarde, un agente le mostró una pantalla de ordenador con los distintos puertos de Turku y los horarios. Había dos transbordadores diarios del puerto de Turku hasta Suecia, uno de la Tallink Silja y otro de la Viking. También había dos entre Naantali y Kapellskär, pero uno de ellos había salido ya a las seis y cuarto de la mañana y el otro no partía hasta las seis y cuarto de la tarde.

El agente siguió tecleando.

—Las páginas de reserva de billetes piden la marca y el modelo del vehículo, si se va a embarcar, y el nombre de cada pasajero.

—Mande agentes a todas las terminales y dígales que compren un pasaje para cada transbordador, que les mandaremos las posibles marcas y modelos del todoterreno que tienen que buscar y el tipo de ruedas que lleva.

—Podrían cambiar de coche —señaló Alekséiov.

—Si nos creen capaces de seguir el coche que llevan, lo harán. Por eso quiero tener agentes a bordo de cada transbordador. Llama a la Lubianka y haz que un analista averigüe todos los vehículos que han reservado un pasaje en cualquiera de las terminales en las últimas seis horas. Diles que comparen la vía y la batalla de cada uno con las que obtengamos aquí y en el lago. Si podemos reducir a uno o dos los posibles coches, podremos confirmarlo con el tipo de rueda. Eso, suponiendo que Jenkins piense embarcar el vehículo; si no, buscaremos a dos pasajeros, un hombre y una mujer.

—¿Y Fiódorov?

—Fiódorov irá por su cuenta. En las condiciones físicas en que se encuentra la señorita Ponomaiova, Jenkins no tendrá tanta suerte. Si los podemos detener aquí, en Finlandia, lo haremos. De lo contrario, los detendremos en el transbordador. La travesía dura quince horas.

CAPÍTULO 45

El trayecto a Turku, en la costa sudoeste de Finlandia, duró poco menos de una hora y media. Hicieron la mayor parte del viaje en silencio. Pavlina había cerrado los ojos y, minutos después, dejó caer la cabeza, que fue a dar en medio del torso de Jenkins. Él se acordó de las veces que a CJ lo vencía el sueño cuando veían juntos la televisión. Fiódorov también dormía o, cuando menos, había cerrado los ojos y se había arrellanado para que la cabeza le descansara en el reposacabezas. Nea, al volante, miraba con frecuencia por los retrovisores. De cuando en cuando echaba un vistazo a Studebaker, pero el piloto también se había rendido a la fatiga y había cerrado los ojos. A pesar de estar tan agotado como el resto, Jenkins sabía que, de momento, no podría dormir. No podía permitirse ese lujo: tenía que idear un modo de salir de Finlandia.

Tecleó en el iPad de Nea mientras pensaba cuál podía ser el siguiente movimiento de Yefímov y qué podía hacer para contrarrestarlo. No lo tenían nada fácil, ya que el número de medios de transporte de los que podían disponer estaba muy limitado por el tiempo y la geografía. La única opción factible, el transbordador, presentaba cierta variedad de posibilidades: unas dos docenas de salidas que cubrían más de nueve rutas diferentes a cuatro puertos distintos de Suecia, además de otra ruta al puerto alemán de Travemünde. Empezó a estudiar las opciones, tratando de determinar qué trayectos seguían siendo viables y pensando en cómo desviar la atención y sembrar desinformación para aumentar sus probabilidades de escape... cuando decidió de pronto que no sería suficiente.

Entonces Nea dijo algo que hizo que levantara la mirada. Studebaker se despertó de su cabezada y tardó un instante en orientarse. Avanzaban en paralelo a un río helado. Rod dijo algo en finés mientras señalaba un aparcamiento. Nea giró a esa altura, siguió adelante hasta situarse a espaldas de un edificio industrial y estacionó en el extremo más alejado, a cierta distancia de otros vehículos.

Fiódorov se despertó en cuanto empezaron a reducir la marcha, pero Pavlina siguió durmiendo hasta que Studebaker dijo:

—Aquí es donde nos despedimos, señor Fiódorov.

El ruso entrecerró los ojos ante el sol deslumbrante del invierno que se reflejaba en el hielo del río congelado. Se aclaró la garganta sin lograr despejar la ronquera de su voz. Había empezado a asomarle la barba y tenía los ojos rojos.

—Entonces, muchas gracias por estos dos viajes tan interesantes.

—No hay de qué, hombre... y lo digo en serio —respondió el piloto sin un atisbo de humor.

Fiódorov sonrió.

—Ya, me consta.

—¿Seguro que estarás bien, Víktor? —preguntó Jenkins.

—Tengo muchos contactos, señor Jenkins, y conozco muchos modos distintos de desaparecer. Como el amigo Hot Rod, aquí presente, yo no planeo el futuro: prefiero vivirlo. Espero hacerlo. Aunque, por el momento, será mejor que no mantengamos ningún contacto, no se sorprenda si un día me planto en Seattle para compartir esa copa de la que tanto hemos hablado.

—Me encantaría.

El ruso abrió la puerta trasera y salió del coche. Se metió las manos en los bolsillos del abrigo y encorvó los hombros para protegerse del frío antes de asomarse al asiento que acababa de dejar para advertir:

—No subestime a Yefímov: no en vano es el mejor, señor Jenkins, y no dudará en matarlos a los dos si no puede capturarlos vivos.

Jenkins sonrió.

—Creía que el mejor eras tú, Víktor.

—Sí, pero yo estoy ya jubilado. —Sonriendo, cerró la puerta.

Pavlina se pasó al asiento de Fiódorov mientras Nea daba marcha atrás y salía del aparcamiento.

—¿Podemos fiarnos de él? —preguntó Studebaker.

Jenkins no lo sabía con certeza. El ruso era todo un enigma. En otra época, habría dicho de él lo mismo que el antiguo agente de la FSB acababa de decir sobre Yefímov: que no habría dudado en matar de un disparo a Charles Jenkins si no podía prenderlo con vida. ¿Había cambiado de veras Fiódorov o solo quería que Jenkins así lo creyese? Lo que acababa de ver, ¿no sería un despliegue de talento colosal por parte de un espía de la FSB?

Lo único que tenía claro era que no estaba dispuesto a darle la oportunidad de demostrarle que se equivocaba.

—Vamos a suponer que no —dijo respondiendo a la pregunta de Studebaker.

—Eso es lo que yo he hecho.

Jenkins se pasó una mano por la cara. Los pelos de la barba le habían crecido tanto que ya eran suaves al tacto.

—Yefímov tiene que saber que el único modo que tenemos de salir de Finlandia es el transbordador. El hielo hace que usar una embarcación privada sea demasiado peligroso, y eso suponiendo que pudiéramos sacarla del puerto, cosa que por lo que estoy viendo de entrada ya me parece difícil.

—Y no esperan que suban las temperaturas hasta por lo menos de aquí a un par de días —confirmó el piloto.

—¿Hay más opciones?

—En trineo tirado por perros o con esquíes —dijo Studebaker, sin que Jenkins lograse decidir si hablaba en serio o de broma.

Estudió los horarios de los transbordadores en la tableta.

—A simple vista, parece que hay cinco o seis líneas que llevan a cuatro puertos diferentes, pero los horarios nos limitan las opciones a tres o cuatro a lo sumo y las probabilidades me hacen tan poca gracia como la idea de verme atrapado en Turku o las inmediaciones... o en medio de una de esas rutas de transbordador.

—Yo opino lo mismo —dijo Studebaker—. Tenemos que cambiar de coche.

—O usar este en nuestro favor.

—Tenía la corazonada de que dirías algo así.

Jenkins no fue capaz de dedicarle una sonrisa. No se sentía inteligente ni pagado de sí mismo. Seguía angustiándolo saber que Yefímov debía de estar en algún lugar cercano, analizando la situación y llegando a sus mismas conclusiones. Tenía una opción factible y unas cuantas elecciones que hacer dentro de esa opción... y ninguna le hacía gracia. Todas suponían verse encerrado en un transbordador durante al menos quince horas, tiempo más que de sobra para que los capturase la FSB.

Necesitaba encontrar un modo de acrecentar sus posibilidades aumentando sus opciones. De lo contrario, cabía esperar que Yefímov contraatacara y lo atrapase.

Fin del juego.

Sacó el teléfono encriptado para llamar a Matt Lemore.

—Necesito una caja de paracetamol y diez horas de sueño. ¿Podrás averiguarlo? —preguntó a Studebaker.

—Me temo que para eso tendrás que esperar unos cuantos días.

CAPÍTULO 46

Un analista de la Lubianka envió a Yefímov la breve lista de vehículos que encajaban con las dimensiones del coche que había dejado sus rodadas frente a la cabaña y en el lago. Las medidas halladas en ambos lugares coincidían, pero aquello tampoco era ninguna sorpresa. Según el informático, los ciento setenta centímetros de vía y doscientos noventa de batalla limitaban las posibilidades a un modelo antiguo de Chevrolet Suburban fabricado entre 1961 y 1965 y a una camioneta Ford F-100 de media tonelada, opción esta última poco probable si habían viajado cuatro pasajeros en la avioneta. Además, había identificado las huellas como pertenecientes a ruedas Nokian Hakkapeliitta de clavos modelo LT3 225 75R16.

Los analistas también lo informaron de que en las últimas seis horas se había efectuado una reserva para un hombre y una mujer con un Suburban que encajaban con la descripción aportada y que viajarían en el transbordador de la línea Viking que salía del puerto de Turku a las cinco y diez de aquella tarde. Momentos después lo puso al corriente otro analista de una segunda reserva, para una pareja con otros apellidos pero que también conducía un Suburban y pretendía viajar en un transbordador de la Tallink Silja que partía del mismo puerto a las seis y diez de la tarde. A esa fue a sumarse una tercera a nombre de un hombre y una mujer que llevaban el mismo coche y que saldrían de Naantali a las seis y veinte en un transbordador de la Finnlines. En los diez minutos siguientes, supieron también de reservas similares para tres líneas que zarpaban de los tres puertos a primera hora de la mañana siguiente, así como del transbordador que salía de Vaasa y de dos de Helsinki.

El señor Jenkins había estudiado las vías de escape que tenía y, al ver que eran limitadas, había querido aumentar sus probabilidades jugando de nuevo al trile con el todoterreno con la esperanza de dividir tanto como le fuera posible los recursos de que disponía Yefímov. El coche se había convertido en un elemento más de sus juegos de manos.

El agente de la FSB redujo las opciones que presentaban los distintos transbordadores basándose en la hora de partida.

—Los que salen mañana no nos interesan de momento —dijo a Alekséiov—. Basándonos en las pautas que ha seguido en el pasado el señor Jenkins, podemos suponer que intentará zarpar esta misma tarde, lo que significa que tiene tres alternativas. Quiero cuatro agentes en cada transbordador, dos vigilando los vehículos que embarcan y otros dos a los pasajeros que suben a bordo. Tú y yo nos centraremos en el que sale de Naantali.

A las seis y cuarto de la tarde, Yefímov había tenido noticia de los agentes de la FSB que vigilaban el transbordador de la Viking que había zarpado del puerto de Turku a las cinco y diez, así como de los agentes apostados en el de la Tallink Silka que salía a las seis y diez. Ninguno había visto subir un Suburban antiguo ni a ninguno de los dos sujetos. De cualquier modo, dio orden de que permanecieran a bordo dos agentes en cada pasaje por si Jenkins y Ponomaiova habían vuelto a disfrazarse.

Con el sol ya de un rojo rabioso y semioculto tras las numerosas islas de Finlandia, Yefímov dirigió sus prismáticos al final de la cola de vehículos que aguardaban para coger el transbordador de la Finnlines, como había hecho desde que habían empezado a embarcar. Y entonces vio llegar un Chevrolet Suburban antiguo. Era de color celeste con la cubierta blanca y estaba lleno de abolladuras y rasguños oxidados que daban fe de su uso. Las ventanillas estaban tintadas, un añadido posterior sin duda, pues esa no estaba entre las opciones que ofrecían los concesionarios en los sesenta. Enfocó el parabrisas con los prismáticos, pero el reflejo del sol no le permitió identificar al conductor ni al copiloto.

Tal vez hubiese tenido suerte. Quizá Jenkins no había considerado la posibilidad de que identificasen el coche por las rodadas que había dejado en la nieve. Bajó los prismáticos y se dirigió deprisa a la puerta de metal que descendía a la cubierta de vehículos seguido de Alekséiov. El eco de sus pasos se mezcló con el de los pasajeros que subían por la escalera. Al llegar a la cubierta inferior, Yefímov empujó la puerta del transbordador y fue a recibirlo una brisa fresca que olía a tubo de escape de motor de gasóleo. Un tripulante vestido con un chaleco naranja indicó al Suburban que estacionase al fondo de la cubierta y a continuación situó un cono naranja tras el parachoques trasero.

Yefímov se movió con rapidez entre los automóviles hasta llegar al Chevrolet desde atrás por el lado del conductor. Llevaba el arma bajada y no perdía de vista el retrovisor lateral mientras avanzaba. Alekséiov se acercó de igual guisa por el lado del copiloto. Cuando Yefímov llegó al parachoques trasero, las dos puertas se abrieron a la vez. Un hombre se apeó por el lado del volante. Bajito y en forma, encajaba a la perfección con la fotografía de Rod Studebaker que le habían mandado al móvil. Dio por sentado que la mujer que bajó por el lado del copiloto era Nea Kuosmanen. Esta rodeó el vehículo para encontrarse con Studebaker, que sonreía mientras miraba la pistola que llevaba Yefímov pegada al costado. Parecía un elfo, y más aún al lado de una mujer tan alta.

—El señor Studebaker, supongo —dijo el de la FSB.

—¿Nos conocemos? —preguntó él—. Por su acento es usted ruso, ¿verdad?

—Vamos a dejarnos de jueguecitos y de fingir que no nos conocemos, señor Studebaker. Es usted el piloto que ha llevado al señor Jenkins y a la señorita Ponomaiova desde San Petersburgo a Finlandia.

—¿Que he llevado a quién adónde? Primero, estoy jubilado, y segundo, ¿no ha visto las previsiones meteorológicas? Hay que estar muy loco para volar con este tiempo.

—No se lo niego. —Yefímov no tenía tiempo de ponerse a discutir: al transbordador le faltaban pocos minutos para zarpar—. ¿Dónde están el señor Jenkins y la señorita Ponomaiova?

—Me temo que no los conozco. —Se volvió hacia Kuosmanen—. *Tunnetko nuo nimet, kultaseni?* —«¿A ti te suenan esos nombres, cariño?».

—*Ei* —dijo ella negando también con la cabeza.

—¿Quiénes son? —preguntó el piloto.

—¿Le importa que registremos su vehículo? —dijo Yefímov.

—Normalmente le diría que sí, pero hoy me siento con ánimo de ayudar. No se corten. Las puertas están desbloqueadas.

Yefímov hizo una seña a Alekséiov para que registrara el coche, aunque a esas alturas se trataba ya de un mero formalismo. Jenkins había tenido que darse cuenta de que identificarían el vehículo y lo había usado de señuelo. El joven agente abrió la puerta trasera y miró al interior. El más veterano no apartaba la vista de Studebaker, quien continuaba sosteniéndole la mirada. Alekséiov bajó y cerró la puerta con un ruido sordo antes de negar con la cabeza.

Yefímov volvió a dirigirse al piloto.

—Se lo preguntaré de nuevo: ¿dónde están el señor Jenkins y la señorita Ponomaiova?

—Y yo le diré de nuevo que no me suenan esos nombres. Supongamos, por un momento y solo para darle a usted ese gusto, que sí me suenan. ¿Cree usted que ese tal señor Jenkins será tan estúpido como para contarme algo?

—Ha invadido usted el espacio aéreo de Rusia y transportado ilegalmente al extranjero a criminales a los que busca el Gobierno Rusia. Ambos son delitos muy graves, señor Studebaker, que comportan penas severas.

—Solo tiene que demostrarlo.

—Tal vez lo haga mientras usted espera en Lefórtovo.

—¿Me está amenazando?

—Lo puede entender como le dé la gana. Podemos situar su coche y sus ruedas en una carretera que da al lago en el que ha aterrizado su Cessna 185.

—¿En serio? Estas ruedas son Nokian Hakkapeliitta con clavos, que, como podrá comprobar, son bastante populares aquí, en Finlandia, en invierno. Además, yo ya no tengo un Cessna 185. Como le he dicho, estoy jubilado. En tercer lugar, no me gusta nada el tono en que me está hablando y considero que me está amenazando. No sé usted, pero yo la situación la veo así: soy un simple ciudadano finlandés que ha subido a un transbordador con la intención de pasar las vacaciones en Suecia con mi novia finlandesa. Ah, ¿le he comentado ya que esa pistola de usted no me impresiona? —Studebaker se retiró el abrigo para dejar a la vista el arma de gran tamaño que llevaba al cinturón. Kuosmanen hizo lo mismo—. No es la primera vez que me tratan mal, ni la peor, conque, a no ser que pretenda provocar un incidente internacional y tener que explicar ante un tribunal finlandés lo que hace a bordo de un transbordador de Finlandia amenazando a ciudadanos finlandeses, yo que usted me iría bajando de este barco ahora que puede. —Miró la hora en su reloj—. Por mi experiencia, sé que los capitanes de los transbordadores finlandeses están obsesionados con la puntualidad y eso le deja dos minutos para decidirse. De lo contrario, tiene por delante una travesía de quince horas. En tal caso, espero que haya reservado un compartimento con literas, porque pasarse la noche sentado en esas sillas puede llegar a ser incomodísimo.

CAPÍTULO 47

Charles Jenkins entró a lo que parecía un dormitorio de residencia universitaria en la cubierta C de aquel colosal carguero. Justo a su derecha se abría un aseo de escasas dimensiones. El primer oficial Martin Bantle abrió una puerta de acordeón situada a la izquierda para mostrarles un armario vacío y, a continuación, al ver el aspecto desaliñado de él y de Pavlina, anunció:

—Traeré mudas para los dos.

El resto de la cámara consistía en dos camas, un escritorio con ordenador situado debajo de una ventana, un frigorífico pequeño y unos cuantos armaritos. Jenkins observó la cubierta a través de la abertura.

—También les traeré artículos de aseo del economato —añadió Bantle antes de mirar el reloj—. El comedor está en la cubierta A, pero no abre hasta por la mañana. Haré que les traigan algo de comer. —Miró a Pavlina—. Tenemos enfermería en la cubierta F, pero le he pedido al médico que venga al camarote a echarles un vistazo a los dos.

—Gracias —dijo Jenkins.

Bantle respondió con una inclinación de cabeza.

—Tendremos que hacer tres escalas antes de poner rumbo a casita. La primera será en Gdansk, en Polonia; la segunda en Aarhus, en Dinamarca, y la tercera en Drammen, en Noruega. Eso quiere decir que nos quedan ocho días para zarpar hacia Virginia. —Miró a Jenkins—. Si alguien les pregunta, trabajan para el Servicio de Seguridad Marítima y están haciendo una auditoría ordinaria. Entonces huirán de ustedes como de la peste, pero no se preocupen demasiado por eso: la tripulación está formada exclusivamente por ciudadanos estadounidenses, requisito obligatorio para trabajar en un buque con bandera de los Estados Unidos que transporte mercancías para un contratista del Gobierno. No es la primera vez que ven algo así, de modo que sabrán disimular y no harán muchas preguntas.

Jenkins volvió a agradecérselo y Bantle les preguntó si necesitaban algo más antes de marcharse.

Por la conversación que había mantenido con Matt Lemore, Jenkins sabía que la naviera tenía su sede en Virginia. Brindaba servicios de transporte de bienes y pasajeros al Gobierno y a contratistas del Gobierno en todo el mundo. Él habría preferido un barco que hiciera la ruta directa del puerto finlandés de Rauma a Seattle, pero a buen hambre no hay pan duro. Se conformaba con llevar el rumbo adecuado y por tener la ocasión de dormir y recuperarse. Pavlina, además de esto, necesitaba atención médica.

Sonó el teléfono encriptado y Jenkins lo sacó del bolsillo de su abrigo.

—Doy por hecho que no estás en una cárcel rusa —dijo Rod Studebaker.

—Lo mismo te iba a decir yo.

—Estamos sentados en nuestro camarote, disfrutando de las vistas y de una botella de Lakka.

—¿Habéis tenido algún problema?

Studebaker le contó su encuentro con Yefímov.

—No tiene pinta de haberse dado por vencido, así que más te vale abrir bien los ojos y las orejas.

—Cuídate tú también. Y gracias otra vez por la ayuda.

—No hay de qué. Me pagan bien y estoy ahorrando. Nea está deseando que me jubile.

—Ya, ¿y lo vas a hacer?

—A ver cómo te lo explico… Llevo menos de una hora en este barco y ya estoy loco por hacer algo. Está claro que no estoy hecho para sentarme en un crucero.

—Eso ya te lo podía haber dicho yo.

Studebaker soltó una carcajada.

—Ya veremos. No creo que esté hecho para la jubilación, aunque sí que tengo un buen motivo…, un buen motivo que precisamente acaba de salir de la ducha sin más ropa que una toalla que no le tapa nada.

Jenkins sonrió y pensó en Alex.

—Entonces, mejor será que te deje. Si vas por Seattle alguna vez, búscame, que te debo una.

—Con que me lleves a cenar un buen chuletón, me doy por bien pagado.

—Cuenta con ello. —Colgó y dejó el teléfono.

—¿Estamos a salvo? —Pavlina estaba sentada en la cama que había al otro lado de la cámara.

Jenkins le transmitió la conversación que había tenido Studebaker con Yefímov a bordo del transbordador.

—Se juega mucho si fracasa, así que es mejor que vayamos con mucho cuidado.

El americano se mostró de acuerdo.

—¿Por qué no te duchas mientras nos traen la comida y ropa limpia?

—No garantizo que vaya a salir del agua —dijo ella sonriendo. Apenas llevaban unos minutos en el barco y ya ofrecía vislumbres de la mujer dura y desafiante que había conocido en Moscú—. No sé ni cuándo fue la última vez que me di una ducha caliente.

—Tómate el tiempo que quieras —repuso Jenkins—. Yo voy a estar un rato con el ordenador y luego llamaré a casa.

Pavlina se levantó y se dirigió al cuarto de baño. A mitad de camino se detuvo.

—Tu hija se llama…

Jenkins asintió.

—Elizabeth Paulina. Elizabeth es por mi madre.

—Me siento muy honrada.

—Lo mismo me pasaba a mí. Le puse tu nombre por no olvidar nunca el sacrificio que hiciste para que pudiese verla nacer.

—Lo hice encantada.

—Por eso fue un sacrificio.

Ella le dedicó una leve sonrisa.

—Me gustaría conocerla… y a tu mujer y a tu hijo.

—Y los conocerás.

—He pasado años siendo una mujer sin familia, sin hogar y hasta sin país. Lo único que tenía para mantenerme ocupada era mi rutina diaria, pero ya no tengo ni eso.

Parecía preocupada y Jenkins comprendía su sufrimiento. Hacía ya muchos años, cuando había dejado la CIA y había vuelto a la isla de Caamaño, se levantaba todos los días preguntándose en qué iba a ocupar sus horas.

—Te entiendo y sé que puede ser abrumador, pero yo puedo encargarme de los tres primeros aspectos y seguro que encontramos algo que te mantenga atareada.

Pavlina se secó las lágrimas.

—¿Por qué haces todo esto, Charlie? Todavía no lo entiendo.

Jenkins pensó en el comentario de Studebaker, que estaba convencido de que perdería la chaveta si tuviese que pasar la jubilación esperando a la muerte en un barco de recreo. Se preguntaba si no sería ese el motivo por el que había elegido de pareja a Nea Kuosmanen, una mujer capaz de hacer que un septuagenario se sintiera joven. Sabía que la gente pensaba lo mismo de Alex y de él. Le había dicho también que no le gustaba pensar demasiado en el futuro… y no por miedo, porque dudaba mucho que hubiese nada que pudiera infundir tal sentimiento a Hot Rod Studebaker. El piloto había servido en Vietnam y sabía, por tanto, como sabía Jenkins, lo que era levantarse cada mañana preguntándose si aquel no sería su último día en la tierra. Pasado un tiempo, uno dejaba de preguntarse nada; se decía que lo que tenía por delante ya estaba escrito, formaba parte del plan divino, razón por la que no tenía mucho sentido preocuparse, porque no había nada que pudiera hacer, ni uno mismo ni nadie, para cambiarlo. Así era como aprendía uno a vivir el presente como hacen los budistas.

—Porque es lo correcto —respondió.

CAPÍTULO 48

Alekséiov estaba sentado en el despacho de Yefímov en la Lubianka, escuchando la conversación telefónica que mantenía con el subdirector. Aunque solo oía una parte de lo que se decía, sabía que aquello no iba nada bien. Dmitri Sokolov estaba que echaba espuma por la boca y Yefímov estaba soportando el grueso de aquella tormenta. Sin embargo, era muy consciente de que sería él mismo, y no su superior, quien tendría que cargar con la responsabilidad última de haber dejado escapar a Jenkins y a Ponomaiova, sabía con certeza que la cabeza que iba a rodar sería la suya.

«Este caso es tuyo».

Yefímov había querido regresar a la Lubianka en lugar de permanecer en Finlandia. Tenía analistas investigando otras vías de escape que pudiese haber usado Jenkins y examinando cuantas grabaciones de vídeo habían conseguido a fin de determinar cuándo se habían separado él y Ponomaiova de Studebaker. En ese momento hacía lo posible por convencer al subdirector de que todavía no debía dar el caso por cerrado.

—Un analista ha confirmado la salida de un carguero con bandera estadounidense del puerto de Rauma a la misma hora, más o menos, que el último transbordador de vehículos y pasajeros —le estaba diciendo—. En las grabaciones del puerto enviadas por los satélites se ve llegar al Suburban al astillero y a dos personas salir del vehículo y embarcar en el buque.

Alekséiov había recibido la relación de escalas que debía hacer en Europa el carguero y Yefímov proporcionó dicha información a Sokolov, aunque Alekséiov *aún no sabía exactamente con qué propósito.*

—Creo que la mejor opción será subir a alguien a bordo cuando recalen en Gdansk para hacer labores de carga y descarga. —Yefímov parecía cansado, frustrado y furioso. Se mantuvo unos segundos a la escucha y dijo luego—: Lo sé. —Otra pausa.

Alekséiov *oía desde donde estaba la voz de* Sokolov salir por el auricular del teléfono, pero no con la claridad necesaria para entender lo que decía. Yefímov no dejaba de flexionar la mano que tenía libre.

—No, claro que no. —Se reclinó en su asiento—. Porque el señor Jenkins y la señorita Ponomaiova tienen que seguir con vida hasta que el buque llegue a Aarhus. Este hombre desembarcará y desaparecerá antes de que empiecen a dar muestras de sentirse indispuestos.

«¿Indispuestos?».

Una vez más, Yefímov guardó silencio mientras escuchaba al subdirector.

—No, no tiene ninguna conexión con nadie ni con ningún organismo. Es de plena confianza. *Da.* —Unos segundos después, colgó, aunque saltaba a la vista que el subdirector lo había hecho antes.

—¿Está hablando de envenenarlos? —preguntó Alekséiov. Al ver que no recibía respuesta, se inclinó hacia delante—. Si está pensando en un veneno radiactivo como el usado en Londres, ¿no corremos el riesgo de contaminar todo el buque y poner en peligro a toda la tripulación?

—Me has dicho que tiene bandera estadounidense y trabaja para el Gobierno de los Estados Unidos, ¿no?

—Razón de más para…

—Y ese mismo buque ha permitido que suban a bordo dos individuos buscados por crímenes cometidos en suelo ruso, ¿verdad? ¿De verdad crees que han embarcado sin que tenga conocimiento la tripulación de ello?

—No, pero… a bordo de ese barco hay hombres y mujeres inocentes. Un acto así daría lugar a un incidente internacional que haría quedar en muy mal lugar al Kremlin… y al presidente Putin.

—Me da la impresión, Simon, de que te estás acobardando.

—Y a mí de que usted está desesperado y se está volviendo negligente. —Alekséiov se hacía cargo de que lo que acababa de decir podía hacer peligrar su carrera. Estaba convencido de que Yefímov se había obsesionado y de que su obsesión lo estaba llevando a tomar decisiones cada vez más irracionales. Sin embargo, era él quien tenía pintada una diana en el pecho—. Ha dicho que este asunto debería abordarse con discreción para no atraer más atención o más represalias de las necesarias.

—Este caso es tuyo, Simon.

—Pues, si es mi caso, ¿por qué no soy yo quien toma las decisiones? —le espetó el agente.

Yefímov se reclinó en su asiento.

—¿Acaso tienes algún plan alternativo?

Silencio.

—Por favor, ilumíname —insistió Yefímov—. Puedo volver a llamar al subdirector, ¿o prefieres que llame al presidente para que puedas ponerlo al corriente de la solución que has ideado?

Alekséiov se echó hacia atrás, mareado, con náuseas y sin saber bien qué hacer, pero seguro de que no iba a asumir la responsabilidad del plan que acababa de proponer Yefímov, de la muerte de tripulantes inocentes.

ROBERT DUGONI

Arkadi Vólkov dejó de masticar a mitad de bocado, cosa muy poco común y menos aún cuando comía los *golubtsí* que preparaba su mujer. Yekaterina envolvía en hojas de col la carne magra de cerdo y lo cubría todo con una salsa ligera de vino blanco y tomates. Cuando hacía *golubtsí*, Vólkov olía la col nada más salir del ascensor, lo que no hacía sino abrirle el apetito. La miró de hito en hito. Yekaterina, sentada a la mesa frente a él, también parecía haber quedado petrificada con el tenedor en una mano y el cuchillo en la otra. Los dos habían oído llamar a la puerta. Las visitas, raras en casa de los Vólkov, lo eran más aún en toda Rusia a la hora de la cena, que seguía siendo sagrada en el país y constituía con frecuencia el único momento que tenían las familias para sentarse a hablar del día.

Arkadi miró el reloj y soltó los cubiertos. Se limpió la comisura de los labios con la servilleta que tenía en el regazo y la dejó en la mesa.

—¿Esperas a alguien? —preguntó Yekaterina.

Él negó con la cabeza y dijo:

—*Niet.* ¿Y tú?

—*Niet.*

—Despacho a quien sea y vuelvo.

Al llegar a la puerta se asomó a la mirilla y vio a Simon Alekséiov de pie en el pasillo, mirando a izquierda y derecha como un gato que teme que pueda aparecer un perro por la esquina en cualquier momento. El joven agente de la FSB no había ido nunca a casa de Vólkov. De hecho, en todos los años que habían trabajado juntos, Víktor Fiódorov tampoco había llegado a conocer su vivienda.

Abrió la puerta y Alekséiov se volvió al oírla.

—Hola, Arkadi.

—¿Simon?

El visitante parecía azorado. En la frente y sobre el labio superior le brillaban perlas de sudor. Se había aflojado el nudo de la corbata y llevaba el cuello de la camisa desabrochado. Hasta parecía que le costase llevar el peso del abrigo.

—Siento venir a molestarte, Arkadi, pero tengo que hablar contigo. ¿Puedo? —Hablaba en voz baja y, aunque el aliento le apestaba a alcohol, no parecía borracho, sino aterrado.

—*Da*. —Se hizo a un lado y el joven entró enseguida con la cabeza gacha.

Vólkov siguió a Alekséiov por el pasillo. El recién llegado saludó a Yekaterina, que se hallaba de pie en el umbral de la salita y el comedor.

—Buenas noches, señora Vólkov. No sabe cuánto siento interrumpir su cena. Rollos de col… —dijo aspirando el aroma—. Mi madre los hacía. Discúlpeme, que no me he presentado. Soy Simon Alekséiov, compañero de trabajo de su marido.

—¿Quiere que le ponga un plato? ¿Ha cenado?

—No, gracias. Muy amable de su parte, pero no quiero entretenerlos mucho. Solo necesito robarle unos segundos a Arkadi.

Yekaterina miró a su marido con la misma expresión con que respondía cuando él le aseguraba que no podía contarle los detalles de su jornada: frunciendo la boca y alzando las cejas. Previendo que Alekséiov querría hablar de un asunto delicado, le aseguró a su mujer que solo sería un minuto y la condujo con dulzura al comedor antes de cerrar las puertas correderas. Los dos hombres se quedaron en la sala de estar del piso de dos dormitorios. Vólkov fue hacia la radio y sintonizó un canal de música clásica. Cuando se volvió a mirar a Alekséiov, el joven tenía en la mano una hoja en la que había escrito: ¿Es SEGURO HABLAR AQUÍ? Él asintió sin palabras, pero subió el volumen del aparato y bajó la voz.

—¿Qué pasa, Simon?

—¿Tienes algún modo de ponerte en contacto con Víktor Fiódorov? —dijo él con un susurro casi imperceptible.

Vólkov, sin saber bien cuál podía ser el motivo de aquella pregunta, no mostró reacción alguna, pero por dentro sentía que le daban vueltas el estómago y la cabeza.

—No. ¿Por qué me lo preguntas?

—Va a pasar algo… Algo muy malo.

—¿Por qué no te sientas —dijo el anfitrión, acompañando la oferta con un gesto— y me cuentas de qué se trata? ¿Te pongo algo de beber?

Alekséiov negó con la cabeza y se dejó caer en el sofá de estampado floral. Vólkov tomó asiento en el sillón que había tapizado su mujer y lo acercó. El joven pasó los diez minutos siguientes con las manos en su regazo mientras hablaba en un susurro áspero y lanzaba, de cuando en cuando, miradas a las puertas cerradas del comedor. Entonces concluyó:

—Ya sé que me arriesgo viniendo a verte, Arkadi, pero tengo la sensación de que estarás de acuerdo conmigo en que Yefímov se ha obsesionado y está matando mosquitos a cañonazos. Cuando todo se tuerza, yo seré el próximo Víktor Fiódorov… y puede que tú también.

Vólkov se reclinó en el respaldo mientras trataba de evaluar a Alekséiov. El joven agente parecía muy asustado, pero ¿estaría siendo sincero? ¿No sería todo una actuación destinada a hacer que diese un paso en falso y reconociera que había sabido casi desde el principio que Víktor Fiódorov era Serguéi Vasíliev y que no solo lo había ayudado a escapar, sino que le había revelado información sobre la huida de Jenkins y Pavlina a San Petersburgo, el conocimiento de su engaño que tenía la FSB y la trampa que le habían tendido en la estación?

—¿Qué es lo que quieres de mí, Simon?

Alekséiov se incorporó con gesto preocupado, como si no estuviera ya seguro de haber interpretado bien la situación, y adoptó un tono más cauteloso.

—No lo sé, Arkadi. Había pensado que, quizá, si tuvieses algún modo de ponerte en contacto con Fiódorov..., pudieras..., que él podría... —Alekséiov meneó la cabeza y soltó un suspiro, una honda exhalación que parecía haber estado conteniendo—. Ya no estoy seguro de nada. Pensaba que quería conservar mi puesto de trabajo, pero ahora... Después de lo que le pasó a Víktor, después de esto... —Volvió a mover la cabeza de un lado a otro y lo miró con una sonrisa cansada, resignada—. Voy a dejarlo, Arkadi, antes de que me puedan echar la culpa, antes de que me despidan, antes de que se haga público el incidente.

—¿Dejarlo?

—La FSB, Moscú...

—¿Y qué vas a hacer, Simon?

—Volver a casa, a la granja de mi padre. A él le vendrá bien tener ayuda y yo podré sentir de nuevo que estoy haciendo algo valioso, algo que pueda tocar con las manos y ver progresar con mis propios ojos. —Hizo una pausa antes de añadir—: Algo de lo que no me avergüence al volver a casa por la noche.

Vólkov había pensado lo mismo muchas veces, pero, a diferencia de Alekséiov, él no tenía nada a lo que recurrir si lo dejaba todo. Había servido en el KGB, y luego en la FSB, durante toda su vida de adulto.

—Parece que lo has meditado mucho, Simon.

Alekséiov se puso en pie.

—Siento haberos molestado, Arkadi, haber interrumpido vuestra cena. Por favor, discúlpame ante tu mujer y olvida que he estado aquí. —Le tendió la mano y Vólkov la estrechó.

—No pasa nada, Simon. Te deseo lo mejor, sea cual sea tu decisión.

—Es una lástima que no hayamos trabajado juntos más tiempo. Estoy convencido de que podría haber aprendido mucho de ti.

Vólkov lo acompañó hasta la puerta.

—*Dobroi nochi* —le dijo. «Buenas noches».

—*Proshchái*, Arkadi.

Vólkov cerró y apoyó la frente en la madera de la hoja. Le ardía la cicatriz.

—¿Arkadi? —Yekaterina había salido al recibidor—. ¿Estás bien?

—¿Te avergüenzas de mí, Yekaterina? —preguntó sin dejar de mirar a la puerta.

Ella le frotó la espalda.

—¿Que si me avergüenzo? Arkadi, ¿por qué me preguntas eso?

Vólkov no respondió. Nunca se había llevado el trabajo a casa, nunca había compartido los detalles escabrosos de su ocupación, lo que tenía que hacer para lograr información… y todo en defensa de la Federación de Rusia. Se dio la vuelta y dedicó a su mujer una sonrisa poco convencida.

—Nada, por nada.

—¿Qué quería ese joven? ¿Trabaja contigo?

—Solo quería que lo aconsejara sobre su futuro.

Ella sonrió.

—¿Lo ves? Los agentes jóvenes te tienen en un pedestal. Vienen a plantearte sus dudas y eso es una señal de respeto, Arkadi. Que otros te tengan tanta consideración es signo de que no tienes nada de lo que avergonzarte.

—Sí, claro. —En ese momento cayó en algo que lo hizo asomarse a las ventanas del piso y mirar hacia la calle.

Alekséiov salía del edificio con el gorro y los guantes puestos. Se dirigió al norte y Vólkov escrutó la acera en los dos sentidos y también examinó la de enfrente. Nadie seguía al joven agente de la FSB, ni a pie ni en coche.

—Ven a acabar de cenar antes de que se enfríe —dijo Yekaterina.

Él apartó su atención de la ventana.

—Estoy lleno. —Fue al armario de la entrada y lo abrió—. Voy a salir a fumar un rato. Seguro que un paseo con el fresco de la calle me despeja.

La esposa lo miró con recelo. Él cogió el abrigo y la bufanda y sacó los guantes y el gorro de los bolsillos. Sostuvo a su esposa por los hombros.

—No pongas esa cara, que no voy a tardar. Te lo prometo: esta noche volveré pronto.

Víktor Fiódorov recorría las calles de Londres bajo una llovizna que había pintado la noche casi entera de negro y alargaba las luces de los numerosos taxis, autobuses de dos plantas y utilitarios que transitaban por la ciudad. Llevaba una bolsa de plástico con comida china para llevar. No había manzana en la que no mirase a izquierda y derecha. Estudiaba las caras de los demás transeúntes en busca de alguna que ya hubiese visto antes aquella misma noche o que pareciese resueltamente desinteresada u ociosa. Aunque albergaba la esperanza de volverse menos paranoico con el tiempo, se preguntaba si tal actitud no lo haría más vulnerable. Soltó un suspiro. ¿Habría tomado la decisión correcta? Sabía que volvería a hacerse aquella misma pregunta con frecuencia. Él, que llevaba tanto tiempo viviendo sin familia, en aquel momento se veía también sin país, convertido en un apátrida que subsistía a fuerza de comida para llevar en recipientes de polietileno expandido porque temía que se la envenenaran si la pedía al servicio de habitaciones. Cada noche cambiaba de restaurante y de hotel y vivía siempre con un pasaporte falso u otro.

«Esto no es vida».

Pero ¿qué otra opción tenía? La FSB era la única vida que había conocido jamás. No tenía pensión alguna de la que vivir tras sus años de servicio y la manutención de su mujer y sus hijas tampoco le había permitido ahorrar. Contaba con los seis millones que le había robado a Carl Emerson y con la promesa de unos cuantos más. Había hecho lo que tenía que hacer para sobrevivir. A veces uno no puede permitirse el lujo de tomar la decisión correcta. A veces solo hay una opción.

Cuando cambió el semáforo, cruzó y caminó por Buckingham Palace Road hasta el Grosvenor Hotel. El portero le abrió la puerta y Fiódorov cruzó la enorme alfombra que cubría la entrada de mármol y rebasó el intrincado arreglo floral que lucía en el centro. El bar del hotel le resultó tentador, pero a pesar de haber pasado dos días sin hacer nada, a pesar de haber dormido casi dieciséis horas, se seguía sintiendo extenuado física y mentalmente.

Cogió el ascensor que lo llevaría a su planta y se detuvo cuando se abrieron las puertas con la mano metida bajo el abrigo y puesta en las cachas de su pistola. Miró en un sentido y en otro antes de salir al pasillo y dirigirse a su habitación. A mitad de camino, sacó el móvil del bolsillo y activó una aplicación que acababa de instalar y lo conectaba con el iPad que había comprado y descansaba en ese momento en su escritorio. Las cámaras de la tableta le transmitían lo que ocurría ante ellas y le permitía ver el interior de la habitación.

No había nadie. Rebobinó hasta el momento en que había salido y pasó el vídeo a cámara rápida para confirmar que no habían entrado estando él fuera. Una vez satisfecho, subió las asas de la bolsa para que descansaran en su antebrazo y liberó así la mano para poder asir la pistola en caso necesario. El cartel de NO MOLESTAR seguía colgado en el pomo. Pasó la tarjeta por el lector, aguardó un instante y, abriendo la puerta, se detuvo antes de poner un pie dentro. Comprobó las hebras de hilo que había sacado de la funda de la almohada para colocarlas sobre la puerta del cuarto de baño y del armario y vio que seguían allí. Nadie las había tirado al abrir.

Cerró con llave y dejó la pistola en el escritorio al lado de la cena. Luego, se quitó el abrigo y el sombrero y colgó el primero en el respaldo de la silla. Recorrió la habitación con la mirada. Tenía dinero para permitirse una *suite*, pero en una habitación sencilla resultaba más fácil velar por su seguridad. Además, ¿a quién quería impresionar?

Se dirigió al cuarto de baño, se bajó la cremallera y alivió la vejiga. Oyó sonar un teléfono, un sonido amortiguado que pensó, en un primer momento, que procedía de la habitación contigua. Se lavó las manos y volvió al dormitorio. El teléfono volvió a sonar, pero la llamada no procedía de la puerta de al lado, ni tampoco del móvil desechable que tenía sobre la mesa ni del aparato de la habitación, sino del iPad. Habían llamado al número de teléfono virtual que había activado a través de la nube cuando trabajaba en la FSB, pues no había querido que dicho organismo monitorizase sus llamadas, en particular las más confidenciales o personales.

Aquel número lo conocían solo tres personas: sus dos hijas —que no lo habían usado jamás— y su antiguo compañero Arkadi Vólkov. Temiendo que Yefímov pudiese estar cumpliendo su amenaza de hostigar a su familia, respondió sin dudarlo.

—*Privet?*

—¿Víktor?

Le sorprendió oír una voz masculina.

—¿Arkadi?

—No sabía si tendrías todavía este número.

—Yo ni me acordaba. —El nudo del estómago se le aflojó un poco—. ¿Pasa algo?

—No lo sé, Víktor, pero Simon Alekséiov acaba de venir a verme a casa.

—¿A tu casa? ¿Qué quería?

—No lo sé muy bien. Podría ser una treta.

—¿Para qué?

—Para poner a prueba mi lealtad, quizá.

—¿Y qué te ha dicho?

—Quería saber si tenía algún modo de ponerme en contacto contigo.

—¿Que le has dicho?

—Que no, claro.

—¿Y no te ha dicho por qué lo preguntaba?

Vólkov le refirió lo que le había contado Alekséiov y, cuando acabó, dijo Fiódorov:

—¿Te fías de él?

—Salvo de mi mujer, yo no me fío de casi nadie, Víktor. Tú lo sabes.

—Sí, lo sé. De hecho siempre me he preguntado por qué confías en mí, Arkadi.

—Porque, después de ella, eres la persona con la que más tiempo he pasado. Pero todo esto no te lo digo por ti, Víktor, ni por el señor Jenkins o por la señorita Ponomaiova.

—¿Entonces?

—Por Simon, pero también por la FSB en la que todavía creo. Si Simon no está mintiendo, Yefímov está dejando que su obsesión influya en sus decisiones. En ese caso, lo más seguro es que despidan a Simon y posiblemente a mí también, además de dar una imagen pésima de la FSB y del Kremlin, aunque ellos dirán que no sabían nada.

—Te entiendo, Arkadi.

—*Do svidania*, Víktor. Dudo que volvamos a hablar.

—Nunca se sabe, Arkadi. Todo es posible.

—Para ti, puede; para mí, lo dudo.

Fiódorov puso fin a la llamada y sacó la silla del escritorio para sentarse y reflexionar sobre lo que acababa de contarle Vólkov. Si era cierto, y no había nada que hiciera pensar lo contrario, Charles

Jenkins y Pavlina Ponomaiova estaban a punto de sufrir una muerte terrible.

Apoyó la espalda en el respaldo mientras pensaba en lo que podía hacer. ¿Y si era una trampa?

De Yefímov no le extrañaba ya nada.

CAPÍTULO 49

Después de dos días recuperando su ritmo habitual de ingestión de calorías y de sueño, Jenkins casi volvía a ser el mismo de siempre. Pavlina también tenía mejor aspecto y, según decía, se sentía mejor. El médico le había puesto un tratamiento de antibióticos y le había dado batidos de proteínas, que Jenkins se encargó de que tomara, hasta que recobró el apetito. Con todo, seguía estando delgada a más no poder, aunque volvía a tener rosadas las mejillas y su piel había perdido el tono cetrino.

Más notable aún que la de su aspecto físico resultaba la recuperación de su antigua actitud. La mujer que había querido morir y había pasado meses sufriendo sin revelar información había cedido paso poco a poco a la que había conocido Jenkins en el hotel de Moscú. Hasta parecía entusiasmada con la idea de vivir en los Estados Unidos y empezar una nueva vida.

Habían pasado en su camarote la mayor parte de aquellos dos días, leyendo los libros que les había dado Bantle y viendo películas en el ordenador. Pavlina se había hecho admiradora de *El padrino* y *El padrino II*, que hasta entonces no había tenido ocasión de ver. Estaba deseando ver la última parte de la trilogía, pero Jenkins la disuadió diciéndole que solo serviría para arruinarle las dos anteriores. En lugar de eso, optaron por *Mi primo Vinny*. Su pronunciación de determinadas palabras inglesas había adquirido a esas alturas un marcado acento de Brooklyn.

Por la noche, cuando había menos tripulantes de servicio, Jenkins y Pavlina paseaban por cubierta para que la brisa fresca ayudase a la rusa a recobrar fuerzas y para aclarar la mente antes de irse a dormir.

Tras zarpar del puerto polaco de Gdansk, no veían la hora de salir del camarote después de pasar todo el día encerrados. Vestidos con los monos celestes y los gorros de lana oscuros que constituían el uniforme de la tripulación, salieron a recorrer la cubierta. El tiempo estaba cambiando, el frío se había atemperado y el cielo se mostraba despejado. Contemplaron la puesta de sol, que pintaba el horizonte con una mezcla de colores variados y vivos, y vieron salir las primeras estrellas y distintos planetas.

El aire frío los tonificaba y los refrescaba, Jenkins no dudó en llenarse de él los pulmones. Aquello de verse sobre el agua y con el viento en el rostro hacía que se sintieran libres, aunque Jenkins sabía que aún corrían peligro. Hablaron de la familia de Jenkins y de la vida en los Estados Unidos. Pavlina temía no encontrar trabajo, pero él le aseguró que le procurarían una nueva identidad y que la formación en informática, ingeniería en computadores y matemáticas que había recibido en la Universidad de Moscú haría que se la rifasen las empresas.

—No hay un sitio mejor para ti —le dijo—. Piensa que allí están las sedes de Microsoft, Amazon, Google y cientos de otras compañías informáticas. No vas a tener ningún problema. Además, pagan bien y, con tu historial, podrás vivir como quieras.

Ella sonrió, pero con aire pensativo.

—¿Qué pasa?

—Ojalá Iván hubiese tenido una oportunidad así. —Se refería a su hermano, cuyo sueño de bailar en el Bolshói había acabado en suicidio—. Habría sido un gran bailarín.

—No lo dudo.

Regresaron a la puerta de metal que usaban para salir y entrar de la cubierta.

—Me vuelvo al camarote para que puedas llamar a tu familia —dijo Pavlina.

Habían adquirido la costumbre de dar cuatro vueltas al cargamento del buque. Jenkins aprovechaba el rato que estaba solo en cubierta para llamar a Alex desde un teléfono seguro y ponerla al corriente de los avances. Ella le hablaba de los niños, a los que tanto echaba de menos. También se ponía CJ y charlaban de cómo había ido la escuela, pero sobre todo de fútbol, y cualquier cosa de la que le apeteciera hablar.

Sacó el teléfono encriptado y marcó el teléfono del desechable de Alex. En Seattle acababan de empezar el día. Ella respondió al tercer tono.

—Buenas. ¿Dónde estáis? —preguntó—. Me tenías preocupada.

—Hemos salido de Polonia y vamos camino de Dinamarca. Después iremos a Noruega y, de ahí, a casa.

—¿Cuánto os queda para llegar a Noruega?

—Tres días.

—¿Ha pasado algo fuera de lo normal?

—De momento, no. Estoy deseando poner rumbo a casa.

—No bajes la guardia… todavía.

El teléfono le vibró en la mano y Jenkins miró la pantalla, aunque solo podía ser una persona.

—Espera, que me está llamando Matt Lemore.

—¿Y le tienes que responder?

—Más me vale. Te llamo luego.

Jenkins contestó, pero no llegó a decir nada más que:

—Hola.

Lo que escuchó hizo que se le revolviese el estómago. Volvió a guardarse el teléfono en el bolsillo y corrió hacia la puerta de metal, tiró de ella y llegó hasta la siguiente, que abrió para bajar a la carrera los peldaños de metal haciendo resonar cada uno de sus pasos.

Pavlina pasó al lado del plano de la cubierta C situado en el mamparo del pasillo y que identificaba la multitud de dependencias a las que daban aquellos angostos corredores. Los fluorescentes iluminaban los tabiques de color desvaído y el suelo de linóleo. El paseo al frío aire libre era algo que esperaba con ilusión esos días. El tobillo que se había dañado al embarcar en el tren de Moscú ya no le dolía tanto y cojeaba mucho menos. También se notaba más fuerte. Al doblar una esquina estuvo a punto de chocar con un tripulante que caminaba en sentido contrario. Llevaba un casco blanco, la cabeza gacha y las manos metidas en los bolsillos de su mono celeste.

Se disculpó por educación, pero el hombre no le hizo caso. Bantle les había dicho que la dotación no querría relacionarse con ellos, que sus miembros sabían que no debían hacer demasiadas preguntas y les convenía ser discretos.

Llegó a la puerta del camarote y miró al pasillo. El hombre echó un vistazo por encima del hombro antes de desaparecer tras esquina. Marcó la clave de acceso del compartimento y abrió la puerta. Cuando entró, notó olor a menta. En la mesa del ordenador vio una bandeja parda con una tetera metálica y dos tazas, además de una nota que decía:

Nada como una infusión para dormir mejor.

Al lado había dibujada una carita sonriente. Pavlina sonrió. Martin Bantle se desvivía por hacer que estuvieran a gusto. Les había proporcionado alimento, asistencia médica y fármacos. La infusión la ayudaría a sacudirse el frío del paseo nocturno. Alargó la mano hacia la tetera, pero en ese momento decidió que sería mejor ponerse primero algo más cómodo que el mono. Mientras lo hacía, vio la fotografía de Jenkins con su hija que había pegado ella sobre su cama y sonrió ante la idea de que la pequeña fuera su tocaya. Quizá, de un modo modesto, aquella era su ocasión de perpetuarse. Muertos sus padres y su hermano, la pequeña era su única esperanza de futuro. Muchas veces había pensado que su vida no valía la pena. Sin embargo, en aquel momento, después de volver de la cubierta de un buque que la acercaba un paso más a su nuevo hogar y las oportunidades que le ofrecía, cayó en la cuenta de que se lo debía a sus padres, que habían vivido bajo el asfixiante régimen comunista, y a su hermano, que se había quitado la vida cuando le habían robado sus sueños.

Se bajó el mono hasta la cintura y, sentándose en la cama, se descalzó para quitárselo del todo. Debajo llevaba unos pantalones prestados con la pernera arremangada, una camiseta blanca y un jersey de lana gris con las mangas también subidas. Se puso en pie y colgó el mono en una de las perchas que había al lado de la puerta. Volvió a mirar la infusión. A Charlie debía de quedarle todavía media hora.

La tisana fría no tenía ni punto de comparación con la caliente, de modo que decidió servirse la primera taza sin esperarlo.

Jenkins giró agarrado al pasamano de color amarillo vivo y lo sintió agitarse por el peso y la inercia. Bajó de un salto al rellano de la cubierta B y el ruido resonó en todo el hueco de la escalera. Debajo de él se abrió una puerta y acto seguido volvió a cerrarse. Se asomó al pasamano con la esperanza de ver a Pavlina. Se trataba de un tripulante con un casco blanco que bajaba por la escalera hacia, probablemente, la sala de máquinas o la de maniobra principal. Miró hacia arriba y, al verlo, agachó la cabeza y prosiguió su camino escaleras abajo.

Jenkins se aferró de nuevo al pasamano y bajó a la cubierta C. Si alguien salía de su camarote en aquel momento, se iba a dar con él un trastazo de mil demonios. Dobló una esquina y la inercia lo hizo dar con el mamparo, del que se separó de un empujón para seguir corriendo hacia la puerta del fondo. Chocó con ella, introdujo la clave en el teclado y la abrió.

Pavlina estaba tendiendo el brazo hacia una tetera de metal. Delante de ella, en la mesa, tenía una taza.

—¡No! —exclamó Jenkins, lo que la llevó a dar un respingo y retirar la mano—. ¿Has bebido?

—No, estaba a punto de…

—Apártate del escritorio.

—¿Qué pasa?

—Apártate.

Pavlina obedeció y Jenkins la sacó al pasillo para resumirle en voz baja lo que había hablado con Matt Lemore.

—Ven conmigo —le dijo a continuación.

Apretaron el paso para salvar el pasillo y subieron las escaleras hasta la cubierta A. Una vez allí, entraron en el amplio comedor contiguo a las cocinas del buque. Jenkins rebuscó entre armarios y cajones y abrió la puerta que había al fondo de la cocina y daba a un pañol.

—¿Qué buscas?

—Guantes de goma y una mascarilla.

Los encontró en un estante y sacó dos juegos para darle uno a ella. Una vez protegidos, se apresuraron a volver al camarote. Le pidió a Pavlina que sostuviese abierta la puerta.

No sabía lo que podía haber en la infusión. Lemore había hablado de polonio-210, el mismo agente tóxico que se había usado en el atentado contra un antiguo agente del KGB y la FSB que vivía en Londres y que lo había ingerido después de que lo echaran en su té. Jenkins no sabía si se podría absorber también al tocarlo o respirarlo, pero no pensaba arriesgarse.

Se acercó al escritorio y abrió el cajón superior, donde encontró clips, bolígrafos y lápices, pero no cinta adhesiva. Miró en el resto de cajones con resultados similares y, al final, usó papel higiénico para improvisar con él un tapón y encajarlo en el pitorro. Tendría que dar el apaño.

Levantó la bandeja y caminó con ella lentamente hacia la salida. Al cruzar el umbral, dijo:

—Sostenme ahora las puertas de la escalera.

Pavlina hizo lo que le pedía y Jenkins descendió con cuidado tres tramos de peldaños. Ella iba delante para garantizar que no se les cruzaba nadie. Estaban a punto de abrir la puerta que precedía a la de la cubierta cuando Pavlina dio un paso atrás al ver que alguien la abría desde fuera. Casi chocó con la bandeja que tenía a sus espaldas, lo que hizo a Jenkins dar un paso atrás. Perdió el equilibrio y dio un traspié, pero se las compuso para mantener en posición la bandeja y, con ella, la tetera.

El tripulante los miró con gesto extrañado, pero no hizo preguntas. Pavlina sostuvo la puerta, lanzó un vistazo a uno y otro lado e hizo una señal a Jenkins para que siguiera adelante. Él pasó con cautela por encima del borde inferior de la puerta para ir a encontrarse con un viento racheado. Se volvió para proteger su delicado cargamento y caminó de espaldas hasta el pasamano de cubierta.

Bajo él, el buque batía el agua y los motores emitían un sonoro ronroneo acompañado de una vibración. Las olas grises formaban crestas de espuma. No se atrevía a arrojar la bandeja por miedo a que se abriera la tapa de la tetera y el viento le arrojase el contenido al rostro. Extendió los brazos cuanto pudo por encima de la borda y la dejó caer antes de retirarse y agazaparse tras la amurada de acero. Un instante después, volvió a ponerse en pie y se asomó para observar el agua que se agitaba iluminada por las luces del buque.

Si la infusión tenía algún veneno, ya no estaba.

Con todo, les quedaba aún un problema por resolver de manera inminente: la persona que lo había echado seguía a bordo, lo que quería decir que ya no iban un paso por delante de Yefímov, sino uno por detrás.

CAPÍTULO 50

Jenkins aguardaba en el pasillo del exterior de la cámara con Pavlina y el primer oficial Martin Bantle, quien confirmó que ni él ni ningún otro oficial les había enviado la infusión.

Dentro, un ingeniero ataviado con un traje NBQ analizaba palmo a palmo el compartimento con un contador Geiger. El aumento de las amenazas terroristas había llevado a contar con dichos equipos en todos los barcos con bandera estadounidense que transportasen mercancía delicada. Bantle había confinado en sus camarotes a toda la tripulación no esencial y había ordenado a los agentes de seguridad del buque que buscaran al hombre con el que Ponomaiova se había cruzado antes de encontrar la infusión. Jenkins informó al primer oficial de que había visto a un hombre bajar la escalera desde la cubierta C.

Cuarenta y cinco minutos después, el ingeniero salió de la cámara y se quitó la protección de la cabeza para comunicar con el pelo empapado en sudor:

—No he obtenido ninguna lectura, pero eso no quiere decir que el camarote sea seguro.

—No lo entiendo —dijo Jenkins.

—Tiene que ver con las diferentes formas de radiación. La radiación beta está conformada por electrones y radiación gamma, que son formas de radiación electromagnética de energía elevada detectables con el contador Geiger. El que el aparato no detecte nada es positivo para ustedes, porque la radiación beta y la gamma pueden penetrar la piel y ser absorbidas por el organismo.

—¿Y cuál es el problema?

—Las partículas alfa, la radiación que producen elementos químicos como el polonio-210, no dan signos de radiactividad en el contador Geiger. Esa es la mala noticia. Lo bueno es que las partículas alfa no recorren mucha distancia antes de perder toda su energía. Estamos hablando de centímetros a lo sumo, lo que hace que no sea peligrosa si no han bebido la infusión ni la han inhalado de cerca. Tampoco atraviesa el epitelio si no hay una herida abierta.

—Pero ¿puede inhalarse? —preguntó Jenkins temiendo por Pavlina.

—Todos tenemos niveles bajos de polonio en nuestro organismo, que aumentan en el caso de los fumadores o de quienes consumen grandes cantidades de pescado. Siempre que el polonio, o cualquier otro elemento que emita partículas alfa, no se ingiera ni se inhale en cantidades suficientes, no supone un gran peligro.

—¿Qué cantidad habría que ingerir?

—Yo eso no lo sé. Lo único que puedo decirle es que, si se ingiere o se inhala en cantidades suficientes, el daño provocado en los órganos internos es tal que la muerte es segura. —El ingeniero se dirigió entonces a Bantle—. Habrá que vigilar a la dotación por si alguien sufre náuseas y vómitos, pérdida de cabello, diarrea… Con el equipo que tenemos no podemos garantizar al cien por cien que el camarote no está contaminado, de manera que tendremos que precintarlo, y también, quizá, aislar toda la cubierta, y tomar las medidas necesarias cuando lleguemos a Noruega. Deberíamos recoger muestras de orina de todo el mundo para mandarlas a analizar cuando hagamos escala. Voy a comprobar también la cocina, porque cabe suponer que es allí donde ese hombre debió de preparar la infusión.

413

—Afortunadamente, la cocina estaba cerrada —señaló Bantle—. Además, ese fulano tuvo que evitar que lo viese ninguno de los tripulantes por miedo a verse obligado a dar explicaciones.

—De todos modos, no sería mala idea precintar también la cocina, por lo menos hasta que lleguemos a Noruega y podamos hacer que supervisen el barco con equipos especializados y que el personal médico examine a la dotación.

—¿Y cómo se ha enterado de esto? —preguntó Bantle a Jenkins, quien meditó antes de responder:

—No estoy muy seguro, pero creo que tengo que agradecérselo a un par de personas a las que todavía les queda algo de conciencia.

—Pues quien sea que haya sido, desde luego, les ha salvado la vida —aseveró el ingeniero—. Si era polonio-210, les habría esperado una muerte larga y muy dolorosa.

Bantle pidió al ingeniero que hiciera lo que considerase necesario y el experto se fue.

—Les buscaré acomodo en otra cubierta —les dijo entonces a Jenkins y a Pavlina—. Hasta que demos con ese individuo, voy a confinar a todo el mundo en su camarote. Eso los incluye también a ustedes.

—Si no lo encuentran, se escabullirá en cuanto fondeemos.

—Lo encontraremos —aseguró Bantle.

—No creo que vaya armado ni les dé problemas. Eso sí, tampoco espere que reconozca nada.

—Hay que tener en cuenta otra cosa —añadió Pavlina. Jenkins sabía qué era lo que estaba a punto de decir y era muy consciente de la magnitud del problema—. Parece evidente que la FSB ha averiguado que hemos zarpado de Finlandia a bordo de este carguero.

—Lo sé. Han necesitado varios días para planear este atentado y hacer embarcar a su agente en el último puerto. Hemos perdido toda la ventaja que llevábamos y, de hecho, quizá hasta vayamos un paso por detrás.

414

Poco menos de dos horas después entró Bantle en su nuevo camarote y dejó escapar el suspiro que, a todas luces, había estado reteniendo.

—Lo hemos encontrado. Estaba escondido en una de las bodegas.

Parecía extenuado. Jenkins sospechaba que su presencia y la de Pavlina estaba suponiendo una carga excesiva para él y la tensión empezaba a hacer mella en su ánimo.

—¿Hay algún herido?

—No. Tenía usted razón: no iba armado, pero tampoco tiene intención de decir nada. Quiere hacerse pasar por un simple polizón. Lo he hecho encerrar en un compartimento seguro, pero el problema ahora es qué hago con él.

—Si lo dejamos en el puerto de Aarhus y lo entregamos a las autoridades danesas, el Kremlin empezará a mover hilos para volver a subirlo a bordo y tampoco me gusta la idea de dejar que se vaya de rositas con un simple rapapolvo por una menudencia como colarse de polizón.

—Ha intentado envenenarnos —subrayó Pavlina.

—Lo sé, pero no podemos demostrarlo. Tiramos la infusión por la borda y el contador Geiger del ingeniero no registró nada extraño. Como ninguno de los dos llegó a beber nada, no tenemos pruebas físicas de que nos hayan envenenado…, gracias a Dios. —Miró a Bantle—. Y, aunque las tuviéramos, ya sabemos todos lo que hicieron los rusos en el incidente de Londres.

—Lo negaron todo.

—Aquí harán lo mismo: asegurarán que no saben nada y exigirán que devolvamos a su agente a Rusia o demostremos que es culpable de lo que decimos. Si lo acusamos públicamente, aprovecharán la ocasión para señalar que está usted transportando ilegalmente a dos personas a las que han puesto en Rusia en busca y captura.

—¿Propone algo? —preguntó Bantle—. Porque yo soy todo oídos.

Jenkins ya había hablado con Matt Lemore y había trazado con él un plan diferente.

—Que juguemos al mismo juego que ellos. Que nos hagamos los tontos y, si preguntan, cosa que dudo que hagan, neguemos que lo llevamos a bordo. Dele la vuelta y pídales que lo demuestren.

—La FSB no reconocerá nunca que es de los suyos —dijo Pavlina.

—Como bien ha dicho usted —añadió Jenkins—, su tripulación sabe cuándo tiene que agachar la cabeza y cerrar la boca. Este podría ser un buen momento para practicar esa actitud. Haga como que no sabe nada de él y no lo suelte cuando hagamos escala en Aarhus ni en Noruega. Nos lo llevaremos a los Estados Unidos, a Virginia.

—Supongo que eso es factible.

—Eso conlleva otra dificultad —dijo Jenkins—. Cuando vean que no desembarca en Aarhus, los rusos sabrán que no han conseguido matarnos o, al menos, sospecharán que algo ha salido mal.

—Con lo que seguirán esperándolos cuando fondeemos en Drammen.

—Pero allí tampoco bajaremos a tierra —dijo Pavlina con aire preocupado.

Bantle se frotó la barba incipiente del mentón.

—Eso es lo de menos: los rusos podrían hacer que las autoridades internacionales los esperasen allí para arrestarlos.

Jenkins asintió.

—Han tenido tiempo de organizar bien todo e inventar cargos contra nosotros por crímenes que, en teoría, hemos cometido.

—Hasta podrían solicitar una difusión a la Interpol.

—¿Qué es una difusión? —preguntó Jenkins.

—¿Sabe lo que es una circular roja?

Jenkins sabía que se trataba de una petición de busca y captura internacional para alguien a quien se pretende extraditar para juzgarlo en el país en el que ha cometido presuntamente el delito por el que se le busca.

—Pues una difusión es similar, con la diferencia de que la Interpol no investiga el caso antes de emitirla. En ese caso, el sospechoso es culpable hasta que demuestre su inocencia... y, si los mandan a Rusia, jamás conseguirán demostrar que son inocentes.

Jenkins meditó al respecto.

—Hacerlo público de ese modo sería muy peligroso para los rusos. Dudo mucho que estén dispuestos a correr ese riesgo, pero también estoy seguro de que yo no pienso correrlo.

—Yo tampoco. Su detención podría poner a toda la dotación en peligro de arresto, incluso el buque en peligro de incautación. A los rusos les encantaría poder decirle al mundo que un barco con bandera de los Estados Unidos estaba ayudando a una rusa y un estadounidense a librarse de ser juzgados por sus delitos. A nuestro Gobierno, desde luego, no le iba a hacer mucha gracia.

—Conque Pavlina y yo deberíamos dejar el buque antes de llegar a Noruega —sentenció Jenkins.

Bantle negó con la cabeza.

—Eso se dice pronto. En el puerto, será difícil y, una vez que zarpemos, será imposible detener el barco.

—¿No hay ningún otro modo de evacuar a la gente? ¿Qué hacen cuando alguien tiene un accidente grave o enferma?

—Podemos aerotransportarlos, pero eso sería como anunciar con fuegos artificiales su presencia. Los cazas de reacción rusos escoltarían el helicóptero para llevarlo directamente a San Petersburgo... o a la base militar de Kaliningrado. —Bantle soltó un suspiro. Miró a Jenkins con aire muy poco convencido—. Quizá haya otra manera. Se ha hecho un par de veces para subir un práctico a bordo cuando se necesita ayuda en aguas peligrosas, como los hielos del

Báltico; pero no sé si alguna vez se ha intentado sacar a alguien de un buque del mismo modo.

—¿Qué necesita?

—Otro barco, preferiblemente con una pasarela extensible para salvar el vacío.

—¿Qué vacío?

—El vacío entre el barco y el punto del costado del buque en el que los descolgaremos.

—¿Y qué hago yo colgado del costado de este buque?

—Agarrarse bien a la escalerilla, espero.

—Me estoy asustando solo de pensarlo.

CAPÍTULO 51

Yefímov estaba sentado en el despacho de Dmitri Sokolov. La silla que tenía a la izquierda estaba vacía, porque Alekséiov no había acudido ni su superior había conseguido localizarlo por teléfono.

—¿Dónde está Alekséiov? —quiso saber.

—Ha dimitido —respondió Sokolov.

La noticia lo cogió por sorpresa. De hecho, Yefímov tuvo que preguntarse si la renuncia del joven agente no habría sido estratégica, si no tendría algo que ver Alekséiov con el fracaso de la operación destinada a envenenar a Jenkins y Ponomaiova, por más que, de entrada, no se le ocurría modo alguno en que hubiese podido ponerlos sobre aviso.

—¿Que ha dimitido?

Sokolov acomodó todo el peso de su cuerpo en el asiento con aire de estar disfrutando al darle la noticia.

—¿No lo sabía?

—No, pero me pregunto…

—¿Qué? —quiso saber Sokolov, aunque Yefímov tenía claro que el subdirector conocía la respuesta a su propia pregunta.

—Nuestro hombre no ha desembarcado en Aarhus y tenía que haberlo hecho antes de que Jenkins y Ponomaiova mostrasen los primeros síntomas.

—¿Cuándo fue la última vez que supo algo de él? —preguntó Sokolov.

Yefímov volvió a tener la misma sensación de que lo sabía y estaba jugando con él para tratar de averiguar hasta qué punto llevaba las riendas de su propia investigación.

—Cuando confirmó que había dejado la infusión en su compartimento del buque.

—¿No ha vuelto a tener noticias suyas desde entonces?

—No.

Sokolov se inclinó hacia delante y apoyó los antebrazos en su escritorio.

—¿Hemos interceptado alguna comunicación?

La FSB había estado siguiendo las transmisiones del buque desde que había sabido que Jenkins y Ponomaiova se hallaban a bordo, pero no habían captado ninguna referente al intento de envenenarlos.

—Nada de interés.

—¿Tampoco ha habido detenciones inesperadas?

—No.

Sokolov se reclinó en su asiento.

—Entonces, habría que dar por hecho que han atrapado a *tu hombre*.

Yefímov no pasó por alto la sutileza del subdirector.

—No hay nada que pueda relacionarlo con la FSB ni con ningún otro organismo.

—Todavía no, pero no cometas ningún error, Adam, porque sí que pueden relacionarlo contigo.

Su interlocutor guardó silencio.

—Suponiendo que lo hayan atrapado —siguió diciendo Sokolov—, ¿por qué no iban a entregarlo a las autoridades danesas al tomar puerto?

Yefímov volvió a sospechar que el subdirector ya conocía la respuesta y lo estaba tratando como a un alumno que da cuentas ante el profesor. Aun así, contuvo la rabia, consciente de que, si explotaba ante él, no haría más que justificar cualesquiera que fuesen sus intenciones.

—El señor Jenkins debe de saber que en Dinamarca lo van a tratar con mucho menos rigor que en los Estados Unidos. De hecho, hasta podrían soltarlo si la policía danesa no tiene pruebas sobre las que formular una acusación.

—Que es precisamente lo que me garantizaste que no ocurriría.

Yefímov tenía motivos para arrepentirse de haber prometido nada.

—Los estadounidenses no tendrán más remedio que cerrar el pico si no quieren arriesgarse a que los pongan colorados por haber prestado asistencia a fugitivos. Podemos ejercer presión política para que lo devuelvan.

—Sí, pero primero lo interrogarán.

—No va a decir nada.

—¿Otra promesa, Adam?

Yefímov no respondió. No pensaba volver a caer en la trampa. En aquel momento había algo que seguía mortificándolo.

—¿Qué motivos ha alegado Alekséiov para dimitir?

Sokolov restó peso a las palabras de aquel con un gesto de la mano.

—Por lo visto, tenía que volver a su casa para hacerse cargo de la granja familiar. Su padre está enfermo.

Su tono dejaba claro que no se había creído semejante excusa, pero que le bastaba para culpar directamente a Yefímov de todo aquel asunto.

—Ha ocurrido en un momento demasiado oportuno, ¿no? —dijo Yefímov.

—Yo diría que ahora tienes problemas más acuciantes que atender. Jenkins y Ponomaiova siguen vivos y eso es lo que debería preocuparte más que nada. Porque el caso es tuyo.

—Dudo que quieran quedarse en el barco y arriesgarse a que los arresten en el puerto de Drammen. Buscarán el modo de desembarcar antes.

—Pero me has dicho que no harán más escalas antes de Drammen.

—Es verdad, pero Jenkins encontrará un modo. Tenemos que alertar a nuestros agentes de Noruega.

Sokolov recorrió la sala con la mirada para fijarla luego en la silla vacía que tenía al lado su interlocutor.

—¿Y ves a alguien más en este despacho, Adam?

El comentario lo exasperó, pero logró morderse la lengua.

—Si el caso fuera mío, me plantaría en Noruega para abordar personalmente este asunto y estaría muy pendiente de ese buque y de cualquier puerto deportivo que pueda haber en el fiordo de Oslo. Tendría claro que esta es la última ocasión que se me presenta para poner fin a esto de una vez por todas. Pero el caso no es mío, sino tuyo.

Yefímov se puso en pie y echó a andar hacia la puerta.

—Ah, Adam.

El otro se dio la vuelta.

—No deberías contar con que te proteja tu amistad con el presidente en caso de que fracases.

CAPÍTULO 52

El día de después de haber zarpado del puerto de Aarhus, muy de noche, Charles Jenkins y Pavlina Ponomaiova se encontraban en la cubierta de carga inferior, cerca de una porta de tres metros por uno y medio abierta en el casco que solía usar la dotación para embarcar y desembarcar mercancías en el puerto. La abertura se hallaba a unos seis metros del agua y ofrecía unas vistas que a Jenkins le recordaban las islas San Juan del Pacífico noroeste: un nutrido archipiélago conformado por islas de todas las formas y tamaños, algunas de ellas habitadas y con luces encendidas en las viviendas, otras cubiertas de árboles y otras de roca pelada; pero aquello no le preocupaba tanto como la perspectiva de tener que colgarse del costado del buque sobre aquellas aguas coronadas de espuma.

Con ellos estaban Martin Bantle y otros dos tripulantes, que miraban por la porta en espera del barco que transportaría a Jenkins y a Pavlina. El primer oficial daba la impresión de estar sufriendo una migraña que le impedía abrir los ojos por completo. A Jenkins no le cabía la menor duda de que se alegraría cuando pusiera fin a todo aquello.

Bantle le había explicado a solas que, hasta donde él sabía, lo que estaban a punto de hacer no se había hecho nunca. Según le dijo, cuando embarcaba un práctico, este se colocaba en el extremo de la pasarela apoyada en el hielo. Cuando pasaba el buque, se extendía la pasarela y el práctico asía la escalerilla que lanzaban por el costado y subía por ella hasta la porta. Le había enseñado incluso un vídeo en el que se llevaba a cabo dicha operación. Parecía bastante sencilla, pero los dos sabían que eso no haría menores las graves consecuencias que podía tener un error. Si resbalaban de la pasarela o de la escala, podían acabar aplastados bajo el barco.

El oficial también le dijo que desembarcar sería mucho más complicado que embarcar. De entrada, exigía pasar de la escala de gato a una pasarela en movimiento. Según le explicó, un barco se acostaría a su buque y navegaría a su misma velocidad, pero a una distancia prudencial del casco. Entonces, extendería una pasarela desde su amura hasta la escala. Primero Pavlina y luego él bajarían por la escala y, cuando la pasarela llegase al casco, descenderían y pasarían al barco. La teoría parecía sencilla, pero la práctica era harina de otro costal.

Para complicar las cosas aún más, la brisa que se había levantado del fiordo alzaba olas que, si bien no suponían ninguna dificultad para aquel descomunal buque de carga, hacían que Jenkins se plantease cómo afectarían a una embarcación más pequeña y a la estabilidad de la pasarela.

Aunque el buque había reducido su salida hasta los quince nudos al entrar en el fiordo, por la porta de carga entraba un viento frío. Jenkins y Pavlina llevaban ropa ligera, insuficiente para mantener el frío a raya, pero necesaria si querían mantenerse ágiles durante la operación. Llevaban chalecos salvavidas, pero no les servirían de gran cosa si caían de la escala.

Habían estado ya varios minutos esperando cuando una luz verde les indicó que se aproximaba un barco. Un segundo más tarde, la luz se apagó y se encendió tres veces.

—Ahí llega vuestro taxi —dijo Bantle.

Jenkins le estrechó la mano.

—Gracias por el viaje. Siento haberle causado problemas.

El primer oficial sonrió.

—Me he pasado toda una carrera profesional buscando cosas interesantes que hacer y eso me ha hecho vivir varias vidas. Ya tengo otra más para mi lista.

Jenkins ayudó a Pavlina a bajar los primeros peldaños de la escala. Aunque estos eran de madera a fin de estabilizarla, el cabo oscilaba a cada movimiento. Como él pesaba cincuenta y seis kilos más que ella, Jenkins no pudo evitar preguntarse cómo sería cuando descendiera él.

—Asegura bien los pies —le gritó.

Ella miró hacia arriba y le dedicó una sonrisa arrogante, bien por fanfarronería, bien por evitar que se preocupara… o porque había vuelto a ser la Pavlina que había conocido, desafiante y confiada.

Jenkins se tumbó de panza cuando vio acercarse la embarcación. Debía de tener doce metros de eslora y contaba con un puente de mando cerrado, pero, al lado del carguero, parecía una miniatura. Cuando el barco empezó lentamente a reducir la distancia que lo separaba de la porta, en la proa distinguieron a dos hombres vestidos de oscuro. Tras otro minuto de maniobras, cuando parecía haberse puesto a la par con la salida del buque, los dos abrieron una sección del pasamano de la amura y sacaron la pasarela, dotada de barandilla, que fue desplegándose en varios tramos hasta alcanzar los dos metros y medio. Entre ella y la escala podía haber poco más de medio metro de distancia, pero con cada ola subía y bajaba entre media cuarta y dos palmos.

Uno de los tripulantes de a bordo indicaba a la dotación del barco la distancia entre la pasarela y la escala, que se iba reduciendo. Cuando aquella estuvo a un palmo y se estabilizó lo bastante, señaló a Pavlina con un grito:

—Agárrese al pasamanos.

Ella obedeció y, a continuación, adelantó la pierna izquierda. El tripulante les había dicho que, llegados a ese punto, se dieran prisa y no se retrasasen, porque no quería verlos atrapados entre ambos puntos, con un pie en la pasarela y otro en la escala.

Pavlina no se entretuvo: soltó el cabo de la escala con la derecha, se asió al pasamano y subió a la pasarela. Una vez arriba, cruzó con rapidez hasta el barco, donde los dos tripulantes la agarraron y la ayudaron a embarcar a la proa. Ella se volvió y miró sonriente al buque. Pan comido.

Una vez que la vio a bordo, Jenkins descendió por la escala y la sintió bambolearse con cada movimiento. El viento le daba en la cara y sentía el frío en la piel desnuda. Tenía que asegurarse de que tenía los pies firmes antes de retirar una mano enguantada del cabo para mantener siempre, como le habían dicho, tres puntos de apoyo en la escalera. Al llegar al último travesaño, se volvió para esperar a que el barco acercase la pasarela. Cuando lo hizo, la embarcación rebasó una isla que, según dedujo, había servido de cortavientos durante el paso de Pavlina. Sin ella y sin los árboles que la poblaban, el viento cobró fuerza y aumentó el oleaje. La pasarela empezó a subir y a bajar con más violencia.

Jenkins la vio acercarse y calculó el momento de adelantar un pie, aferrarse al pasamano con la diestra y apoyar en la pasarela el pie también derecho. En aquella fracción de segundo, sin embargo, la pasarela descendió entre dos olas y el pie se le quedó colgando. Cuando volvió a ascender sobre la cresta siguiente, Jenkins plantó el pie y, por fin, pudo soltar la mano izquierda de la escala. Cogió el pasamano y retiró también el pie izquierdo. Entonces, al volverse, uno de los broches del chaleco salvavidas se enganchó a la escala de gato. Ese retraso de décimas de segundo bastó para que la ola volviese a caer y la plataforma descendiera. Los pies de Jenkins quedaron suspendidos en el aire y, a continuación, cayeron sobre la pasarela, aunque consiguió aferrarse a la barandilla con ambas manos… y quedó con el resto del cuerpo colgando.

La embarcación redujo su velocidad para evitar que el buque succionara a Jenkins y lo aplastara con el casco si terminaba cayendo al agua. Oyó que le gritaban, pero no entendió qué le decían. Intentó auparse hasta la pasarela, pero la barandilla, que no estaba pensada para el peso de un hombre de cien kilos, se dobló y amenazó con desarmarse.

Subió las piernas e intentó afirmar los talones de sus botas sobre los lados de la pasarela para restar parte del peso al pasamanos, pero no lo logró y la pierna le fue al agua. La barandilla se dobló más todavía por el peso y Jenkins tuvo la impresión de que estaba a punto de partirse. Volvió a dar una patada y dio con el tacón en la pasarela, lo que le permitió subir la pierna izquierda al otro lado justo cuando se partía la barandilla. Se le venció el tronco, pero consiguió aferrarse a la parte de abajo de la pasarela. Volvió la cabeza para mirar hacia delante y vio una ola enorme yendo hacia él. El barco cabeceó y él contuvo el aliento. Lo alcanzó la ola y sintió el agua helada.

La plataforma volvió a elevarse. El barco moderó la marcha hasta detenerse y quedó flotando arriba y abajo como un corcho en el agua. Uno de los hombres se arrastró a gatas por la pasarela y lo agarró por el brazo y una bota. Entonces los golpeó otra ola. Con ayuda del marinero, Jenkins consiguió auparse y recorrer al fin a cuatro pies la distancia que lo separaba de la proa de la embarcación.

Se dejó caer de espaldas sobre cubierta, resollando tras la descarga de adrenalina. Miró a los dos tripulantes, que lo miraron aturdidos y sin saber bien qué hacer. Cuando Jenkins se puso en pie, Pavlina corrió a abrazarlo. Él no pudo evitar acordarse de Hot Rod Studebaker y de su actitud durante el aterrizaje.

—Pan comido —dijo sonriendo.

Yefímov iba sentado en un coche por las calles de Oslo, pendiente de la frecuencia que estaban usando los agentes de la FSB que tenía repartidos por los muelles y los puertos deportivos de todo el fiordo. Sonó el móvil que reposaba en el asiento.

—Acaban de sacar a dos personas del carguero con un barco —anunciaron del otro lado de la línea—. El buque sigue para Drammen, pero la embarcación ha puesto rumbo a Oslo.

—Descríbame la embarcación.

—Blanca, de unos doce metros de eslora y con puente de mando. Se llama *Suicide Blonde*.

—¿Lo están siguiendo?

—A distancia y sin luces.

—Hágame saber dónde y cuándo amarra. No lo intercepten ni dejen que sepa que lo están siguiendo.

—¿No quiere que lo interceptemos?

—No —recalcó Yefímov.

—Llevamos a bordo cuatro hombres armados.

—Haga lo que le he dicho. —Yefímov colgó y, mirando por el parabrisas, recordó una vez más su reunión con Sokolov. No pensaba darle a ese gordo hijo de perra el gusto de dejar que fueran otros quienes atraparan a Jenkins y a Ponomaiova. De hecho, no tenía ninguna intención de volver a dejar que lo menospreciara y lo denigrara nunca más. Estaba resuelto a poner fin a aquello personalmente. Mataría a Jenkins, pero volvería a Rusia con Ponomaiova para llevarla no ante el subdirector, sino al despacho del presidente. Vladímir no podría seguir obviándolo si se plantaba allí con la única persona que, como sabían a esas alturas, podría darle respuesta a lo que llevaban décadas queriendo saber: el nombre de las cuatro hermanas restantes.

Se repitió las últimas palabras de Sokolov, el ultimátum que le había dado. Tanto le daba: su padre le había dado muchos y, al final, Yefímov había vivido más que él. También sobreviviría al subdirector.

CAPÍTULO 53

El carguero seguía avanzando con rumbo a Drammen, puerto de aguas profundas situado a cuarenta y cinco kilómetros al sudoeste de Oslo. Jenkins y Bantle tenían la esperanza de que atraería a quien pudiera estar siguiéndolos.

Jenkins y Pavlina estaban en el puente de mando, sentados al calor de una estufa de propano y sendas tazas de café. El americano le dio las gracias a la capitana, quien llevaba el pelo, entre rubio y castaño, recogido en una trenza gruesa que le llegaba a media espalda.

—Por un momento, creí que lo habíamos perdido —dijo ella con acento noruego.

—Yo también —repuso él.

—Ahí tienen ropa seca para que puedan cambiarse… y armas.

En ese momento emitió un chasquido la radio que tenía por encima de la cabeza. Jenkins la señaló con un gesto mientras se quitaba el chaleco y la camisa.

—¿Han dicho algo?

—Nada fuera de lo habitual, pero estamos muy pendientes, porque, si los rusos sospechan que pretenden desembarcar del carguero, mirarán con lupa todos los puertos deportivos. Por eso los vamos a evitar. Tengo instrucciones de llevarlos al muelle que hay justo detrás de la fortaleza de Akershus. Tienen que cruzar la calle hasta llegar a una rampa de adoquines y entrar por ella a la fortaleza, donde alguien se acercará a ustedes y se identificará.

—¿Cómo? —Jenkins se quitó los pantalones y se los dio al tripulante que le tendía unos secos.

—Busquen la iglesia y, cuando los aborde esa persona, pregunten: «¿Es muy tarde para ver la iglesia?». Ella les dirá: «Sí, pero no para confesarse».

—¿Y a partir de allí?

—No sé nada más. Nos faltan treinta minutos. Hay más café.

Media hora después, la embarcación apagó las luces y amarró delante de la proa de un crucero colosal fondeado frente a una fortificación de piedra y ladrillo encaramada en una colina. La fortaleza de Akershus parecía naranja por los focos que la iluminaban y su imagen se proyectaba simétrica sobre la superficie de las aguas oscuras del fiordo. Los dos tripulantes de a bordo ayudaron a Jenkins y a Pavlina a pasar de la proa al muelle de cemento, que quedaba por encima de la borda del barco.

—Crucen la calle —dijo uno en voz baja— y busquen la rampa de adoquines. —Acto seguido, volvió a la proa de un salto y el barco zarpó.

En el puerto interior de Oslo, el viento era suave y la noche estaba tranquila. La luna llena, medio oculta por las nubes que atravesaban el cielo, alumbraba la penumbra y pintaba todo de azul índigo. Jenkins llevaba un jersey negro de cuello vuelto y un gorro de lana abrigado. Escrutó la calle en busca de alguien que pareciera estar vagabundeando u ocioso o estuviese sentado en un coche aparcado y, al no ver a nadie, hizo un gesto a Pavlina y los dos cruzaron la calle.

Siguieron el muro de piedra de la fortaleza y, a quince metros, encontraron la rampa. Jenkins sacó el arma que llevaba al cinturón y Pavlina hizo lo mismo. Iban apuntando al suelo mientras subían por la pendiente de adoquines y, al pasar bajo un arco de ladrillo, vieron una iglesia a la derecha. La rampa los condujo a un patio, que recorrieron con la mirada sin ver a nadie. A Jenkins no le hacía gracia estar a cielo abierto y sin nada que pudiera servirles de escondite, por lo que apretó el paso en dirección a un patio interior de piedra.

Vieron encenderse una cerilla y Jenkins vislumbró a alguien apoyado contra un muro de piedra al otro lado del patio. Pavlina y él se acercaron. El hombre tenía una pierna doblada y la suela de la bota plantada en la pared del arco. El gorro de lana y el impermeable oscuro le daban aspecto de marinero. Por debajo del gorro le asomaban mechones de pelo rubio casi blanco. Al dar una calada, hizo brillar la punta del cigarrillo. Al cuello llevaba una cámara colgando de su correa.

—¿Es muy tarde para ver la iglesia? —preguntó el americano.

—Sí, pero no para confesarse. —El hombre tiró la colilla y la pisó con la punta de la bota—. Yo soy André. Vengan conmigo.

Los condujo a otro patio situado tras el arco en el que se exponían cañones antiguos y ruedas de madera. Había arces bordeando los senderos de adoquines. El viento agitaba sus hojas y rodeaba el patio con un aullido leve y fantasmagórico. André subió un peldaño de cemento y giró la manilla de hierro de una puerta de madera. Jenkins y Pavlina lo siguieron al interior.

La iglesia olía a incienso y a vela quemada. Por una vidriera redonda situada al fondo de la nave entraba la luz del exterior y bajo ella se elevaban los tubos de un órgano. La iglesia estaba vacía. André los llevó a paso rápido por una nave lateral a uno de los confesionarios y abrió la puerta. Dentro de aquel estrecho habitáculo, tocó algo en la pared del fondo y se abrió un hueco por donde introdujo los dedos para tirar del tabique y dejar a la vista un pasaje oculto. Encendió una linterna de bolsillo y le tendió otra a Jenkins antes de dirigir el haz de luz hacia un tramo de escalones empinados de bajada excavados en la roca. Empezó a descender seguido de Pavlina y, mirando a Jenkins, dijo en voz baja:

—Cierre la puerta del confesionario cuando entre.

El americano obedeció, eliminando así la escasa luz del exterior que le permitía ver algo. Alumbró el hueco con la linterna y bajó el primer escalón, para lo cual tuvo que ladear el pie, ya que los escalones eran demasiado estrechos para que le cupiese el cuarenta y seis que calzaba.

—Cierre el tabique hasta que oiga un chasquido —dijo André desde el túnel que se abría al final de los escalones.

Jenkins volvió a hacer lo que le decía y descendió hacia la oscuridad.

Yefímov salió de detrás del muro de piedra y vio a Jenkins y a Ponomaiova subir por la rampa de la fortaleza de Akershus. Lo primero que pensó fue abatir de un tiro al americano sin más contemplaciones, pero luego se dijo que habría más gente esperando a los fugitivos o en posición de protegerlos. Tenía que encontrar una situación en la que poder actuar con rapidez y escapar a continuación para que la muerte de Jenkins pareciera un acto delictivo.

Cuando doblaron la esquina al llegar arriba, Yefímov dio un paso adelante y caminó con rapidez, pero sin dejar de estar alerta. Se situó detrás del tronco de un árbol y esperó un momento antes de seguir hasta un arco, donde volvió a detenerse tras el muro de piedra. Se asomó y vio a Jenkins y a Ponomaiova hablando con un hombre bajo otro arco. Los tres pasaron por debajo y se perdieron de vista. Yefímov les dio unos segundos antes de seguirlos. Sacó la pistola y le enroscó un silenciador.

En el arco, apretó la espalda contra el muro y se asomó al otro lado, donde se abría otro patio interior. No los vio, pero sí vio que había una puerta de madera en un lateral de la iglesia. Cruzó el patio, también desierto, hasta llegar a ella. Hizo girar la manilla y aguardó un segundo para asegurarse de que no se trataba de una emboscada. Entró a la iglesia y sostuvo la puerta para cerrarla en silencio. Aguzó el oído unos instantes por si oía voces.

Al ver que no, entró en el templo, en cuyo interior se disponían hileras de bancos desde un altar hasta el fondo de la nave. El altar estaba situado bajo una araña, al lado de un púlpito elevado que salía del muro. Cerca del final de la nave se cerró otra puerta. Yefímov recorrió el pasillo rebasando una estatua tras otra y se agachó para pasar bajo una bandera noruega que pendía de un asta fijada a la pared.

Estando ya cerca de la puerta, oyó el leve susurro de una voz masculina. Asió el pomo, levantó el cañón de la pistola y abrió la puerta antes de apuntar al interior. El habitáculo no tenía más de unos cuantos palmos por cada lado, pero dentro no había nadie.

Yefímov sacó una linterna del bolsillo y la encendió para recorrer con su estrecho haz de luz la arista en la que se unían los tabiques, pero no detectó junta alguna. Empujó la madera y los motivos tallados… sin encontrar nada. Dio un paso adelante. Notó entonces una corriente leve y fría que le acariciaba el rostro. Se arrancó un pelo de la cabeza y lo sostuvo mientras recorría el ángulo del tabique. Al llegar a lo más alto, el cabello se agitó. Lo acercó más a la junta y lo vio agitarse más aún. Un pasadizo.

Se puso a apretar y a tirar de todo lo que sobresalía del tabique. Nada. Siguió intentándolo y se puso de puntillas para apretar una rosa tallada cerca del techo, que se hundió e hizo que saltara una abertura de unos centímetros. Esperó unos segundos antes de aferrarse al borde y tirar del tabique para descubrir una escalera de bajada.

Al final de los escalones, Jenkins dio con un angosto pasadizo de techo abovedado excavado en la roca, pero que sin duda no estaba concebido para nadie de su altura. Tuvo que agachar la cabeza para no golpearse. Era un lugar frío y húmedo y por las paredes de piedra parecía resbalar el agua. Con todo, el suelo de tierra estaba seco. Se alumbró los pies y advirtió que estaban dejando huellas. Mientras André y Pavlina recorrían el túnel, miró a su alrededor y vio piedras en el suelo. Recogió un puñado y volvió a la mitad de la escalera para dejar algunas de ellas en dos de los peldaños antes de apretar el paso de nuevo para alcanzar a sus compañeros, pero su altura no le permitía avanzar con mucha rapidez.

—¿Qué es esto? —preguntó en voz muy baja cuando llegaron al final.

—La fortaleza de Akershus tiene más de setecientos años —dijo André casi en un susurro—. Han sido muchos los que han querido conquistarla por su cercanía al mar. Estos túneles se excavaron para que los señores de la fortaleza pudieran huir en caso de que la sitiaran. Durante la Segunda Guerra Mundial, los nazis ampliaron los pasadizos. Luego, la resistencia noruega hizo lo mismo para poder moverse por buena parte de Oslo sin que los detectasen y cometer actos de sabotaje. Pocos conocen su existencia. No los encontrará en ningún mapa ni conseguirá que el Ejército reconozca que están aquí. Algunos siguen siendo rutas de escape y otros se han convertido en refugios subterráneos para los miembros del Gobierno en caso de ataque nuclear.

Jenkins se volvió y dejó de caminar al oír caer las piedras por la escalera en el otro extremo del pasadizo, por lo demás sumido en el silencio. Buscó una luz, pero no vio ninguna. André y Pavlina siguieron adelante y él permaneció en el sitio, aguzando el oído y convencido de que el ruido lo habían hecho las piedras. Bajó el haz de luz y recogió más del suelo antes de lanzarse a alcanzar a sus compañeros.

André tomó el camino de la derecha en la primera bifurcación y los condujo por otro túnel. Jenkins se detuvo antes de seguirlos y dejó caer las piedras de manera estratégica por el suelo de tierra. Tras dar algunos pasos, puso más en el suelo.

—¿Adónde vamos? —preguntó Pavlina.

—Adonde yo os lleve —repuso André—. No está lejos: a un kilómetro de aquí.

Siguieron adelante sin bajar el ritmo.

Un minuto después, Jenkins oyó otro ruido a sus espaldas: alguien estaba tropezando con las piedras que había dejado.

—Sss… —dijo.

Pavlina y André dejaron de andar y se dieron la vuelta y él se alumbró la cara para llevarse un dedo a los labios y señalarse luego una oreja. Los otros dos negaron con la cabeza para indicar que no habían oído nada.

Estaban a punto de continuar cuando Jenkins percibió de nuevo el ruido. Esta vez, al mirar a sus compañeros, sus ojos le confirmaron que no había sido el único.

Los estaban siguiendo.

Yefímov tropezó en uno de los escalones y fue a caer de culo, pero consiguió no bajar rodando el resto de la escalera. Las piedras que había pisado, sin embargo, sonaron al rodar. Alumbrando los peldaños, vio que las había en varios de ellos. Se preguntó si no las habrían puesto allí adrede.

Llegó al final y usó la linterna para iluminar un túnel angosto y abovedado excavado en la roca. Alumbró el suelo y vio pisadas leves. Las siguió, manteniendo bajo el haz de luz, a un paso por delante a lo sumo, para no delatarse de manera inesperada. Tras varios minutos, llegó a la primera bifurcación. Las huellas seguían hacia la derecha. Se detuvo a escuchar, porque no quería cometer el error de tropezar con Jenkins ni caer en una trampa.

Fue a avanzar y pisó un suelo irregular: más piedras. Se torció el tobillo y cayó contra la pared, arañando la roca con la pistola y emitiendo un ruido metálico. Se detuvo unos instantes a escuchar, pero no oyó nada. Con cuidado, volvió a avanzar con la pistola levantada. Tras unos cuantos pasos más, volvió a dar con terreno desigual. En esta ocasión, aunque trastabilló, logró recobrar el equilibrio sin necesidad de apoyarse en la pared.

Ya no le cabía duda de que las habían puesto a propósito en el camino.

Jenkins sabía, o sospechaba, que lo estaban siguiendo.

Yefímov apretó el paso.

Llegaron adonde el túnel volvía a dividirse y André tomó el ramal de la derecha. Jenkins les pidió por gestos que siguieran sin él.

—No se desvíe —le indicó André volviéndose para mirarlo en la penumbra—. Ya estamos muy cerca.

Jenkins se metió en el ramal opuesto y se puso de rodillas. Bajó la cara hasta tenerla a pocos centímetros del suelo, que iluminó con la linterna, y sopló el polvo hasta que dejaron de verse las huellas.

Luego, se irguió y apoyó la espalda contra la pared.

Oyó pasos callados acercándose a la bifurcación, se asomó con cautela y vio una luz tenue dirigida al suelo. Volvió a su sitio e hizo lo posible por dominar la descarga de adrenalina y la respiración agitada.

Tenía el factor sorpresa por aliado y sabía que le iba a hacer mucha falta.

Yefímov llegó a una segunda bifurcación y usó la linterna para estudiar el terreno. Había huellas hacia la izquierda, pero no hacia la derecha.

Avanzó hacia la izquierda. El golpe, directo a la cara, lo pilló por sorpresa y lo lanzó hacia atrás. Aunque aturdido, consiguió mantenerse en pie apoyando la espalda contra la pared de roca. Había dejado caer la linterna, pero el arma no. Su atacante le agarró la mano con la que la sostenía y le dio un segundo golpe, esta vez con el codo en la mandíbula, aunque por la estrechez del pasadizo no pudo tomar impulso.

Yefímov, más bajo y recio que él, supo que aquello le otorgaba cierta ventaja. Contuvo a Jenkins mientras se esforzaba por despejar la mente y, tomando impulso con la parte anterior de los pies, se lanzó hacia él. La coronilla fue a estrellársele contra la parte baja del mentón de su agresor y lo hizo caer hacia atrás contra la pared del lado contrario. Oyó chocar el arma del americano contra la piedra y caer luego a la tierra.

Impulsándose con las paredes, intentaron imponerse uno al otro. Yefímov volvió a dar un golpe a la barbilla de su oponente, esta vez con el puño, e hizo que se golpeara de nuevo en la cabeza. El americano perdió fuerza y relajó el puño con que se aferraba al arma del ruso. Este sintió otro codazo en la mandíbula y los dos fueron rebotando de una pared a otra mientras avanzaban por el túnel hasta que este llegó a su fin y Yefímov vio luz del exterior.

Entonces giró sobre sí mismo, se zafó del otro y lo empujó, oyendo el testarazo que se dio con el arco de piedra justo antes de tropezar y caer hacia atrás en una sala tenuemente iluminada. Charles Jenkins fue a dar de espaldas en el suelo cuando le fallaron las rodillas.

Yefímov lo apuntó con la pistola.

Por una vez, Sokolov había estado en lo cierto: sería Yefímov quien zanjaría personalmente aquel asunto.

La cabeza de Jenkins se estrelló por segunda vez con la parte alta del túnel. El golpe le ofuscó la visión unos instantes. Dio un paso atrás, sintió que le quitaban la pistola de la mano y perdió el equilibrio. Cayó al suelo de espaldas y, recortado contra la luz tenue, vio a Yefímov salir del pasadizo con el cañón de su pistola abocado hacia él.

El ruso apuntó, pero volvió la cabeza como si buscase a Pavlina o a quienes hubiesen podido ayudarlos. Jenkins, sin embargo, no pudo aprovechar la ocasión. Había perdido el arma en el túnel y no lograba sacudirse el aturdimiento ni mover las extremidades con la rapidez necesaria. Aunque borrosamente, vio a Pavlina a tres metros a su izquierda, pistola en mano y apuntando a Yefímov.

—*Bros pistolet, ili ya yegó ubiú* —gritó él. «Tira la pistola o lo mato».

—*Pózdno* —dijo ella. «Tarde». Apretó el gatillo y avanzó haciendo fuego y sin fallar una sola de las balas. Los disparos rebotaban como cañonazos dentro de la cámara de piedra.

Yefímov perdió la pistola con el impacto del primer proyectil. El segundo y el tercero lo lanzaron hacia atrás. Los brazos y las piernas se sacudían como los de una marioneta a la que le ha cortado las cuerdas el titiritero. Golpeó el suelo, rebotó y volvió a golpearlo.

Pavlina se puso a su lado y lo miró una fracción de segundo antes de disparar por última vez y poner fin a todo aquello.

Volvió hacia Jenkins su mirada de plomo.

—Esta vez —dijo— no hay duda sobre quién vive y quién muere.

EPÍLOGO

Meses después de haber regresado a su granja de la isla de Caamaño, Jenkins fue al patio trasero con Max caminando pesadamente a su lado y sacó el plástico negro para preparar el huerto para la primavera. Había comprado semillas en Stanwood con la intención de sembrar calabazas, lechugas, tomates, judías, calabacines y hasta maíz. Nada como las verduras frescas de cosecha propia.

Mientras lo extendía, dobló la mano y sintió un dolor apagado en el anular y el meñique, recuerdo de la pelea en el túnel con Yefímov. Se había partido dos huesecillos de la mano derecha y había llevado escayola hasta hacía muy poco. El médico le había dicho que podía desarrollar artritis en las articulaciones de la mano y Jenkins le había preguntado riendo dónde había que firmar para que fuese la mano el único sitio en que se manifestaría dicha dolencia. Con todo, por el momento, se sentía fuerte físicamente y mentalmente despejado. Se había mantenido en su peso y hasta había mejorado su tono muscular. De hecho, se había apuntado a hacer boxeo en un gimnasio de Stanwood y se defendía bastante bien. Los púgiles más jóvenes no querían creer que fuera sexagenario. A su madre, que era a quien más se parecía Jenkins, no se le había puesto el pelo gris casi hasta cumplir los ochenta y había vivido sola hasta bien avanzados los noventa. Siempre le había dicho que su familia tenía buenos genes, que solo tenía que cuidarse.

Le habían tenido que dar puntos para cerrarle las heridas de la coronilla, fruto de los golpes que se había dado con el techo del pasadizo, y de la barbilla; le habían recolocado el tabique nasal, experiencia infernal que esperaba no volver a tener que experimentar en la vida, y había sufrido una conmoción cerebral. Por esto último, no recordaba gran cosa de su enfrentamiento con Yefímov ni del viaje en avión desde Oslo. Pavlina había tenido que contarle los detalles mientras se recobraba en Virginia.

Matt Lemore se había encargado de trasladarlos a Virginia en un reactor privado. Tras varios días de recuperación, Jenkins pasó una semana en Langley mientras informaba de todo en el cuartel general de la CIA. Deseoso de volver a la isla de Caamaño, hizo saber a Lemore que podían hablar de cuanto fuera necesario por teléfono y Lemore hizo las gestiones necesarias para que volviera a Seattle y luego a su casa. La estancia virginiana de Pavlina se había alargado varias semanas más. Había dedicado muchos años de su vida a espiar para la CIA, había obtenido una gran cantidad de información y todavía le quedaba mucho por revelar. Después de tomar nota de cuanto tenía que contar, la Agencia le había proporcionado un nombre y una identidad nuevos, además de ayudarla a asentarse en los Estados Unidos. Según le contó a Jenkins, no tenía claro dónde iba a afincarse, pero le prometió ir a verlo y conocer a su familia.

Más allá de su bienestar físico, Jenkins se sentía recargado mentalmente. Hacía años que no se había encontrado igual y, si bien lo atribuía en parte a la dieta más sana que estaba siguiendo y al aumento de su ejercicio físico, sabía que, en gran medida, debía su rejuvenecimiento al hecho de saberse útil de nuevo. El trabajo de investigación que había llevado a cabo, el bálsamo labial, la miel de abeja y los camiones de leña que había vendido no estaban nada mal, pero siempre había tenido la impresión de estar dilapidando su vida en la granja, de que cada día de su vida era un día más que se acercaba al de su muerte. Ni siquiera después de conocer a Alex y de ver nacer a CJ y a Lizzie se había sentido realizado en el plano personal. Había abandonado la única ocupación que de verdad amaba, el único trabajo que hacía que corriese la sangre por sus venas, que le llenaba el organismo de adrenalina y que le ofrecía la sensación de estar siendo útil. Aquel había sido uno de los motivos por los que se había avenido a crear la CJ Security. Sí, necesitaba el dinero, pero también el levantarse cada mañana para ir a trabajar había satisfecho su deseo de dedicar su vida a algo. Aquel trabajo hacía que se sintiera joven otra vez, que se sintiera útil, que se sintiera importante. No, CJ Security no había salido adelante, pero tampoco podía negar la sensación de plenitud que experimentaba por el hecho de llevar adelante su propia empresa.

Aquella descarga de entusiasmo embriagador y adictivo no había llegado a menguar nunca, como tampoco su necesidad de volver a estar seguro de que su vida profesional tenía sentido, de volver a sentirse útil.

—¿Charlie? —Alex salió por el porche de atrás y fue a buscarlo—. Tienes visita.

Jenkins dejó en el suelo la malla de plástico y cruzó el pasto para encontrarse con ella a mitad de camino. Tenía la sensación de que su mujer quería decirle algo.

—¿Quién es? —preguntó.

—Mejor compruébalo tú mismo. —Le puso una mano en el pecho—. Pero, antes, quería pedirte una cosa.

—Claro. ¿Pasa algo?

—¿Eres feliz?

—¿Cómo? Pues claro que soy feliz. ¿Cómo no voy a ser feliz estando contigo, con CJ y con Lizzie?

—Pero tú, ¿eres feliz? Ya sé que nos quieres a mí y a los niños, y eres un padre y un marido maravilloso, además de un gran amante.

Eres todo lo que puedo desear y más, y por eso es tan importante para mí.

—¿Qué?

—Que seas feliz. Que te sientas realizado.

Él sonrió, apartó la mirada y luego volvió a fijarla en su mujer para decir:

—Siempre se te ha dado muy bien leerme el pensamiento.

Alex asintió.

—No es muy difícil. Además, no es malo querer más. El ser humano es así. Llevo un par de meses observándote y no acabo de verte vivo del todo.

—Me estoy haciendo viejo. Tengo que ser realista sobre lo que puedo y lo que no puedo hacer.

—Quizá sí, pero también deberías dejar que otros lo sean. Sabes lo que puedes y lo que no puedes hacer, pero creo que todavía puedes hacer más que la mayoría de los hombres que no han cumplido ni la mitad de tus años.

—¿Por qué me dices eso?

—Quería que supieras que no pasa nada si decides… ser feliz. Yo no voy a dejar nunca de preocuparme por ti, pero entiendo que no puedo tenerte siempre abrazado, que te aplastaría el alma. Eso sería muy egoísta por mi parte y lo sé. ¿De acuerdo?

—De acuerdo, pero ahora me está dando un poco de miedo averiguar quién ha venido a verme…

Ella sonrió y le dio un beso.

—Serás todo lo duro que quieras, pero en el fondo eres un gallina. Anda, entra y lo ves tú mismo.

Los dos entraron por la puerta corredera. CJ estaba sentado en el sofá viendo la televisión.

—¿Así te vas a pasar todo el fin de semana? —preguntó su padre al cruzar la sala.

—Tendré que despejarme del colegio.

Jenkins contuvo una carcajada y atravesó la cocina hacia la puerta de entrada. Alex estaba ya allí, con Matt Lemore y Pavlina Ponomaiova. Lemore llevaba una botella de vino y Pavlina tenía a Lizzie en brazos. La pequeña, que últimamente extrañaba a todo el mundo, no parecía en absoluto asustada ni recelosa. A lo mejor su hija tenía más de lo que él pensaba de la mujer de mirada de acero que había conocido Jenkins en Moscú y había vuelto a encontrar en los túneles de Oslo.

Pavlina lo miró sonriendo de oreja a oreja y con lágrimas en los ojos.

—Es preciosa —dijo.

—Se parece a tu mujer —añadió Lemore.

Jenkins respondió con una sonrisa:

—Es verdad.

—Te veo muy repuesto —señaló el agente—. La última vez que te vi dabas pena. ¿Cómo te encuentras?

Jenkins miró a Alex.

—Veinte años más joven.

Lemore asintió con un gesto. Pavlina había ganado peso y eso le había sentado muy bien. Le había crecido el pelo y parecía que se hubiera hecho un corte *pixie*. La pequeña estaba agarrándose a él.

—Tú también tienes buen aspecto —dijo Jenkins—. Se te ve sana.

—Estoy haciendo fisioterapia y cada vez me encuentro más fuerte —explicó ella sin apartar de Lizzie la mirada.

—¿Cuánto tiempo tienes? —preguntó él—. ¿Te quedarás por lo menos a cenar?

—Sí, me quedo a cenar.

—Espero que haya otra vez lasaña —dijo Lemore—, porque he comprado un tinto italiano que me han recomendado en la tienda de Stanwood.

Alex sonrió.

443

—Ya veremos.

—¿Has encontrado trabajo? —quiso saber Jenkins.

—Me han dicho que eso es confidencial —respondió ella sonriendo y mirando a Lemore.

—Vivirá en otra ciudad con un nombre falso, por lo menos de momento —explicó Lemore—. Es mejor que evitéis estar en contacto directo durante un tiempo. Como mínimo, hasta que estemos seguros de que no os están observando. ¿Tú has notado algo?

Jenkins meneó la cabeza.

—No.

Lemore se había ofrecido a buscarle otro sitio en el que vivir con Alex y los niños, así como identidades nuevas, pero él no pensaba seguir huyendo ni esconderse.

—Me alegro de que te haya ido bien —dijo Jenkins a Pavlina, que hizo caso omiso de su anfitrión para continuar centrada en Lizzie.

—¿Por qué no abrimos el vino y vemos lo que preparamos de cena? —propuso Alex.

—Dudo que Pavlina vaya a querer soltar a Lizzie. —Jenkins sonrió a la pareja.

—Yo me apunto encantado a echarte una mano —dijo Lemore—, pero dame un minuto para hablar con tu marido.

Alex miró a Jenkins con una sonrisa.

—Claro.

Jenkins sacó dos cervezas del frigorífico y salió con Lemore al porche trasero. Cerró la puerta tras ellos y tendió una cerveza a su invitado. De pie, observaron el pasto y los caballos.

—Tenéis una casa preciosa —dijo el agente.

—Todo un hogar. Antes era un lugar donde esconderse, pero lo hemos convertido en un hogar. —Dio un trago a la cerveza. Daba por sentado que Lemore no estaba allí para hablar de la granja—. Veo muy bien a Pavlina. Se ve fuerte otra vez.

—No va mal. No le quitamos ojo. Sí, físicamente está cada vez mejor, pero sospecho que los aspectos emocionales de su experiencia son otro cantar. Está yendo al psiquiatra. La herida de lo de su hermano todavía no ha cicatrizado y lo de Lefórtovo… Ha sufrido mucho.

Jenkins asintió.

—Eso me pareció por el número de balas que descargó sobre Yefímov. ¿Podéis garantizar su seguridad?

—Dudo que los rusos intenten hacer algo en suelo estadounidense, pero, si se les ocurre, se van a volver locos buscándola. Hemos limpiado por completo su historial. Ahora es como si no hubiese existido: le hemos dado una identidad y un pasado nuevos. Tú no puedes permitirte ese lujo.

—Lo sé.

—Vamos a mandar a unos cuantos agentes a la ciudad para que echen un vistazo. A ellos les vendrá bien para adiestrarse. Hasta puede que les enviemos un par de señuelos, a ver cómo reaccionan. Y ni se te ocurra rebatírmelo.

Jenkins sonrió.

—Vale, vale.

—¿Cómo te va a ti? ¿Te has curado del todo?

—Casi del todo. Un poco agarrotado, pero es cosa de la edad. De todos modos, nunca he estado mejor.

—¿Has sabido algo de Fiódorov?

—Recibí una postal de África. No decía nada ni estaba firmada, pero era suya.

—¿Cómo lo sabes?

—Porque llegó poco después de que transfirieses el resto del dinero. Creo que fue su manera de decir que le había llegado y agradecerme que mantuviera mi palabra.

Lemore bebió del botellín antes de decir:

—Renunciaste a un montón de dinero.

—Nunca fue mío. Estaba manchado de sangre. No me gustaba el karma que tenía. Fiódorov… A él le dará igual.

—Pero lo que yo te he pagado no le llega a la suela del zapato…

—Y aun así era mucho más de lo que esperaba. Además, te dije que no lo hacía por dinero.

—Lo sé, pero, ahora que tengo un crío en camino, sé lo que cuestan.

—Pues espera a que lleguen a la universidad. Ya es difícil llegar a fin de mes y CJ ni siquiera ha empezado el instituto. —Dio otro sorbo antes de preguntar—: ¿Algún percance con el Kremlin?

Lemore hizo un movimiento negativo con la cabeza.

—Y tampoco esperamos que haya ninguno. A los del Kremlin no les gusta que les saquen los colores… Lo dejarán pasar y negarán haber tenido nada que ver. —Lemore le dedicó aquella sonrisa suya de escuela de buenos modales—. Además, tú no existes. No apareces en nuestros libros desde hace cuarenta años.

Pensó en la conversación que había mantenido con Fiódorov.

—Soy un fantasma —dijo antes de sonreír—. A veces, de hecho, me siento como si lo fuera.

—También tiene sus ventajas. Igual que tu talento para el espionaje. —Lemore dio otro sorbo a su cerveza antes de decir—: Lo que me recuerda por qué estamos en este porche.

Jenkins volvió la cabeza para mirar a Alex, que estaba en la cocina.

—Supongo que porque los dos somos un poco gallinas.

Lemore soltó una risita.

—La última vez que estuve aquí me dejó muy claro que pensaba colgarme de las pelotas si te pasaba algo.

—¿De qué se trata ahora?

—De algo que he sabido por Pavlina sobre las cuatro de las Siete Hermanas que quedan con vida.

—¿Sabe quiénes son?

—Sí.

Jenkins no daba crédito. Fiódorov le había dicho que Yefímov era un interrogador brutal, que se contaba entre los mejores de Rusia. Pavlina tenía que haber soportado horas de tortura dolorosísima. Quizá el querer morir y el no tener nada por lo que vivir habían resultado en su favor, pero, así y todo… No quería ni imaginar lo que había tenido que sufrir. Sin embargo, no habían conseguido que dijese una palabra.

—Dios mío.

—Eso digo yo. Dice que, en vida de Emerson, el peligro que corrieron las cuatro restantes fue mucho más inminente de lo que llegamos a imaginarnos por aquel entonces. A Putin, desde luego, no lo ha paralizado la pena. Los agentes que tenemos en Rusia aseguran que ha redoblado sus empeños en encontrarlas. —Lemore se detuvo—. Escucha, no es nada…

—Tenéis que sacarlas de allí.

Lemore hizo un gesto de asentimiento.

—Vamos a necesitar que alguien las saque más pronto que tarde. Alguien que conozca el idioma y el terreno y que sepa lo que hay en juego. Alguien capaz de convencerlas de que corren mucho peligro. Alguien en quien puedan confiar.

Jenkins movió la cabeza afirmativamente. Tenía la sensación de que sabía la que se le venía encima… y se sentía intrigado y preocupado a partes iguales.

—Eso sí, no hay por qué decidirlo esta misma noche —dijo Lemore.

—Bueno es saberlo, porque, si se lo dices a Alex esta noche, puede que te lleves la lasaña de sombrero.

AGRADECIMIENTOS

He vuelto a constatar que se necesita la tribu entera para escribir una novela, sobre todo una como esta. Haré lo posible por que no se me quede en el tintero nadie de cuantos me han ayudado. De algunos puedo dar el nombre; de otros, no. Con todos estoy en deuda y, como siempre, cualquier error es mío.

Buena parte de lo que sé de Rusia se lo debo a una visita a la Unión Soviética que detallé en la sección de agradecimientos de *La octava hermana*. Aunque he viajado mucho, aquellas vacaciones que pasé en Moscú y San Petersburgo siguen siendo todo un hito por los lugares que vi y la gente que conocí. Tuve ocasión de sentir cierta paranoia y hasta algo de miedo —cuando me registraron en el aeropuerto y me siguieron días enteros en la Plaza Roja y otros sitios frecuentados por turistas—, pero también conocí la generosidad de sus habitantes, que se ofrecían a guiarnos sin dudarlo aunque las indicaciones que les pedíamos no les pillasen de camino. Tras su fachada estoica, encontré la calidez y la amabilidad que he conocido en la mayoría de los sitios a los que he viajado.

Gracias especialmente a quienes me han ayudado con todo lo relativo al espionaje. No siempre estábamos de acuerdo y a veces hacían que me preguntara si todo aquello no desbordaba el ámbito de la ficción. Aunque salir de Lefórtovo resultó especialmente difícil, al final dimos con un plan que podría funcionar, al menos en las páginas de una novela. Les agradezco la generosa ayuda que me han brindado.

Muchísimas gracias también a John Black y a todos los que me han ayudado con el ruso. Una vez más, estoy convencido de que habré cometido errores, aunque espero que no sean muchos y que ninguno haya supuesto demasiado menoscabo al idioma.

Sacar a Charles Jenkins y al resto de personajes de San Petersburgo tampoco fue fácil, más aún después de helar la bahía del Nevá y el golfo de Finlandia, cosa que sucede de veras. En nuestra visita, de hecho, supimos lo que era que se helara parte de San Petersburgo. Llegué a la conclusión de que una avioneta sería la mejor opción, pero nunca había montado en una y pensé que hacerlo en las condiciones que había creado resultaría espantoso. ¡Qué tensión! Afortunadamente, tengo un buen amigo, llamado Rodger Davis, que fue piloto de la Armada y lleva décadas recorriendo Alaska a bordo de su Cessna, a veces con un tiempo igual de aterrador. Rodger, siempre dispuesto a ayudar, respondió las numerosas preguntas que le formulé, corrigió muchos errores y planteó propuestas muy perspicaces para dar vida a esas escenas. Hasta me dio el nombre de un piloto capaz de volar en circunstancias así… cantando The Doors. A Rod Studebaker le gustaba en concreto «Light My Fire». Rodger tiene también un gran talento como escritor y me ha cautivado con varias de sus novelas.

Muchas gracias a mi hermana Bonnie, quien, en calidad de farmacéutica clínica, me ayudó a buscar el compuesto necesario para simular el ataque al corazón de Pavlina. Una vez, tuve que improvisar un poco y preguntar si aquello rebasaba el ámbito de la ficción. La parte de improvisación es responsabilidad mía.

Gracias mil a mi gran amigo y compañero de cuarto en la Facultad de Derecho, Charles Jenkins. En nuestros tiempos universitarios, lo llamábamos Chaz y le decíamos siempre que era un tío grande. En muchos sentidos, lo es. Le prometí que un día lo convertiría en parte de una novela y lo hice en *The Jury Master*, la primera que publiqué. Después de aquello, tuvo el detalle de dejarme que volviera a usar el personaje en *La octava hermana* y *Espías en fuga*. Chaz no ha estado nunca en la CIA ni en Rusia, al menos que yo sepa. Es un buen hombre con un corazón de oro y lo considero un amigo impagable.

Gracias a Maureen Harlan, de La Conner (Washington), que me ha ayudado a recaudar fondos para crear una biblioteca en dicha ciudad mediante la adquisición de un personaje para esta novela. Maureen es un encanto de señora que nada tiene que ver con la camarera gruñona de estas páginas. Me encanta que mis obras puedan emplearse en proyectos tan valiosos como una biblioteca nueva.

Gracias a Meg Ruley, Rebecca Scherer y todo el equipo de la agencia literaria de Jane Rotrosen. Lo suyo sí que es un negocio integral. Se encargan de negociar mis contratos, leer y comentar las distintas redacciones de mis novelas, analizar mis derechos y gestionar casi todos los demás aspectos editoriales. Hace poco, Meg y Rebecca viajaron de Nueva York a Seattle para pasar una sola noche a fin de celebrar una fiesta organizada en mi honor por Amazon Publishing. Eso es dedicación y amabilidad. Os lo agradezco muchísimo a ambas.

Gracias a la siempre espectacular Angela Cheng Caplan, que se ha encargado de negociar la venta de *La octava hermana* y *Espías en fuga* a la Roadside Productions para convertirlo en una serie de televisión por todo lo alto. Estoy deseando ver a Charles Jenkins y al resto cobrar vida en la pantalla.

Muchas gracias también al equipo de Amazon Publishing. Desde que los conocí, en APub, me han tratado como a un escritor profesional. Se desviven por garantizar que se me trata con respeto y dignidad y por hacer cuanto es posible por que mis novelas tengan éxito. Gracias a mi editora de desarrollo, Charlotte Herscher, con quien he publicado ya una docena de novelas. Siempre consigue asegurarse de que todo tenga sentido y de dar prioridad a la tensión y al suspense a medida que avanzan las páginas.

Gracias a Scott Calamar, corrector, que también ha colaborado en muchas de mis novelas y sin duda se ha rascado la cabeza más de una vez por mi uso de la puntuación. Siempre estoy encantado de dar las gracias a quienes me hacen listo.

Gracias a la editora Mikyla Bruder; a Jeff Belle, subdirector de Amazon Publishing; a los editores asociados Hai-Yen Mura y Galen Maynard, y a todo el equipo de la editorial. Me siento agradecido de poder hablar de Amazon Publishing como de mi hogar. Fue todo un detalle de vuestra parte que hicieseis un alto en vuestras vidas para ayudarme a celebrar el hito reciente. Me encantó poder conoceros a todos.

Gracias a Dennelle Catlett, publicista, por su incansable labor de promoción de las novelas y su autor y, sobre todo, por gestionar las muchas solicitudes para el uso de mi obra con fines benéficos.

Gracias a Laura Costantino, Lindsey Bragg y Kyla Pigoni, el equipo de mercadotecnia que se esfuerza en dar relevancia a mis novelas y a mí mismo, y en particular a Sarah Shaw por las fabulosas fiestas y los regalos con que sorprende a mi familia y la colma de recuerdos maravillosos.

Gracias a Sean Baker, jefe de producción; Laura Barrett, directora de producción, y Oisin O'Malley, director artístico, que supervisa el diseño de las magníficas cubiertas, incluidas las de *La octava hermana* y *Espías en fuga*. Cada vez que la veo, quedo fascinado por su grado de comprensión de la novela y por cómo sabe darle vida a la cubierta. Esta última ha sido, sin más, alucinante.

Por encima de todo, gracias a Gracie Doyle, directora editorial de Thomas & Mercer. La de escribir puede ser una ocupación solitaria, pero yo tengo la suerte de contar con una editora que me lleva de un lado a otro entre firmas y otros actos y que se ha convertido en una gran amiga. Gracias por todo lo que haces, desde la revisión inicial de mis novelas hasta la labor de responder cada una de mis muchas preguntas, pero, sobre todo, por convertir esta en la profesión más divertida que pueda imaginarse. Estoy deseando poner muchos más libros en tus manos expertas… y disfrutar de nuestras celebraciones navideñas.

Gracias a Tami Taylor, que dirige mi página web, crea mis listas de correo y me mantiene con vida en la Red. Gracias a Pam Binder, presidenta de la Pacific Northwest Writers Association, por el apoyo que brinda a mi obra.

He querido dedicar esta novela a mi amigo Martin Bantle. Como yo, se crio en el Área de la Bahía de San Francisco, donde tenía un montón de amigos, pero se mudó a Seattle para estar con la mujer a la que amaba. En la década de los ochenta, los dos pasamos una semana memorable en Hawái con otros dos amigos. Nuestro viaje coincidió con el mes en que estrenaron *The Dream Team* (*Una pandilla de lunáticos*) y nosotros, que teníamos por las nubes nuestra soberbia juvenil, nos pusimos de inmediato ese nombre. Aquel sigue siendo uno de mis mejores viajes. Recuerdo con mucho cariño la sonrisa eterna de Martin y su agudo ingenio. El tiempo que dedicaba a su familia de Seattle —una mujer encantadora y dos hijos atléticos e inteligentes a más no poder— no le impedía encontrar siempre el tiempo necesario para incluirnos a mi familia y a mí en sus celebraciones. Ojalá tuviésemos todavía muchas más por delante.

La repentina desaparición de Martin es otro recordatorio de que ninguno de nosotros tiene garantizado un mañana. Por eso digo que sí al hoy, aunque ese sí resulte inconveniente o poco práctico, aunque no tenga tiempo. Decir sí me ha llevado a China, Cuba, Cabo San Lucas, África y otros muchos lugares. Me ha ayudado a hacer amistad con gente a la que de otro modo ni siquiera habría conocido. Me ha dado el valor necesario para jugar al golf con desconocidos y para batir mi marca de cien golpes (y no, no estoy hablando de un circuito de nueve hoyos). Salgo a comer con amigos cuando estoy convencido de no tener tiempo y paso ratos con otros por el simple hecho de estar ahí, porque sé que algún día seré yo quien necesite su presencia. Pero, por encima de todo, decir sí me ha enseñado a atesorar cada instante y concebir el hecho de hacerme mayor —y las inevitables dificultades que traen aparejados los años— como un obsequio y no como una carga. Gracias por ese regalo, Martin.

Mi madre, de la que he heredado el amor por la lectura y la escritura, tiene ochenta y siete años. Ya no puede leer este libro, pero puede escucharlo. Ojalá consiga yo alcanzar semejante hito, mamá. Sigues siendo una gran inspiración para mí.

Tengo la dicha de compartir el hoy con una mujer a la que quiero, una mujer que destaca de veras en tantos aspectos que me resulta imposible enumerarlos todos aquí. Me ha dado dos hijos que se han convertido en dos de las mejores personas que conozco. Estoy orgulloso de ser su padre. Os quiero a todos. Gracias por aguantar a mis amigos imaginarios, mis cambios de humor, las muchas horas que paso frente al ordenador y las veces que me he ausentado para hacer promoción de mis novelas.

Nadie puede sentirse tan rico ni afortunado como yo.

Hasta nuestra próxima aventura, mis fieles lectores, nos lleve adonde nos lleve. Gracias por hacer mis hoy.